LA FORTUNE
DE RACHEL

MAUREEN O'DONOGHUE

LA FORTUNE DE RACHEL

Traduit de l'anglais
par Jean-Paul Mourlon

PIERRE BELFOND
216, boulevard Saint-Germain
75007 Paris

Ce livre a été publié sous le titre original
JEDDER'S LAND
par William Collins Sons & Co. Ltd., Londres

Si vous souhaitez recevoir notre catalogue
et être tenu au courant de nos publications,
envoyez vos nom et adresse, en citant ce livre,
aux Éditions Pierre Belfond,
216, bd Saint-Germain, 75007 Paris.
Et, pour le Canada, à
Edipresse Inc., 945, avenue Beaumont,
Montréal, Québec, H3N 1W3.

ISBN 2.7144.2389.2

A Jo McCurrie
pour sa fidèle amitié

CHAPITRE PREMIER

Le maître souriait. Son visage était tout plissé, les joues lui remontaient sous les yeux: sa moustache hirsute se retroussait pour révéler de longues dents jaunes. Rachel Jedder ne l'avait jamais vu ainsi.

Elle jeta un regard furtif à sa femme, qui arborait le même rictus crispé. La jeune fille détourna brusquement les yeux et contempla le carrelage pour dissimuler son inquiétude.

Ce matin-là, quand le responsable du bureau de bienfaisance de la paroisse était arrivé à cheval, elle était restée cachée dans la grange, en se demandant s'il venait pour elle ou pour le jeune Sam. Tout en louchant à travers une fente du bois, elle avait englouti d'un air absent le quignon de pain qu'on lui accordait pour son petit déjeuner, et marmonné en voyant la monture de l'homme tourner la croupe pour se mettre sous le vent, avant de s'affaisser pour reposer un membre.

Les minutes passaient, et il était toujours dans la maison. Un chat efflanqué traversa furtivement la cour, encouragé par la présence d'une porte ouverte de l'autre côté, où il pourrait s'abriter. Il y avait près d'une heure qu'elle avait versé la présure dans le lait. Celui-ci avait dû cailler, il allait falloir le battre. Trop tarder lui vaudrait une correction. Blottie dans la paille, la jeune fille se balançait doucement, indécise, quand on hurla son nom:

— Rachel Jedder!

Son cœur cessa de battre. Il était venu pour elle.

— Rachel Jedder!

Ils attendaient dans la cuisine. Souriants. Elle n'osa pas le regarder, mais elle pouvait voir ses bottes et se souvint de la façon dont elles lui avaient meurtri le dos, l'envoyant culbuter sur le chemin de pierre, encore et encore, quand il l'avait rattrapée à Shaltam. Trapu, bourru, aussi massif que le taureau du maître, et tout aussi dangereux, William Styles savait comment traiter les pauvresses en fuite.

— Alors, ma fille! Que dirais-tu de changer de vie?

Il leva la main et elle frémit.

— Que dirais-tu de devenir la fille de la maison?

Rachel demeura immobile. Elle ne comprenait pas où il voulait en venir, mais leurs sourires l'inquiétaient confusément.

— Eh bien? Ton maître et ta maîtresse feraient de toi leur fille, tu ne serais plus celle d'une sale pauvresse. Alors?

Mal à l'aise, elle changea de place, s'efforçant de respirer sans bruit. Rachel avait encore sur le visage la trace du coup de torchon mouillé que l'épouse du fermier lui avait donné la veille, parce que quelques feuilles mortes accrochées à sa jupe étaient tombées dans la laiterie. Faire d'elle leur fille? Que voulait-il dire?

M. Wame, le maître, contemplait un tas de papiers sur la table, comme s'il s'était agi d'un pâté. Il avait, sans s'en rendre compte, la même expression que quand il vendait une vache stérile en faisant croire qu'elle était pleine.

— Il faut battre le lait caillé, maîtresse, finit-elle par dire.

— Le lait caillé! Elle est idiote! grommela William Styles à l'intention des deux autres.

Puis il s'avança d'un air agressif, les moustaches dressées comme des ergots:

— Tu n'as pas entendu? Ils t'accueilleraient dans leur famille! Tu serais l'enfant de la maison!

Rachel s'appuya de toutes ses forces contre la porte, dont la poignée lui meurtrit le dos. Mme Wame faisait des gestes étranges, tendant les bras comme pour la serrer sur son abondante poitrine:

— Elle dormira dans un vrai lit de plumes, et non avec le bétail, comme avant.

— Tu entends? Un lit de plumes! Tu devrais te mettre à genoux, ma fille, pour les remercier.

Il la prit par le bras et l'attira vers la table avec violence:

— Tu n'as qu'à tracer une croix en bas de ce document et ce sera fait.

Le maître était déjà tout près d'elle. Il lui glissa en hâte une plume d'oie dans la main et la guida vers le papier. Surprise, la jeune fille laissa tomber la plume et regarda le visage qui touchait presque le sien. Les pupilles dilatées semblaient avoir absorbé les iris. Une peau humide et flasque couvrait ses joues: une goutte de salive tremblait au coin de sa bouche molle. C'était l'incarnation même de la rapacité. Son haleine empestait la bière. Deux corbeaux croassèrent en passant près de la fenêtre. Rachel se tortilla pour échapper aux deux hommes.

Les enfants des asiles de pauvres ne recevaient aucune instruction ; la Bible était le seul livre qu'elle eût jamais vu. Même le contrat par lequel, à l'âge de neuf ans, elle avait été placée en apprentissage chez le fermier lui aurait été incompréhensible. S'agissant d'écriture et de documents, la seule chose que sût Rachel Jedder, c'est qu'il ne fallait jamais y tracer de croix, quoi qu'il advînt. Un mois auparavant, pour l'avoir fait alors qu'il était ivre, Matthew Manby avait été enrôlé de force dans la milice ; l'époux de Meg Caley avait perdu ses droits de vaine pâture de la même façon. Il courait bien d'autres histoires de ce genre, et toutes finissaient aussi mal, car chacun savait que la seule fois où il faut signer, c'est à l'église, après avoir été marié. La colère monta en elle :

— Non, marmonna-t-elle. (Puis, plus fort :) Non ! Je ne ferai pas de croix !

Il y eut un silence étonné avant que Maîtresse Wame ne pousse un cri perçant. Son époux, les yeux injectés de sang, fondit sur Rachel comme un faucon :

— Attendez, monsieur Styles. Je m'en vais fouetter cette effrontée jusqu'à ce qu'elle obéisse ! Il ne faudra pas cinq minutes pour qu'elle crie grâce !

Il la saisit par les cheveux et tendit la main vers le fouet accroché au mur :

— Je te promets que tu ne diras plus « non », ma fille !

Elle eut l'impression qu'on promenait une torche dans sa chevelure, et des larmes lui vinrent aux yeux. Elle serra les dents, se débattit, mais en pure perte, tandis qu'il la traînait vers lui.

— Un instant, monsieur Wame, intervint William Styles d'un ton cauteleux. Il ne peut être question de correction. On a versé de l'or pour mettre fin à son apprentissage, et elle doit signer de son plein gré.

Quand le fermier la lâcha, Rachel tomba près de la porte, et fut un instant aveuglée par ses cheveux avant de se rendre compte qu'elle pourrait traverser la cour pour fuir jusqu'aux bâtiments. Leurs multiples recoins secrets, pleins de toiles d'araignée, derrière les outils, les tas de bois, les tonneaux, sauraient accueillir une petite créature maigre qui s'y blottirait jusqu'au crépuscule.

Le maître et le responsable du bureau de bienfaisance se regardaient. Prête à s'enfuir, elle hésita, sentant qu'il y avait là une énigme. On avait versé de l'argent; elle avait échappé au fouet. Il se passait quelque chose, qui concernait sa vie, et il fallait qu'elle comprît quoi.

— Alors, dites-lui! s'écria le fermier d'un air mauvais.

Quand le terrible William Styles l'appela de nouveau, elle se raidit un instant avant de faire demi-tour très lentement et de revenir dans la cuisine.

— Apparemment, tu n'étais pas sans famille pendant toutes ces années, Rachel Jedder, commença-t-il.

Puis il s'interrompit pour s'asseoir dans le grand fauteuil de bois près du buffet, et la contempla avec un amusement plein de rancune. D'un air maussade, le fermier lui servit une chope de bière qu'il but avec une lenteur voulue, sans cesser de l'observer par-dessus le rebord d'étain.

Elle sentit son corps trembler. Tout enfant pauvre étendu sous le comptoir d'une échoppe, ou dans une grange battue des vents, ou arc-bouté sur une meule, faisait chaque nuit le même rêve: il était découvert par une tante inconnue, douce, parfumée; ou bien, après des années de recherche, un oncle, un frère aîné, un cousin tout-puissant l'emmenait dans sa demeure, pleine de lits de plumes et de feux de bois. Tous savaient que leur pauvreté était une erreur.

Mais elle était trop âgée pour croire encore à de telles sottises. Elle se raidit; William Styles ne manqua pas de s'en rendre compte et sourit:

— Hé oui! ma fille. Tu avais bel et bien un grand-père, mais plus maintenant. Plus depuis trois mois, ajouta-t-il en clignant de l'œil à l'adresse de la fermière. Parce qu'il est mort, vois-tu.

Rachel regarda droit devant elle sans rien voir, accablée par une souffrance inattendue. Pendant quelques secondes, sans qu'elle eût pu s'en défendre, elle aussi avait cru à ces images de maisons cossues, de bons repas chauds, de jolies robes, d'adultes prévenants, de beaux bébés qu'on embrasse. Des parents. Sa *famille*. Elle n'était pas si âgée que cela, après tout.

La voyant déconfite, William Styles éclata de rire, renifla dans sa bière et se frappa la cuisse du poing. Il lui fallut quelques instants avant de poursuivre :

— Ton grand-père vivait dans le Devon, d'où venait ta satanée mère, ajouta-t-il en s'esclaffant de nouveau, comme si c'eût été la chose la plus drôle du monde.

Rachel l'entendit à peine. Elle aurait voulu qu'on l'autorise à retourner à son travail. Il ne lui restait plus assez de temps pour tout faire d'ici la fin de la journée, ce qui lui vaudrait des ennuis le soir.

— Il semble qu'à sa mort il t'ait laissé un taudis et un peu de mauvaises terres là-bas.

Content de lui, William Styles fut pris d'une folle allégresse.

Mme Wame lui jeta un regard sévère. Encore un peu de chahut et l'effrontée oublierait qui elle était. Elle traversa la cuisine pour faire face à la jeune fille :

— Eh bien, Rachel Jedder, c'est décidé, nous allons te faire entrer dans la maison, et tu deviendras notre fille, dit-elle d'un ton péremptoire. Et M. Styles est là pour vendre ce vieux bout de terrain afin de payer les frais de ton entretien.

Rachel se sentait dépassée par les événements et ne savait que répondre :

— Où est le Devon ? demanda-t-elle avec effort. C'est en Angleterre ?

La fermière haussa les épaules et regarda son époux qui grommela en faisant un vague geste de la main.

— C'est en Angleterre, mais à des centaines et des centaines de miles d'ici, ma fille. Quelle importance, d'ailleurs. Vas-y, trace cette fichue croix sur le papier, que M. Styles puisse s'occuper du reste.

Les doigts de Rachel se crispèrent sur sa jupe tandis qu'elle regardait chaque visage l'un après l'autre, en se contraignant à réfléchir. Un taudis, c'est une chaumière... une chaumière... et des terres... quelque part en Angleterre, une chaumière et des terres lui appartenaient. A elle.

— Non, maître, finit-elle par dire, je ne signerai pas. Jamais, jamais !

Ils s'avancèrent en hurlant, menaçants, le visage déformé par la colère. Elle eut peur et voûta les épaules ; mais, malgré leurs cris, aucun ne la frappa. Elle baissa la tête, se glissa entre eux, s'empara des papiers déposés sur la table et fila comme une flèche par la porte entrouverte. Les hurlements cessèrent d'un coup, comme si elle avait jeté une pomme dans chaque bouche.

— J'aurai ma terre, dit-elle en serrant les documents contre elle. Et personne ne vendra ce qui m'appartient.

Elle partit en courant sur les pavés, tandis que de nouveau les voix s'élevaient, la maudissant, hurlant son nom. Celle de Mme Wame, criarde comme une pintade, s'éleva au-dessus des autres :

— Sorcière ! Sorcière ! C'est une sorcière !

Le cri parvint à Rachel au moment où elle arrivait à hauteur de la barrière. Elle s'écarta aussitôt du chemin qui s'étendait au-delà, puis plongea entre les supports de pierre, en forme de champignon, de l'entrepôt à grains, et rampa vers les étables, grimpant à toute allure jusqu'au grenier où se trouvait le lit de Sam, un simple creux qui ressemblait à un nid. S'y blottissant pour en épouser les contours, elle fit tomber sur elle une gerbe d'herbe séchée, et, ainsi protégée, demeura immobile.

Le mot résonnait dans sa tête. Sorcière ! Sorcière ! Elle l'avait entendu toute sa vie, après chaque erreur ou chaque oubli, quand elle se tournait vers les hommes et les femmes furieux aux bons soins desquels on l'avait confiée après la mort de sa mère. Tous avaient reculé après avoir observé ces yeux étranges, et parlé de sorcellerie, de signe du Diable.

Rachel Jedder avait toujours été de petite taille, avec des coudes et des genoux trop grands pour ses membres émaciés. Des épaules de lapin saillaient de sa colonne vertébrale, comme si des ailes allaient en jaillir. Ses cheveux, rarement lavés, pendaient, très plats : ses mèches noires accentuaient encore la pâleur de sa peau et la structure osseuse de son visage. Une telle allure n'était pas surprenante chez une pauvresse de la paroisse, où l'on aurait violemment protesté à l'idée de voir un pauvre bien nourri ; assurer sa subsistance était un fardeau bien trop lourd pour la petite communauté, qui ne pouvait se permettre plus que le minimum vital.

La puberté avait été tardive, sans changer beaucoup de choses dans son apparence ; tout au plus ses lèvres étaient-elles plus pleines. A seize ans, la jeune fille avait toujours la poitrine plate, et des hanches de garçon. Pour les gens du village, ce n'était qu'une

14

enfant abandonnée de plus. Seuls ses yeux, dont les iris immenses étaient faits de deux bandes de couleur, le centre vert clair, le bord brun foncé, retenaient l'attention. Ils avaient sur les autres un effet surprenant. Ils dissimulaient les sentiments qu'elle pouvait éprouver, évoquaient l'inconnu — et donc l'effrayant. Moins de cinquante ans auparavant, la loi avait interdit de brûler les sorcières ; mais bien des gens y croyaient encore et, regardant les yeux de Rachel Jedder, mouraient de peur.

En bas, la porte craqua ; les bottes des deux hommes pataugèrent dans la fange de l'étable et heurtèrent les montants de bois de l'échelle qui menait au grenier. Derrière eux, la femme les appela :

— Elle n'est pas là, je vous le dis ! Vous avez vu comment elle a disparu sous nos yeux. C'est de la magie noire, l'œuvre de Satan ! Elle est retournée auprès du Diable, là d'où elle vient, et il ne fait pas bon la suivre !

Le foin bruissait sous leurs pas lourds, tandis qu'ils grimpaient vers l'ouverture pratiquée dans le plancher, en marmonnant d'un ton peu rassuré. Rachel resta étendue comme une morte, les écoutant discuter pour savoir si la fermière avait raison. Son mari en était convaincu, à cause du grand oiseau qu'il avait vu s'envoler de là où se trouvait la jeune fille : mais William Styles était moins préparé à l'admettre, par peur de paraître ridicule plus tard, et de porter tort à sa réputation d'homme public.

— Ç'a toujours été une drôle de fille, dit le fermier nerveusement. Ma femme a été tourmentée de catarrhes et de faiblesses de ventre depuis qu'elle est là, et les potions ou les cordials d'eau de rose n'y ont rien fait. Et je me souviens que quinze brebis ont donné le jour à des agneaux mort-nés l'année dernière, après que Rachel Jedder fut passée à côté d'elles le jour de l'Annonciation.

— Allons, monsieur Wame ! Ceux qui disent cela savent bien que les sorcières n'existent pas, répliqua le responsable du bureau de bienfaisance en s'efforçant de prendre un ton convaincu. Mais il brûlait d'envie de s'en aller.

— En tout cas, je n'ai jamais vu d'yeux comme les siens. Et je vais vous dire, monsieur Styles, poursuivit le fermier en baissant la voix, un démon vient la voir la nuit. Je jure que je l'ai aperçu moi-même une fois, avant l'aube, pendant un orage. Il était trop petit pour que ce soit le Diable lui-même, mais il était tout noir, et a sauté comme un chat de son lit vers l'éclair ! Je vous le jure !

15

L'autre se racla la gorge avec bruit et redressa les épaules. Il était périlleux de parler de choses aussi sataniques ; de plus, cette discussion les mettait tous deux mal à l'aise. Ils scrutèrent d'un air indécis l'obscurité du grenier, puis redescendirent les marches et quittèrent le bâtiment. Ils parlaient à voix très haute, avec une crânerie qui dissimulait un profond soulagement: la jeune fille était restée invisible. Le bruit de leur retraite parvint jusqu'à sa cachette et décrut peu à peu: elle n'entendit plus rien que les brindilles du foin piétiné qui se remettaient en place.

Le ruban qui enveloppait les documents avait disparu ; ils étaient froissés et déchirés. Rachel se redressa et les contempla avec désespoir. Certains endroits étaient souillés de poussière. Elle cracha sur son doigt et s'efforça de l'enlever, mais ce fut encore pire: l'encre se brouilla et la forme des lettres changea. Inquiète, elle battit des paupières, se demandant si cela aurait de l'importance pour ceux qui savaient les déchiffrer. Il y avait beaucoup de choses écrites ; Rachel se rendit compte brusquement qu'un espace séparait chaque mot des autres. Peut-être n'était-ce pas si difficile d'apprendre à lire. Rassurée, elle se pencha pour examiner avec soin les pattes de mouche. Si seulement elle avait su quels signes représentaient son nom! Les papiers la concernaient, il devait donc être là. Rachel Jedder.

En bas, un cheval hennit dans son box, et le métal d'un harnais tinta. Rachel roula en hâte les documents l'un dans l'autre, puis les noua avec un brin de paille. Quelqu'un parlait à l'animal tout en le sellant. Elle écarta le foin pour jeter un coup d'œil à travers une fente du plancher.

— Sam! Sam!

Le garçon sursauta, et, instinctivement, regarda sous le ventre du cheval en direction de la porte grande ouverte avant de relever la tête. Elle souriait. Il chuchota:

— Ils t'appellent partout, Rachel.

— Viens donc!

Quand il arriva auprès d'elle, elle lui montra les papiers et lui parla de son grand-père et de l'héritage miraculeux.

— Je m'en vais, Sam, pour toujours. Je trouverai où est le Devon et je ne reviendrai jamais.

Il prit un air abattu et elle lui tapota le bras. Sam avait dix ans. Deux années auparavant, il avait été imposé à son maître, peu enthousiaste, par les membres du conseil de la paroisse, qui jugeaient que la ferme était suffisamment prospère pour accueillir comme apprentis deux enfants pauvres. Comme la jeune fille, il était maigre et faible, mais M. Wame exigeait de lui un travail d'adulte; depuis son arrivée, il avait chaque jour, de l'aube au crépuscule, à lutter avec d'énormes chevaux, de pleines fourches de fumier, de jeunes veaux nerveux, et à soulever des sacs de grain, des piles de bûches, de lourds outils de fer, des tonneaux de cette pâtée puante destinée aux porcs. Les ouvriers de la ferme l'aidaient quand ils le pouvaient, mais Rachel était sa seule amie; elle le laissait ramper, la nuit, jusqu'à la grange, sur son matelas rempli de paille, et serrait dans ses bras meurtris son pauvre corps douloureux. Voyant qu'il allait pleurer, elle le secoua:

— Sam, je m'en vais dans le Devon. L'asile des pauvres enverra une autre apprentie. Tu ne seras pas tout seul, et peut-être que toi aussi tu retrouveras un grand-père...

Mais elle savait bien que non.

— Ecoute-moi bien. S'ils te demandent, tu ne m'as pas vue de toute la journée.

L'enfant avait une expression pathétique. Elle se dressa d'un air décidé:

— Avant de partir, je vais te faire rire, Sam Hiskey. Tu vas voir.

Elle se glissa à travers l'ouverture et trouva l'échelle sous ses pieds:

— Au revoir, Sam.

— Rachel? demanda-t-il en tendant la main.

Elle le regarda. Un rayon de lumière venu d'une fissure du toit illuminait le vert de ses yeux.

— Tu n'es pas une sorcière, hein?

— Bien sûr que non, bêta. J'aurais quitté cet endroit depuis longtemps, sinon. Et j'aurais changé le maître et la maîtresse en crapauds!

Elle disparut. Il l'entendit descendre, puis trottiner dans l'écurie. Elle hésita une minute, à guetter, avant de contourner l'extérieur vers l'arrière du bâtiment, en passant par la cour. Puis tout redevint tranquille. L'enfant alla harnacher le cheval, laissant enfin couler ses larmes.

Isaac Wame était fier de sa ferme; c'était la plus moderne du district. Il avait vite vu les avantages des champs enclos, et, avec l'aide des fonctionnaires locaux, installé barrières et portes sur de vastes zones de terres communes, là où les gens du village venaient autrefois faire paître leurs moutons. Là où prospéraient des broussailles poussaient désormais, en rotation, blé, navets, orge et trèfle ; cela engraissait ses bœufs, et permettait de faire vivre tout au long de l'hiver les vaches de sa laiterie, alors qu'autrefois la moitié d'entre elles finissaient à l'abattoir. A mesure que certains de ses voisins suivaient son exemple, les terres en friche qui avaient nourri le rare bétail, et donné les maigres récoltes des chaumières, avaient rapidement disparu.

L'entrepôt à grains et les trois granges de Wame avaient été construits moins de cinq ans auparavant, selon les modèles les plus récents, et il était le premier membre de la paroisse à avoir installé ses cochons dans une porcherie close tout spécialement bâtie.

Rachel, suffoquée par leur odeur, s'en vint regarder par-dessus le petit mur. Les truies dressèrent l'oreille, levèrent le groin et accoururent en grognant. Elle se pencha vers elles, gratta un dos tacheté, couvert de poils, puis fit glisser le loquet de la porte et l'ouvrit toute grande. Un porcelet en sortit au petit trot, couinant, aussitôt suivi de ses frères, de sa mère, puis de tous leurs amis et relations. Le troupeau se dispersa, tout heureux, entre les meules de foin.

A la porte suivante, elle ne perdit pas de temps, mais se contenta de libérer le verrou et de reculer. Un énorme verrat, de fort mauvaise humeur, en sortit, aperçut le dernier des porcelets et se lança à sa poursuite, très irrité, avec une agilité surprenante pour une bête aussi massive. En passant, il heurta une charrette, qui vola en éclats et s'inclina sur le côté. On entendit de grands bruits, tandis que le troupeau faisait un détour par le hangar pour se jeter sur les ustensiles de la ferme, si soigneusement entretenus.

Rachel revint en courant le long de l'arrière de la ferme, jusqu'à la porte située au nord. Elle se glissa à l'intérieur. Il grogna en voyant cette lumière inattendue envahir ses ténèbres. Son haleine fumante emplissait l'air. Leurs yeux se croisèrent à travers les barreaux de fer ; les siens, tout rouges, étaient ceux d'un fou. Elle sentit son cœur flancher et ses mains trembler en le voyant baisser la tête, redresser ses épaules noueuses, et frapper le sol du sabot jusqu'à ce que tout l'appentis se mît à trembler. C'était comme de se trouver face à un chêne qui s'abat ; elle eut l'impression d'être déjà prisonnière de ses branches.

18

Son corps tout entier voulait s'enfuir. Pourtant, elle s'accroupit pour atteindre le lourd verrou près du sol et le fit glisser. Le taureau se jeta en avant. La barrière métallique frémit, mais les deux autres verrous tinrent bon. Rachel tendit le bras jusqu'à celui du haut et l'ouvrit. L'animal gronda et appuya son corps massif contre la cloison.

Elle se souvenait du jeune veau né peu après sa propre arrivée à la ferme, et qui avait suivi sa mère sur les terres communes tout au long de ce premier été. Puis, avant même qu'il eût un an, ils l'avaient enfermé dans ce réduit obscur semblable à un cercueil, et il y était resté depuis, exception faite de quelques semaines à chaque printemps. Il fallait cinq ou six hommes, armés de chaînes et de piques de fer, pour l'emmener folâtrer avec les vaches, et, en dépit de toutes leurs précautions, il avait déjà réussi à piétiner un homme à mort. Personne n'aurait osé entrer seul ici, comme elle venait de le faire.

Il émanait de lui une véritable haine, aussi brûlante et palpable qu'un feu de forge. Cela fit revivre en Rachel le souvenir des souffrances, des cruautés, des injustices de toutes ces années. Elle s'empara fermement du dernier verrou, avec une telle force que la porte s'ouvrit toute grande et la repoussa contre le mur.

Le taureau, stupéfait, regarda au-dehors. Rachel Jedder, dans l'ombre, resta pétrifiée, hypnotisée par le danger, certaine qu'il allait la voir et se ruer sur elle. Mais il demeura immobile, observant l'espace qui s'étendait devant lui. Il s'avança enfin, méfiant, agitant sa lourde tête, puis accéléra l'allure, dressé sur ses sabots, les oreilles raidies d'impatience, et sortit.

Devant la porte de la ferme, William Styles s'apprêtait à monter sur son cheval. Le fermier Wame, qui l'avait accompagné, venait tout juste d'entendre les bruits venus du hangar et se disposait à aller voir, quand le taureau apparut au coin de la cour.

L'animal fut ébloui par la lumière, par le bruit du vent, des oiseaux ; après tant de mois où il avait dû se contenter de foin poussiéreux et de seaux d'eau croupie, l'odeur d'herbe et l'eau fraîche des marais l'enivrèrent. Le cheval hennit et recula ; ce mouvement inattendu transforma en fureur l'allégresse du taureau. William Styles sautillait en tout sens en s'efforçant de grimper sur sa monture effrayée ; des hommes crièrent.

Le taureau fonça en avant, baissant la tête, bandant les muscles, cornes pointées, les yeux brûlants. Il ralentit, sentant la panique générale : quelques jours auparavant, ils lui avaient infligé de cruelles blessures avec leurs piques. Il chargea.

Le cheval hennit et déguerpit. Son maître n'était qu'à moitié en selle et s'accrochait désespérément à sa crinière. Le taureau changea de direction pour les suivre, sans ralentir le rythme. Le mur entourant la ferme faisait cinq pieds de haut ; la jument le franchit d'un bond, se débarrassant de William Styles pour se mettre à l'abri. Le responsable du bureau de bienfaisance de la paroisse tomba juste devant le taureau, qui baissa la tête, l'attrappa du bout des cornes, et le jeta, comme une gerbe de blé, derrière son cheval, avant de galoper au-delà des bâtiments.

L'homme resta sur le chemin, se tortillant, appelant à l'aide, mais Wame était parti dans la direction opposée, et sa femme s'était enfermée dans la cuisine, Rachel l'observait depuis l'entrepôt ; mais elle se garda bien de bouger. Il finit par se redresser sur les genoux, rampa avec peine jusqu'à la barrière, se releva et se laissa tomber de l'autre côté, se tenant le dos et pleurant.

Rachel se souvint de la façon dont le petit Sam avait, maladroitement, versé de l'eau froide sur son dos tuméfié après que William Styles était revenu avec elle de Shaltam.

— Vous aussi, maître Styles, vous devez ressentir un bon mal de reins, dit-elle à voix haute. Mais ce n'est rien qu'un peu de bétoine et de graisse de porc ne puissent guérir.

Elle sourit, franchit la barrière qu'il avait laissée entrouverte, puis emprunta le chemin qui menait au lac. Derrière elle, les buissons se refermèrent sur la ferme.

Le vent soufflait sur l'eau et faisait tourner les ailes du moulin. Un tel bruit était à ce point familier qu'elle ne le remarquait plus ; le vent du Norfolk était aussi tenace, aussi insistant que son propre souffle. La nuit, il résonnait comme un grand orgue, évoquant les voix des martyrs, des amants séparés, des enfants morts. Le jour, il ridait les jeunes peaux, nouait les cheveux des femmes, et jetait des regards lascifs sous leurs jupes. Il aplatissait le blé, arrachait portes et volets, faisait disparaître lessives et bonnets.

Sans prévenir, il changea de direction, jetant de la poussière dans les yeux de Rachel. Les ailes du moulin hésitèrent ; le meunier et ses fils se hâtèrent de courir au système de poulies primitif, à l'arrière du bâtiment, pour ramener tout l'ensemble sous le vent. La jeune fille se glissa derrière un arbuste pour les regarder lutter. La vieille bâtisse frémit sur son axe et sembla sur le point de se renverser, avant de se retrouver enfin dans le bon sens. Les hommes s'épongèrent le front et rentrèrent dans le moulin en haletant.

Des roseaux encombraient l'étroit chemin ; le marais était coupé de petits canaux à demi dissimulés, qui drainaient le lac situé sur la gauche. Les yeux de Rachel croisèrent sa surface ridée pour balayer le paysage plat qui s'étendait derrière lui. Désert et froid, interrompu çà et là par des groupes d'arbres effilochés indiquant la présence de hameaux, c'était le seul décor qu'elle eût jamais connu, et pourtant elle ne l'aimait toujours pas.

A quelques miles de là, entre terre et mer, se dressait une longue crête de dunes sablonneuses, qui paraissaient créées par l'homme. On l'avait une fois envoyée à Malling, chez la sœur de son maître, pour lui porter un fromage. Elle avait grimpé jusqu'en haut pour voir l'océan, s'attendant à un spectacle magique. La mer, grise, illimitée, ressemblait à un ciel humide. Rachel s'était retournée pour contempler l'intérieur des terres, dont seuls les moulins à vent et une ou deux tours rondes d'aspect bizarre venaient rompre la monotonie. Après cela, elle en était venue à penser que c'était partout pareil.

Seuls les jours ensoleillés redonnaient au lieu sa richesse et sa beauté ; ils extrayaient la terre d'une mousseline de brume, jetaient des milliers de miroirs dans les marais, fardaient les briques et les tuiles, vernissaient de lumière les feuilles, les plantes, les herbes. Le soleil faisait se relever les têtes lasses, redonnait espoir et vous convainquait de l'existence de Dieu.

Rachel serra sa cape contre son corps pour avoir plus chaud. Elle ne portait, sous son unique robe, qu'un caraco de laine grossière. Elle garda à la main les précieux documents. C'était là tout ce qu'elle possédait.

Devant elle, le chemin se divisait en deux: une route menait à Shaltam, l'autre traversait la campagne pour aboutir Dieu savait où. A droite, le cheval emballé galopait, fouetté par les rênes et les étriers, courant toujours, fou de peur. Rachel le suivit des yeux, puis se tourna résolument de l'autre côté.

Le lac, la ferme des Wame restèrent longtemps visibles, mais Rachel ne se retourna pas une seule fois.

CHAPITRE DEUX

Un vol de canards sauvages s'éleva du marais de Ricklene pour se diriger vers la tour ronde, un peu semblable à une grosse cheminée, qu'on apercevait au loin, sur un fond d'arbres rabougris. Ça n'avait pas l'air d'être une ferme, et elle était trop loin de la paroisse pour distinguer ce que c'était. Rachel décida de s'y rendre, elle aussi. Peut-être quelqu'un là-bas pourrait-il lui lire et lui expliquer les documents.

C'est son propre instinct qui l'avait guidée au cours des deux dernières heures. Elle n'avait jamais eu l'occasion de faire des choix ; mais chaque décision s'était présentée déjà entière à son esprit : il n'y avait plus eu qu'à les mettre en œuvre. Elle réfléchit à ce qui s'était passé, à ce qu'elle avait fait, et en eut la chair de poule. Son cœur battit avec violence. Elle s'en allait. Elle quittait la ferme des Wame. L'air lui-même, brûlant comme la poudre, semblait avoir changé ; la pluie cinglait son visage.

Un petit troupeau de moutons broutait l'herbe qui bordait le chemin. Chacun d'eux se concentrait, d'un air solennel, sur cette tâche qui occupait toute leur journée. Rachel ouvrit les bras et se précipita vers eux en poussant des cris ; sa cape ondulait autour d'elle en lui donnant l'air d'un vautour. Ils bêlèrent plaintivement avant de s'enfuir, tandis qu'elle éclatait de rire.

Elle était libre. Elle n'appartenait à personne d'autre qu'elle-même. Personne ne pourrait plus la gifler, la rouer de coups, ni l'accabler de fardeaux. Plus question d'asile de pauvres. Plus de maître.

La pluie tombait avec violence, dégoulinant de ses cheveux, trempant ses habits et se faufilant jusqu'à sa poitrine. Seuls ses pieds, à l'abri dans des bottes de cuir abondamment graissées, demeuraient au sec. Du marais de Ricklene monta un énorme nuage où la tour se perdit, mais Rachel continua de marcher sur le même rythme, perdue dans ses pensées. Elle dépassa un petit abri de roseaux, monté sur pilotis, ainsi qu'un pêcheur, dans une barque près du rivage, qui regarda dans sa direction bien longtemps après qu'elle fut hors de vue.

Deux heures se passèrent ainsi. Le lac disparut sous l'averse et elle arriva devant la tour, constatant avec surprise que c'était une église, qui ne ressemblait en rien à celle de sa paroisse — bien plus petite, au toit de chaume, et dont le cimetière était plein d'ifs et de bruyères. Celle-ci avait un long corps de silex, un peu semblable à une grange, qui paraissait avoir été ajouté après coup à la grosse tour. C'est là que se rencontraient plusieurs routes bordées de chaumières. Tout cela était si inattendu que Rachel se sentit envahie par le doute, mais, se disant que le prêtre saurait lire, elle sortit le rouleau de documents de sous sa cape et se dirigea vers la porte. Une voix la fit se retourner:

— Que fais-tu là, ma fille? Qui es-tu?

Venu de son presbytère, il était sur le chemin et s'avançait à grands pas, coiffé d'un tricorne, l'air sévère dans sa veste noire.

— Viens ici, pauvresse! Qu'as-tu dans la main?

Il paraissait agacé; son visage exprimait la méfiance. Rachel en perdit sa confiance en soi toute neuve. Elle se souvint des sermons du vicaire de Sauton sur la fainéantise et la conduite dépravée qui valaient aux pauvres de connaître une aussi pitoyable condition. Dieu n'avait jamais témoigné beaucoup de sympathie à la jeune fille; peut-être le prêtre irait-il jusqu'à s'emparer des papiers sans plus vouloir les rendre. Elle les dissimula en hâte, mais il l'avait aperçue, et fit un mouvement pour la prendre par le bras. Rachel se dégagea et se mit à courir le long du plus vaste des quatre chemins. Il cria, mais cela ne fit que la pousser à presser le pas.

De toute évidence, cette route était bien plus fréquentée que celle menant aux marais d'où elle venait: on y apercevait de multiples traces de roues et de sabots. Rachel avait fait dix miles depuis son départ de chez les Wame; elle avait faim et froid, elle était trempée. Courir l'épuisait, mais comme, au bout de quelques minutes, elle ralentissait l'allure, elle jeta un coup d'œil par-dessus son épaule et aperçut un cavalier qui se mettait en route au carrefour. Le prêtre, furieux, avait lancé quelqu'un à sa poursuite! La jeune fille repartit en courant, trébuchant dans les fondrières, terrifiée. Elle entendit bientôt le bruit des sabots se rapprocher, saisit à deux mains ses précieux documents et s'arrêta, pleurant, serrant les dents.

24

Le cheval passa au galop à côté d'elle sans s'arrêter. Son cavalier ne lui jeta même pas un regard.

Rachel resta bouche bée quelques instants, l'air stupide, puis, reprenant son souffle et tremblant encore un peu, elle posa les papiers sur l'herbe humide et ôta sa cape. Sur son épaule droite était fixé un morceau d'étoffe rouge où étaient cousues les deux grosses lettres P.S. — les seules que Rachel connût. Elles voulaient dire Paroisse de Sauton ; c'était l'insigne que portaient tous les pauvres à la charge de la paroisse. Pour en couper les fils, la jeune fille se servit de ses ongles, puis de ses dents, et parvint enfin à arracher la pièce de tissu, qu'elle jeta dans la boue. Elle remit sa cape, avança de quelques pas, puis fit demi-tour pour piétiner le chiffon rouge détesté, jusqu'à ce qu'il disparaisse dans la vase.

Elle examina le chemin et vit que plusieurs chariots pouvaient y circuler de front : sans doute menait-il à une grande ville. La jeune fille reprit courage. De nouveau, elle mit les documents à l'abri et repartit. La pluie se réduisit à une humidité grise ; de la terre monta comme un chant d'allégresse qui la couvrit tout entière et soulevait les genêts aux fleurs jaunes. Des bruyères d'un jaune roux obscurcissaient les abords des mares et des petits lacs très nombreux marquant, à l'intérieur des terres, la fin des marais. Des arbres, d'abord isolés, se regroupèrent en bosquets annonçant la forêt. Ils étaient plus grands et plus forts que ceux de la côte ; leurs troncs très dignes témoignaient de leur âge respectable, et le vent n'avait pas réussi à gauchir leurs rameaux vigoureux.

Des pierres permettaient de traverser la rivière Ant : Rachel y marcha avec précaution pour garder les pieds au sec, bien que tous ses vêtements fussent maintenant humides et froids. De l'autre côté, la rive bordait un bois, où résonnaient des gouttes d'eau tombant sur l'humus, et le chemin s'avançait dans l'obscurité en serpentant pour éviter les vieux chênes ; par endroits il se transformait en bourbier. Des deux côtés, frênes, noisetiers, bouleaux et saules se mêlaient au-dessus d'un sous-bois presque impénétrable. Rachel, qui n'avait jamais connu que les vastes horizons de Sauton, se sentit nerveuse. L'après-midi d'hiver devenait si sombre qu'il était difficile d'y voir ; les environs bruissaient de sons inconnus : branches qui craquent, cris rauques des oiseaux, frémissements des broussailles, animaux en fuite, gémissement du vent.

Elle s'efforça d'avancer doucement, de peur que les sangliers, qui devaient sans doute guetter dans les fourrés, ne l'entendent et chargent; mais ses pieds glissèrent dans la boue, et, comme elle essayait de tendre la main pour se sortir de là, des églantiers la griffèrent. Pour la première fois depuis le début de la journée, elle eut envie de pleurer: son estomac vide était tordu de crampes, et ses vêtements trempés de pluie pesaient lourdement sur son corps douloureux. Elle n'avait rien mangé depuis le quignon de pain du matin, et commença à comprendre qu'elle mourrait peut-être de faim: qui donc accepterait d'aider une fille en haillons, qui ne possédait rien d'autre que quelques papiers chiffonnés parlant d'un bout de terrain, quelque part dans un comté inconnu? Elle songea un instant à s'asseoir pour se reposer; seule la peur de la forêt la convainquit d'avancer.

Le crépuscule obscurcit le ciel, rendant impossible de voir quoi que ce soit. Rachel perdit l'équilibre et tomba dans une grande flaque de boue, qui, s'infiltrant dans ses bottes, réussit à lui tremper les pieds. Jurant bruyamment, elle se sortit de là et, sans réfléchir, se rua dans l'obscurité. Brusquement, il y eut, à la fenêtre d'une chaumière, une lueur. Elle était sortie du bois. La faible lumière — et celle des maisons voisines — permettait même de repérer les pierres ou les arbustes qui encombraient le chemin.

Celui-ci s'élargissait; devant Rachel s'avançaient des gens, qu'elle se hâta de suivre pour profiter de leurs lanternes. De grandes demeures apparurent sous le ciel bleu marine. Une longue file de chevaux s'avança; des hommes, poussant des carrioles vides, trottinaient en sens inverse, et un chariot lourdement chargé, tiré par deux bœufs, s'en vint en cahotant, faisant entendre un concert de roues, de jurons et de claquements de fouet. Au-delà d'un pont de brique encombré par la foule, une rue aux pavés de pierre était bordée, des deux côtés, par des maisons pressées les unes contre les autres. Rachel Jedder n'en avait jamais vu autant de toute sa vie.

Les lampes et les bougies qui brillaient aux portes comme aux fenêtres donnaient assez de lumière pour qu'on pût voir nettement tous ceux qui se pressaient là. Rachel s'arrêta et demeura bouche bée, stupéfaite à la vue de ces citadins, si bien vêtus, aux gestes si affairés, au parler si rapide. Parfois, l'un d'entre eux, qui paraissait encore plus pressé, se frayait un passage à grands coups de coude parmi les autres, qui reculaient en grognant. De temps à autre, toute la foule cédait la place à une charrette ou à un groupe de cavaliers ; mais personne ne prit garde à la pauvresse sale et maigre qui restait là, immobile, pétrifiée.

Une jeune fille qui devait avoir le même âge qu'elle se tenait à un carrefour avec un panier de rubans. Rachel s'approcha. Deux femmes s'arrêtèrent. La petite vendeuse, hochant la tête, discourut avec ardeur tout en livrant ses marchandises à leurs mains blanches et grasses. Elles finirent par acheter des rubans violets et s'en allèrent. Comme la fillette remettait les autres dans le panier et en fermait le couvercle d'osier, Rachel s'avança et, timidement, lui demanda le nom de la ville. L'autre lui jeta un long regard, examinant ses bottes et sa jupe déchirée, ses mains, son visage et sa cape sales, sa tête nue, sa chevelure dépeignée.

— Norwich, répondit-elle d'un ton méprisant, avant de s'éloigner.

Rachel comprit enfin quelle allure elle avait, et se sentit remplie de honte. Elle avait entendu parler de la ville de Norwich. Le maître et la maîtresse, vêtus de leurs plus beaux atours, y étaient allés une fois : c'était la cité la plus importante du Norfolk, et l'un des endroits les plus fameux de toute l'Angleterre. Son agitation et sa variété perdirent d'un coup tout leur charme ; elle eut envie de se cacher, d'échapper aux regards de ses citoyens si dédaigneux. En haut de la rue, une grande arche de pierre surmontait un portail grand ouvert, au-delà duquel ne brillait aucune lumière. S'enveloppant dans sa cape, elle courut se réfugier dans son obscurité.

Elle sentit de l'herbe sous ses pieds. Des arbres bruissaient tout près. Ses yeux s'étant accoutumés à la nuit, elle vit les étoiles se refléter dans du verre, si haut qu'on aurait cru une fenêtre dans le ciel. Rachel comprit que la masse noire qui se dressait devant elle était celle d'un grand bâtiment. De derrière la fenêtre, très loin, vint une faible lueur ; la jeune fille fut brusquement submergée par un tel désir de chaleur qu'elle en oublia toute prudence. Il y avait, à côté des grandes portes, une petite entrée qui s'ouvrit aisément. Malade de froid et de faim, elle entra.

Les flammes de centaines de cierges faisaient danser l'air ; elles l'aveuglèrent. La tête lui tournait. Rachel s'appuya contre le mur et posa les mains sur la pierre. Un temple inimaginable se révéla. Une forêt d'énormes piliers jaillissait des dalles pour se dresser

27

vers le ciel, toujours plus haut. Les arches s'entassaient les unes sur les autres: chacune était aussi large qu'une pièce entière, et grimpait pour s'effiler en délicats doigts de pierre rehaussés d'or. En bas, de chaque côté de l'édifice, les piliers semblaient marcher en longues colonnes et, dépassant les flots de lumière, le grand siège à baldaquin, le jubé sculpté, disparaissaient au loin derrière les reflets des vitraux.

Bouche bée, la tête rejetée en arrière pour admirer le plafond doré, elle n'entendit pas l'homme s'approcher.

— Les vêpres sont terminées, dit-il.

Rachel recula vers la porte. L'homme avait des vêtements de prêtre et s'avançait tranquillement vers elle. Il était âgé, voûté, des cheveux blancs dépassaient de son petit bonnet, et ses yeux gris étaient vifs et pleins de vie. Ils se plongèrent dans ceux de Rachel, qui se sentit défaillir: la peur qu'elle avait refusé d'accueillir au cours des heures précédentes la submergea. De grosses larmes coulèrent sur son visage sale.

— Te serais-tu enfuie, mon enfant? demanda-t-il, mais elle ne sut que hocher la tête.

— Tu es venue à la cathédrale chargée d'un lourd fardeau, ajouta-t-il en posant la main sur son épaule, comme pour couvrir l'endroit où on avait cousu l'insigne des pauvres. Dis-moi donc ce qui te trouble.

Elle se frotta les joues et le regarda. Il croisa son regard étrange et ne frémit pas:

— Il faut bien que tu te confies à quelqu'un, mon enfant.

Lentement, elle sortit le rouleau de documents de sa cape et le lui tendit. Ils étaient toujours noués par la brindille de foin, mais désormais tachés de boue. Leurs bords étaient très abîmés.

— Je ne sais pas lire, Votre Honneur.

— Je te les lirai, promit-il d'un air grave, sans les prendre. Mais d'abord, dis-moi comment tu t'appelles.

— Rachel Jedder, Votre Honneur.

— Eh bien, Rachel Jedder, on dirait que tu as fait un long voyage. Tu es très fatiguée et tu as faim. Viens avec moi et tu mangeras.

Le vieil homme repartit par où il était venu, sans bruit. Elle le voyait comme à travers un brouillard: il semblait apparaître et disparaître dans la lumière tremblotante; peut-être même ne

28

touchait-il pas le sol. Il avançait sans la regarder, ni l'attendre, et, après un bref instant d'hésitation, elle le suivit en trébuchant.

Ils sortirent de la cathédrale et traversèrent la pelouse pour parvenir à une grande maison. Une servante leur ouvrit la porte ; une autre attendait en bas des marches. Rachel fut emmenée jusqu'à la cuisine, puis s'assit à une table de bois devant une tranche de viande de mouton et une chope de bière mousseuse.

Des gens parlaient, mais elle n'entendait pas vraiment, et se rendait à peine compte de leur présence. Son ventre cessa de geindre. La chaleur du feu à l'âtre réchauffa ses mains, puis son corps tout entier, sous les vêtements trempés qui commençaient à fumer. Seuls ses pieds demeuraient froids, à cause des bottes.

La vaste cheminée abritait des jambons et une flèche de lard ; la crémaillère de fer grinçait quand le chaudron qui y était suspendu frémissait au-dessus des bûches. Il flottait dans la pièce l'odeur de choses délectables : viande rôtie, bois qui brûle, lampes à huile. Ce fut la dernière chose dont Rachel se souvînt.

La lumière du jour la réveilla dans une petite mansarde. Le souvenir des événements de la veille lui revint aussitôt ; elle se dressa dans son lit, effrayée, avant d'apercevoir les papiers posés sur le sol. Puis elle se rendit compte qu'elle n'était vêtue que de son caraco, et se trouvait dans un lit de bois très bas, sur un matelas de laine. Elle n'avait jamais dormi dans un vrai lit, ni même dans une pièce qui fût la sienne ; à l'asile des pauvres, il n'y avait que des rangées de paillasses remplies de punaises, posées à même le sol de pierre du dortoir. Plus tard, chez les Wame, on lui avait attribué un coin de la grange, en compagnie des chats et des rats. Elle toucha les draps de lin d'un doigt hésitant, si excitée que ses muscles tressaillaient ; puis, incapable de se contenir plus long-temps, elle sauta à bas du lit et courut jusqu'à la fenêtre.

Non loin de là, la cathédrale se dressait sur la soie pâle d'une aube d'hiver : son clocher et ses aiguilles, d'une douceur cré-meuse, paraissaient flambant neufs au-dessus des fenêtres d'argent battu ; le soleil levant jouait sur les contreforts, au milieu des statues des saints. Rachel Jedder avait toujours vécu dans les marais, et rien ne l'avait préparée à une telle splendeur. Elle demeura immobile, ensorcelée, sans prendre garde au froid, jus-qu'à ce que la porte de la chambre s'ouvrît derrière elle. Une femme osseuse, aux cheveux gris, entra, portant un seau d'eau froide et un cruchon de terre rempli d'eau chaude qu'elle déposa sur le sol, à côté d'une table sur laquelle était posée une cuvette. Puis elle observa Rachel avec dégoût et poussa un profond soupir, pour bien lui montrer à quel point son fardeau était lourd, et, d'une poche de son tablier, sortit un morceau de savon:

— Il va falloir que tu te laves.

Rachel regarda ses propres mains et constata, surprise, qu'elles n'étaient plus souillées de boue.

— Mais je suis propre!

— Oh que non! C'est tout ce que nous avons pu faire hier soir, parce que tu dormais à moitié, mais maintenant tu vas te laver pour de bon, et rincer tes cheveux à l'eau chaude.

Ses cheveux! Rachel fut scandalisée. Une fois, pour la punir d'un méfait quelconque, on lui avait maintenu la tête sous la pompe de la ferme, et elle avait failli périr noyée sous le jet glacé. Chacun savait que cela pouvait vous faire mourir des fièvres.

— Je ne veux pas! s'écria-t-elle résolument, cherchant des yeux ses vêtements et ses bottes. Mais ils n'étaient pas dans la pièce, et elle se rendit compte que les papiers étaient désormais noués par un mince cordon rouge. La femme se tourna vers la porte et appela:

— Mary! Amy!

Deux robustes jeunes filles coiffées d'un bonnet de mousseline, manches retroussées, apparurent, traversèrent la pièce sans mot dire, saisirent Rachel par les bras et l'amenèrent près de la bassine, tandis qu'elle hurlait et leur donnait des coups de pied. On lui arracha son caraco: la vieille femme vida le broc et, sans cérémonie, lui plongea la tête dans l'eau. Rachel cria, se débattit, les aspergeant toutes les trois. Aussi reçut-elle une claque qui lui fit siffler les oreilles, puis le savon, dur comme la pierre, courut dans sa chevelure.

Quand elles rincèrent la mousse, l'eau lui coula dans le cou, lui piqua les yeux et se glissa même dans son nez. Sa tête fut ensuite plongée dans le seau, et, tandis qu'elle éternuait, elles lui lavèrent la poitrine et les fesses, la rincèrent et la laissèrent près du lit, trempée, frissonnante et nue.

Quelques instants après, la vieille femme revint avec un caraco propre, un jupon et une robe brune qu'elle jeta dans les bras de

30

Rachel, puis laissa tomber sur le sol les bottes, séchées et graissées.

— Sa Révérence te demande, cria-t-elle. Habille-toi, ma fille, et fais vite.

Rachel caressa la robe avec émotion. Elle était aussi douce qu'une fourrure de lapin. La jupe semblait taillée dans assez de tissu pour en faire une seconde. Pas de reprises, de déchirures ou de pièces pour montrer qu'elle avait appartenu à quelqu'un d'autre. A l'odeur, on aurait même cru que personne ne l'avait jamais mise, ce qui, pourtant, ne pouvait être le cas. Il y avait aussi un caraco de lin blanc, à porter sous le corsage. Muette, Rachel regarda la vieille femme, dont les lèvres pincées se réduisirent à une fente indignée quand elle quitta la pièce.

Le Doyen de Norwich était assis à une table ovale dans un bureau rempli de livres. Quand Rachel frappa à la porte, puis entra, il ne sourit pas, se bornant à lui faire signe de venir près du feu. Elle se sentit rassurée et lui tendit les papiers.

— J'ai lu ces documents hier soir, tandis que tu dormais, Rachel Jedder, lui dit-il en défaisant le cordon rouge. Tu as eu beaucoup de chance, mais il se peut que bien des difficultés t'attendent.

Rachel oublia ses cheveux mouillés et ouvrit de grands yeux tandis qu'il prenait le premier papier.

— Voici le contrat par lequel tu as été placée en apprentissage comme servante chez un nommé Isaac Wame, le vingt-neuvième jour du cinquième mois de la trente-deuxième année de règne de feu notre Souverain, le roi George II par la grâce de Dieu. Il a été signé par ton maître, par Jonathan Emmerson, juge de paix, et William Styles, responsable du bureau de bienfaisance de la paroisse de Sauton, qui ont fait office de témoins et y ont apposé leur sceau. Ce document te lie à Isaac Wame jusqu'à ce que tu atteignes l'âge de vingt-quatre ans.

Le second papier était bien plus petit que l'autre, et déjà déchiré et taché, bien que rédigé la veille.

— Celui-ci est également signé par Isaac Wame et William Styles, et certifie qu'on a versé à ton maître la somme de dix livres, prélevée sur l'héritage de Penuel Jedder, afin de te libérer de ton contrat d'apprentissage, expliqua le prêtre en la regardant. As-tu assez chaud, mon enfant? Tu peux t'asseoir sur le tapis, près du feu, si tu veux sécher tes cheveux.

Rachel tremblait d'impatience. Elle acquiesça d'un signe de tête et s'installa sur le sol ; la chaleur de l'âtre lui grilla le dos et lui rougit les oreilles. L'ecclésiastique mit de côté les deux documents et examina le troisième.

— Il s'agit d'une copie du testament de ton grand-père. Cela est fort triste. Il regrette d'avoir refusé d'aider ta mère quand elle était dans le besoin.

Puis il lut à voix haute :

— Moi, Penuel Jedder, de Yellaton, sur Beara Moor, meurs dans le chagrin, ayant renié ma seule enfant, Grace Jedder, séduite par Michael Connell, travailleur itinérant irlandais, et abandonnée par lui dans le comté de Norfolk. Je lègue ma maison, quinze acres de terre et mes droits de vaine pâture sur la lande pour cinquante moutons, ainsi que tout mon avoir, à sa descendance, mâle ou femelle, et enjoins que ce que j'ai épargné au cours de ma vie, soit la somme de vingt-deux livres et sept pence, soit envoyé à cet enfant pour qu'il puisse venir prendre possession de son héritage.

Seuls les chiffres émergeaient distinctement de ce fatras. Quinze acres. Cinquante moutons. Il vint s'y mêler une pensée douloureuse pour sa mère, qui était morte quand Rachel avait quatre ans, et dont elle gardait le souvenir d'une femme hagarde, aux yeux rougis. Cinquante moutons et quinze acres lui appartenaient.

Le Doyen vit que ses lèvres tremblaient. Ses cheveux avaient séché à la chaleur de l'âtre, ils brillaient ; la robe brune mettait en valeur ces yeux extraordinaires, à la fois brun et vert. Elle ne faisait pas son âge, et il y avait tant d'espoir sur son visage qu'il en fut alarmé.

— Trois mois se sont écoulés depuis la mort de ton grand-père, Rachel Jedder. Les nouvelles ne vont pas vite. Il était pauvre et il n'y a plus d'argent. Voici une lettre des avocats déclarant que leurs honoraires relatifs à l'exécution de son testament, et à ta recherche, ont épuisé ses économies. Te libérer de ton contrat d'apprentissage a englouti la somme mise de côté pour ton voyage. Quinze acres, c'est peu de choses, et peut-être n'y aura-t-il plus de bétail quand tu arriveras là-bas.

Il vit qu'elle ne le croyait pas, et comprit que, pour quelqu'un qui ne possédait rien, ses mots n'avaient aucun sens. La fermeté de son regard, la façon qu'elle avait de relever légèrement la tête émurent le vieil homme : un esprit aussi résolu, dans un corps d'enfant, ne suffirait pas à lui faire traverser sans danger toute l'Angleterre. Elle mourrait de froid, de faim, ou serait victime de vagabonds, ou se perdrait dans l'une des vastes étendues incultes qui couvraient parfois des comtés entiers.

— Tu ferais bien de rester ici et de dire aux avocats de vendre la propriété. Je te placerai dans une maisonnée respectable, et, avec les bénéfices que tu tireras de la vente, il ne sera pas difficile de te trouver un bon mari.

Rachel n'écoutait pas. Elle s'efforçait d'imaginer la maison et apercevait un logis de deux pièces, au sol de terre battue, aux murs de torchis, avec un toit de chaume, entouré par des prés bordant des pâturages, comme celui qu'elle avait quitté la veille encore. Il lui avait paru triste et laid sur le moment; maintenant, rien n'aurait pu être plus beau. Au bout d'un long moment, elle finit par dire:

— S'il vous plaît, Votre Grâce, pouvez-vous me relire le testament de mon grand-père?

Cette fois, la voyant remuer les lèvres, il comprit qu'elle mémorisait chaque mot, et sut qu'elle ne resterait pas.

On lui servit le petit déjeuner. Rachel grimaça en buvant le thé, auquel elle n'était pas habituée, mais se jeta sur le pain blanc, encore tiède, couvert de beurre, d'une façon qui fit naître des sourires méprisants sur les visages des servantes. Impossible d'ignorer leur mécontentement, dont témoignaient les portes claquées, les plats bruyamment manipulés, ou leurs mouvements agités.

« ... Moi, Penuel Jedder... lègue ma demeure et quinze acres de terre, ainsi que les droits de vaine pâture sur la lande pour un troupeau de cinquante moutons... » lui revenait sans cesse en tête. Elle sourit à la vieille femme et aux deux jeunes filles maussades qui l'avaient lavée: profondément offensées, elles lui tournèrent le dos.

En moins d'une heure, le Doyen lui avait procuré un sauf-conduit en bonne et due forme pour son voyage, et sa couturière lui avait fait un sac d'étoffe qu'elle devait fixer à la taille par une cordelette; elle y abriterait les précieux documents, qui resteraient cachés sous ses jupes. Sa cape avait été lavée et reprisée. On lui donna un panier contenant du pain, du fromage, une grosse part de jambon, des cornichons, des pommes et une bouteille de bière, ainsi qu'une petite bourse et la somme de un shilling.

Rachel, incrédule, examina l'argent: elle n'avait encore jamais eu ne serait-ce qu'un liard. Elle eut envie de se serrer contre le vieil homme, pour qu'il l'entoure de ses bras, comme sa mère l'avait fait autrefois. Mais il se borna à poser une main sur sa tête pour la bénir:

— Que Dieu soit avec toi, Rachel Jedder.

Elle se souvint que c'était un gentleman et fit gauchement la révérence en marmonnant des remerciements inarticulés, avant de se tourner vers la porte. Puis elle s'arrêta et rougit, pensant qu'il allait la juger bien sotte:

— Votre Grâce, s'il vous plaît... Où est le Devon?

— Loin, Rachel Jedder, très loin. A plus de trois cents miles d'ici, à l'ouest.

Elle cilla et parut encore plus gênée. Il comprit et dit doucement:

— L'ouest est là où le soleil se couche, mon enfant.

Norwich était encore plus agréable de jour que de nuit. Rachel admira de belles demeures, des églises élégantes. Les rues ondulaient en tout sens; la jeune fille était si absorbée qu'elle perdit son chemin et passa plusieurs fois au même endroit sans s'en rendre compte: il lui fallut près de deux heures pour atteindre les murs qui ceignaient la ville, alors qu'une demi-heure aurait suffi.

Au-delà, la route serpentait entre les haies d'épine, reliant les uns aux autres hameaux et bosquets. Le soleil brillait dans le ciel transparent, sans émettre la moindre chaleur, et donnait au matin une vigueur pleine d'allant. Rachel chanta jusqu'à Thetford, puis, arrivée là, s'assit sur un rocher pour manger une pomme et sortir les pièces de monnaie que le Doyen lui avait données. Elle les examina avec soin: il y avait un penny pour chaque doigt de sa main droite, un demi-penny pour chaque doigt des deux mains, et des farthings pour tous, exception faite du petit orteil. Elle les remit dans la bourse de cuir, où ils firent entendre un tintement très agréable.

C'était un jour de congé, en fait, sans travail ni faim. Elle se sentit assez gaie pour soulever un cochon d'une main, bien qu'elle eût marché toute la journée.

Devant elle, les terres se dressaient bien plus haut que les dunes de Malling, et dissimulaient le paysage. Intriguée par une colline aussi raide, après des miles de terrain plat, elle l'attaqua d'un pas décidé, grimpa, jusqu'à ce que ses mollets lui fissent mal, vers le sommet, qu'elle atteignit en haletant, s'appuya contre un arbre et ferma les yeux.

Elle les rouvrit peu après sur une image impressionnante de l'Angleterre primitive : la forêt de Thetford couvrait toute la terre qui s'étendait au-delà, comme une fourrure brune hirsute, passant peu à peu, vers l'horizon, au marron puis au pourpre. D'où se trouvait la jeune fille, il ne paraissait pas y avoir de clairières ; le chemin redescendait la colline pour disparaître brusquement derrière les cimes des arbres, sans qu'on pût deviner où il allait. Creux et bosses se perdaient sous cette prodigieuse végétation, qui semblait aussi infinie, aussi infranchissable que l'océan. Comme lui, songea Rachel, elle devait être vivante, avide, ni éveillée ni endormie, mais mourant et renaissant sans cesse, parfaitement indifférente à tout. Le soleil avait traversé le ciel et tournait à l'écarlate ; lui aussi s'apprêtait à se noyer dans la forêt, à partir vers l'ouest, là où l'attendait sa terre. Rachel sentait, contre sa cuisse, le sac de toile qui contenait les documents, et, pourtant, elle hésitait. Puis, d'assez près, monta une spirale de fumée, qui indiquait la présence d'autres gens, des Bohémiens peut-être, ou une chaumière. Bientôt il ferait trop sombre pour pouvoir les rejoindre. Elle descendit la pente en hâte et courut presque dans l'obscurité.

Les arbres étaient plus espacés qu'elle ne l'aurait cru. Le chemin fut facile sur plus d'un mile, avant de rencontrer une route charretière et de changer imperceptiblement de direction, de telle sorte que Rachel, sans s'en rendre compte, s'éloigna de l'endroit d'où venait la fumée.

Des vapeurs humides montaient du sol pour se condenser en un brouillard rampant, qui s'étendit avec le crépuscule et pénétra sa robe de laine. Puis ce fut la nuit, une nuit sans lune, qui rendait impossible de suivre quelque route que ce fût. Résignée, Rachel se blottit sous un buisson, s'enveloppa dans la cape aussi étroitement qu'elle put, et s'étendit sur le sol.

La brume se posa sur son visage, comme une rosée : elle paraissait fraîche, assez agréable. Mais, peu à peu, les quelques étoiles visibles entre les branches se firent dures et brillantes, un grand froid parut émaner d'elles pour vernir de givre la terre et les branches. La mousse qui couvrait le sol se changea en verre, des pointes de glace apparurent sur les rameaux. La cape de Rachel devint aussi dure qu'une croûte. Elle sentit des perles dures se former autour de ses yeux, tandis que son haleine gelait sur ses lèvres. L'air se fit aussi brûlant qu'une blessure, le hibou cessa d'appeler; de petits oiseaux tombèrent de leurs perchoirs; les chauves-souris gelaient dans le cocon de leurs ailes. Rachel, elle aussi, cessa de se débattre et de lutter: ses membres ne répondaient plus, une atroce douleur étreignait ses poumons. Il régnait un silence absolu, et le froid s'accrut encore.

Le sang de la jeune fille s'épaissit, se ralentit; son souffle devint trop faible pour embrumer un miroir. Il était désormais trop tard pour bouger. L'envie de fermer les yeux, de se laisser aller, vint séduire son esprit hébété; l'avenir céda la place à la séduction de la mort, douce, paisible, éternelle. Y penser fit naître en elle un désir de chaleur, si profond qu'il semblait venir d'un autre corps, très loin de là, et ne l'atteindre qu'à travers un chas d'aiguille. Puis il se répandit par de petits filets tièdes, qui partirent de ses mains et de ses pieds, se ruèrent dans ses veines pour se rencontrer dans la chaleur de son ventre, où toute sa souffrance vint se noyer avec délices; et Rachel Jedder s'endormit enfin.

Dans son dos, Sam ne cessait de s'agiter; ses genoux la contraignirent à s'éveiller. Elle eut un grognement menaçant et lui donna un coup de coude, mais il ne se calma pas. Irritée, elle ouvrit les yeux, se réveilla dans un lieu inconnu, couvert de givre, et, stupéfaite, se retourna. Un grand visage poilu se trouvait tout près du sien; elle eut le temps d'apercevoir deux rangées de crocs et une gueule immense avant de jaillir du buisson en hurlant. Le loup agita paresseusement la queue, puis, voyant qu'elle s'enfuyait, terrorisée, se redressa à contrecœur, aboya, et vint vers elle. C'était sans doute le plus gros chien d'Angleterre: il avait la taille d'un petit poney, et un long pelage gris, raide, si épais qu'il y disparaissait. Il releva un des coins de son museau, comme pour sourire, et s'assit. Rachel lui jeta une grosse branche qui vint le frapper à la tête, mais il ne bougea pas: ses yeux pleins d'espoir restaient fixés sur elle.

— Fiche le camp! Fiche le camp, vermine! hurla-t-elle, en prenant bien soin de garder ses distances. C'est alors qu'elle

36

aperçut le panier dans les fourrés, vide et renversé. De tout ce qu'il contenait ne restaient qu'une pomme très abîmée et les cornichons. Elle fut envahie d'une rage folle :

— Saleté de chien ! Ordure ! Vermine puante !

Elle lui lança les pires mots qu'elle connût, oubliant complètement d'avoir peur du chien, ramassant des pierres gelées pour les lui jeter.

— Sale voleur ! Goinfre !

Les deux premières le touchèrent à l'arrière-train ; il se leva, surpris, et, comme d'autres suivaient, battit en retraite pour se mettre hors de portée, puis s'assit de nouveau.

Rachel s'empara du panier pour le lui jeter, malade de chagrin, folle de rage à la pensée d'avoir prudemment renoncé à entamer ses provisions la veille, afin de les faire durer aussi longtemps que possible, et d'avoir ainsi tout perdu.

Le vent glacé la faisait pleurer. Elle renifla, ramassa le panier d'osier et, stoïque, reprit sa route. Comme elle s'éloignait en clopinant, le chien la suivit furtivement, à l'abri du sous-bois, refusant de s'en aller, bien qu'elle l'eût injurié une fois ou deux, et lui ait même jeté une dernière pierre.

Bien des signes montraient que le chemin était très fréquenté, et, durant la première heure de marche, elle s'arrêta plus d'une fois pour écouter d'éventuels bruits de sabots ou de roues, mais la forêt demeurait anormalement silencieuse. Les plaques de boue avaient gelé si fort qu'elles écorchaient les semelles de ses bottes, et faisaient souffrir ses pieds ; elle glissa plusieurs fois sur des flaques de glace. Marcher aussi vite que possible n'empêcha pas le froid pénétrant de durcir tous ses muscles.

Quand il lui parut être midi, elle s'assit en tremblotant sur un bloc de pierre pour manger les cornichons et ce qui restait de la pomme. Le chien s'approcha discrètement, suivant des yeux chaque bouchée. Elle se demanda jusqu'où la forêt s'étendait. Au bout de plusieurs heures de marche, elle n'avait toujours pas vu de terres cultivées ; rien d'autre que des arbres argentés, des clairières d'une blancheur éblouissante, des étendues de fougères et de genêts gelés, encore et encore des arbres. Le long doigt de fumée qui lui avait fait signe n'avait pas reparu, le givre recouvrait les traces d'anciens feux. Elle pensa avec épouvante à la nuit qui l'attendait, et se souvint brusquement qu'elle avait eu chaud en se réveillant. Le grand chien gris était assis tout près, regardant la pomme qu'elle avait encore en main.

Rachel comprit d'un seul coup qu'il lui avait sauvé la vie. S'il n'était pas venu s'étendre auprès d'elle, l'enveloppant dans son long pelage, elle serait certainement morte de froid. Elle lui tendit le trognon de pomme, sur lequel il restait encore à manger. Il s'avança et l'accepta avec beaucoup de dignité.

Après cela, ils firent route ensemble. Elle l'appela Sam, comme le petit Sam de la ferme des Wame, et le temps passait plus vite en sa compagnie. Elle ne tarda pas à lui parler, à lui raconter sa vie, et elle venait juste d'en arriver au moment où le taureau pourchassait à travers la cour le responsable du bureau de bienfaisance quand la forêt prit fin: le chemin sinueux se redressa pour se diriger tout droit vers un village installé au centre d'une large plaine.

Une femme au visage las, l'air mauvais, tirait de l'eau au puits près de l'auberge. Elle avait l'air déjà assez âgée, mais plusieurs marmots braillaient autour d'elle, et, de toute évidence, l'arrivée d'un autre ne tarderait plus bien longtemps.

— Maîtresse... commença Rachel.

— Fiche le camp, traînée!

— J'ai besoin de travail, insista la jeune fille, humblement.

La femme prit le seau plein d'eau et fit demi-tour sans répondre. Comme elle traversait la cour, suivie de sa marmaille, un homme apparut à la porte et lui parla d'un ton sec. Sans écouter ce qu'elle marmonnait, il la repoussa brutalement et cria quelque chose à Rachel.

Elle vint vers lui. C'était un homme massif, qui se tenait mains sur les hanches, jambes écartées. Il avait le teint rubicond, d'épaisses lèvres rouges et des yeux bleus, un peu injectés de sang. Sans la regarder en face, il examina son corps comme si elle eût été nue.

— Tu n'es pas bien grosse, dit-il en tendant la main pour l'attirer contre lui. Le chien grogna: il lui donna un coup de pied en pleine tête, qui le fit fuir en hurlant. Rachel sentit ses doigts pincer sa maigre poitrine, et l'entendit pousser un grognement.

— Tu as l'air assez propre, dit-il, méprisant. Tu peux rester, si tu veux du travail, mais prends garde, la belle, j'aime que mes clients soient contents. Une seule plainte et tu prends la porte. Va à la cuisine.

38

Elle se précipita dans le couloir. En voyant l'auberge, sa première pensée avait été d'acheter à manger, mais il lui avait paru absurde de dépenser dès maintenant le peu d'argent qu'elle avait dans sa bourse, aussi avait-elle plutôt demandé du travail, instinctivement.

L'année précédente, à plusieurs reprises, Wame lui avait jeté le même regard que l'aubergiste. Une fois, il l'avait même poussée contre le mur de la grange, avant de passer sa main calleuse sous ses jupes et de lui tripoter les cuisses. Mais, entendant la voix de son épouse, il avait pris un air coupable et s'était éclipsé. Après cela, Rachel était toujours restée le plus près possible de la laiterie et de la maison, s'efforçant de ne jamais être seule avec lui.

Elle savait comment cela se passait. Aux récoltes, les filles du village, nouant les gerbes et ramassant les épis, racontaient leurs aventures dans les buissons avec les garçons. Il s'ensuivait des mariages rapides. Les animaux de la ferme permettaient de connaître le reste. Mais les hommes aimaient les femmes aux larges hanches, aux poitrines rebondies, et les domestiques de la ferme n'avaient pas pris garde à sa carcasse osseuse, pas plus que le gros homme. Rachel elle-même ne s'intéressait guère à la chose.

La femme de l'aubergiste, détournant le regard, posa sur la table un bol de soupe épaisse et un morceau de pain, et lui dit de se dépêcher de manger pour se mettre à nettoyer la pile de marmites de fer près du feu. Peu de temps après, deux autres filles arrivèrent du village pour aider ; puis des sabots résonnèrent sur les pavés de la cour. La pièce fut bientôt remplie d'enfants affamés, de servantes affairées, de vapeur échappées de chaudrons. Dans la salle, des hommes se mirent à chanter. Les voyageurs commandaient des repas gargantuesques et faisaient preuve d'une soif inextinguible : des hectolitres de bière traversaient leur gorge desséchée, leur descendaient dans l'estomac et leur baignaient le foie, avant de poursuivre leur route et de former une flaque dans la terre, derrière l'auberge.

Rachel se hâtait en portant des plateaux pleins de nourriture et des chopes dégoulinantes. Les coudes et les poings de la foule la meurtrissaient ; leurs bottes écrasaient ses pieds douloureux. En retournant à la cuisine, elle ralentissait l'allure et mangeait subrepticement les restes ; puis, quand elle fut incapable d'avaler une bouchée de plus, elle les cacha dans un sac, derrière la porte menant à l'étage.

Le bruit décrut enfin. Les gens du village étaient rentrés chez eux, suivis par les deux filles qui travaillaient à la cuisine, et quelques voyageurs montèrent dans leurs chambres au premier étage. Les enfants dormaient, entassés près du feu. La femme de l'aubergiste se laissa tomber dans un fauteuil et ferma les yeux, sans pour autant que ses traits se détendent. Elle n'avait pas regardé Rachel une seule fois. Son mari entra, lui jeta un coup d'œil et cracha sur le sol de terre battue avant de tendre à la jeune fille un petit plateau sur lequel était posé un verre de punch brûlant.

— Il y a un gentilhomme dans la chambre principale. Il est riche et il paie bien. Porte-lui cela, fais en sorte qu'il soit content, et tu gagneras peut-être une petite pièce dans l'affaire.

L'escalier était très étroit: les marches s'affaissaient en leur centre et crissaient sous le pied. En haut, le couloir dépassait des portes fermées, d'où provenaient des ronflements sonores. Il n'y eut pas de réponse quand elle actionna le heurtoir de bronze, aussi entra-t-elle dans la pièce. Il y brûlait un bon feu, qu'on avait dû allumer depuis peu, mais les rideaux entourant le lit étaient tirés.

— Voici votre punch, maître, dit-elle en plaçant le verre et le plateau sur une petite table de noyer. Maître?

Toujours pas de réponse. Comme Rachel se penchait pour ouvrir les rideaux, des doigts vigoureux saisirent son poignet et la tirèrent brusquement: elle atterrit sur le lit, jupes retroussées. Ses fesses nues reçurent plusieurs claques enjouées, tandis qu'une voix d'homme poussait de grands « taïaut! ». Terrifiée, Rachel se tortilla pour apercevoir un visage luisant, bulbeux, sous un bonnet de nuit, avant qu'on n'ouvre son corsage et qu'une main aussi grande qu'un pain de ménage ne se fixe sur son sein gauche comme un cataplasme. Elle cria, puis se débattit avec une telle force qu'elle se libéra et se retrouva de l'autre côté du matelas.

— Eh bien, la belle? N'aimerais-tu pas les jeux de Vénus? demanda l'homme.

Ses yeux la contemplaient entre des replis de peau reptiliens, qui les rendaient à la fois attirants et répugnants. Rachel perçut la menace avec une clarté nourrie par l'expérience.

— Non, monsieur, non, non, répondit-elle avec un sourire inquiet.

— Qu'y a-t-il, alors? C'est la première fois? La première fois que tu es conduite à l'autel de l'amour?

— Non! C'est ma robe, monsieur. Je n'en ai qu'une, et j'ai eu peur qu'elle soit déchirée.

L'homme parut déçu et répondit d'un air ennuyé:

— Très bien! Enlève-la toi-même, si tu veux, mais dépêche-toi!

Elle descendit sur le sol et alla en titubant de l'autre côté de la pièce, bras croisés sur la poitrine comme pour se défendre. La violence toujours menaçante qui avait accompagné toute son existence lui avait appris à réfléchir et à agir très vite, mais cette fois-ci, c'était différent. Les mains de l'homme sur son corps annonçaient un danger bien plus grave qu'une correction. Si elle sortait en courant, l'homme la suivrait, hurlant, ce qui attirerait l'aubergiste. Elle se mit à défaire les boutons de sa robe, en réfléchissant fiévreusement au problème.

— Alors? Qu'est-ce que tu attends?

Il sauta du lit et se dirigea vers elle à grands pas. De gros mollets et des jambes hirsutes dépassaient de sous sa chemise de nuit. Il était fier de son ventre rebondi, de son poids, de son cou de taureau, du poil qui lui bleuissait les joues, de sa virilité.

Et Rachel, si effrayée qu'elle fut, devina cette vanité. Elle lui lança un regard souriant, plein d'audace, laissa son corsage tomber d'une épaule, assez bas pour révéler un petit téton rose pâle. La moustache de l'homme se redressa, découvrant une rangée de dents de loup. Elle se déroba en riant. A la lumière du feu, ses yeux avaient des reflets moqueurs, vert et or.

— Je n'ai jamais eu affaire à un gentilhomme, mais on m'en a beaucoup parlé.

Il prit un air important et lui lança une œillade:

— Et que t'a-t-on dit, effrontée?

— Eh bien, les filles disent que le laboureur ne manque de rien, mais que le gentilhomme doit se cacher sous son linge, parce qu'il n'a pas de quoi.

L'homme recula, indigné, puis éclata d'un rire si violent qu'il lui fallut une bonne minute avant de pouvoir parler:

— Ah! petite friponne, dit-il en s'essuyant les yeux, ravi, tu n'as rien à craindre de ce point de vue.

D'un mouvement souple, il se dépouilla de sa chemise de nuit pour lui révéler un membre de taille gigantesque sous une bedaine impressionnante.

Rachel fut si stupéfaite qu'elle perdit de précieuses secondes à fixer l'objet, et faillit être prise quand il s'avança. Au dernier moment, elle s'échappa, gloussant de rire, pour plonger vers le lit à travers les rideaux. Comme il la suivait, elle bondit de l'autre côté, s'empara de ses vêtements et de ceux de l'homme, et quitta la pièce en toute hâte.

En haut de l'escalier, elle l'entendit rugir, puis le bruit cessa. Il ne pouvait la poursuivre nu dans toute l'auberge : il passerait pour un sot.

Arrivée en bas des marches, elle prit les restes qu'elle avait cachés derrière la porte, courut dans le couloir prendre sa cape et se glissa en silence dans la cour.

Après avoir dépassé la dernière maison du village, à hauteur d'un pont, elle s'arrêta de courir pour remettre sa robe et refermer sa cape. Puis elle fit un tas de vêtements de l'homme, les jeta dans le ruisseau, et éclata de rire. Une grande forme noire jaillit des buissons tout proches et bondit sur elle. Sam. Elle posa les restes sur le sol et les vit disparaître d'un seul coup. La lune apparut à travers un nuage. Ils partirent ensemble dans la nuit.

CHAPITRE TROIS

Rachel se sentait différente. C'était comme si elle avait pu entendre les chenilles endormies s'agiter dans leur chrysalide d'hiver, ou le souffle des hermines aux aguets, repérer les renards en chasse et les lièvres blottis dans les fourrés. Elle pouvait discerner, dans l'obscurité, les cachettes secrètes des écureuils, les grands faucons blancs lumineux, et le lien mystérieux qui l'unissait à cette terre qui, là-bas, lui appartenait. Il courait à travers les champs au-delà du village, et l'épuisement qui palpitait dans ses muscles céda la place à une énergie nerveuse, à la conviction de pouvoir marcher toute la nuit.

D'un seul coup, sa vie cessait d'être une suite d'événements épars. Se refuser au gentilhomme de l'auberge l'avait fait sortir de l'enfance, et comprendre brusquement qu'elle était une personne, maîtresse d'elle-même et de ses projets d'avenir. Son esprit courait entre le passé et l'avenir, comparant, choisissant, avec une intensité qui la surprit ; il ne s'agissait plus, en effet, de simples rêveries, mais de projets bien réels : maison, terres, récoltes, bétail. Rachel savait désormais ce qu'elle voulait, comme ce qu'elle attendait des autres.

Elle entreprit de se rappeler tout ce qu'elle pouvait connaître en matière d'agriculture, pour l'avoir remarqué, pratiqué, ou entendu par hasard : les tâches propres à chaque saison, les prix, l'agnelage, les semences, le temps qu'il fera, les poids et les mesures, les échecs, la rotation, immuable et ordonnée, des bêtes et des plantes sur les terres. C'était, de sa part, une volonté résolue de tirer parti du pénible apprentissage chez les Wame, sans rien en perdre. Rachel Jedder s'était découvert un but auquel elle ne renoncerait pas.

Les contours de haies vives fraîchement plantées bordaient les deux côtés de la route et, derrière eux, les mottes de terre retournées par la charrue se désagrégeaient sous la morsure du froid. Dans le parc entouré de barrières, chevaux et bétail errants meuglaient et reniflaient, remuaient la queue, s'agitaient, frappaient le sol du sabot, aussi stupéfaits que leurs maîtres d'avoir été chassés de terres désormais encloses. Ils se rassemblèrent près des clôtures quand Rachel les longea ; le grand chien gris passa de l'autre côté. Riant, elle lui donna une claque et le traita de lâche.

Ils découvrirent un abri près d'une chaumière de berger et se blottirent dans un coin pour le reste de la nuit. Les pensées de Rachel s'agitaient encore, et tous ses sens demeuraient aux aguets : une faible odeur de mouton semblait remplir l'air d'une saveur acide, le poil grossier du chien paraissait aussi spongieux qu'une toison. Elle s'efforça de ne pas penser aux araignées, et ferma les yeux pour oublier le ciel menaçant. Mais, dans son esprit, les images se firent plus vives encore : celles de l'avenir étaient aussi nettes que celles du passé, et toutes se mêlaient de façon désordonnée. Les enfants qui mouraient dans l'asile des pauvres, aussi tristement, aussi doucement, que des vieillards ; les naissances de demain, sur la lande ; le lait de l'été, épais et jaune, versé dans deux seaux accrochés à la palanche ; les énormes sacs de farine qui la mettaient à genoux sur le chemin de l'entrepôt de Maîtresse Wame. Ils ne pèseraient pas bien lourd cet été. Les récoltes fauchées, le labourage au printemps prochain. Rachel Jedder, pauvresse à la charge de la paroisse. Rachel Jedder, propriétaire. Pendant un long moment, elle ne put s'endormir, puis, d'un seul coup, ses pensées agitées cédèrent la place à des rêves qui reprenaient des thèmes semblables.

Au cours des jours qui suivirent, Rachel garda le même sentiment. C'était la première fois que son esprit s'ouvrait au monde. Jusque-là, c'était un luxe inconcevable, face à un avenir sans espoir, à une vie si pleine de pénibles corvées qu'elle ne lui offrait guère que l'expérience, sans cesse renouvelée, de la faim et de la fatigue. Démoralisée, n'attendant rien, il aurait été inutile à la jeune fille de penser à elle-même, de se demander ce qu'elle deviendrait. Il lui fallait consacrer tous ses efforts à venir à bout de chaque jour pour rester simplement en vie.

Tout au long de sa traversée du Cambridgeshire, les moindres détails du paysage se gravèrent dans son souvenir ; le sol si étrange, presque laiteux, les prairies couvertes de genêts, les terres encloses, où l'on discernait toujours des bandes d'un demi-acre : les champs ouverts d'autrefois, où chaque famille faisait pousser blé, seigle, pois et haricots, tandis qu'après la récolte le bétail venait paître sur les chaumes. Des vols de vanneaux planaient très haut. Le vent de l'est, venu de Sauton, lui hurlait des malédictions, tout en s'engouffrant dans sa cape pour la pousser en avant. Elle emprunta la très vieille voie d'Icknield, où tant de visionnaires cherchant fortune l'avaient précédée. Ne sachant plus très bien faire la différence entre la réalité et son imagination, elle marchait en se parlant toute seule, sans que rien ne vînt la troubler.

C'est dans cet état de rêverie permanente que Rachel montra son sauf-conduit à un ecclésiastique sceptique, qui la suivit à cheval pour être sûr qu'elle ne s'attarderait pas, et qu'elle acheta un briquet dans un village. Elle passa la nuit dans une étable, qu'on avait laissée ouverte, et qu'aucun chien ne défendait ; puis une autre dans les ruines d'un village déserté, dormant paisiblement dans ce qui restait de l'église, au milieu des fantômes des victimes de la peste. A Royston, on lui donna du fromage et de la bière, sur les fonds destinés aux pauvres en voyage ; au crépuscule, Sam attrapa un lièvre bien maigre, qu'elle emporta jusqu'au bois le plus proche et fit rôtir sur un feu qui les réchauffa pendant la nuit.

Le lendemain matin, un homme conduisant une charrette chargée de pierres offrit de la conduire, à une allure d'escargot, jusqu'à Saint-Albans ; puis il eut si peur de ses yeux étranges, et des vagues réponses qu'elle lui donnait d'un air absent, qu'il la fit descendre à Wheathamsptead, devant l'auberge du Taureau.

De là, on apercevait la lourde cathédrale, blottie sur une lointaine colline comme un griffon protégeant la ville. Sur la droite, une rivière sinueuse traversait des pâturages peuplés de moutons ; au-delà, à l'ouest, se dressaient des collines. Rachel décida de se rendre là-bas, sans passer par Saint-Albans.

Le ciel était bleu, la campagne riante, sans être pour autant réchauffée par le soleil, qui avait à peine fait fondre le givre de la nuit. Des amas de perce-neige, si fragiles qu'une patte d'oiseau les eût détruites, avaient magiquement résisté au froid de la semaine précédente. Elle en ramassa quelques-unes qu'elle passa contre son visage ; leur odeur délicate semblait annoncer le printemps.

Rachel suivit un ruisseau qui se jetait dans une rivière au milieu d'une prairie marécageuse, encombrée de joncs, et que bordaient des peupliers. De l'autre côté se trouvait un pont de bois, à partir duquel un chemin menait au pied des Chilterns. La rivière fit un détour et disparut ; la jeune fille franchit d'abord des tertres, puis des petites collines, avant de remarquer que le chien gris n'était plus là. Elle s'arrêta et l'appela, examina les environs, en vain. Pendant près d'une demi-heure, elle marcha très lentement, criant son nom de temps à autre, et s'interrompant pour écouter et chercher ; mais il ne reparut pas.

En contrebas se trouvait une imposante propriété, aux murs et aux haies anguleux, un peu semblable à une pièce de puzzle. La grande demeure, à cette distance, ressemblait à un jouet d'enfant riche, entouré d'échafaudages de bois, et peuplé de minuscules hommes de peine et de chevaux qui traînaient un chêne à travers une prairie. La disparition de son chien avait attristé Rachel, qui s'arrêta pour contempler le spectacle.

D'un seul coup, il y eut une grande agitation sur la terrasse qui faisait face au sud ; elle vit des gens s'y diriger en courant, avec des éclats de voix qui portaient à travers le vallon. Une forme grise courait sur les pelouses ; on entendit un coup de fusil, dont l'écho se répéta à l'infini sur les parois de la vallée.

« Sam ! Sam ! » hurla Rachel, mais le chien s'élançait vers les bois, sur la gauche, et il y plongea d'un trait. « Sale voleur ! » se dit-elle, furieuse. Comme il ne revenait pas, elle haussa les épaules et reprit sa marche le long du chemin, qu'elle grimpa sans enthousiasme, en maudissant l'animal. Mais elle entendit alors un bruissement de plus en plus fort, et Sam, traversant les fourrés sans s'arrêter, s'en vint jeter sa victime à ses pieds.

C'était un oiseau merveilleux, bien gras, encore tiède, comme elle n'en avait jamais vu, avec une queue de plus d'un mètre de long, qui se déploya comme elle la soulevait : on aurait dit un écran de fougères semé de papillons, avec des bleus et des verts chatoyants. Rachel, fascinée, arracha quelques-unes des plumes les plus courtes pour les mettre contre sa jupe ; elle aurait voulu les porter, les coudre pour en faire une robe magnifique. Petit doigt levé, elle prit un air avantageux et fit des mines, tandis que ses yeux passaient sans cesse des plumes à l'oiseau. Le chien, peu impressionné, bâilla ; puis son corps se raidit, et il émit un grognement menaçant tandis qu'en dessous d'eux les bois se remplissaient de la rumeur de gens qui avançaient à grand-peine.

L'oiseau appartenait au seigneur de la grande demeure, et Rachel n'ignorait pas que la potence attendait ceux qu'on prenait à braconner. Elle lâcha la traîne, qui se replia comme un éventail, s'avança pour y poser le pied, saisit les pattes du volatile et tira dessus d'un coup sec avec une telle force qu'elle perdit l'équilibre et tomba à terre. Sans se relever, elle poussa en hâte le corps de l'oiseau sous sa jupe, attachant la tête et les pattes au cordon qui, à la taille, maintenait en place les documents. Ses poursuivants n'étaient plus très loin, et faisaient des battues dans les sous-bois. Elle chassa le chien en lui jetant une pierre, puis repartit sur le chemin en courant, loin des plumes accusatrices. Il y eut, derrière elle, un grand cri quand ils les découvrirent, puis un bruit de pas précipités.

— Arrête-toi, ma fille!

Le garde-chasse avait un bâton d'épines à la main. Rachel lui fit face, l'air las, mains posées sur le ventre.

— Aurais-tu vu passer par ici un grand chien gris?

Elle acquiesça d'un signe de tête et montra du doigt une direction derrière elle.

— Il avait quelque chose de bleu dans la gueule, ajouta-t-elle, et il filait aussi vite qu'un busard.

— Ah! c'était lui! La vermine! Il a volé un des paons de sir Francis, s'écria l'homme, furieux. (Puis il la regarda d'un air mauvais et ajouta:) Que fais-tu ici, ma fille?

— Mon mari est mort de dysenterie, Votre Honneur, et je m'en retourne chez ma mère à Yellaton, répondit Rachel, les yeux baissés.

— Jamais entendu parler d'un village portant ce nom!

Il avait l'air méfiant, mais elle se dit que, comme la plupart des gens de la campagne, il n'était jamais allé plus loin que le marché le plus proche.

— C'est très loin, monsieur, à cinq jours de marche d'ici. Et il faut que j'atteigne le prochain village avant la nuit.

— Alors, va-t'en!

Il eut un geste de la main pour qu'elle s'éloigne et se tourna vers ses hommes:

— Nous l'avons perdu, et, à l'heure qu'il est, il a déjà dû dévorer l'oiseau. Autant rentrer!

Rachel attendit que le bruit de leurs bottes se fût éteint, puis elle se glissa derrière un buisson et, sortant le paon de sous ses jupes, le pluma rapidement. En moins d'un quart d'heure, le sol était couvert de plumes bleues, et elle tenait en main une volaille à l'allure appétissante. Elle lui noua les pattes à l'aide d'une touffe d'herbe, se l'attacha au poignet et revint sur le chemin où le chien gris l'attendait, comme s'il n'avait fait que cela tout l'après-midi.

— Je ne m'inquiéterai plus pour toi, Sam!

Il restait près d'une heure avant la nuit: cela suffisait pour s'éloigner des lieux du crime et faire rôtir l'oiseau. On apercevait, sous sa peau, une couche de graisse qui le rendrait juteux, contrairement au lièvre de la veille. La pensée d'un bon repas chaud les mit tous deux d'excellente humeur. Ils quittèrent les arbres pour marcher à travers les collines: elle chantait et jacassait tandis que le chien ne cessait de chasser.

Quelques miles plus loin, alors que le jour baissait, Rachel aperçut de nombreuses carrioles et charrettes rassemblées près d'un grand hangar, à côté de terres en friches, et entourées de beaucoup de gens. D'autres, conduisant des chevaux ou guidant des moutons, allaient et venaient sur le chemin. Elle se sentit tout excitée ; elle n'était jamais allée à une foire, mais en avait souvent entendu parler. Autant d'occasions de s'amuser et de se laisser aller: celles de l'Annonciation ou de la Saint-Michel, où venaient les ouvriers agricoles, dans l'espoir de trouver de nouveaux maîtres, foires de Pâques, du 1er Mai, de Noël.

L'idée de se distraire, d'avoir de la compagnie, la poussa à descendre, et à dépasser des chevaux pie en attente d'acquéreurs, pour se diriger vers les tentes qu'on érigeait sur des poteaux, et vers les baraques tendues d'oriflammes et d'affiches.

Serrant le paon caché sous sa cape, elle se frayait un chemin à travers la foule, comme elle l'avait vu faire à Norwich, lorsque, sans prévenir, un homme aux jambes interminables s'en vint marcher lentement à côté d'elle. Sa tête était à hauteur de la porte du grenier qui surmontait le hangar. Rachel poussa un cri qu'elle étouffa aussitôt de la main. L'homme baissa la tête, cligna de l'œil et souleva son chapeau. Elle rougit d'orgueil.

Lanternes et bougies étaient déjà allumées ; les nuages gris perle tournaient au noir. Elle contempla les images peintes qui illustraient toutes les merveilles présentées dans chaque baraque: jongleurs, cracheurs de feu, marionnettes, ours qui dansaient, acrobates perchés sur les épaules les uns des autres. Fascinée, elle erra entre les bâches et les structures de bois, et finit par atteindre la lisière de la foire, là où se trouvaient les plus grandes charrettes.

Elle surprit quelques conversations qui lui permirent d'apprendre que le lieu s'appelait Christmas Common, et que la foire du Mardi gras devait s'y ouvrir le lendemain. Une ou deux carrioles en retard arrivaient pour se joindre au rassemblement ; leurs occupants se hâtaient de monter leurs attractions avant que la nuit soit trop noire.

Il s'était passé tant de choses depuis son départ de chez les Wame ! L'humeur pensive qui l'avait protégée ces derniers jours la quitta : Rachel se sentit brusquement très lasse et s'arrêta à côté d'un chariot couvert de toile. A quelqu'un qui, comme elle, avait passé tant de temps dehors, l'intérieur paraissait aussi accueillant qu'un feu à l'âtre : elle y grimpa pour se reposer quelques minutes.

— Voilà un bien joli loir dans mon nid ! s'exclama une voix à l'accent bizarre.

Rachel ouvrit les yeux et se redressa avec un sursaut, mais fut incapable d'apercevoir les traits de l'inconnu derrière la lampe qu'il agitait.

— Je m'étais seulement assise pour me protéger du vent, marmonna-t-elle d'un air coupable.

— Tu t'endors vite, ma belle, répondit-il, amusé.

Il n'avait pas tort : elle aperçut, par l'ouverture de la toile, un ciel désormais noir.

— Pardonnez-moi, Votre Honneur, dit-elle nerveusement, prête à sauter sur le sol.

— Votre Honneur ! s'exclama-t-il d'un ton moqueur, tout en la saisissant par le bras pour l'empêcher de s'enfuir.

La cape s'ouvrit, révélant l'oiseau qu'elle portait toujours attaché au poignet. L'homme se pencha, émit un sifflement et Rachel, très inquiète, n'eut que le temps d'entrevoir un visage jeune et des cheveux bouclés avant que son souper ne lui soit arraché ; la silhouette sauta à bas du véhicule. Elle laissa échapper un hurlement et se lança sur ses traces, mais elle hésita et s'arrêta, clignant des yeux : l'inconnu semblait tournoyer sans arrêt dans l'obscurité, marchant alternativement sur les mains et sur les pieds. Elle ne pouvait en croire ses yeux : il tournait plus vite qu'une toupie, faisait des sauts périlleux, et bondissait pour courir dans le ciel, puis se tordait, sautillait comme une puce, franchissait d'un bond des brancards de charrettes plus hauts qu'un homme et dansait sur une corde attachée à un poteau, sur laquelle on avait étendu du linge. Un démon ! Elle avait rencontré le Diable. Rachel sentit qu'elle avait la chair de poule ; sa peau se glaça. Elle-même éprouvait désormais cette peur qu'elle avait si souvent inspirée aux autres. Elle s'appuya contre le mur du hangar et le démon surgit près d'elle, tout près. Elle aperçut le paon tournoyer dans sa main. Il rit, d'un rire tout à fait humain — et Rachel tenait à son repas ! Elle se jeta sur lui — tous deux tombèrent sur le sol — et s'empara de la volaille, mais, avant qu'elle ait pu s'enfuir, il passa les bras autour de sa taille.

— Du calme, ma belle. C'était pour rire. Je ne te volerai rien. Reste là et fais-le cuire à notre feu.

Elle cessa de se débattre et il la relâcha. A quelques mètres de là, un feu brûlait sur le sol. L'homme se leva, souriant, et tendit la main. Elle la prit et partit avec lui.

Guère plus âgé qu'elle, Jack Greenslade avait des cheveux et des yeux bruns. Il n'était pas beau : son nez était cassé, sa bouche déformée de façon bizarre. C'est sa façon de se déplacer qui retint l'attention de Rachel. Les autres marchaient à grands pas, traînaient les pieds ou se pavanaient. Lui avait une démarche fluide, féline, si déliée qu'il semblait ne pas faire usage de ses muscles, si tranquille qu'on aurait cru un chasseur à l'affût.

Il ficha le volatile sur un tournebroche de fer, qu'il installa au-dessus des flammes. Comme tous deux attendaient que la bête soit rôtie, il lui dit qu'il était acrobate, et, comme elle demandait de quoi il s'agissait, il fit un double saut périlleux, puis éclata de rire en voyant son visage apeuré. Plus tard, alors qu'ils mangeaient, il ne cessa de s'interrompre pour saluer d'autres artistes, qui lui tapaient dans le dos ou lui donnaient une taloche, histoire de plaisanter.

— C'est Alan Tucker, le marcheur de corde. Je ne l'ai pas revu depuis le dernier lundi de Pâques, à Sherborne. Lui, c'est Bob Harris, le colosse. Il a passé toute l'année à la foire de Londres. Lui, c'est Harry Stuckley, et eux, ce sont Thomassin Tripp, Philip Bidmead et Sarah Hellet, les comédiens. Je voyage toujours avec eux, ils attirent la foule.

Tous ces gens étaient très différents de ceux que Rachel avait pu rencontrer auparavant: des nains, des géants, au corps sec, plein de muscles, et des actrices rayonnantes en robes aux couleurs vives. L'homme aux longues jambes fit son apparition.

— Des échasses! expliqua Jack Greenslade. Amos Weston, montre tes jambes à mon amie.

L'autre retroussa les basques de sa veste, qui tombait jusqu'à terre, dissimulant les minces étais de bois et les repose-pied, puis, de nouveau, la salua bien bas.

— Et voici Ben Cottle, l'arracheur de dents, qui nous a rejoints en septembre dernier, à la Foire de Barnstaple, dans le Devon.

— Le Devon! s'écria-t-elle. Tu y es allé?

— Bien sûr, ma belle, à Bampton, à Widdecombe, à Barnstaple, partout. Je ne t'avais pas dit que j'étais passé partout?

— Parle-moi du Devon.

— C'est un joli pays — pas autant que le Somerset, d'où je viens, mais assez joli, avec de beaux paysages.

Puis il lui parla des landes. De Dartmoor, où un homme pouvait s'enfoncer dans l'herbe et disparaître à jamais, ou s'écarter de quelques pas des rares chemins très étroits et se perdre dans un dédale de rochers ou de friches ; ou s'étendre, en un soir paisible, pour périr quelques heures après, victime des éléments déchaînés. Et d'Exmoor, qui paraissait moins sauvage, mais où les dangers étaient bien plus insidieux: mares secrètes, profondes, où l'on se noyait, marécages pleins de traîtrise, neige d'hiver montant assez haut pour ensevelir des maisons entières, des granges, et d'innombrables troupeaux. Elle le crut sur parole et sentit renaître sa foi envers sa bonne étoile ; cette nuit-là, il lui parut tout à fait naturel d'aller s'étendre dans la charrette des comédiens, au plancher couvert de paille, non loin de l'homme qui était allé dans le Devon.

Tous devaient voyager vers le sud. Après avoir passé la journée à s'émerveiller devant les marionnettes, Punch et Judy, et vu les saltimbanques faire des choses extraordinaires avec des chaises et des échelles, ou Harry Stuckley se tenir debout sur deux chevaux lancés au galop, Rachel accepta de les accompagner. Jack Greenslade lui affirma qu'il serait facile d'obliquer vers l'ouest une fois arrivée dans le Sussex, et promit de lui apprendre à se tenir en équilibre sur la tête.

Ce soir-là, les comédiens interprétèrent une pièce retraçant le siège de Troie : Rachel poussa des cris pendant les scènes de bataille, hurla pour prévenir Achille de la perfidie de Pâris et admira, bouche bée, la beauté d'Hélène, mais fut scandalisée de sa déloyauté. Quand elle se blottit dans la paille, la nuit, son esprit tournoyait, pris dans un tourbillon magique ; pour la première fois de sa vie, Rachel Jedder savourait le plaisir de faire partie d'une communauté. Chacun acceptait sa présence sans réticences ; de surcroît, aucun des saltimbanques n'avait bronché en découvrant ses yeux de sorcière. Jack Greenslade allait même jusqu'à les trouver beaux.

Puis ce fut le début du carême, qui s'accompagna d'une ambiance pesante, affectant à la fois le temps et les voyageurs : la perspective de quarante jours humides et mornes leur ôtait tout enthousiasme. Ils traversaient les campagnes bien plus lentement que Rachel ne l'avait fait du temps où elle était seule : souvent, pas plus d'un mile à l'heure. Tous semblaient subir sans réagir la contrainte de l'abstinence religieuse ; le dégel et la pluie créaient sur les chemins des bourbiers dans lesquels se prenaient les roues des charrettes. Ils quittèrent l'Oxfordshire pour entrer dans le Berkshire. La nourriture devenait rare, tous étaient irritables. Ils se firent chasser de partout par les conseils de paroisse et les fonctionnaires. Peu à peu, leur petite troupe fondit : certains d'entre eux, colporteurs ou saltimbanques, les quittèrent pour emprunter d'autres routes menant à d'autres foires de Pâques. Les comédiens se mirent à mendier subrepticement, sans grand succès. La faim rendait chacun faible et léthargique.

Seul Jack Greenslade gardait sa bonne humeur. Il se levait chaque matin avant l'aurore, s'en allait discrètement avec le grand chien gris, et revenait souvent avec un œuf, un pigeon dérobé dans un colombier, ou même un poulet, au moment où Rachel ouvrait les yeux.

Avant le départ de toute la troupe, il consacrait une heure à travailler son numéro, lançant son corps, aussi souple qu'un saule, dans une série de chandelles et de sauts de carpe, de sauts périlleux arrière et de contorsions impossibles ; chaque figure menait tout naturellement à la suivante. Il pouvait chevaucher une roue, se tenir en équilibre sur une seule main au sommet d'un mât, jongler avec huit balles à la fois, se tenir sur la tête, bras croisés. Il parvenait même à boire une chope de bière tête en bas.

Rachel le contemplait avec admiration, mais aussi avec un certain malaise. Quand leurs yeux se croisaient, elle se sentait gauche, face à une telle maîtrise, et, s'il s'en allait avec Sam pendant la journée, elle ne cessait d'écouter et d'attendre, incapable de penser à quoi que ce soit d'autre avant son retour. Le soir, quand ils s'étendaient pour dormir des deux côtés du chariot bâché de toile, elle aurait voulu se rapprocher de lui ; chaque nuit devint l'attente agitée de quelque chose d'inconnu, d'inoubliable.

Mars fondit sur eux du nord-ouest, comme un forcené, arrachant les tentes et les bâches des charrettes, renversant les fragiles décors de théâtre. De là où ils étaient, la terre entière paraissait bouleversée. Les arbres s'effondraient en travers des routes, les toits s'envolaient pour se disperser en brins de paille. Les chevaux refusaient de marcher face à la bourrasque, qui faisait hurler Sam sans arrêt. Les malheureux, incapables de poursuivre leur voyage, se blottissaient derrière le moindre rideau d'arbres.

Jack Greenslade et Rachel perdirent la protection de la bâche ; aussi rampèrent-ils sous le chariot pour dormir plus à l'aise. En pleine nuit, elle sentit sa bouche se poser sur la sienne, et ses mains caresser sa poitrine ; elle haleta, ouvrit les lèvres, son corps vint se presser contre le sien. Il lui ôta son corsage avant de se lover contre elle. Elle se sentit envahie d'une folle impatience, qui fit de ses baisers des morsures désespérées, et gémit.

« Calme-toi, Rachel », lui ordonna-t-il. Il la serra dans ses bras ; et, enfin, elle s'éleva avec lui, ondulant, tournoyant, tous deux entrelacés, mêlés, confondus, glissant sur une feuille de verre qui se brisa en un millier d'images d'elle-même ; elles se dispersèrent dans le ciel, planant de plus en plus lentement, avant de retomber, comme des feuilles mortes, au sein d'une longue et paresseuse immobilité.

La lune vint illuminer les grands yeux de Rachel, qui eurent des reflets d'or et d'émeraude, aussi vifs, aussi aveugles que des pierres précieuses. Jack Greenslade s'appuya sur un coude pour la regarder, l'air perplexe ; puis il sourit, d'un air hésitant, et elle caressa distraitement sa tête bouclée, comme on fait à un enfant. Elle se sentait soulagée, triomphante, comme quand on vient de remporter une grande victoire.

Le lendemain matin, il se montra très tendre, s'inquiéta de savoir s'il l'avait fait souffrir, et ne put se résoudre à croire que non. Rachel accepta ses cajoleries avec une certaine surprise. On aurait dit qu'il pensait avoir accédé à l'âge adulte, tandis qu'elle ne serait pas sortie de l'enfance, alors que la nuit les avait fait grandir ensemble.

Il insista pour qu'elle reste assise pendant qu'il allait chercher de la bière au tonneau commun ; Rachel en fut légèrement irritée, jusqu'à ce qu'il commence son entraînement quotidien : alors sa peau se mit à luire sous le soleil du matin, et sa beauté, une fois de plus, hypnotisa la jeune fille. Elle s'agita, puis, se rendant à peine compte de ce qu'elle faisait, sauta à terre et s'avança vers lui, bras grands ouverts. Elle prit sa main, il posa ses lèvres sur les siennes, et Rachel se demanda, hébétée, si c'était cela l'amour.

En l'espace de quelques jours, pourtant, elle se vit imposer des restrictions, de façon protectrice et tendre, un peu comme on passe le harnais à un poulain. C'était si subtil que, d'abord, elle le remarqua à peine : une main qui l'aidait à franchir des obstacles dont elle aurait très bien pu venir à bout toute seule, ou l'empêchait de monter sur l'un des chevaux de la troupe. Rachel savait allumer un feu depuis son enfance ; mais il tint à lui enseigner comment s'y prendre à sa façon. A une occasion, il l'envoya chercher de l'eau pendant que Sarah Hellett narrait l'intrigue de « La Chute de Bajazet ». Elle se vit vertement réprimandée pour avoir fait, d'une carcasse de lapin, un brouet singulièrement fade. Il était entendu qu'elle resterait avec les femmes tandis que les hommes jouaient aux dés. Plus inquiétant encore, tous semblaient penser que Rachel Jedder appartenait à Jack Greenslade, qu'il en était le propriétaire. Et, pour couronner le tout, il ne tint pas sa promesse de lui apprendre à se tenir debout sur la tête.

Chaque fois qu'elle éprouvait ce genre d'agacement, elle se serrait contre lui, pour que le plaisir vienne faire oublier le doute. Mais, pour finir, même l'amour perdit tout attrait.

Ce matin-là, quand elle s'éveilla, le sol était plus tiède, et le soleil, venu de sous l'horizon, montait dans un ciel aussi jaune qu'un champ de blé. Se levant, Rachel découvrit un nouveau pays, fortement boisé, semé de collines qui se lovaient comme des édredons autour des fermes, des chaumières et des villages. Une brume verte adoucissait les contours des arbres. Les premières pousses émergeaient du sol d'hiver, des bourgeons s'ouvraient, les oiseaux arrachaient les clématites prises dans les buissons et

54

s'emparaient des touffes de laine arrachées par les ronces, avec une frénésie qui semblait venir du centre de la Terre.

Dans les troupeaux, un ou deux agneaux trottaient d'un pas incertain sur les talons de leurs mères, et leurs voix flûtées émouvaient Rachel plus encore que celle d'un nourrisson. Elle regarda vers l'ouest, prise d'une soudaine impatience. Peut-être y avait-il, là-bas, des brebis qui lui appartenaient, et dont personne ne prenait soin, qui mettaient bas sans aide ? Il était presque temps de semer.

Jack revenait de l'un de ses raids du matin, un lièvre et une palombe à la main. Il sifflotait ; elle baissa les yeux pour ne pas croiser son regard. A ses pieds gisaient des fragments de fourrure et des petits os, dégorgés là par le hibou qui perchait sur une branche au-dessus d'eux. Du bout du pied, elle les mêla aux feuilles mortes, sans relever la tête.

— C'est aujourd'hui que je m'en vais, Jack Greenslade, dit-elle.

Le petit air joyeux s'arrêta net, et l'on n'entendit plus que le bruit léger des pattes du chien, et celui, plus lourd, hésitant, des pas de l'homme.

— Pas encore, Rachel. C'est la semaine de Pâques ; la foire va commencer, l'argent va revenir. Tout sera différent, tu verras. Attends.

Il paraissait accablé. Non loin de là, les acteurs se réveillaient, marchant à grand bruit et poussant des cris. Elle contempla le paysage du Sussex tandis que leur vacarme venait couvrir son propre calme. Jack gesticulait ; ses bras s'agitaient gauchement, comme s'il était manipulé par des ficelles. Elle eut soudain l'envie d'être de nouveau seule, de marcher, solitaire, le long des champs, dans les forêts, en empruntant des chemins peu connus, pour écouter la nature.

— Je ne peux pas rester. Je suis là depuis trop longtemps.

Elle le regarda : il avait pris une mine consternée, comme un enfant — comme Sam, dans la ferme des Wame.

Elle se dressa sur la pointe des pieds et lui prit la tête pour l'embrasser sur la bouche.

— Allons, Jack, dit-elle tendrement. Ne seras-tu pas à la foire de Barnstaple cet automne ?

— Et tu y seras, tu le jures ?

— Ce ne sera pas bien difficile, pour une fille qui a traversé toute l'Angleterre, de trouver le chemin d'une foire aussi célèbre, répondit-elle d'un air important. Bien sûr que j'y serai.

— Jure-le !

— Sur mon honneur, Jack Greenslade.

Il l'accompagna jusqu'au pied de la colline et resta là à la regarder, agitant parfois la main, tandis qu'elle prenait un petit chemin qui traversait un bosquet : alors, seulement, elle cessa de se retourner ; il ne pouvait plus la voir.

Elle entendit encore un moment Harry Stuckley qui faisait travailler ses petits chevaux efflanqués, et les chamailleries des acteurs. Puis ces bruits se réduisirent à des bourdonnements d'insecte et, pour finir, la jeune fille et le chien se retrouvèrent seuls, avançant paisiblement sous les branches.

La lumière du soleil tombait des feuilles en longues banderoles vertes ; des deux côtés du sentier, les talus étaient parsemés de primevères, aussi serrées que des bouquets. La forte odeur de l'humus montait du sol. Rachel se sentit envahie de bonheur, pleine d'impatience, comme si tout cela était le début de sa véritable histoire d'amour. Elle fit quelques pas, puis se mit à courir, à sauter, à pousser des cris, tandis que le chien aboyait et bondissait autour d'elle.

Ils finirent par émerger dans un pâturage tondu à ras. Un châtaignier s'y dressait, marqué des stigmates de l'âge, plein de nœuds, d'excroissances, de vieux nids d'écureuil abandonnés. La base du tronc se divisait en branches basses, couvertes de bourgeons épais et collants envahis d'abeilles. Rachel retroussa ses jupes, les rentra dans sa ceinture et entreprit de grimper. Ses lourdes bottes glissèrent sur les rides de l'écorce ; elle s'assit, les enleva et les laissa tomber sur le sol, avant de poursuivre son ascension, pieds nus. Bientôt les branches, de plus en plus minces, se mirent à plier sous son poids ; pour finir, il n'y en eut plus qu'une, qui s'élevait plus haut que les autres. Elle s'y accrocha, penchant dangereusement vers l'avant.

C'était une journée splendide. Toute l'Angleterre chantait l'arrivée du printemps : des vaches pleines avançaient dans les prairies, les nids bordés de plumes attendaient les œufs ; la vipère et la guêpe s'éveillaient ; les herbes se tendaient pour une poussée phénoménale. Le sol noir libérait peu à peu sa fertilité pour les semences à venir, et la jeune fille sentit, sous l'écorce, monter la sève. Son propre sang était agité de la même passion ; le désir de créer, de croître, dominait tous les autres. Si elle n'atteignait pas à temps sa terre, celle-ci commencerait sans elle et l'année la laisserait sur place. Elle descendit de l'arbre avec une telle hâte qu'elle parvint sur le sol essoufflée, étourdie. Le briquet, une chope et une petite marmite très lourde étaient enveloppés dans un baluchon d'étoffe qu'elle jeta sur son épaule avant de repartir, suivant le soleil.

Le Sussex, bien à l'abri derrière ses remparts de collines, était plein de lieux secrets : ruisseaux et chemins ondulant sous les rhododendrons, pistes de cerf filant à travers les fougères, petites églises au milieu des champs, curieusement isolées de leurs paroissiens. Rachel se souvint que, quelques semaines auparavant, elle croyait encore que toute l'Angleterre ressemblait au décor hostile qui entourait la ferme des Wame, et que le monotone vent d'est s'en venait balayer. Mais ici, c'était un endroit agréable, où même le chaume était plus épais, plus long. Les gens avaient une voix douce, si profonde et sinueuse qu'il était souvent impossible de comprendre ce qu'ils disaient. A mesure qu'elle marchait, l'idée qu'elle se faisait de Yellaton changea : le taudis de torchis perdu au milieu des broussailles devint une demeure aux fenêtres à croisillons, entourée de prés arrachés à la forêt environnante.

Au cours des deux jours qui suivirent sa séparation d'avec Jack Greenslade, Rachel ne rencontra personne, et en fut fort aise. Elle avait toujours mené une vie solitaire à la ferme : la maîtresse lui donnait des ordres à l'aube, et disparaissait jusqu'au crépuscule, surgissant parfois pour la réprimander d'une aigre voix de corbeau. Vivre avec la troupe des forains lui avait laissé l'impression d'être submergée de bruit et d'action, et, même s'ils voyageaient très lentement, elle n'avait jamais eu le temps de s'arrêter pour admirer le paysage. Ses sens en étaient comme engourdis : elle ne remarquait plus l'odeur du blaireau, le faucon crécerelle ; le premier chant de l'alouette, en février, l'avait laissée indifférente.

Elle traversa les landes, des terres communales en jachère, et évita les marais camouflés du Hampshire. Le tussilage et l'aconit d'hiver percèrent brusquement le terreau, comme des flammes jaunes ; des papillons couleur soufre se perchaient sur chaque

57

buisson de houx, et les fleurs donnaient aux ormes une couleur écarlate. Le premier crapaud rampa sur la terre fondue: c'était le signe que le gel et le froid avaient pris fin, et Rachel se sentit revivre.

Des meuglements, auxquels venaient s'ajouter des bêlements, furent les premiers signes que son isolement était presque terminé. Une telle cacophonie, aussi bruyante qu'un air de cornemuse, annonçait de grands troupeaux. Au bout de quelques miles, le réseau des chemins finit par se rencontrer devant une hôtellerie, non loin d'une route, très large et très droite, qui filait vers l'ouest. Les bêtes étaient rassemblées derrière l'auberge, devant laquelle, chope de bière à la main, se tenaient des hommes vêtus de justaucorps de cuir sans manches, par-dessus des chemises au col grand ouvert, et qui ne ressemblaient guère à des paysans ordinaires: ils sourirent et appelèrent Rachel en la voyant s'approcher. Sa curiosité était éveillée: c'était un endroit bien étrange pour tenir un marché, tant il était loin de toute ville ou de tout village. De plus, certains des hommes portaient des balluchons, comme si, eux aussi, ils voyageaient.

Quand ils l'appelèrent de nouveau, elle se mêla à eux. Ils lui offrirent de la bière et partagèrent avec elle du lard gras, en lui disant qu'ils se rendaient dans les villes avec la première viande fraîche de l'année. Bœufs et moutons étaient plutôt maigres, après le long hiver, mais ils se remplumeraient vite en broutant l'herbe succulente qui croissait le long des chemins. Les citadins seraient trop heureux de payer pour changer leur régime d'hiver de viande salée. Les bouviers fêtaient déjà l'argent qui leur reviendrait. Rachel se trouvait sur la route des troupeaux, qui partait de la plaine de Salisbury et la mènerait tout droit dans le Sud-Ouest, si elle empruntait le chemin qu'ils venaient de parcourir. A les entendre, ce n'était plus qu'à quelques miles.

Le lard fut découpé en tranches pâles, à la couenne brune, que la jeune fille engloutit, essuyant d'un revers de main la graisse qui lui coulait sur le menton. Elle rit quand les autres lui pincèrent les joues et lui caressèrent les cheveux, évoquant entre eux, d'un air grave, ses yeux étranges: ils étaient trop soûls, et il faisait bien trop beau, pour qu'elle eût peur.

L'aubergiste vendait une bière vigoureuse, forte et fruitée, qui remplissait les narines, résonnait contre le palais et incendiait

58

l'estomac. Rachel en but de grandes gorgées, puis d'autres, et d'autres encore. Elle fut très vite agréablement ivre, à tel point que les visages de ses compagnons lui parurent avoir deux nez et quatre yeux. Quand, pour finir, ils lui indiquèrent le chemin, non sans l'accabler de baisers et de promesses, la route lui parut semblable à un sable vert et profond, dans lequel ses pieds s'enfonçaient.

— Viens avec nous, la belle. C'est aussi mauvais de marcher seule que de dormir seule !

— Je t'emmènerai à Londres ! Tu n'en trouveras pas deux comme moi dans le Devon !

— Mets une branche de pied-de-veau sous ton oreiller pour rêver de moi, et je viendrai te voir !

— Souviens-toi de John James !

— Et de Robert Woolsey !

— Et de Robin Ashkettle !

Elle agita la main et partit en trébuchant, se retournant sans arrêt pour les apercevoir, jusqu'à ce qu'une colline vînt s'interposer entre eux. Elle se retrouva sur une vague qui la poussa vers l'avant et ne cessa de la faire rebondir sur des plages de craie. Elle s'étendait parfois sur le sol, essoufflée, marmonnante, se demandant pourquoi le grand chien gris arrivait toujours avant elle ; puis, quand elle se relevait, une autre vague l'entraînait plus loin.

D'un seul coup, la nuit tomba et le sol cessa d'osciller. A sa grande terreur, Rachel vit apparaître devant elle, au bord du chemin, un groupe d'ogres noirs, informes et menaçants. Elle blêmit, et, sous ses yeux, ils se transformèrent en monolithes colossaux d'où émanaient des ondes, qui l'attirèrent au centre de deux cercles concentriques : ils se mirent à tourner sur eux-mêmes avec lenteur, faisant tournoyer la lune entre leurs doigts, comme une pièce de monnaie, de telle sorte que sa lumière apparaissait et disparaissait de façon hypnotique. Elle se sentit prise de vertige, tomba sur une dalle et perdit conscience tandis que, très loin, le chien gris hurlait.

Rachel se voyait elle-même, dans un petit champ d'orge fraîche-ment semé, qu'elle contemplait d'un air satisfait : la tâche était enfin achevée. Un homme venait vers elle, suivi, à quelque distance, d'un très jeune garçon. Ils s'avançaient à contre-jour, et leurs visages restaient dans l'ombre ; mais elle les connaissait, elle les aimait, et se tournait vers eux pour les accueillir. A ce moment, pourtant, l'orge se mit à pousser très vite, cachant l'homme à sa vue tandis que l'enfant s'enfuyait. Rachel fondit en larmes.

Le soleil était brûlant, et les blés ondulants jetaient des reflets sur son visage, comme si elle avait contemplé un lac de cuivre en fusion. Ils s'étendirent, telle une torche qui incendiait les bois et les landes entourant le champ, jusqu'à tout recouvrir ; leur couleur passa d'une pâleur de lin à un or étincelant ; une récolte inconcevable, qui couvrit Rachel de sa riche poussière, et la jeune fille, elle aussi, se transforma en or.

Puis des sentiers semblables à des veines la conduisirent au pied d'un escalier très long et très large, bordé de balustrades de pierre sculptées, qu'elle entreprit de grimper, tandis que, derrière elle, le blé se refermait comme un mur de métal. Les marches étaient peu élevées ; elle parvint pourtant en haut hors d'haleine, courbée, pour se retrouver devant une porte de chêne, ornée de clous de cuivre, qui s'ouvrit lentement. Une jeune fille aux cheveux noirs, à la peau laiteuse, aux yeux brun et vert, apparut. Elle-même.

L'esprit de Rachel revint dans son corps au moment même où le soleil dispersait les dernières ombres des monolithes. Elle se sentait toute raide : ouvrir les yeux lui fit mal à la tête. Les pierres grossièrement taillées avaient perdu tout aspect maléfique, et se dressaient, inertes, au centre d'une plaine plate. Pourtant, ce n'était pas qu'un rêve. Elle avait été attirée là pour y recevoir conseils et recommandations, qui, pour l'instant, restaient obscurs. Elle demeura un moment étendue, à réfléchir à tout cela, mais la dalle était froide, et très inconfortable. Sam courait autour des monolithes, sans oser y pénétrer, et gémissait avec insistance. Tout lui serait révélé un jour, pensa Rachel, qui se leva pour rejoindre le chien.

Les routes des bouviers évitaient à dessein les villes et les villages pour traverser des lieux isolés, où les troupeaux pourraient avancer sans être gênés ni causer aucun dommage. Rachel rencontra des bergers qui guidaient quelques bêtes, et leur mendia un peu de lait et de lard, mais ne vit plus personne ensuite. Chaque fois qu'elle parvenait en haut d'une côte, elle s'attendait à voir apparaître une ferme. En vain. Les jours et les nuits qui suivirent furent nuageux: on n'apercevait ni soleil ni étoiles. La plaine sauvage était nue, presque dépourvue d'arbres. C'était, pour un voyageur, un endroit aussi pénible qu'effrayant; Rachel eut faim, et désespéra bientôt d'atteindre une chaumière ou un hameau. Jusque-là, elle avait réussi à survivre grâce à la générosité de paroisses charitables, et aux rapines de Sam. Elle s'était parfois glissée dans un champ, près d'un troupeau de vaches, et, agitant sous leur nez une poignée d'herbe sèche, était parvenue à en traire une. Elle avait dû également, à son grand désespoir, acheter à deux reprises des pâtés dans des tavernes. La bourse de cuir contenait encore trois pence, qu'elle aurait volontiers dépensés en nourriture; elle jeûnait depuis trois jours. En comparaison, le carême avec les gens de la foire semblait désormais une époque heureuse: pas grand-chose à manger, certes, mais pas de danger de mourir de faim, seule, dans un fossé.

Le chien gris traînait sur ses talons. Une biche égarée, surprise, sauta en l'air et s'enfuit, mais Sam était trop faible pour la poursuivre. Des faucons planaient au-dessus d'eux d'un air menaçant. C'était comme s'ils avaient franchi les dernières terres habitées et approchaient des frontières du monde. Rachel se demanda si elle avait pu se tromper de chemin, et passer près du Devon sans s'en rendre compte. Les joyeux ivrognes de l'auberge lui avaient dit que c'était tout près. Trois jours auparavant. Elle songea à faire demi-tour, n'y renonça que parce qu'elle n'en avait plus la force et continua d'avancer. Enfin, comme elle venait de gravir avec peine une petite colline, elle aperçut une maison de pierre rose, entourée de bâtiments de silex et d'une grange de bois.

L'épouse du fermier parlait avec l'empressement de quelqu'un qui ne doit pas avoir beaucoup de compagnie. Elle était très jeune, et enceinte. Rachel prit soin de ne pas la regarder en face, de peur que la femme, voyant ses yeux, n'ait peur pour son enfant à naître et la chasse.

La fermière lui apporta du pain, du porc salé, et même une écuelle de restes pour le chien.

— C'était pour les poules. Prenez garde à mon mari, dit-elle amicalement. Il n'aime pas les vagabonds. J'aimerais bien vous laisser vous chauffer près du feu, vraiment, mais ce serait contre ses vœux. Vous pouvez dormir dans l'écurie, si vous partez avant qu'il se lève. Où allez-vous? Seuls les bouviers prennent ce chemin. Vous êtes perdue? Ou bien vous êtes une pauvresse en fuite? Vous n'êtes pas une Bohémienne, au moins?

Rachel hocha la tête et se concentra sur la nourriture. L'autre se demanda si le Devon se trouvait au-delà de Bath, puis alla lui chercher une part de fromage et des pommes pour qu'elle eût de quoi manger le lendemain.

C'était la première nuit confortable que la jeune fille et le chien passaient depuis une semaine; ils se réveillèrent pleins d'espoir et arrivèrent très vite à Taunton, puis sur les bords de la lande d'Exmoor.

Dès qu'elle s'y fut engagée, et malgré l'épais brouillard, Rachel sut qu'elle était enfin chez elle. L'endroit lui-même semblait avoir une odeur différente, rude et fuligineuse; l'air humide trempait ses vêtements et ses cheveux, mais la jeune fille n'en avait cure, Yellaton l'attendait, à un seul jour de marche.

Malgré le temps, il était tentant de se hâter sans réfléchir, mais Rachel se souvint des paroles de Jack Greenslade, et s'efforça de suivre soigneusement les pistes. En théorie, il s'agissait d'une grand-route, mais il était difficile de la repérer, car elle n'était pas bordée de clôtures. Elle dépassa des chevaux pris jusqu'aux jarrets dans le bourbier, et, à une occasion, entendit des cris d'homme et des hennissements; toutefois, comme elle se dirigeait vers eux, la route s'interrompit brusquement. Elle jeta une pierre qui tomba à grand bruit dans un ravin avant d'en toucher le fond.

Un valet d'écurie de l'auberge du Coucou lui laissa passer la nuit dans l'étable en échange de quelques caresses et d'un baiser ou deux; puis, peu satisfait des termes du marché, lui ôta tout espoir de dormir en paix. Quand elle finit par s'enfuir, il faisait encore nuit. Le brouillard s'était levé, et la lune illuminait la lande; la route, toute noire, ondulait entre ses pentes argentées.

Il n'était pas midi qu'elle se trouvait déjà à South Molton, où elle examina la place avec intérêt: ce serait là qu'aurait lieu le marché le plus proche de chez elle, et les avocats qui lui avaient fait parvenir le testament de son grand-père y avaient des bureaux. Rachel se demanda s'il ne convenait pas d'abord de leur remettre les documents, mais sa cape et sa robe étaient déchirées, couvertes de boue; Sam et elle sentaient le marais, le fumier; pis encore, aller les voir retarderait son arrivée à Yellaton d'un jour supplémentaire. Un passant lui indiqua le chemin du sud et la jeune fille marcha d'un trait jusqu'à l'auberge du Manteau Noir, à cinq miles de là.

Elle s'était assise sur le montoir pour y manger le reste du fromage. Deux jeunes gentilshommes bien vêtus sortirent de l'auberge, prirent leurs chevaux et s'avancèrent en riant: elle se hâta de leur céder la place.

— Dix guinées à qui arrive le premier au moulin! cria le plus grand des deux en sautant en selle.

— ·Tenu!

Le premier se tourna vers Rachel et lui jeta deux pence:

— Donne le départ de la course, ma fille!

— Bien, Votre Seigneurie. Prêts... Partez!

Les éperons s'enfoncèrent dans les flancs, les cravaches sifflèrent, les chevaux bondirent, la boue gicla, le sol trembla. Les deux cavaliers partirent au galop, se bousculant l'un l'autre et poussant de grands cris. Ils ne tardèrent pas à disparaître.

— Maudits libertins! grommela une voix. Dire que le vieux Squire est à peine froid!

Derrière elle, un vieil homme fumant une pipe d'argile se tenait immobile, suivant les deux jeunes gens de ses yeux chassieux.

— Qui sont-ils? demanda Rachel en se hâtant de cacher les pièces de monnaie.

— Le jeune Squire Waddon, de Beara, et un de ses bons amis de Londres. Ils ne font que boire et courir les filles depuis la mort du vieux Squire, il n'y a pas six mois de ça; que le Seigneur ait pitié de son âme!

Rachel sentit que ses doigts tremblaient et serra les poings:

— La lande de Beara? Là où est Yellaton? A quelle distance d'ici? demanda-t-elle en essayant de prendre un ton négligent.

Le vieil homme tira bruyamment sur sa pipe et réfléchit un long moment avant de répondre:

— Ça dépend si tu y vas à pied ou à cheval, ma fille.

— A pied! à pied!

Le regard de l'homme, au milieu de son brouillard de fumée, semblait perdu dans le vague, et elle crut un instant qu'il avait oublié la question, mais il finit par marmonner:

— Yellaton? Tu dis bien Yellaton? C'est là que vit Penuel Jedder.

63

Rachel frémit en entendant le nom de son grand-père:
— Oui. A combien d'ici?

Il lui jeta un regard plein de malice:

— La vie entière, ma fille, si tu étais aussi vieille et aussi pauvre
que moi. Combien t'a donné le jeune Squire?

A contrecœur, elle lui tendit un penny, dont il s'empara avec la
prestesse d'une pie, et qu'il fit tomber dans la poche de sa blouse.

— Il faut une heure pour aller au village de High Chillam, et
une demi-heure de plus, après avoir tourné à l'ouest, pour arriver à
la Cuisse de Lièvre, en haut de Beara. C'est la terre de Jedder.

Rachel remarqua à peine le paysage au cours de ces derniers
miles, et les maisons de High Chillam ne lui laissèrent pas grand
souvenir. Elles marquaient simplement la fin du voyage.

La pluie tombait à petites gouttes, la bourrasque soufflait à
travers les arbres et les fourrés, mais cela n'avait aucune importance — pas plus, d'ailleurs, que de traverser un lit de ronces, ou
de s'enfoncer jusqu'à la cheville dans un fossé dissimulé. Le
chemin prenait fin dans une clairière que les charbonniers avaient
dégagée au milieu des bois. Tant pis. Elle savait exactement où
elle était, comme si elle avait passé toute sa vie là, et grimpa sans
hésitation, à travers l'épaisse bruyère, dépassa le dernier sureau et
parvint sur la lande de Beara, où une jument sauvage la regarda
passer, sans bouger. Un vent tiède, venu du sud-ouest, l'accueillit
comme une vieille amie. Une haie familière courait le long de la
crête, au-dessus d'elle. Elle entourait un champ assez large, qui
finissait par s'effiler à un bout. La Cuisse de Lièvre. La terre de
Jedder.

Rachel Jedder demeura longtemps, très longtemps, immobile
près de la clôture de bois, à contempler sa terre. Trois champs aux
formes irrégulières, arrachés à ce lieu sauvage, pouce par pouce,
pendant des siècles, par les hommes et les femmes de la famille
Jedder; et, au sommet de la lande, une maison longue et basse,
bâtie face au vent et protégeant quelques vieux bâtiments blottis
derrière elle.

Le jour disparut sans bruit. La nuit envahit peu à peu le ciel,
qu'illuminèrent des milliards d'étoiles sans âge. Mais Rachel ne
bougeait toujours pas, et des larmes coulaient sur ses joues.

64

Enfin, elle ouvrit la barrière, se pencha lentement et ramassa une poignée de terre, qu'elle frotta entre ses doigts et pétrit en une boule humide, avant de la réchauffer entre ses paumes, puis, la portant comme si c'eût été un oisillon, elle s'avança dans l'herbe.

La porte arrière de la maison était ouverte et elle entra.

CHAPITRE QUATRE

Il faisait trop noir pour y voir, mais Rachel se dit que la porte devait mener à la cuisine. Elle l'ouvrit, et sentit sous ses pieds de la paille qui prouvait qu'elle avait raison. Bizarrement, il faisait bon dans la pièce.

Elle fouilla dans son balluchon à la recherche d'une bougie, prit son briquet, soigneusement rempli de fragments desséchés d'écorce de bouleau, et se mit à le battre: les étincelles jaillirent sur les copeaux, sur lesquels elle souffla doucement, mais tous s'éteignirent. Le chien gris était parti à l'aventure dehors. On entendait, non loin de là, comme un bruissement. De nouveau elle s'efforça d'enflammer l'écorce. C'était une tâche très pénible, qui demandait parfois près d'une demi-heure; cette fois, pourtant, elle eut plus de chance. Une maigre flamme monta — juste de quoi allumer la bougie.

Sa chétive lumière révéla la cuisine la plus sale que Rachel eût jamais vue. Les poules étaient juchées sur les chaises et sur les rayonnages. Sur une table et une armoire s'entassaient des outils, des harnais, des barriques et des bûches, un tabouret, une paire de roues de charrette, des plats non lavés et un chaudron de fer plein d'un mélange à l'odeur peu ragoûtante.

Comme elle s'avançait, Rachel sentit sous son pied quelque chose de mou, d'immobile, et hurla en se rendant compte que c'était un rat mort, à demi dévoré. Un chat jaillit en feulant d'un coin de la pièce. Une autre porte de la cuisine s'ouvrit; un homme lourdement bâti entra.

Déconcertés, Rachel et lui se regardèrent pendant quelques instants, puis, avant qu'elle eût le temps de réfléchir, il se précipita sur elle, et la prit par les poignets.

— On est venu voler, hein? On est venu voler chez moi, sale garce?

Il la secoua jusqu'à ce que Rachel quitte le sol. Sa bougie lui échappa et tomba à terre, dans la paille. Il l'éteignit d'un coup de talon, les laissant tous deux dans l'obscurité la plus totale.

— C'est bien Yellaton? balbutia-t-elle. Là où vivait Penuel Jedder?

Il l'entraîna de force et la fit sortir par là où elle était entrée, puis la mena dans une autre pièce où brûlait une chandelle.

— C'est ça. Et alors? Penuel Jedder est mort depuis bientôt six mois. La maison est à moi, maintenant.

— Oh non! monsieur! Je ne vous connais pas, mais c'est ma maison et ma terre! répliqua Rachel sur un ton très agressif.

L'homme la lâcha et la regarda, stupéfait:

— A toi? Cette terre est à toi? Et qui es-tu donc, ma fille? Tu viens me voler ma maison? Ecoute, je veux bien te laisser partir, mais surtout, que je ne te voie plus!

— Mon nom est Rachel Jedder. Penuel Jedder était mon grand-père et il m'a laissé Yellaton quand il est mort.

Elle était si petite, si maigre, qu'elle avait l'air d'une enfant de dix ans. L'homme rit, puis lui jeta un regard d'abord stupéfait, puis incrédule:

— Penuel Jedder n'avait qu'une fille, qui l'a déshonoré, et il ne voulait plus entendre parler d'elle!

— Grace Jedder était ma mère, répondit Rachel en se redressant pour le fixer droit dans les yeux. Avant de mourir, il lui a pardonné et il m'a laissé sa terre.

L'homme rougit, lui jeta un regard dur, puis hocha la tête avec mépris:

— Jamais de la vie! C'était le cousin germain de mon père, et tu n'es qu'une gamine. Je connais Penuel Jedder depuis que je suis né, et cette terre est à moi. Tu n'es pas de sa famille. Tu mens, sale garce.

— Je peux le prouver, hurla Rachel, furieuse. J'ai des preuves!

De nouveau, il la saisit par le bras:

— Ah bon? Quelles preuves?

Les documents étaient toujours dissimulés sous sa jupe. Elle était si habituée à porter le sac d'étoffe noué à la taille qu'elle ne le sentait plus, et l'espace d'un instant, crut l'avoir perdu. Affolée, elle eut le réflexe d'avancer la main pour le toucher, mais s'arrêta à mi-chemin, comprenant qu'en aucun cas elle ne devait montrer les papiers à l'inconnu, mais les garder cachés jusqu'à ce qu'elle-même soit en sécurité.

— Des choses, murmura-t-elle vaguement.

Il la traîna sur le plancher et ouvrit une porte qui donnait sur un escalier très raide menant à une soupente.

— Tu resteras là pour cette nuit, sale garce! lança-t-il, l'air sinistre, et il la poussa.

La porte se referma. Rachel se blottit sur le sol, tremblante. Tout cela était si invraisemblable qu'elle parvenait à peine à y croire. Bien souvent, au cours du long voyage vers Yellaton, elle avait été très pessimiste, imaginant plus d'une fois les catastrophes qui l'attendraient là-bas: la maison en ruine, le bétail mort, ou dispersé, la propriété pillée. Elle s'était même dit une fois, à l'issue d'une journée de marche solitaire particulièrement pénible, que l'endroit n'existait pas. Mais il lui avait toujours paru impossible qu'on contestât ses droits, ou le fait que Penuel Jedder lui eût légué tous ses biens. Maintenant qu'elle était là, paralysée par la surprise, ses idées lui échappaient, se heurtaient avec violence, l'abandonnant à son propre désespoir.

A côté, son ravisseur marchait dans la pièce à grands pas lourds. Un homme jeune, bien bâti, né dans le Devon, soutenu par une famille et des amis. A de nombreuses reprises, on avait refusé d'aider Rachel, on l'avait chassée des villages, on avait examiné d'un air mauvais son sauf-conduit: tout cela lui avait appris à quel point les étrangers étaient mal vus. A Beara, comme à High Chillam, personne ne lui porterait secours cette fois-ci. Ils la chasseraient de la paroisse à coups de fouet, comme on faisait pour les vagabonds qui n'avaient pas de certificat, et le village suivant agirait de même, comme celui d'après, la contraignant à traverser toute l'Angleterre jusqu'à ce qu'elle mourût de faim, ou se vît contrainte de retrouver l'esclavage de la ferme des Wame. Jusqu'à présent, Yellaton était comme un mirage doré, qui l'avait soutenue tout au long de son grand voyage, malgré la faim et les souffrances: sa propre panique la fit s'effondrer d'un seul coup. Les lèvres de Rachel récitèrent une prière, comme si c'était une invocation:

— Et je prie Dieu qu'Il nous offre tout ce dont nos âmes et nos corps ont besoin; qu'Il nous soit miséricordieux et nous pardonne nos péchés; qu'Il lui plaise de nous sauver et de nous défendre de tous les dangers...

Sous la porte, le mince rayon de lumière disparut. L'homme était enfin parti. Le désespoir réduisit son souffle à un soupir, la laissant prostrée, jusqu'à ce que l'épuisement vînt atténuer un peu son épouvante. Tout compte fait, mieux valait se retrouver dans une soupente que dans une forêt humide et froide, et Rachel s'endormit d'un sommeil lourd, peuplé de rêves terrifiants.

Quand les voix la réveillèrent, la porte laissait filtrer un peu de la lumière du jour. Elle grimpa l'escalier en silence, à genoux, et pressa l'oreille contre une fente du bois.

C'était l'homme qui l'avait enfermée la nuit dernière :

— C'est ce qu'elle a dit. Le vieux Jedder était son grand-père, et il lui a tout laissé. Il faut que vous fassiez quelque chose, oncle Walter.

— Suppose que ce soit vrai ? Suppose qu'elle ait le testament de Penuel Jedder ?

— Non. Elle l'aurait montré hier. Il n'y a pas de papier du tout. Je jurerai qu'elle volait du pain, et ce sera facile de se débarrasser d'elle. Vous êtes du conseil de la paroisse.

— Très bien, Matthew Claggett. Comme tu dis, Yellaton sera à toi. Et maintenant, va chercher la femme et nous l'amènerons devant la Justice.

La porte s'ouvrit, et Rachel, clignant des yeux, fut traînée devant un homme d'une cinquantaine d'années, aux traits tirés, d'allure morne, qui la regarda avec surprise avant de s'exclamer :

— Mais c'est une enfant, mon neveu ! Si elle est jugée pour vol, elle sera pendue ! Nous ne pouvons pas envoyer une enfant à la potence !

— Oh que si ! répliqua Matthew Claggett d'un air farouche.

— Je sais ce que nous allons faire, mon neveu. Je la ferai chasser du village, et renvoyer d'où elle vient.

Rachel tressaillit, mais ils n'y prirent pas garde.

— Si elle n'est pas pendue, elle reviendra et nous causera des ennuis, Walter Riddaway.

Le jeune homme saisit le bras de son oncle :

— Yellaton m'a été promis ! Qu'est-ce que cette gosse pourrait en faire, et qu'est-ce que je deviendrais, si je le perdais ? Je dois épouser Amy Bartle en juin, et je ne pourrais plus retourner vivre à Wey Barton, après ça !

Ils parlaient comme si elle n'eût pas été là, mais Rachel, rien qu'à voir leurs visages, aurait pu deviner quelle était leur discussion sans en entendre un seul mot.

70

Le chef de la paroisse rentra la tête dans ses épaules, comme une tortue qui s'abrite dans sa carapace, et fronça les sourcils. Son neveu ne cessait de s'agiter, manifestement furieux de le voir si lent à se décider. Il y eut une longue pause. Puis Walter Riddaway fit brusquement demi-tour, et sortit en marmonnant, de façon presque inaudible :

— Amène-la.

Rachel était restée silencieuse, sans même oser jeter un regard dans la pièce : elle avait bien trop peur qu'ils ne la fouillent et découvrent les documents. La destruction du testament de Penuel Jedder lui ôterait toute chance de devenir maîtresse des lieux, et la mènerait tout droit à la mort. Elle les suivit donc sans résistance.

Dehors, un brouillard épais avait réduit le monde extérieur à quelques mètres de terrain autour de la maison, entourée de haies indistinctes et d'arbres perdus dans le lointain. Au-delà s'étendait une grande zone grise et morne. La jeune fille, bien qu'il fût impossible d'apercevoir le soleil, estima qu'on était encore en tout début de matinée.

Les deux hommes partirent d'un bon pas, sans dire mot, encadrant Rachel ; le plus jeune avait posé la main sur son épaule gauche. Ils prirent un chemin qu'elle n'avait pas remarqué la veille, et qui longeait l'extrémité de la Cuisse de Lièvre pour tourner brusquement et descendre la colline en direction d'un petit bois qui, apparemment, faisait également partie du domaine. Hêtres, noisetiers, frênes, chênes y poussaient. Les sous-bois avaient sans doute été nettoyés par les porcs que son grand-père y avait emmenés l'été dernier. C'était un endroit étrange, qui paraissait plein de présences spectrales, et de silhouettes déformées par la brume. Le chemin, tout bourbeux, descendait peu à peu : comme elle glissait, Matthew Claggett la poussa violemment pour qu'elle puisse suivre le rythme de leurs pas.

Rachel comprit que le brouillard était son allié et que, si elle voulait s'échapper, il lui faudrait s'y prendre avant que tous trois n'aient atteint le village, mais l'homme ne relâcha pas sa prise un seul instant, et Walter Riddaway était tout près.

Ils entreprirent de traverser la lande : la jeune fille suivait une piste étroite, tandis que les deux autres marchaient en silence dans les genêts qui la bordaient. Ils étaient désormais prisonniers d'une barrière de brume qui étouffait tous les sons, rendait impossible de s'orienter, et faisait naître ces démons des marais, ces esprits errants, qui attiraient les voyageurs en des jours comme celui-ci, pour les amener à se noyer dans les marécages, ou les contraignaient à danser dans des cavernes souterraines, jusqu'à ce qu'ils meurent d'épuisement.

Un gémissement inhumain se fit entendre au loin, terrifiant. Tous trois l'entendirent: les deux hommes pressèrent le pas, courant presque. Il résonna de nouveau, plus près, cette fois; brusquement, un monstre apparut à travers le brouillard et se jeta sur eux en hurlant. Il avait des yeux étincelants, de longues dents pointues et de longs poils hérissés. Les geôliers de Rachel hurlèrent de terreur et s'enfuirent tandis qu'il sautait sur la jeune fille, qu'il fit tomber à terre.

— Grand Dieu! Tu es arrivé à temps, Sam! souffla-t-elle.

Elle se releva et le suivit en trébuchant, s'accrochant à sa queue pour plus de sûreté. Le chien gris avait beaucoup de flair, et ne rien y voir ne le gênait guère. Lui montrant le chemin, il la fit sortir de la lande, et la conduisit près d'une longue étendue boisée, qui menait à une vallée traversée par un ruisseau.

Rachel sentit que le soleil perçait enfin les derniers voiles de brouillard, lâcha la queue du chien et le serra contre elle.

Le ruisseau aboutissait à un lac, bordé d'arbres sur trois côtés: le dernier — le plus lointain — donnait sur un parc où paissait un troupeau de vaches rousses. Un chemin traversait la végétation pour mener au bord de l'eau. Maintenant que le temps s'était éclairci, le ciel apparaissait, tout bleu, derrière des amas de petits nuages blancs, et Rachel parvint dans une clairière ensoleillée. Ses bottes, déjà trouées par endroits, la faisaient souffrir, et ses talons étaient couverts d'ampoules; aussi, s'asseyant au milieu de fougères et d'herbes de Saint-Jean, les ôta-t-elle pour plonger les pieds dans l'eau glacée. C'était très agréable: Rachel en profita pour enlever la boue prise entre ses orteils.

Matthew Claggett et Walter Riddaway ne viendraient pas la poursuivre. Ils l'avaient sans doute crue victime d'un chien sorti des enfers, et devaient se féliciter d'avoir été débarrassés d'elle si aisément, pensa-t-elle en respirant à grand bruit, suffoquée par un violent accès de haine. Son poing se referma sur un caillou qu'elle jeta dans l'eau: il y traça un cône blanc, comme pour marquer son vœu de se venger.

72

Sam vint lui lécher la main. Elle caressa son énorme tête et ses oreilles d'un air absent, se calmant peu à peu, avant de pouvoir réfléchir au moyen de résoudre son problème. Si elle retournait à South Molton, les avocats lui demanderaient sans doute de l'argent avant d'entreprendre quoi que ce soit. Pis encore, il se pourrait bien qu'ils connaissent Walter Riddaway, et même qu'ils produisent des documents léguant Yellaton et ses terres à Matthew Claggett. Son ventre grogna, lui rappelant qu'elle n'avait rien mangé depuis la veille. La jeune fille ignorait où elle se trouvait et ne pouvait courir le risque de traverser de nouveau High Chillam. Elle jeta un coup d'œil dans le parc.

Un cavalier le traversait, monté sur un grand cheval dont la crinière et la queue flottaient au vent. Rachel reconnut l'animal avant le maître : c'était le Squire Waddon de Beara. Très droit, vêtu d'une jaquette lie-de-vin et de culottes de daim, bien en selle, il avait fière allure. Rachel sourit quand elle le vit disperser volontairement le troupeau en changeant de direction pour galoper sur le chemin menant au lac.

Le moyen de retrouver sa terre fut, d'un seul coup, aussi clair dans l'esprit de la jeune fille que si elle avait passé des heures à y réfléchir. Elle se leva, pleine d'impatience, puis, accablée, regarda ses vêtements. La robe brune, si douce, si respectable quelques semaines auparavant, était désormais en lambeaux, et pleine de débris de paille. Le caraco était sale et sans doute grouillant de puces. Dans sa tête, une voix répétait : « Yellaton ! Yellaton ! » comme une incantation. Ses doigts raidis s'escrimèrent sur les boutons.

Il avait atteint l'autre extrémité du lac, et avait fait prendre à sa monture le pas long, coulé, propre aux pur-sang. Les boutons étaient minuscules, on aurait dit qu'ils étaient cousus dans leurs boutonnières. Rachel jura, tira violemment sur sa robe ; ils partirent d'un seul coup. Le martèlement des sabots résonnait comme un tambour. Robe et manteau tombèrent sur le sol tandis qu'elle luttait pour s'extraire de son caraco. Il faisait plus froid qu'elle ne l'aurait cru : elle avait la chair de poule, et la pointe de ses seins durcit sur sa poitrine de garçon, qu'elle regarda à la dérobée en fronçant les sourcils. On apercevait la silhouette du cavalier entre les arbres. Quelques foulées de plus et il passerait sans la voir. Elle siffla pour éloigner le chien, puis se jeta dans l'eau à grand bruit.

C'était comme de plonger dans le feu. Des flammes vinrent lécher et flétrir sa peau: elle eut envie de sortir de là en hurlant. Tournant la tête, elle vit le cavalier arriver dans la clairière, et une image de la robuste maison sur la lande lui traversa l'esprit. Serrant les poings, crispant les mâchoires, elle plongea. Le lac se referma sur elle comme un fourneau brûlant; du métal fondu vint chasser l'air de ses poumons, lui remplir douloureusement les oreilles, de plus en plus près, jusqu'à ce qu'elle soit contrainte de remonter d'un coup de reins. Le Squire était au bord de l'eau et contemplait le spectacle.

— Seriez-vous en train de vous noyer? demanda-t-il d'un air intéressé.

— Oh non! Votre Honneur, je prends les eaux, répondit Rachel avec un effroyable sourire. C'est la mode à la mer, pour la santé, et c'est très amusant.

— Vraiment?

Il n'avait pas l'air convaincu, mais ses yeux étaient fixés sur ses épaules nues; car la jeune fille, héroïquement, dissimulait sa poitrine sous la surface de l'eau, et s'efforçait d'avoir l'air joyeuse.

— Sortez donc de là, ma fille. Il existe des jeux plus amusants que je vous ferai connaître.

Rachel fit jaillir un poudroiement de gouttes d'eau et s'avança vers la rive.

— Il vous faudra tourner le dos, Votre Honneur, car je ne suis pas vêtue, dit-elle en espérant qu'il se hâterait et ne remarquerait pas que ses dents claquaient.

Mais il avança dans l'eau, la prit dans ses bras, l'emmena jusqu'au rivage et rit en la déposant sur le sol avant de se laisser tomber à côté d'elle. Sa bouche vint meurtrir ses lèvres bleuies tandis que, gelée, elle se serrait machinalement contre lui. Par la suite, elle se dit que c'était comme d'embrasser une pomme tout droit sortie du four. Son corps était aussi blanc qu'un cadavre, ses nerfs si engourdis par le froid que branchages et cailloux s'incrustèrent dans son dos sans lui faire mal. Les mains du Squire couraient sur elle, sans pouvoir éveiller ses sens, comme si elle avait porté plusieurs épaisseurs de vêtements. Il ouvrit sa veste; elle se serra contre lui. Il contempla son visage blême, les algues vertes prises dans ses longs cheveux noirs, et sourit:

— C'est comme de faire l'amour avec une sirène!

Il ne perdit pas de temps. C'était un amant plein d'enthousiasme, qui lui témoigna la vigueur, la sûreté et la rapidité qu'il devait mettre à faire sauter une barrière à son cheval. Rachel ferma les yeux, s'accrocha à la chemise de son partenaire, et fut, quelques minutes durant, brutalement cahotée. Puis tout fut fini, et il se laissa tomber sur elle: son épaule vint se poser sur sa bouche et son nez, l'empêchant de respirer.

Elle se souvint de Jack Greenslade, si tendre, si sensible, de la façon dont tous deux avaient partagé un tel plaisir que, même en rêve, elle ne pourrait plus en connaître de pareil. Des larmes inattendues coulèrent sur ses joues humides. Elle les essuya en hâte, d'un revers de main, tandis que l'homme, haletant encore, roulait sur le côté et remettait ses culottes avant de lui lancer un clin d'œil:

— Eh bien, belle sirène, n'y avait-il pas de moyens plus agréables de passer le temps que de prendre un bain froid? Mais tu ferais mieux de t'habiller, et vite, avant d'attraper une fièvre beaucoup moins agréable que celle-là!

Il avait vingt-cinq ans au plus, un visage intelligent, bien que dissipé, une chevelure d'un roux carotte et le teint rouge d'un fanatique de chasse au renard. Il s'assit dans l'herbe et la regarda remettre sa robe, puis posa sa propre jaquette sur ses épaules et l'attira contre lui.

— Et maintenant, fière naïade, combien d'argent désires-tu en récompense?

— De l'argent, Votre Honneur?

— N'est-ce pas pour cela que tu t'étais mise en embuscade? demanda-t-il en gloussant.

— Oh non! Votre Honneur! répondit-elle, véhémentement. Je jure que non.

Il leva les sourcils et attendit. Rachel se sentit honteuse, rougit, secoua la tête et prit, tout près de là, le sac de toile contenant les documents.

— Il est vrai que j'espérais que vous vous arrêteriez, Votre Honneur, car j'avais grand besoin d'aide, chuchota-t-elle.

Evitant de croiser son regard, elle lui tendit les papiers:

— Je vous supplie de bien vouloir lire tout cela.

— Une sirène mystérieuse!

Il retira le bras qu'il avait passé autour d'elle, lui pinça le nez, prit les documents et y jeta un coup d'œil rapide.

— Ainsi donc tu es la petite-fille de Penuel Jedder et tu es venue prendre possession de Yellaton, dit-il en les lui rendant. Eh bien, ces papiers m'ont tout l'air d'être en ordre, alors pourquoi vouloir te noyer dans mon lac, Rachel Jedder?

D'une voix neutre, elle lui expliqua qu'il avait fallu trois mois pour que la nouvelle parvînt chez les Wame, et trois mois de plus pour se rendre ici. Elle décrivit ensuite l'homme qu'elle avait trouvé dans la maison de son grand-père, puis lui apprit les événements de la matinée, se gardant de lui donner le moindre détail superflu : à l'entendre, le long voyage jusqu'à Yellaton s'était déroulé très normalement, mais le Squire l'écouta sans l'interrompre, et, une fois l'histoire terminée, la regarda avec admiration.

— Ainsi, ma sirène, tu as donc traversé toute l'Angleterre, seule, et à pied? Peu d'hommes l'auraient osé! Yellaton sera à toi, j'en fais le serment. Je veillerai à ce que Matthew Claggett en soit chassé aujourd'hui même.

Folle de gratitude, Rachel prit sa main et la passa contre son visage. Il lui renversa la tête, l'embrassa, puis la repoussa doucement et rit. La jeune fille l'imita : il avait l'air aussi innocent, aussi charmant qu'un jeune chien.

— J'aurais sans doute dû attendre que tu te réchauffes un peu, ma sirène. Tu étais plus froide que le vent du nord! C'était fort agréable, j'en conviens, mais il ne faudrait pas recommencer l'expérience trop souvent.

Il l'aida à se relever, fouilla dans les poches de sa jaquette et en sortit une pièce de monnaie qu'il lui mit la main:

— Laisse-moi le testament de Penuel Jedder, je verrai Walter Riddaway cet après-midi. Retourne à Yellaton au crépuscule. Tu n'y trouveras plus personne, et nul ne viendra te disputer une propriété qui t'appartient désormais.

Il sauta sur son cheval et leva la main pour la saluer.

— Tous mes vœux t'accompagnent, Rachel Jedder, lança-t-il en souriant avant de s'éloigner au galop.

Rachel ouvrit le poing et écarquilla les yeux en apercevant la pièce d'or. Le Squire Waddon lui avait donné une fortune, de quoi vivre des mois durant: une guinée.

Elle se rassit avec lenteur et prit ses genoux entre ses bras. Elle était presque réchauffée, elle avait de l'argent. Certes, elle venait

76

de se faire un allié sûr, et Yellaton, enfin, lui reviendrait d'ici quelques heures ; pourtant, la jeune fille se sentit envahie de tristesse en songeant à la façon dont s'étaient déroulées les choses. On pouvait faire confiance au jeune homme, qui n'avait vu dans tout cela qu'un grand jeu ; elle aurait dû penser de même, mais n'y parvenait pas. Rachel observa les eaux du lac, ressentant une sorte de douleur morne, inexplicable. C'était comme si, pour quelques heures, elle avait dû retrouver la servitude en échange de sa terre.

Elle se redressa et secoua la tête pour échapper à la mélancolie, se souvenant de la résolution prise après l'épisode de Thetford Forest : tirer parti de toutes les expériences, si déplaisantes fussent-elles. Rêvasser était un luxe, un gaspillage de temps, qu'elle ne pouvait se permettre. Elle avait toujours été exploitée : désormais elle était libre, et possédait une maison, un domaine. Rien d'autre ne comptait.

L'eau venait battre les rives ; de l'autre côté, les saules laissaient pendre leurs branches minces. Un léger brouillard d'insectes frémissait au-dessus du lac, où, de temps à autre, des rides révélaient la présence d'une truite. Un papillon orange, échappé du parc, s'en vint voleter autour de la tête de Rachel avant de se poser sur une feuille de lys. Sam arriva, vacillant dans la boue, se secoua et s'approcha en se léchant les babines. Poules d'eau et canards abondaient autour de la pièce d'eau, et quelques plumes étaient prises dans son pelage. Rachel le regarda d'un air accusateur ; l'haleine du chien, qui empestait l'eau stagnante et le poisson, confirma ses soupçons :
— Sale goinfre ! dit-elle en le repoussant. Pourquoi ne pas l'avoir amené ici ? J'ai si faim que je mangerais du foin ! Crevard ! Qu'est-ce que c'était ? Un canard, je parie ! J'espère que le Squire t'attrapera, la prochaine fois !

Bien qu'elle eût très faim, elle préféra passer le reste de la journée dans la grande forêt, plutôt que risquer de rencontrer le chef de la paroisse de High Chillam et son neveu, ou qui que ce fût d'autre.

Il était étrange de penser qu'elle avait, en définitive, passé une nuit dans sa propre maison, dans son domaine, sans voir grand-chose de l'une ou de l'autre. Rachel ne songeait qu'au moment où ils lui seraient enfin révélés, comme si on les avait sortis d'une boîte pour les déposer devant elle. Toutefois, si pressée qu'elle fût, une vie pleine d'adversité lui avait enseigné la patience. Elle s'installa donc confortablement dans la clairière, et réussit même à passer une heure ou deux dans un demi-sommeil, tandis que le soleil traversait le ciel avec lenteur, et que la lumière semblait couvrir le lac d'écailles de poisson. Les chants des oiseaux prirent fin, les fleurs se refermèrent ; la lune apparut dans le ciel bleu sombre. Un renard se glissa entre les arbres.

La jeune fille et le chien gris grimpèrent la colline, puis traversèrent la lande, sans jamais vouloir se presser, retardant le moment fatidique afin de le savourer davantage encore. Arrivant près du bois qui longeait Yellaton, ils entendirent des voix et, prudemment, quittèrent le chemin pour avancer jusqu'à un endroit où ils pourraient voir sans être vus.

Matthew Claggett et son oncle chargeaient deux chevaux à contrecœur, sous la surveillance du Squire et d'un de ses serviteurs. De temps à autre, le jeune homme s'enquérait d'un objet et ordonnait qu'il fût laissé à la maison : Walter Riddaway apparut ainsi avec une cage de bois pleine de poules, et se vit contraint de l'abandonner sur le sol.

— Mais j'ai travaillé six mois ici, Votre Honneur, protesta Matthew Claggett. J'ai quand même droit à quelque chose !

— Le droit à la potence, pour avoir grugé la petite-fille de Penuel Jedder ! lança le Squire.

Walter Riddaway vint, en toute hâte, se mettre devant son neveu, et inclina la tête :

— Pardonnez-lui, Votre Honneur. Il est si ahuri qu'il ne sait plus ce qu'il dit.

— Dépêchons-nous !

De toute évidence, le Squire Waddon était de plus en plus agacé : son cheval mordait son frein et ne cessait de marteler le sol du sabot. Puis, comme les deux villageois nouaient la dernière corde autour de leur chargement, le jeune homme fit demi-tour et s'éloigna au galop le long du chemin. Son serviteur resta sur place, et attendit que les chevaux soient partis avant de suivre son maître et de disparaître entre les arbres.

Rachel ne bougea que lorsque la lande fut redevenue parfaitement silencieuse. Alors seulement, elle et le chien gris s'avancèrent à découvert pour marcher vers la maison.

La lande sans âge s'étendait jusqu'à l'horizon. Ses pentes enchevêtrées étaient pleines de pièges et de mystères ; un endroit ingrat, dont les orages et la sorcellerie portaient souvent tort aux récoltes comme aux hommes. Ce soir-là, pourtant, Beara, perdue sous le ciel livide, parut à Rachel Jedder aussi douce et paisible qu'un chat endormi. Le crépuscule s'installait sur ses courbes, la changeant en un paysage d'ombres et de vapeurs, prêt à disparaître, un lieu imaginaire, irréel, plein de mystères. Le soleil mourut, laissant derrière lui une traînée de sang. Rachel se tourna enfin vers la maison.

Yellaton était construite en torchis — mélange d'argile, de paille, de cailloux et de poils de chevaux —, avec un toit de chaume. Ses murs, lissés et blanchis à la chaux, faisaient plusieurs pieds d'épaisseur. Pour mieux résister aux intempéries, les châssis des fenêtres étaient petits et profondément enfoncés. On aurait dit que la demeure se dressait sur la colline depuis des siècles, qu'elle était née de la lande elle-même. Derrière le porche de pierre, la porte d'entrée s'ouvrait sur une longue pièce, qui donnait sur la soupente où on l'avait retenue prisonnière la veille. Des poutres de chêne noircies soutenaient un plafond bas ; près de l'âtre, un banc de chêne à dossier faisait face à un fauteuil. Des volets permettaient de tenir tête aux bourrasques de l'hiver. Il y avait aussi une autre banquette près de la fenêtre, et une table. Rachel alla d'un meuble à l'autre, y passant un doigt craintif, et contempla les murs grossièrement plâtrés, incapable de se faire à l'idée que tout cela lui appartenait. Elle se sentait tendue, comme lorsqu'on va mourir. Son petit balluchon était encore posé sur le sol ; la jeune fille s'en empara et le serra contre elle, en un geste de défense, constatant avec surprise qu'elle avait un peu peur.

Au cours de son voyage, c'est à la terre qu'elle avait songé avant tout. Elle s'était imaginé la maison, bien entendu, mais toujours de l'extérieur, ne la voyant jamais qu'en relation avec les champs, la lande ; l'intérieur restait vague, guère plus qu'une grotte protectrice. Elle semblait désormais trop vaste, trop pleine d'objets, à une jeune fille qui ne possédait jusque-là qu'une marmite et un briquet. Elle s'approcha du banc à dossier, indécise, et s'assit sur le bord d'un air pincé, chevilles croisées, genoux serrés, mains repliées sur son ventre, comme une dame.

Sam se glissa dans l'ouverture de la porte et trottina dans la pièce, inspectant chaque coin ; sa longue queue battait contre les murs. Puis il se dirigea vers la table, leva la patte, urina négligemment et sortit.

Poussant un cri d'horreur, Rachel se leva. Le liquide formait une petite mare sur le carrelage ; elle la contempla, bouche bée, pétrifiée. Puis son corps tout entier fut secoué par une vague d'hystérie : elle éclata de rire jusqu'à ce que ses yeux fussent remplis de larmes et que ses mâchoires et son ventre lui fissent mal. Elle se vautra avec peine dans le fauteuil. Chaque fois que les hoquets semblaient se calmer, le souvenir de la sublime indifférence du chien faisait naître de nouveaux spasmes, jusqu'à ce qu'elle suffoquât, éperdue, toute crainte dissipée. Le rire devint gloussement, puis ricanement, avant de céder la place à un grand sourire heureux.

L'ultime lumière du crépuscule disparaissait vite. Rachel alluma une bougie. La pièce apparut dans la douce lueur, et, pour la première fois de sa vie, elle se sentit en sécurité, à l'abri des éléments brutaux, de la solitude, des tyrans domestiques d'autrefois. Voilà ce que veut dire avoir un foyer, comprit-elle brusquement : aussi longtemps qu'elle s'accrocherait à la maison de Yellaton, Yellaton s'accrocherait à elle. Elle parcourut la pièce du regard, profondément satisfaite.

Dans un coin, une porte donnait sur un escalier de bois très étroit, qu'elle gravit avec impatience, chandelle à la main. Il menait à un couloir aussi long que la maison elle-même, aux murs inégaux, au plafond ruisselant. On y apercevait quatre portes.

Rachel ouvrit la première et entra, accueillie par une lourde odeur de pommes et d'oignons. Presque aussitôt, elle heurta du front quelque chose qui pendait. Elevant la bougie, elle discerna des lignes d'oignons suspendus à des poutres blanchies à la chaux, et un plancher couvert de feuilles mortes, sur une épaisseur d'un pied. Elle y fouilla et ne tarda pas à trouver une pomme dans laquelle elle mordit avec impatience : la saveur douce amère du fruit lui remplit la bouche comme un vin. Rachel déposa le chandelier près de l'entrée et, mâchant avidement, retourna de nouveau les feuilles, cœur battant, pour en sortir deux autres pommes, extraordinairement fermes après un aussi long hiver. De toute évidence, il y en avait bien d'autres sous l'épais tapis végétal. Elle s'appuya contre le mur, savourant chaque bouchée, songeant, extasiée, qu'elle avait de la nourriture en abondance et que Yellaton ne la laisserait jamais mourir de faim. Elle mit soigneusement de côté les trognons, prit encore deux fruits et referma la porte derrière elle.

La pièce suivante, où régnait une odeur de renfermé, était vide, à l'exception d'un lit de fortune et d'une chaise. Une tache d'humidité, dont la forme évoquait un visage grotesque, se dessinait sur le plafond, dont les coins, comme la petite fenêtre, étaient couverts de toiles d'araignées. L'endroit paraissait triste et abandonné: Rachel frissonna et s'en fut.

La troisième donnait sur ce qui avait dû être la chambre à coucher de ses grands-parents. L'endroit abritait une commode et un grand lit à baldaquin, dans lequel Matthew Claggett avait dormi: la couverture était sale et froissée, comme il l'avait laissée le matin. Rachel l'enleva avec un dégoût instinctif, pour découvrir en dessous un épais matelas, un véritable lit de plumes. Elle y plongea et s'y enfonça si profondément qu'elle comprit que la couverture était inutile. Le matelas l'entoura comme une ouate, si légère, si confortable, qu'elle s'y serait endormie si le chien gris, en bas, ne s'était mis à aboyer. Des caquètements inquiets lui rappelèrent que la cage à poules était encore dehors, à la merci de Sam.

La dernière porte du couloir était entrouverte ; elle donnait sur un second escalier menant au rez-de-chaussée. Rachel le descendit aussi rapidement que ses longues jupes et sa bougie le lui permettaient, et se retrouva dans la cuisine. Hurlant avec colère le nom du chien, elle traversa la pièce en courant et le vit qui donnait des coups de patte sur la caisse, tandis que les poules s'entassaient les unes sur les autres en gloussant de terreur. La jeune fille lui envoya une grande claque sur le museau. Il cligna des yeux et s'assit, stupéfait. Aussitôt, elle se sentit coupable.

— Sam, il va falloir que tu apprennes. Ce n'est pas du gibier qu'on peut voler. Ce sont nos poules et tu devras les laisser tranquilles, dit-elle comme pour s'excuser, mais sans oser le regarder.

Puis elle se détourna pour traîner la cage dans la cuisine, l'ouvrit avec précaution, s'empara d'une poule, et sourit: il y avait entre ses cuisses une ouverture large de deux doigts. Elle allait pondre: ils auraient des œufs. Ce n'était pas le cas de la suivante. La jeune fille lui prit les pattes d'une main, la tête de l'autre, et lui rompit le cou. Le corps de l'animal fut agité de soubresauts pendant une minute, puis s'affaissa, et Rachel le pluma en hâte, avant qu'il ne fût froid. Les autres poules s'enfuirent, tout ébouriffées.

D'un coup de pied, Rachel repoussa les cendres de l'âtre, alluma un feu avec du petit bois pris dans un tas sur le sol, actionna un soufflet pour activer les flammes, sur lesquelles elle jeta des bûches. Bientôt des lueurs vives se reflétèrent sur les murs de la pièce, pleine de la bonne odeur du bois qui brûle en craquant.

Elle déposa la poule dans un chaudron de fer à demi rouillé, le remplit d'eau à moitié, grâce à un seau que Matthew Claggett avait laissé là, et le suspendit à la crémaillère au-dessus du feu. Puis, pendant que la bête cuisait, elle se mit à fouiller dans l'invraisemblable désordre qui couvrait le sol, examinant chaque chose et faisant des tas — outils, harnais, bûches, déchets — qu'elle sortirait le lendemain. Elle travaillait très vite, entassant plats et casseroles sales dans un coin, chassant les poules de la table et gourmandant Sam avec affection chaque fois qu'il allait succomber à la tentation de s'emparer de l'une d'elles.

Elle trouva un œuf dans une mesure en bois, puis un autre dans un grand baquet dont sa grand-mère avait dû se servir pour faire le pain. Rachel les laissa tomber dans l'eau bouillante, à côté de la poule, et songea à cette femme qu'elle n'avait jamais connue. Comment s'appelait-elle ? D'où venait-elle ? Quand était-elle morte ?

Elle secoua une chaise pour faire tomber les saletés qui s'y trouvaient, puis s'assit pour écaler son œuf dur, et posa l'autre par terre à l'intention de Sam, qui l'avala d'une seule bouchée, brûlant et avec sa coquille. Il faudrait qu'elle sache tout sur eux : Penuel Jedder et son épouse, leurs frères, leurs sœurs, leurs neveux, leurs nièces, ses oncles et ses tantes à elle, qu'elle sache qui était mort, et qui était Matthew Claggett qui, après tout, lui restait apparenté. Sa famille.

Il lui fallut plus de deux heures pour nettoyer la cuisine, mais Rachel se sentait aussi pleine d'entrain qu'au début. La volaille était prête, et la jeune fille comptait bien travailler toute la nuit après avoir mangé.

Elle posa la bête sur un tranchoir de bois. L'odeur, si appétissante, fit saliver le chien : Rachel se brûla les doigts, puis les lèvres, en arrachant une cuisse et en y mordant avec voracité. La viande, ferme et succulente, se détachait sans peine de l'os. Elle la prit à deux mains, posa les coudes sur la table et plongea la cuisse fumante dans sa bouche, en fermant les yeux ; le jus coulait sur son visage, lui descendait dans le cou. Elle ne pouvait plus penser qu'à une chose: assouvir sa faim.

Elle jeta les os sur le sol et planta ses ongles dans le blanc, juste au-dessus du bréchet, arrachant la viande si douce et se la fourrant dans la bouche jusqu'à en avoir mal aux mâchoires. Le chien posa son énorme tête sur ses genoux et gémit. Rachel, qui avait entamé l'autre cuisse, s'arrêta pour enlever la peau, et la lui donna, de même que les ailes et le croupion.

Quand, enfin, elle se sentit le ventre plein, elle alla s'asseoir auprès du feu quelques instants, avant de se remettre au travail. Mais, perdus dans la chaleur, ses yeux furent éblouis par les flammes qui dansaient, se fermèrent et ne se rouvrirent qu'au petit matin.

CHAPITRE CINQ

Les bâtiments attenant à la ferme étaient situés derrière elle, et formaient un carré autour d'une cour pavée, au centre de laquelle se trouvait le puits. Rachel venait à peine de s'éveiller et s'apprêtait à aller chercher de l'eau, quand un grognement étouffé, traversant les murs de la cuisine, attira son attention sur une porte perdue dans l'ombre, qu'elle n'avait pas remarquée la veille.

Elle donnait sur une étable où deux vaches rousses étaient attachées. Elles avaient de courtes cornes, des membres trapus, et leurs ventres gonflés montraient qu'elles étaient pleines. Rachel les contempla, d'abord incrédule, puis envahie d'une allégresse qui la fit frissonner. Les deux bêtes lui rendirent son regard, de leurs grands yeux bruns attentifs.

Il paraissait presque certain que tout le troupeau de son grand-père avait été vendu après sa mort, exception faite, peut-être, de quelques moutons à demi sauvages errant sur la lande. La soudaine découverte de deux vaches permettait d'envisager un avenir radieux. Rachel n'ignorait pas qu'avec leur lait elle ferait crème, beurre et fromage qu'elle vendrait. Ces vaches pourraient les nourrir, elle et le chien, les poules et un porc. Leurs veaux seraient des génisses, qui marqueraient le début d'un troupeau, ou des taurillons qui donneraient de la viande de bœuf à saler et à vendre. Leurs bouses enrichiraient la terre, accroissant la récolte. A la fin de leur vie, quand on aurait fait de leur peau des bottes, des justaucorps, des mitaines insensibles aux épines des haies, ou des pièces pour les pantalons de moleskine du couvreur en chaume, quand leurs cornes, une fois évidées, auraient été taillées en cuillères, en poignées, en boîtes à onguents, même leur sang séché, leurs os broyés, reviendraient à la terre qui les avait nourries. C'est d'elles que dépendaient la survie et la prospérité de Yellaton.

Rachel se sentit effrayée par sa propre chance. C'était comme de voir exaucer un souhait avant même de l'avoir formulé. De joie, elle tourna autour des deux bêtes, caressant leur large dos tandis qu'elles agitaient les oreilles pour suivre ses mouvements. Elles paraissaient en bonne forme après ce long hiver, bien que peut-être un peu maigres. Matthew Claggett s'était bien occupé d'elles.

La tentation de sortir aussitôt pour inspecter l'ensemble du domaine était presque irrésistible. Rachel se dit pourtant que cela demanderait plusieurs heures et qu'en attendant elle et les vaches avaient faim. Elle prit du foin sur un tas déposé dans un coin, puis, ne sachant pas encore où se trouvait la laiterie, s'en alla chercher une cruche en terre dans la cuisine et, s'accroupissant près de la vache la plus proche, y recueillit du lait. Elle en but une grande gorgée, avant d'en verser un bol pour le chien, et un autre pour les poules, qu'elle chassa de la maison au milieu des caquètements et des plumes qui volaient.

A l'extérieur de la cuisine, un garde-manger situé au nord, très frais, aux rayonnages d'ardoise, abritait un tonneau, presque vide, de porc salé, deux fromages durs et une flèche de lard gras, dans laquelle elle se tailla un morceau qu'elle mangerait en cours de route et qui lui tiendrait lieu de petit déjeuner.

De l'autre côté de la porte se trouvait une salle de travail, suivie d'une resserre contenant des jarres de farine et de lin, des sacs de graines, de pommes de terre, deux barriques de cidre et une de bière. Une autre porte menait à la laiterie, elle aussi pavée d'ardoise, où l'on voyait des plats de terre et d'étain, des flotteurs pour la crème, une paire de batteurs en bois de sycomore, une baratte rafistolée et des palettes à beurre.

Une palanche pour le transport du lait était accrochée au mur. Taillée dans du bois de saule, elle était toute lisse, très propre, et polie par un long usage. Peut-être avait-elle été taillée par celui qui avait fait, avec combien d'habileté, le fauteuil et la table de chêne de la maison. Elle était bien supérieure à celle, grossièrement taillée, des Wame. Cela montrait, se dit Rachel en l'essayant, à quel point Penuel Jedder devait se montrer prévenant envers sa grand-mère. Elle tenait sans peine, très légèrement, sur ses épaules étroites, si bien conçue que, quand Rachel y fixa deux seaux de bois, elle en sentit à peine le poids.

La jeune fille comprit brusquement que Grace, sa propre mère, avait dû elle aussi s'en servir des années auparavant, et se sentit tout d'un coup très seule. Il aurait été si agréable de partager tout cela avec ses amis. Avec Sarah Hellet, Thomassin Tripp et la femme de Harry Stuckley, elle aurait couru d'une pièce à l'autre, montrant du doigt chaque objet nouveau, et hurlant avec eux ; et le pauvre petit Sam l'aurait suivie comme son ombre, contemplant, ébahi, la petite pièce pleine de pommes ; Jack Greenslade aurait fait des sauts périlleux et l'aurait serrée très fort à chaque nouvelle découverte.

Lentement, elle remit en place la palanche et regarda autour d'elle. La parfaite propreté de la laiterie, l'ordre qui y régnait lui faisaient presque honte de ce moment de tristesse. Yellaton lui offrait ses dons au-delà de ses rêves les plus fous ; Matthew Claggett était prêt à tuer pour le conserver. Il n'y manquait rien : abri, nourriture, fertilité, outils, assez de place pour abriter le bétail et les récoltes. Une vraie maison, où elle pourrait se marier, avoir des enfants, prospérer. En échange, il suffisait d'avoir la foi, et de ne pas ménager ses efforts. Penaude, elle passa les doigts sur les murs blanchis à la chaux et sortit dans la cour.

Rien ne manquait... Brusquement, Rachel sut ce qui l'attendait de l'autre côté, dans le long bâtiment, comme si elle avait pu voir à travers l'épais mur de torchis. Serrant les poings, elle courut jusqu'à la grande porte et se précipita dans l'obscurité en trébuchant, tout en s'efforçant d'y voir. Les ombres devinrent peu à peu des objets qu'elle dépassa sans s'arrêter, traversant le bâtiment dans toute sa longueur. Elle ouvrit en grand l'autre porte ; un rayon de soleil, en forme de coin, se glissa à l'intérieur. Le cheval de Penuel Jedder baissa la tête pour la regarder, avec un intérêt amusé.

Sans savoir pourquoi, Rachel éclata en sanglots. Des larmes aussi grosses que des perles de verre coulèrent sur ses joues, et lui tombèrent dans le cou, sur la poitrine, avant d'être absorbées par le tissu de sa robe. Son bonheur lui faisait presque mal. La jument inclina le cou et souffla bruyamment, immobile, très calme, tandis que sa nouvelle propriétaire s'approchait d'elle. Elle n'était pas très grande — le garrot dépassait à peine les épaules de la jeune fille —, mais paraissait solide : ses flancs étaient musculeux, ses pattes bien droites. Rachel essuya ses larmes d'un revers de main et caressa la tête de l'animal, qui ne recula pas, lui permit de lui grattouiller les oreilles, de frotter son long museau tacheté de blanc, et même, pour finir, de lui ouvrir la bouche à deux mains. L'usure des dents faisait apparaître sur chacune des motifs en forme d'étoile ; sur la mâchoire supérieure, il y avait, à l'arrière des incisives, ces excroissances qu'on appelle « queues d'aronde ». La jument ne devait pas avoir plus de sept ans : de longues années de vie et de travail l'attendaient encore.

La jeune fille chercha à se souvenir de tout ce qu'elle avait pu remarquer dans les écuries du fermier Wame. S'occuper des chevaux était une tâche noble, exclusivement réservée aux palefreniers, les plus considérés de tous les ouvriers agricoles. Elle ne pourrait donc faire usage que du peu qu'elle avait pu observer. Elle trouva un coffre à blé et en versa une pleine mesure dans la mangeoire avant de remplir de foin le râtelier. La jument plongea la tête dans la nourriture en soufflant à grand bruit, et oublia complètement sa visiteuse.

Quand Rachel sortit de l'étable, une chaleur brûlante la força à s'arrêter : elle poussa un grand soupir. C'était comme de s'enfoncer dans ce qui paraissait être une mare fraîche, peu profonde, et de sentir des eaux bouillantes se refermer sur soi. Tandis qu'elle s'aventurait à travers la maison et les bâtiments, le soleil semblait s'être rapproché ; l'air s'écoulait maintenant comme un liquide, soulevant les tas de foin, les arbres, le hangar, pour les faire onduler dans ses courants ; sur la gauche, la grange tremblait sous le choc de cette première apparition de l'été.

Rachel leva la tête, et les doigts brûlants de la lumière s'en vinrent fermer ses paupières, électriser sa peau, avant de la repousser contre le mur. Il se passa alors quelque chose de magique. Le soleil s'approcha encore plus près : c'était comme une lave brûlante, dont les rayons étaient des lances ; il fit fondre sa chevelure, qui se transforma en casque de goudron, remplit sa bouche et son nez d'une laine brûlante, dissolvant ses muscles, cautérisant ses os, dans une odeur de corne brûlée, de cendres, au milieu d'une chaleur accablante, jusqu'à ce qu'elle parût être devenue Yellaton même : l'esprit de la terre prit la forme d'une éblouissante flamme blanche qui se rassembla autour d'elle et consuma son âme.

Elle comprit confusément qu'elle n'était plus seule, abandonnée, sans racines, mais qu'elle se joignait, pour toujours, au lieu.

C'était comme si elle avait voyagé au-delà de l'espace et du temps, pour absorber l'essence de tous ceux qui l'avaient précédée, y compris, deux mille ans auparavant, le vieux Celte qui, pour la première fois, avait arraché la Cuisse de Lièvre à la grande forêt.

Elle sortit de là désorientée, croyant reposer sur un lit de cendres, et fut surprise, en ouvrant les yeux, de se retrouver appuyée contre le mur, trempée de sueur, regardant fixement un chemin qui menait de la grange à un petit verger. Elle l'emprunta, marchant d'un pas incertain, ôta sa robe de laine, puante et déchirée, et s'assit sur l'herbe en chemise. Les branches lui faisaient un parasol, autour duquel la chaleur cognait.

Rachel ne chercha pas à expliquer une aussi étrange expérience. Les visions, les miracles, les événements surnaturels n'étaient pas rares. Tout ce qu'elle avait fait depuis son arrivée menait à cela. Ramassant, à son arrivée, la première poignée de terre, elle avait compris que cette colline balayée par les vents, perchée au bord de la lande, était bien plus qu'une grande chance, qu'une simple acquisition : il lui était donc facile d'accepter ce qui venait confirmer une telle croyance.

Les feuilles filtraient les rayons du soleil et leur donnaient l'allure d'une lumière d'église, apaisée, chargée d'atomes de poussière. L'écorce, couverte de lichen, était douce à son bras nu. Les arbres étaient presque tous si vieux qu'ils en devenaient noueux, mais quelques-uns avaient été plantés ces dernières années, et Rachel constata avec satisfaction que, grâce à eux, elle pourrait récolter assez de pommes pour faire du cidre — boisson qu'elle avait adoptée très vite depuis son arrivée dans la région, et préférait même à la bière.

Au-dessus d'elle, des amas de bourgeons veinés de rose s'ouvraient déjà sous la chaleur pour libérer un faible parfum de pomme, plus léger que la rosée. De sept ruches de paille sortaient des abeilles partant butiner les fleurs. Sous terre couraient les fourmis. Un perce-oreille alarmé apparut sous une pierre renversée, rassembla ses petits sous son abdomen et les cacha, comme une vieille poule. Le verger aurait paru endormi à un observateur pressé ; sous le regard avide de Rachel, il semblait bruissant d'activité. L'herbe oscillait, tremblait, remuait ; le sol vibrait sous des milliers de pieds microscopiques.

Tout cela lui appartenait. Cette pensée l'excita. Le verger, l'herbe, la terre sombre, les insectes étaient à elle, comme le hêtre en face de la grange, si énorme que ses branches étaient aussi grosses que des troncs, et qu'on aurait pu y tailler une table assez grande pour accueillir tous les chevaliers du roi Arthur.

Des siècles auparavant, quand il était encore jeune, les vents qui soufflaient continuellement jusqu'à Exmoor l'avaient poussé sur le côté, faisant naître des plis sur son écorce grise, et déséquilibrant sa couronne de branches enchevêtrées. Elles n'avaient pourtant cessé de s'étendre et de croître ; l'arbre se dressait désormais dans l'océan du ciel comme une méduse aux multiples tentacules, réduisant la maison, les écuries, l'étable, la grange, à de simples cailloux. A travers ses feuilles, Rachel apercevait des rameaux qui grimpaient encore plus haut que le clocher de la cathédrale de Norwich.

— A moi, se dit-elle à voix haute pour mieux s'en convaincre. A moi.

Puis elle eut l'impression d'avoir blasphémé, et se sentit honteuse.

Ses pensées se mirent à dériver ; il se passa près d'une heure avant qu'elle ne se relève pour marcher entre les arbres. Il y avait, au-delà de la grange, un petit enclos, boueux et vide — ce qu'expliquait la présence de lard gras, de jambon et de porc salé dans la maison. La jeune fille se demanda comment mettre de l'argent de côté pour acheter un porcelet. A sept shillings et six pence, ce serait un investissement coûteux, mais nécessaire, si elle ne voulait pas manquer de viande durant l'hiver. Pourtant, si les vaches donnaient du bon lait après la naissance de leurs veaux, il serait peut-être possible de vendre ou de troquer assez de beurre pour cela — et même d'en acheter un second plus tard.

Dans le Norfolk, Mme Wame vendait son beurre à Shaltam à raison d'un shilling et deux pence la livre. Rachel ramassa une branche morte et fit plusieurs rangées de traits sur le sol poussiéreux. Il lui fallut plusieurs minutes pour calculer que, si le prix était le même ici, elle devrait vendre treize livres de beurre pour acheter les deux cochons. Elle sourit brusquement : s'imaginer comment amasser, puis dépenser, plus d'un demi-souverain, alors que, trois mois plus tôt, elle n'avait encore jamais disposé ne serait-ce que d'un farthing !

Les trois champs de Yellaton se rencontraient près de la porcherie. La Cuisse de Lièvre se trouvait sur la gauche ; à droite, la terre labourée qu'elle avait traversée la veille avec ses geôliers, bordée de pommiers, en lisière de la forêt ; l'endroit s'appelait Yonder Plat, apprit-elle plus tard. Brindley — le plus grand des trois : cinq acres — se tenait entre les deux.

C'était de toute évidence le champ réservé au fauchage du foin. L'année précédente, les moutons y avaient brouté tout l'été et tout l'automne, empêchant ainsi l'épais brouillard du Devon, mais aussi le chiendent, de venir à bout des fétuques et des fléoles des prés, qui poussaient désormais, longues et luisantes, balayées par le vent venu de la crête, et mêlées de plants d'oseille. Des chardons se dressaient çà et là, remarqua Rachel tout en marchant. Il faudrait les arracher tous, mais leur présence indiquait un sol riche et fertile. George, le vacher de chez Wame, lui avait autrefois raconté l'histoire du fermier aveugle venu visiter une ferme à vendre avec son fils. En arrivant, il lui avait ordonné d'attacher les chevaux au bouquet de chardons le plus proche ; quand le jeune homme lui répondit qu'il n'y en avait pas, le vieux était reparti immédiatement.

Par-dessus la haie, Rachel aperçut le petit bois qui lui appartenait, cloué à une extrémité de la lande comme un fer à cheval. Ses derniers arbres se perdaient dans la grande forêt elle-même, qui descendait la colline, bloquait la longue vallée pour grimper de nouveau jusqu'aux abords du village de High Chillam, qu'on apercevait clairement au sommet de la colline voisine. Au-delà des maisons blanches, de l'église à la tour carrée, de la lointaine demeure du Squire, la terre s'inclinait de nouveau jusqu'à l'endroit où se rencontraient deux rivières, qui s'incurvaient vers l'est et l'ouest comme les douves de la forteresse de Beara. De là, le terrain se relevait en dômes harmonieux, peuplés de petites fermes et de villages. Tout au nord, Exmoor se dressait sur l'horizon. Sur ses pentes noires apparaissaient par endroits des taches de couleur, brunes ou vertes. Dans toute l'Angleterre on n'aurait pu trouver de paysage comparable.

Sans réfléchir, elle saisit deux poignées d'herbe et les arracha avant de les broyer dans ses mains pour libérer la fraîche saveur de leur sève, puis s'assit et les jeta en l'air, afin qu'elles retombent sur ses cheveux, son visage, sa poitrine. Dès demain, il lui faudrait commencer à travailler ; peut-être n'y aurait-il plus jamais de jour comme celui-là, où elle pouvait découvrir, rêver, se reposer, manger, flâner et s'émerveiller sans se préoccuper de l'heure ou du travail à faire.

Les années très dures passées à l'asile de pauvres puis à la ferme des Wame avaient comme engourdi l'affection de Rachel. Exception faite de la tendresse portée au petit Sam, elle n'avait jamais connu que la peur et la haine, et le voyage jusqu'au Devon avait été trop périlleux pour qu'elle pût se permettre de baisser sa garde. A sa grande surprise, elle avait appris à apprécier la beauté, grâce aux superbes paysages — et aussi parce qu'elle avait enfin le temps de les admirer. Jack Greenslade l'avait émue un moment, puis effrayée sans le vouloir: il portait atteinte à sa liberté toute neuve. Seul le grand chien gris était parvenu à conquérir son affection, bien qu'elle eût sans doute refusé de le reconnaître.

Mais Yellaton enflammait tous ses sens par les riches odeurs de la terre, des bourgeons, des branchages; le chèvrefeuille et le volubilis se prenaient dans ses doigts. Dans toutes les directions, le paysage était d'une telle beauté qu'elle en était bouleversée. Yellaton lui offrait le sanctuaire de ses murs épais, de ses haies d'épine, sa confiance en échange de la sienne, et ne la trahirait pas. Rachel roula sur l'herbe pour s'y étendre, comme un lièvre, les yeux brillants, pleins de contentement, croisa ses jambes nues et respira les parfums de son petit monde, stupéfaite, reconnaissante, pleine d'amour.

Il y avait un bruit dans la haie: sans doute le grand chien gris s'en revenait-il de ses explorations. Elle fit semblant de dormir, attendant qu'il vienne lui toucher l'épaule, et lui pousser la tête du museau. Comme rien ne se passait, elle se releva et aperçut le visage moustachu d'un vieillard, qui la regardait à travers une ouverture de la haie. Ses yeux s'ouvrirent grands en voyant la jeune fille, vêtue d'un simple caraco, puis il disparut.

— Bonjour, dit-elle malicieusement. Je m'appelle Rachel Jedder.

Il se passa un long moment avant qu'une voix ne repondît: « Daniel Lutterell. » Et il battit en retraite, à grands pas précipités, dans le champ voisin.

Rachel se dit qu'au moins elle n'aurait pas Walter Riddaway comme voisin, et sourit en pensant au visage offensé du vieillard.

92

Se levant, elle constata que le champ de l'homme s'inclinait vers d'autres, qui s'arrêtaient au bosquet où les charbonniers avaient leur clairière ; pourtant, le fait qu'il n'y eût aucune ferme en vue montrait que le domaine du vieillard s'étendait bien au-delà.

Rachel escalada le talus, suivit des yeux la petite silhouette, qui disparut peu à peu, et redescendit pour gagner Yonder Plat. Il avait été divisé en deux parties : une acre de blé d'hiver, planté l'année précédente, déjà grand ; et une acre et demie, hersée et labourée, très vraisemblablement d'orge. Arracher les mauvaises herbes serait l'une de ses premières corvées, songea-t-elle en faisant la grimace.

Sa promenade la ramena dans les bois, au milieu desquels coulait un minuscule ruisseau envahi par les mousses, puis elle se rendit dans le potager de son grand-père. Il était à l'abandon : des choux y pourrissaient. Fascinée, elle renifla l'odeur de la terre, épaisse et brune, avant de s'en aller tirer de l'eau au puits, dont elle admira les parois de pierre, en bas desquelles, dix mètres plus bas, semblait luire un gros œil noir.

En début d'après-midi, elle conduisit la jument dans le pré, et la regarda s'ébattre. La bête paraissait un peu gauche et mal à l'aise : ses sabots s'agitaient, son grand corps se penchait d'un côté, puis de l'autre, son cou se tendait sous l'effort. On aurait cru que jamais elle ne parviendrait à se relever. Puis, brusquement, elle se redressait à toute allure, comme le font les chiens, avant de s'étendre de nouveau et de brouter l'herbe avec gravité. Elle avait l'air pleine ; Rachel croisa les doigts pour qu'elle ne mît pas bas avant un mois au moins : chacun savait qu'on ne peut faire confiance aux chevaux nés en mai.

Rachel cueillit les dernières primevères, non loin de la Cuisse de Lièvre, que bordait une ligne de jeunes arbres qu'elle examina avec soin. Les autres champs étaient entourés de simples haies de hêtre et d'épines ; mais il y avait là du noisetier, du sorbier, du chêne, du frêne et du sureau. Cela témoignait — mais elle l'ignorait — que l'endroit était cultivé depuis longtemps. Peut-être le vieux Celte lui-même était-il arrivé là par le chemin qu'elle avait emprunté pour parvenir à Yellaton.

C'était un jour sans nuages. Le soleil faisait luire des poils dorés dans la robe noire de la jument et briller les plumes du coq ; il se reflétait dans les fenêtres de la vieille maison, réchauffait la terre et le sang, illuminait ce merveilleux spectacle : le Devon.

Rachel contempla, au sud, la lande de Beara, qui cédait peu à peu la place à la forêt, discerna au loin Dartmoor, perdu dans une lumière gris et bleu, et même, très loin, à peine visibles, un peu semblables à des îles perdues dans le ciel, Roughtor et Rown Willie, sur la lande de Bodmin. C'était comme si tout l'ouest de l'Angleterre se dressait, rien que pour elle, sous le soleil.

Il était difficile de savoir par où commencer. Il fallait s'occuper de l'orge, mettre la jument au travail et partir sur la lande à la recherche des moutons — à supposer qu'il y en eût encore. Il fallait défricher le potager, y faire des semis, ainsi que planter des pommes de terre pour les cochons. Il fallait cuire du pain. Sa tournée d'inspection lui avait révélé la nécessité de mener à bien des dizaines de petites tâches. Rachel se leva avant l'aube, se disant qu'il conviendrait de consacrer quelques heures à chacune d'elles de façon à faire un peu de tout.

C'était un petit matin humide ; le feu mit beaucoup de temps à prendre. Les vaches, d'humeur maussade, refusèrent de se laisser traire. L'une d'elles se montrait si menaçante que Rachel dut la frapper — ce qui ne fit qu'aggraver les choses — puis l'attacher. Sam découvrit deux œufs frais pondus qu'il dévora avant qu'elle eût pu l'en empêcher. Le temps qu'elle eût fini de creuser le premier rang de pommes de terre, elle était en sueur, et ses mains étaient pleines d'épines et d'écorchures. Quand elle revint dans la cuisine, ce fut pour se rendre compte que le feu était presque éteint, et que le four aménagé dans le mur ne lui serait donc d'aucune utilité.

Mâchonnant, d'un air morose, un bout de fromage, Rachel se dit qu'il était parfaitement inutile de tout retourner à la main, et maudit sa propre stupidité. Il y avait dans le hangar, à côté des outils, une petite charrue qu'un cheval suffirait à traîner. Chez les Wame, elle avait souvent regardé le jeune Sam, avec l'homme de peine, passer les harnais au cheval : le soc s'enfonçait dans la terre sans difficulté, et repoussait toutes les mauvaises herbes. Ce serait facile.

La jument supporta sa gaucherie avec bonne humeur, et lui pardonna d'ignorer qu'il fallait d'abord coucher la charrue sur le côté afin de la faire glisser sur le sol, avant même de l'encourager de la voix ; toutes deux parvinrent au potager en un peu moins d'une heure. Le soc s'enfonça dans la terre, avança de quelques pas, puis s'arrêta net: sa pointe venait de se prendre dans une grosse racine. Comme la jeune fille s'approchait pour voir ce qui se passait, la jument partit sur la droite: tout s'effondra. Rachel dut calmer la bête qui, terrorisée, lançait de grandes ruades; elle la libéra avant de redresser la charrue toute seule. Le sol s'était déjà transformé en un véritable bourbier.

Elle recommença l'expérience un peu plus loin, à un endroit qui n'était pas trop envahi de végétation. La jument tira de toutes ses forces, mais le résultat fut le même. La jeune fille s'efforça de trouver comment ajuster la position du soc, des roues, comment peser sur les poignées, pour tracer un sillon un peu moins profond la prochaine fois. Puis la boue vint se coller au soc de bois, comme une pâte épaisse; il lui fallut la racler avec une pierre. Rachel était en bout de sillon et fit demi-tour — pour s'engluer de nouveau. La terre détrempée devint une boue liquide où elle s'enfonça jusqu'aux chevilles, tout en essayant, encore et encore, de se sortir de là, en pure perte. Les roues elles-mêmes étaient prises. Le soc paraissait peu à peu aspiré par un marécage. La jument, en sueur, tirait pour tenter de le dégager, en hennissant. Rachel craignit qu'elle ne perdît son poulain, et finit par pleurer de rage. D'ailleurs, la journée était terminée. La nuit allait bientôt tomber.

Il se mit à pleuvoir. Rachel abandonna la charrue, une fois de plus renversée, conduisit l'animal à l'écurie, la lava, passa un bouchon de paille sur son dos humide et lui donna à manger. Elle rampa directement jusqu'à sa chambre: il faisait noir et elle frissonnait trop pour perdre du temps à fourrager dans une cuisine glacée à la recherche de nourriture.

Le lendemain matin, elle constata que sa robe et son jupon étaient en loques, et que, de surcroît, il serait inutile de chercher à les rapetasser. S'en enveloppant de son mieux, elle jeta un coup d'œil dans la pièce et aperçut une sorte de petit placard creusé dans le mur. Il contenait un tas de vieux vêtements: Rachel s'en empara et comprit qu'ils avaient appartenu à son grand-père. Trois blouses, deux chemises, des bas, des culottes et un gilet — rien qui pût être porté par une femme. Sans doute, comme c'était la coutume, avait-on distribué les habits de sa grand-mère après sa mort.

Apparemment, Penuel Jedder était de petite taille, même si ses affaires étaient trop larges pour Rachel, qui pouffa en constatant que les culottes s'ornaient d'une braguette. Mais il y avait aussi une paire de bottes, solides et bien graissées, qui lui iraient une fois bourrées de chiffons pris sur ses propres vêtements, et les blouses la couvriraient jusqu'aux pieds. Elles étaient taillées dans une grosse toile de lin, et si volumineuses qu'elle pourrait, par en dessous, revêtir quelques loques pour se protéger du froid. Et surtout, il y avait une veste qui la mettrait à l'abri de la pluie. En l'endossant, elle vit que, elle aussi, tombait jusqu'au sol ; les manches lui cachaient largement les mains. Rachel renonça à la tentation de les raccourcir à coups de couteau. Si la veste devait lui servir longtemps, il faudrait en prendre soin, et la recoudre au besoin.

Elle reprit les culottes, coupées dans un épais coton et renforcées aux genoux par des pièces de cuir. La pluie venait battre contre les fenêtres. La blouse serait vite trempée, mais pas elles. Rachel les enfila, en ferma les boutons plus près des chevilles que des genoux, et se rendit à la cuisine en quête d'une tige de paille qu'elle se nouerait autour de la taille.

Il était trop tard pour perdre encore du temps à allumer le feu. Rachel s'en alla traire et nourrir les vaches, s'occupa des poules et de la jument, et, pleine d'optimisme, partit, suivie de Sam, vers le potager, une bêche sur l'épaule.

La pluie tomba des jours durant, détrempant le sol qui devint de plus en plus difficile à retourner. Il faisait bien trop froid pour songer à semer les graines que contenait la resserre : elles avaient pourri. Le peu de levure qui lui restait était devenu aigre, et le pain qu'elle faisait cuire était tout dur et ne levait pas. Une vache cessa de donner du lait. La cuisine était si sale qu'on aurait cru que Matthew Claggett vivait encore là.

A deux reprises, Rachel s'en alla sur la lande à la recherche de ses moutons, suivant un sentier très étroit qui partait du sud de la maison, et, un demi-mile plus loin, en croisait un autre, plus large. Elle n'osait guère s'en écarter, de peur de perdre son chemin : Yellaton se fondait dans la brume et disparaissait vite. Il n'y avait sur la lande, ni bêtes ni demeures ; quand d'aventure elle appelait, au cas où les moutons — ou quelqu'un — l'entendraient, le vent étouffait ses cris.

Pourtant, lors de sa seconde sortie, elle entendit résonner des clochettes, faiblement, très loin de là. Elle ferma les yeux un instant, pleine de gratitude : elle les avait retrouvés. Se hâtant vers le sommet de la côte la plus proche, elle parcourut le paysage des yeux et aperçut un grand troupeau, de plusieurs centaines de bêtes, que surveillaient un berger et deux chiens très affairés. Elle fit demi-tour, déçue, avant de se dire que l'homme avait peut-être vu les bêtes de son grand-père, et qu'il saurait sans doute à quel signe on pouvait les reconnaître.

Elle dévala la colline en criant, bondissant par-dessus les genêts. L'homme s'arrêta pour la contempler. Il était petit et trapu ; sa bouche et son nez semblaient s'avancer comme pour former un museau, ce qui le faisait ressembler à une de ses brebis. Rachel sourit, sans qu'il bronchât.

— Pardonnez-moi, maître, mais auriez-vous vu les moutons de Penuel Jedder ?

Il la dévisagea si longuement qu'elle crut qu'il ne voulait rien répondre, et pensa devoir lui donner des explications :

— Penuel Jedder était mon grand-père.

Il y eut une autre pause avant qu'il ne dise — très lentement, comme s'il n'avait pas l'habitude de parler :

— Ce n'est pas moi le maître.

— Pardonnez-moi, répondit-elle en hâte. Mais savez-vous où sont ses moutons ?

— Je suis le berger de John Thorne, ma fille. Je m'appelle Ben Squance.

Rachel soupira intérieurement avant de répéter doucement :

— Je cherche les moutons de Penuel Jedder. C'était mon grand-père. Vous les connaissez ?

L'homme, brusquement, fit tournoyer sa houlette de noisetier qui vint, en sifflant, se prendre à la patte de l'un des moutons. Rachel sursauta, sans que le berger y prît garde. D'un mouvement du poignet, il retourna l'animal et lui montra le « T » gravé sur son nez. Puis il le relâcha ; de la pointe de son bâton, il dessina un triangle sur le sol.

— C'est la marque de Penuel Jedder, dit-il en la désignant du doigt.

Il la suivit des yeux, l'air morne, tandis qu'elle grimpait la colline pour rentrer chez elle. Elle lui fit signe de la main sans qu'il bougeât d'un pouce. Après cela, Rachel jugea que mieux valait attendre qu'il fît beau pour se remettre en chasse.

Pendant les semaines qui suivirent, Rachel se débattit désespérément, passant d'une tâche impossible à une autre, incapable de trouver ce dont elle avait besoin, sachant rarement comment il fallait s'y prendre, tentant de maîtriser des techniques qui demandaient des années d'apprentissage. Trop légère pour soulever de gros obstacles, ou déraciner les broussailles trop profondément enfouies, elle ne parvint même pas à planter cinq rangées de pommes de terre.

Ce matin-là, la pluie la réveilla encore. Epuisée, elle se recroquevilla dans son lit, laissant le matelas de plumes l'entourer de sa tiédeur. Il était si bon d'être étendue là, tranquille, en écoutant l'orage déferler sur la vieille maison. Il fallait bien reconnaître que, même aux pires moments, Yellaton et Beara étaient toujours aussi beaux: la pluie faisait disparaître le paysage tout entier, comme derrière un rideau — d'abord Dartmoor, puis la forêt —, et flottait au-dessus de la lande comme un grand cygne noir, suivi, à bonne distance, par des bandes claires annonçant le beau temps, mais aussi la prochaine averse.

On peut y arriver, se dit-elle en se souvenant de la veuve de Sauton, qui parvenait bien à survivre avec quelques acres de terre, une vache, un cochon et quelques oies; beaucoup moins bien lotie que Rachel, et très, très vieille. La jeune fille réfléchit pour savoir pourquoi elle s'y prenait si mal. La réponse finit par venir à bout de sa somnolence.

Elle avait passé bien des jours sans se nourrir, et se contentait d'ordinaire de petits morceaux de fromage, d'un bout de lard et d'une pomme. Son dernier vrai repas remontait au soir de son arrivée, quand elle avait tué un poulet. Rachel ne manquait de rien et n'avait pas le temps de manger. Le matin, elle était trop pressée, et le soir, trop lasse. Elle comprit que, bien qu'elle eût toujours été habituée aux pires misères, des repas chauds, une cuisine bien tiède n'étaient pas un luxe, mais une nécessité, pour quiconque devait travailler dur dans les champs, et par tous les temps.

Rachel se souvint aussi des dernières semaines. Quand, par exemple, elle s'apprêtait à tailler une haie, elle affûtait d'abord une serpette rouillée, puis se rendait compte qu'il fallait aussi s'occuper de la faucille et de la faux. Puis elle se souvenait que les bidons de la laiterie n'avaient pas été nettoyés, qu'un loquet était tombé d'une porte, qu'un tonneau à pluie débordait dans l'étable. Tout cela, et quelques autres broutilles, l'occupaient jusqu'au milieu de l'après-midi, ce qui ne lui laissait que quelques heures pour la haie : les jours suivants, d'autres petits problèmes l'empêcheraient de terminer la tâche.

Peut-être fallait-il autant de ténacité pour renoncer aux corvées les moins importantes que pour se contraindre à entreprendre des besognes qui paraissaient impossibles — par exemple, curer le fossé engorgé qui, du côté de la lande, bordait Yonder Plat. Rachel comprit enfin que, pour que Yellaton prospérât, les bonnes intentions et la volonté de travailler ne suffisaient pas. Il y fallait une organisation très stricte.

Dorénavant, après avoir pris soin des bêtes, il faudrait qu'elle s'assignât une tâche à la fois, et la menât à bien sans se laisser distraire par quoi que ce soit, sauf cas grave. De cette façon, elle progresserait lentement, mais sûrement. De plus, elle se reposerait un petit moment en milieu de journée, mangerait chaud le soir et, les dimanches, se limiterait à nourrir le bétail, puis coudrait, ou nettoierait la maison, avant de prévoir ce qu'elle ferait pendant la semaine à venir.

Ragaillardie, Rachel s'habilla sans hâte et descendit. Peu de temps après, elle était assise dans la salle de séjour, à côté d'un bon feu de bois, trempant du pain dans un grand bol de lait brûlant, le chien étendu à ses pieds. C'était dimanche.

Comme si ses vœux avaient été entendus, le temps finit par devenir plus sec, bien que venteux ; de lourds cumulus gris traversaient le ciel par convois entiers, percés de temps à autre par des rayons de soleil qui fouillaient la terre comme des projecteurs. L'air, puis le sol se réchauffèrent un peu ; Rachel vint à bout du dernier rang de pommes de terre, sema pois et haricots en les espaçant avec soin, puis répandit à pleines mains, aux endroits demeurés vides, des semences aussi fines que du poivre moulu. C'était sans doute un peu tard, mais elle se dit que le tout pourrait quand même croître et mûrir d'ici à l'été. Après tout, c'est la loi de la nature.

Chaque après-midi, quand elle faisait le tour du domaine,

Rachel remarquait dans chaque champ de nouveaux détails. La feuille d'orge était presque aussi longue que son index, l'herbe qu'il faudrait faucher pour le foin dépassait déjà en hauteur le blé d'hiver. Encore une semaine et il serait temps. La jeune fille se tourna vers le sud lumineux, pleine d'espoir.

A l'exception du vieux Lutterell, qu'elle avait scandalisé, et de sa brève rencontre avec Ben Squance, le berger, Rachel n'avait rencontré personne depuis son arrivée à Yellaton. Elle était d'ailleurs trop lasse, et trop occupée, pour chercher de la compagnie. Pourtant, quand elle entendit des sabots résonner sur le chemin, puis les appels lancés par une voix d'homme, elle se sentit brusquement impatiente et courut, croyant accueillir le Squire Waddon.

Un colporteur accompagné de son cheval se tenait au centre de la cour; il rit sous cape en voyant son visage déçu.

— Bonjour, maîtresse. On m'a dit que vous viviez ici.

Rachel retrouva son sourire en s'entendant appeler « maîtresse ». Après tout, mieux valait que ce ne fût pas le Squire: elle était vêtue d'une des longues blouses de son grand-père, mais, le beau temps aidant, avait cru pouvoir se dispenser des culottes.

— Vous avez sans doute besoin de tissu, dit l'homme en ouvrant un de ses paniers, dont il sortit un coupon de taffetas d'une superbe couleur verte.

— Non, dit Rachel, refusant de se laisser tenter.

Il haussa les épaules d'un air résigné:

— Un corset de cuir, alors?

Elle se sentit insultée: seules les vieilles en portaient.

— Non! Je prendrai des aiguilles, du fil et une paire de ciseaux.

Ils furent dans ses mains avant même qu'elle eût fini de parler. Puis, comme elle s'en allait chercher l'argent, il se glissa dans la maison et demeura immobile, tête basse, en la regardant à la dérobée.

— J'ai bien soif, maîtresse, geignit-il.

Il n'était plus très jeune, Rachel se rendit compte que, bien que ses paquets fussent pleins de tissus de choix, ses propres vêtements étaient usés et déchirés, et que ses gestes, si vifs qu'ils fussent, témoignaient pourtant d'une grande fatigue. Elle lui fit signe d'attendre et partit chercher du cidre.

La chope fut vidée d'un trait; il releva la tête, soulagé. Elle lui servit de nouveau à boire.

— On ne vous a encore pas vue à l'église, dit-il. Et tout High Chillam attend de vous voir de près. Prenez garde au pasteur ; le jeune Squire ne pourra pas vous protéger contre lui.

Qu'il fût si bien renseigné sur elle n'avait rien de surprenant. Aucun étranger ne pouvait traverser le moindre village d'Angleterre sans que chacun ne sût bientôt qui il était et où il allait.

— Vous avez joué un bon tour à Matthew Claggett, poursuivit-il d'un air approbateur. Mais ce n'est pas le meilleur moyen de se faire des amis.

A son arrivée, Rachel s'apprêtait à déjeuner d'un peu de pain et de fromage ; elle lui en coupa et le lui tendit.

— Et personne ne vous aidera pour la récolte et la fenaison.

— Aucune importance. J'y arriverai.

Il ne mangea que la mie, dédaignant la croûte, puis lui emprunta un couteau et écrasa le fromage avant d'avaler les petits morceaux.

— Plus de dents, maîtresse ! expliqua-t-il. Ecoutez-moi, Rachel Jedder : pour vous remercier de vos bontés, je vous donnerai assez de taffetas pour vous faire une robe, que vous puissiez aller à l'église, et nous nous entendrons pour le prix à la Saint-Michel.

Rachel songea au superbe tissu vert pâle, et, l'espace d'un instant, s'imagina entrant à l'église, dans un grand bruissement d'étoffe : tous les yeux seraient fixés sur elle, et les femmes en mourraient de jalousie. Puis elle secoua la tête ; un porcelet coûterait bien moins cher.

— Du coton, alors ? De la laine ?

— Non, dit-elle en saisissant un pli de sa blouse. Je la taillerai, la coudrai et la teindrai avec de l'herbe-aux-juifs.

Il ne paraissait pas très convaincu. Mais il se leva, courut au-dehors et revint presque aussitôt, avec un petit sachet.

— De l'indigo ! Pour vous, un seul farthing ! lança-t-il d'un air triomphant. Plus besoin de vous donner du mal à préparer de la teinture !

Elle lui tendit l'argent, et l'accompagna jusqu'à son cheval.

— Prenez bien soin de vous, maîtresse. Et que Dieu vous soit favorable d'ici à mon retour, à la Saint-Michel !

Il avait eu raison de la mettre en garde. Les travaux des champs étaient toujours un bon prétexte pour rester chez soi, et devoir affronter un village hostile n'enchantait guère Rachel ; mais il était exact que le pasteur, s'il ne la voyait pas à l'église, pouvait la traîner devant les tribunaux ecclésiastiques. Elle serait peut-être contrainte de reconnaître son crime publiquement, dans l'église de High Chillam, devant tous les fidèles réunis, et promettre de ne jamais recommencer. Ce serait la honte assurée, et, de surcroît, désobéir à une telle règle pouvait lui valoir la prison.

Ce soir-là, près du feu, elle entreprit de se faire une robe à partir de la meilleure des blouses de son grand-père.

L'herbe était à point; on y apercevait d'épaisses touffes de trèfle blanc. Rachel se rendit dès l'aube dans le champ de Brindley, accompagnée du chien, emportant une pierre à aiguiser et la faux. Elle en saisit les deux poignées, à qui elle fit décrire un arc au ras du sol, comme elle l'avait vu pratiquer chez les Wame. Une grande gerbe d'herbe tomba sur le sol. Elle recommença, avec le même résultat, et se sentit de bonne humeur: ce ne serait pas aussi dur qu'elle le croyait.

Au début, Rachel s'y prit sans trop réfléchir; ses pas n'étaient pas accordés au balancement de son corps, et ses mouvements manquaient de ce rythme qui permet d'avancer de façon régulière. Pourtant, ses gestes saccadés cédèrent peu à peu la place à une oscillation régulière qui la poussait en avant. Rachel se rendit compte également que mieux valait s'arrêter fréquemment pour aiguiser la faux, plutôt que de vouloir continuer quand elle s'émoussait: il devenait impossible de couper l'herbe proprement.

Au bout de deux heures, elle contempla avec satisfaction le ruban vert qui menait à la barrière. La jeune fille s'étendit quelques instants avant de sortir du lard et du pain d'un torchon, puis fouilla dans les feuilles au milieu desquelles elle avait dissimulé de la bière. Jamais Rachel ne s'était sentie aussi heureuse. Elle pouvait désormais contempler sa propre terre, et voir le résultat de ses efforts: des pousses fragiles émergeaient déjà dans le potager, dont le sol avait été débarrassé de ses mauvaises herbes, l'écurie et l'étable étaient parfaitement propres, et l'herbe de son champ tombait sous ses coups de faux. Elle songea à l'hiver, quand le foin embaumerait les bâtiments lorsqu'elle en remplirait les râteliers pour ses bêtes.

La collation terminée, Rachel se remit au travail: autant profiter au maximum du soleil. A midi, elle avait fauché l'équivalent de deux longueurs du champ. Mais elle avait un point de côté, et tremblait en soulevant la bouteille pour la porter à ses lèvres. Avant de reprendre sa tâche, elle se débarrassa des loques qui lui tenaient lieu de sous-vêtements, et ne garda que sa vieille blouse salie.

Le soir, elle trébuchait presque en avançant. Ses cheveux lui collaient au front, aussi trempés que si on les eût lavés ; une de ses épaules paraissait déformée. Rachel respirait difficilement, à cause du point de côté, et tout son corps était douloureux. L'odeur d'herbe coupée était étouffante. Elle rentra et dîna d'un brouet d'oignons, de pommes de terre, d'ail, de thym et de basilic, où elle avait jeté une carcasse de poulet. Puis elle s'endormit, la main posée sur ses yeux rougis. Le lendemain, elle avait toujours aussi mal aux côtes.

Son corps était ferme, dépourvu de graisse, les cuisses et les mollets durs, le ventre plat ; conséquence d'efforts physiques constants, depuis son enfance, et de son voyage du Norfolk au Devon. Un corps assez peu féminin, certes, mais bien utile : une véritable machine, qui pourrait répondre aux exigences de Yellaton sans trop souffrir, parce qu'il avait de la force et récupérait vite. Simple question de survie, d'ailleurs : les hommes et les femmes comme elle devaient être vigoureux, s'ils voulaient échapper à la mort. Rachel, bien qu'aussi légère qu'une libellule, était exceptionnellement robuste.

Elle retourna à la fourche l'herbe fauchée la veille, pour qu'elle se desséchât, puis reprit la faux après un repas rapide. La température monta peu à peu ; au-dessus de la lande, le ciel était brûlant. Rachel sentit la douleur palpiter sous ses côtes, lancinante, augmentant à chaque mouvement de la lame d'acier. L'après-midi, il lui fallut toute sa volonté pour continuer. Cette fois, le point de côté ne disparut pas : elle le sentit toute la nuit fouailler sa chair, comme un cône de métal.

Deux longues journées — une vingtaine d'heures — de travail, et pourtant le champ n'était encore fauché qu'au quart de sa superficie. De nouveau, la jeune fille retourna l'herbe, en essayant de se mouvoir et de respirer de façon à ne pas trop ressentir sa douleur. Chaque pas la rapprochait de la faux. Elle finit par s'en saisir, et contempla avec amertume la vaste étendue qui l'attendait encore. Ses bras s'agitaient en cadence, comme des automates, ses jambes la portaient avec aisance sur le pré. Mais la souffrance qui la torturait semblait avoir une vie propre ; on aurait dit qu'un foret lui perçait le corps, que des griffes lui déchiraient les poumons et la contraignaient à respirer par brèves saccades. Quand Rachel voulut manger, elle vomit. La douleur, aveuglante, assourdissante, finit enfin par affronter le seul adversaire qui lui restât : sa propre volonté. La jeune fille ne savait plus quelle heure il était, ne sentait plus les rigoles de sueur qui lui coulaient dans les yeux. Elle n'avait plus qu'une pensée : faucher son herbe et la mettre en tas, bien que chaque fibre de son corps criât merci.

— Hé, ma fille ! Venez ici ! Hé, ma fille ! Venez donc !

Elle mit un certain temps à prendre conscience de la voix qui l'appelait, et leva à peine la tête. A plusieurs reprises, Rachel avait vaguement remarqué sa présence, de l'autre côté de son champ, mais il n'avait rien dit. Le soleil se coucherait dans deux heures, et la jeune fille n'ignorait pas que s'arrêter pour échanger quelques plaisanteries lui interdirait de se remettre à la tâche : elle était bien trop lasse.

— La faux, ma fille ! Vous vous en servez mal !

Rachel s'immobilisa, et, le regard las, se tourna en direction de la voix, sans rien voir d'autre qu'une tache rose au milieu de la haie.

— Par ici, ma fille ! lança le vieux Lutterell.

Elle vint vers lui à pas lents. Il tendit la main, prit la faux, plaça l'extrémité du manche au creux de son aisselle et laissa retomber son bras :

— Comme ça ! Vous devez juste pouvoir toucher la poignée du bout des doigts.

Il la lui rendit pour qu'elle pût suivre ses instructions, et poursuivit :

— Et maintenant, mettez votre coude contre la poignée, et faites la même chose pour l'autre : les doigts doivent juste toucher ! Bien ! Comme ça ! Donnez-la-moi.

Il reprit la faux, mesura la distance entre la pointe de la lame et la base, et détermina sur le manche, par rapport à elles, un troisième point, de façon à obtenir un triangle équilatéral. Puis s'emparant de la poignée placée en bas de la faux, il posa celle-ci sur son index, où elle demeura en équilibre, se balançant doucement.

— Vous voyez ? Ce sera bien plus facile comme ça.

— Merci, marmonna Rachel qui s'était efforcée de bien suivre la démonstration, mais se sentait à bout de forces.

— Vous feriez mieux de rentrer, de toute façon. Il faudra retourner le foin dès demain matin à l'aube, parce qu'il pleuvra dans l'après-midi. Arrêtez-vous et reposez-vous un peu.

Elle hocha faiblement la tête, n'ayant pas d'autre solution que de suivre ses conseils ; sa colère l'avait abandonnée peu à peu, et la douleur la tenaillait. La faux échappa à ses mains engourdies, tomba dans l'herbe ; Rachel, à demi inconsciente, rentra à la maison en trébuchant. L'odeur des vaches était aussi faible qu'un souvenir. Elle posa sa tête contre le ventre distendu pour procéder, machinalement, à la traite, se contraignit à manger, grimpa l'escalier et se jeta sur le lit où elle resta étendue sans pouvoir dormir.

Puis ce fut l'aube — une aube si claire qu'à l'horizon, de Beara à Exmoor, les fermes et les villages ressemblaient à des petits cailloux blancs. Les maisons de High Chillam, à trois miles de là, apparaissaient si nettement que Rachel put voir chaque fenêtre, chaque porte, chaque arbre, et même les cloches de l'église.

Elle pleura, en entassant le foin comme le vieux Lutterell le lui avait conseillé. Il avait ajouté qu'il pleuvrait et, pendant la nuit, consternée de commettre un tel péché, elle avait prié pour que cela se produisît, qu'elle ait un peu de repos, ne serait-ce qu'un jour. De toute évidence, pourtant, le temps était au beau fixe : une journée parfaite pour faucher le foin, douze heures durant. Seule la fatigue de Rachel la décida à suivre les conseils de son voisin. Ce serait un bon prétexte pour s'atteler à une tâche moins épuisante.

Chaque tas lui arrivait à la poitrine. Elle les édifia avec lenteur, égalisant soigneusement les bords, pour que le foin placé au centre restât toujours bien sec, quel que fût le temps, avançant de plus en plus loin dans le pré, se rapprochant davantage chaque fois, de mauvais gré, de la faux abandonnée dans l'herbe. Quand elle en eût terminé, Rachel s'assit pour manger, tourna le regard en direction de Bodmin, au bord des larmes, et se rendit compte qu'il avait disparu derrière un gros nuage sombre, gonflé de pluie. Il passa lentement au-dessus de la forêt, puis de la lande, et creva juste avant d'arriver à Yellaton. Il s'ensuivit une forte averse, à laquelle succéda une bruine légère, mais tenace. Rachel, soulagée, retourna à la maison.

Il y avait beaucoup de choses à faire. Elle se borna pourtant à avaler de grands bols de soupe, près du feu, et à monter s'étendre dans le grand lit de plumes, heureuse d'entendre tomber la pluie. Jamais elle ne s'était sentie aussi mal; la jeune fille en était presque choquée. Yellaton — et par conséquent son propre avenir — dépendait presque entièrement de la fenaison: cela permettrait de nourrir les vaches, la jument, et même les moutons, s'il était possible de les retrouver, tout au long de l'hiver. Si la pluie tombait trop longtemps, la récolte serait gâtée. C'était, en fait, une question de vie ou de mort. Rachel comprit qu'il lui faudrait lutter contre les éléments, et implorer Dieu ou le diable pour qu'ils lui donnent du beau temps. Néanmoins, crispée sur sa souffrance, elle se résigna à sa propre impuissance, à la souveraineté du destin. Les problèmes étaient graves, mais si loin d'elle qu'ils paraissaient perdre tout intérêt.

Puis la douleur battit en retraite, pouce par pouce. Elle se manifestait encore violemment quand Rachel remuait: mais elle décrut, lentement, sûrement, pour se réduire, comme au début, à un point de côté, que la jeune fille massa instinctivement, avant de pouvoir enfin s'endormir. A l'aube, ce n'était plus qu'une vague crispation sans importance.

Rachel s'empara nerveusement de la faux, mais, au bout de quelques essais, comprit que Daniel Lutterell avait vu juste. Si le travail était toujours aussi dur, l'engin travaillait désormais avec ses muscles, et non contre eux: la douleur ne revint pas. L'herbe tomba sur toute l'étendue du champ de Brindley, et, retournée, prit en séchant une couleur d'un vert roussâtre.

A sa grande surprise, il n'y avait ni charrettes ni carrioles sur le domaine. Elle se demanda comment son grand-père avait bien pu transporter le foin jusqu'à la clairière près de la grange, où l'on apercevait encore les restes des meules de l'année précédente. Elle finit par penser que le seul moyen d'y parvenir était d'utiliser un bizarre objet en forme de traîneau qui se trouvait dans le hangar, et qui, manifestement, devait être tiré par un cheval. Il était parfaitement conçu. Elle y rassembla le foin, guida la jument — en lui faisant contourner le verger — jusqu'à la cour, où elle entreprit d'édifier sa première meule, en cherchant à se souvenir de tout ce qu'elle avait vu chez les Wame. Elle plaça d'abord sur le sol un épais matelas de branches entrecroisées, sur lequel elle déposa le foin en cercle. Au fur et à mesure qu'il s'entassait, il lui fallut soulever des charges de plus en plus lourdes, afin de les déposer au sommet, puis grimper sur une échelle pour les mettre bien en place. Rachel regretta, une fois de plus, de n'avoir personne qui pût l'aider.

Ensuite, elle ramassa des branches de noisetier, plia chacune d'elles par le milieu, pour lui donner la forme d'une grosse épingle à cheveux: elles maintiendraient le chaume qui protégerait chaque meule du mauvais temps. Elle tressa de longues cordes de paille, avec lesquelles elle lia les bottes de chaume, qu'elle installa minutieusement et attacha au foin; pour finir, elle confectionna, de la même façon, une « coiffe » qui, venant couronner le tout, en assurerait la stabilité.

Rachel recula pour mieux contempler sa première meule de foin. Elle était un peu bancale, mais, à ses yeux, on n'aurait pu en trouver de plus belle dans toute l'Angleterre. Le reste du foin lui permit d'en édifier une seconde, un peu courte, mais mieux bâtie que la précédente. La jeune fille noua le dernier brin, sauta à terre et admira son œuvre en jubilant. Il lui avait fallu trois semaines, et plus de deux cents heures de travail, mais elle y était arrivée. Seule. Le foin était enfin à l'abri.

Ce soir-là, elle donna un supplément de grain à la jument, et sortit pour manger, sur l'herbe, du jambon et des œufs, afin de pouvoir regarder les deux meules, et ce jusqu'à ce que la nuit tombât. Elle dansa même avec le chien, posant ses grosses pattes sur ses propres épaules: philosophe, il la laissa faire. Dimanche prochain, elle braverait le village entier à l'église: tous sauraient qu'elle avait fauché son foin et édifié ses meules sans aide extérieure. Pour fêter l'événement, elle but le cidre de son grand-père, jusqu'à ce qu'elle eût l'impression de nager dans la nuit fraîche, tout en chantant de vieilles chansons d'autrefois.

Rachel monta se coucher parfaitement ivre, suivie du chien, qui pensait, à juste titre, qu'elle n'était pas en état de l'obliger à rester dehors, comme d'habitude. Comme la jeune fille s'allongeait sur le lit, la chambre se renversa pour tourner sur elle-même à toute allure, et elle perdit conscience.

Plus tard, le chien se mit à aboyer avec insistance, et à planter ses griffes usées dans son dos. Elle ferma les yeux encore plus fort, puis changea de place. Sa tête — on aurait dit qu'elle avait doublé de volume — lui faisait mal ; la douleur se mêla au bruit. Perdant son calme, elle se redressa et hurla à l'adresse de Sam, ce qui, vu son état, n'était pas la meilleure chose à faire. Mais il refusa de se taire.

Une faible odeur monta du rez-de-chaussée, un peu semblable à celle d'un rôti, et Rachel en eut l'eau à la bouche avant de reprendre ses esprits et de tout comprendre. Dégrisée d'un seul coup, elle s'habilla en hâte, descendit les marches à toute allure et sortit en courant dans la nuit, traversa la cour puis l'étable, non sans peiner dans le noir pour tirer le loquet, terrifiée : elle avait compris.

Elle fut accueillie par un véritable mur de feu, si éblouissant que la lande tout entière, la ferme et ses bâtiments, semblaient, eux aussi, la proie des flammes. Puis, peu à peu, le mur se divisa en deux, sous une pluie d'étincelles, au milieu d'une fumée orange, et elle vit que les deux meules brûlaient.

CHAPITRE SIX

Rachel sentit son cœur cesser de battre. L'espace d'un instant, elle demeura là, incapable de bouger, à regarder tous ses espoirs partir en fumée. Elle en imaginait déjà les horribles conséquences : devoir vendre les bêtes, puis mourir peu à peu de faim avant de retrouver l'asile des pauvres.

Un cri d'angoisse lui permit d'échapper à sa paralysie ; elle se rua vers la barrique d'eau et en remplit un seau qu'elle jeta sur la meule la plus proche. Un cercle noir apparut en sifflant au milieu du vaste globe doré, dont s'échappèrent des brindilles de paille qui, poursuivies par les flammes, flamboyèrent un instant et tombèrent sur le sol. Puis le cercle disparut, comme s'il n'avait jamais existé.

— Oh ! mon Dieu ! Mon Dieu ! il ne faut pas qu'elles brûlent ! Il ne faut pas ! Faites qu'il pleuve !

Elle jeta seau après seau sur le cataclysme, qui répliquait par des salves de feux d'artifice, et défendait son territoire par un vent brûlant insupportable.

Les deux feux étaient aussi changeants que des mirages ; ils prenaient l'allure de rochers portés au rouge, avant de se changer en métal fondu, puis de se dresser dans le ciel, tel un fluide visqueux aux multiples couleurs. Ils se dirigeaient l'un vers l'autre, comme saisis d'une passion mortelle, ondulant, tournoyant de concert ; de très loin, on aurait cru deux déesses enfiévrées par la danse. Mais Rachel ne voyait que la catastrophe.

— Plus vite ! Plus vite ! se dit-elle à elle-même. Mouille un côté ! Essaie d'en sauver un peu ! Il faut le sauver ! Idiote ! idiote !

Elle trébucha, renversant de l'eau ; l'incendie, moqueur, recula au milieu d'épais nuages de fumée, puis changea de direction, poussé par le vent, et rampa sur la terre carbonisée jusqu'au hangar, pour grimper, comme une plante, le long des murs de bois. Rachel hurla, jeta encore plus d'eau, mais les flammes se firent plus fortes, dévorant poutres et solives, jusqu'à ce que la frêle structure s'effondrât sur les outils qu'elle abritait. La chaleur lui grillait les cheveux et les cils. La barrique était presque vide, et tirer de l'eau du puits demandait trop de temps. Désespérée, elle implora le Sauveur:

— Aidez-moi! Aidez-moi! Seigneur Jésus, je vous en supplie!

C'est alors qu'elle les aperçut, par-delà l'incendie, dans l'ombre envahie de fumées. Des silhouettes qui bougeaient. Des gens arrivaient. Trois hommes. Rachel se sentit d'une folle gratitude:

— Vite! Vite! Il est encore temps! hurla-t-elle en se dirigeant vers eux.

On aurait dit qu'ils flottaient comme des spectres. Ils se dressèrent, se séparèrent et parurent peu à peu disparaître.

— Dépêchez-vous! C'est un désastre! Nous pouvons y arriver!

Balayant d'un revers de main l'eau qui coulait dans ses yeux rougis, elle courut, traversa l'incendie pour pénétrer dans l'obscurité, aveuglée, bras tendus. Elle sauta les fourrés et ne vit personne.

— Ou êtes-vous? Ou êtes-vous?

Puis elle parvint à les distinguer dans la nuit froide. Ils descendaient la colline en courant. L'un d'eux éclata de rire.

Rachel comprit. La colère se répandit en elle et faillit la suffoquer. Elle fit demi-tour à travers l'incendie pour saisir le seau et se ruer vers le puits, pour en tirer de l'eau, guidée par sa propre fureur, bien qu'elle sût que cela ne servirait à rien.

Les flammes baissèrent peu à peu pour se réduire à des amas de braises luisantes que les premiers rayons du soleil firent pâlir. Le matin se leva sur de grands cercles noirs entre lesquels Rachel, hébétée, demeurait immobile, sans rien voir.

Le visage enflé, couverte de suie, elle ne ressentait plus rien: sa rage s'était consumée, comme les flammes. Elle aurait voulu pleurer, dormir, se cacher, ou ramper dans un recoin obscur pour y mourir, mais n'avait même plus la force de fermer les yeux. Tout s'effaçait dans sa tête: le souvenir de l'amour que l'acrobate avait pour elle, le miracle de son arrivée à Yellaton, la promesse des semailles. Elle ne se souvenait même plus de son allégresse de la veille. C'était comme si elle était parvenue à la fin d'une existence d'esclave, ayant perdu tout désir de se battre, et oublié les détails de la lutte. Elle se sentait très, très vieille.

Cette impression de totale défaite la poursuivit. Elle se rendit compte que la perte du foin et du hangar n'était pas la catastrophe qu'elle imaginait: il lui restait la guinée du Squire, elle pouvait vendre une vache, racheter du foin et des outils. Peut-être même une seconde fenaison serait-elle possible en août. Elle ne l'ignorait pas. Mais elle savait aussi que ses ennemis de High Chillam reviendraient. Il semblait donc inutile de se remettre au travail, ou même de faire des projets.

Parfois, elle sortait pour s'en aller contempler les deux grands cercles noirs, comme si les voir pouvait ranimer ses sentiments, mais elle n'éprouvait rien. Seules les exigences du bétail la contraignaient à se tirer du lit chaque matin.

Le sifflement joyeux n'éveilla pas sa curiosité, pas plus que la vue de l'étranger qui se dirigeait à cheval vers Yellaton, venant du sud, où il n'y avait pourtant pas d'habitation proche. Quand il l'appela, elle se détourna et ne leva pas les yeux quand il mit pied à terre. Il marcha vers elle et contempla la terre calcinée.

— Saviez-vous que la mer est à cinq miles à peine d'ici, au-delà de cette crête, là-bas? demanda-t-il en désignant l'ouest. Et la route de Bideford à Exeter passe derrière cette côte, à moins d'un demi-mile.

A son accent, ce n'était pas un natif du lieu. Mais, prisonnière de son désespoir, elle demeura sans réaction et ne répondit rien.

— Je pourrais vous aider, Rachel Jedder.

Il sentait le tabac, le cuir, le sel. Elle recula.

— Mes amis et moi paierions volontiers pour que vous dormiez paisiblement pendant ces nuits où le vent fait autant de bruit que des voyageurs de passage, et pour utiliser un coin de vos bâtiments. Assez d'or pour reconstruire en torchis, qui ne brûle pas, pour acheter d'autres outils, plus de foin que vos bêtes ne pourront en manger en deux ans. Et il vous restera même un petit quelque chose.

Rachel sentit s'éveiller sa curiosité, malgré elle, et resta immobile, refusant de le regarder en face. Pour la première fois depuis l'incendie, son esprit se remit en mouvement, mais demeura hostile, désireux avant tout de le voir partir.

— Pensez-y, ma fille. Je reviendrai pour savoir quelle est votre réponse.

Il avait lu dans ses pensées. Quand il remonta en selle, elle entendit tinter le mors ; puis les sabots de sa monture foulèrent doucement la bruyère. Quand il fut à quelque distance, il se remit à siffloter, et elle fit enfin demi-tour pour le voir s'éloigner en direction de la route, invisible depuis la ferme.

Sa gorge était sèche ; elle se sentit prise au piège, comme si l'on jouait à un jeu dont elle serait la victime. Elle se rendit au jardin, dans lequel boutons d'or et bourses-à-pasteur menaçaient déjà les légumes. Sans trop y croire, elle retourna le sol à l'aide d'un morceau de bois effilé — qui ne remplaçait pas une houe, et ne tarda pas à se briser contre une petite pierre.

Des jours entiers s'étaient écoulés depuis sa dernière inspection du domaine. Elle en fit le tour, très agitée, et se rendit compte à quel point il était à l'abandon. Comme la saison avait vite passé ! L'orge atteignait vingt centimètres de haut, et il aurait fallu y passer la houe un mois auparavant ; les genêts et les fougères qui l'entouraient avaient donné de nouvelles pousses que les vaches pourraient manger. Chardons et orties lui montaient presque jusqu'à la taille, et les haies paraissaient hirsutes.

L'homme était un contrebandier. C'était évident. Il y avait tant de trafic d'alcool et de thé dans le Norfolk que le dernier idiot de village le savait. Elle se sentit irritée : il n'avait pas le droit de rompre sa mélancolie et de la pousser vers la potence avec de telles idées. Et pourtant... un bâtiment de torchis construit à côté de l'écurie aurait fière allure — et comment couper le blé sans une faucille neuve ? C'était son sifflotement qui l'exaspérait : il savait à l'avance quelle serait sa réponse.

Ce soir-là, incapable de rester en place, elle erra dans toute la maison, faisant semblant de ranger, de s'asseoir pour coudre, où de préparer le repas, sans cesser de se demander quand il reviendrait, et combien d'or il lui donnerait. Le lendemain matin, il était déjà dépensé en bâtiments, en bétail, en outils neufs.

Suivant la direction qu'il avait prise, elle traversa la lande en direction de la côte, et aperçut la route en dessous d'elle, comme il le lui avait dit. C'était un chemin étroit, boueux, où deux chevaux au plus pouvaient passer de front, mais il paraissait très fréquenté, et Rachel fut surprise de ne pas l'avoir découvert auparavant. Descendant vers lui, elle regarda derrière elle : Yellaton avait à son tour disparu derrière la colline. C'était un endroit idéal pour y abriter les marchandises de contrebande à peine débarquées, et la jeune fille se promit de marchander avec fermeté.

Elle passa le reste de la journée tout près de la maison, vers la fin de l'après-midi, la colline se mit à résonner de faibles tintements de clochettes, qui grossirent peu à peu ; on aurait cru le bruit de celles qu'on s'attache aux jambes pour les danses champêtres. Se précipitant vers la fenêtre, elle aperçut l'étranger, qui guidait vers la maison un petit troupeau de moutons. Bêlements et sonnailles augmentèrent encore jusqu'à ce que l'air en vibrât.

Rachel se sentit toute penaude. Elle avait dû mal comprendre la proposition qui lui était faite : l'homme ne voulait lui louer ses bâtiments que pour y stocker du grain, ou y abriter du bétail ; mais cela paraissait absurde. Elle ouvrit la porte et se retrouva face à un grand tapis de laine, qu'il traversa à cheval avant de porter sa main à son front en un geste de déférence moqueuse.

La jeune fille n'avait encore jamais regardé son visage. Il avait des yeux bruns, vifs et pleins d'humour, et son sourire découvrait de belles dents très régulières, chose assez rare en un temps ou presque tous les adultes ne conservaient que quelques chicots cariés. Le vent avait ébouriffé son épaisse chevelure noire. Il mit pied à terre, si près d'elle que leurs mains se touchèrent presque ; mais elle ne recula pas.

Il ne dit rien pendant quelques instants. Son regard perdit toute ironie, pour se faire méfiant, indéchiffrable, et Rachel se sentit déçue. Il eut un geste négligent en direction du troupeau.

— On m'a dit que vous les cherchiez.

Rachel se tourna vers les bêtes et se mordit la lèvre de plaisir :

— Vous voulez dire... mes moutons ? Ils m'appartiennent ? demanda-t-elle d'une voix suraiguë — ce qui les effraya : ils battirent en retraite.

— Trente-cinq en tout. Vous en avez perdu quelques-uns, mais les agneaux compenseront. Il y en a près d'une trentaine.

Contournant le troupeau, la jeune fille se rendit compte que, bien que laissé sans soins, il paraissait en bonne forme ; si de nombreuses brebis boitaient, il ne faudrait se débarrasser que d'une bête ou deux.

— Il va falloir tailler leurs sabots. Je viendrai vous aider demain.

— Ou les avez-vous trouvés ? Et comment ?

Rachel sautait d'un pied sur l'autre, tout excitée. Elle le regarda avec une admiration naïve.

113

— Je connais la lande et j'ai demandé à des gens. répondit-il simplement.

Il entreprit de guider son cheval vers l'arrière de la maison.

— Faites en sorte qu'ils me suivent ; nous allons les mettre dans la Cuisse de Lièvre pour la nuit.

Rachel agita les bras en poussant des cris aigus : les moutons s'avancèrent en toute hâte, tandis que les agneaux émettaient de faibles bêlements, terrorisés. Le troupeau se changea en une créature sans forme, aux multiples sabots, piétina les cercles noirs, traversa le verger et parvint jusqu'au champ, où il entra à vive allure, tandis que l'étranger maintenait la barrière grande ouverte.

Sa veste frôla par hasard le bout des doigts de Rachel. Ce fut un choc qui lui fit retirer précipitamment son bras ; elle rougit et, baissant les yeux, détourna le regard, comprenant, avec une aveuglante clarté, qu'elle le désirait. Elle releva la tête :

— Je ne sais pas quel est votre nom. dit-elle d'un ton très froid.

— Will. Will Tresider.

— Will Tresider, répéta-t-elle, comme pour elle-même.

Elle aurait voulu qu'il prît ses mains dans les siennes, l'attirât contre lui, la touchât. Cette fièvre inattendue faillit lui faire perdre tout son bon sens, mais elle se reprit :

— Combien me donnerez-vous pour faire usage de mes bâtiments ? demanda-t-elle, très sèche.

Will Tresider eut un sourire irrésistible, tendit les mains et la souleva pour la déposer sur son cheval.

— Nous parlerons de cela dans votre cuisine, maîtresse. répondit-il, et il la ramena vers la maison sans qu'elle osât dire mot. La massive silhouette de l'homme se découpait sur l'entrée. Rachel tremblait encore un peu à l'idée d'avoir été si doucement déposée sur le sol par ces grandes mains ; mais elle fit en sorte que la table se trouvât entre eux, et serra les lèvres d'un air résolu. S'il se doutait de ce qu'elle éprouvait pour lui, peut-être la prendrait-il pour une sotte, sans lui proposer d'argent.

La faible lumière de la pièce donnait à sa peau une pâleur lumineuse et agrandissait encore ses yeux étranges, à tel point qu'elle paraissait irréelle : un simple mouvement de l'homme, et sans doute se serait-elle dissoute en fragments de brume. Mais il ne la sous-estimait pas. On connaissait son histoire à Beara, à Grammation, et jusqu'à Appledore, de l'autre côté de la rivière ; il

114

savait que, si la moitié de ce qu'on racontait était vrai, elle devait être d'acier.

— Eh bien, Rachel Jedder, voulez-vous être payée en or ou en nature ? demanda-t-il, en sachant déjà quelle serait sa réponse.

— En or.

— Je vois que vous êtes une femme avisée.

Il posa sur la table une boîte à thé en métal, ainsi qu'une fiasque incrustée d'argent.

— Buvons à cela en nature !

— Combien ? insista-t-elle, croisant son regard.

— Cela dépendra de chaque chargement. Nous sommes généreux ; vous y gagnerez, soyez-en sûre.

Elle s'efforça de demeurer impassible, et réussit à hocher la tête, sèchement, avant de se pencher pour agiter le chaudron au-dessus du feu, puis prit des chopes dans le buffet. Will Tresider sortit.

Rachel était stupéfaite. Comment avait-elle pu tomber amoureuse d'un homme sans même savoir son nom ? Et si vite ? Jusqu'à ce matin, il avait paru irritant, présomptueux. Elle se demanda ce qui avait changé, sans trouver de réponse, et s'étonna de l'avoir d'abord jugé agaçant. Elle était pourtant assez maîtresse d'elle-même pour comprendre que révéler ses sentiments n'était pas de son intérêt, et résolut de garder une distance glaciale.

Le chaudron se mit à fumer, la contraignant à s'occuper du thé. Comme elle n'avait pas de théière, elle plaça quelques feuilles dans une cruche, y versa l'eau bouillante, agita le tout, puis filtra le mélange brun à travers un chiffon. Quand il revint, elle buvait d'un air absent, perdue dans ses pensées, sans se rendre compte que son nez plissé montrait assez que le breuvage ne lui plaisait guère.

Il poussa la fiasque vers elle et, comme Rachel avalait une gorgée d'alcool, posa sur la table un paquet oblong.

— Pour sceller notre accord, maîtresse.

Il remarqua que ses mains tremblaient un peu en l'ouvrant, et se demanda si elle avait peur de lui. Tout ce qu'on racontait sur elle ne voulait pas dire qu'elle était insensible à la peur ; un petit bout de femme qui vivait seule sur la lande... On avait aperçu la lueur de l'incendie jusqu'à Exmoor, et les gens des villages chuchotaient bien des choses à ce sujet. Will Tresider désirait violemment punir Matthew Claggett et ses compagnons de la terreur qu'ils avaient dû lui inspirer.

Rachel sortit du paquet une étoffe verte qu'elle déplia, et qui glissa jusqu'au sol sous ses yeux incrédules. C'était le taffetas que le colporteur avait tenté de lui vendre. Au bord des larmes, elle hocha la tête sans mot dire, ne sachant plus que faire.

Will Tresider fit le tour de la table pour tenir le tissu. C'était comme de la revêtir de la mer. Les longs cheveux de Rachel tombaient en lourdes mèches, aussi luisants que s'ils étaient trempés. Il vit son propre reflet dans ses grands yeux verts, et comprit. La bouche de la jeune fille, enfantine et pleine, s'ouvrit ; il y posa ses lèvres. Le goût de l'alcool se mêlait à une douceur qui l'enivrait tout à fait.

Il sentit qu'elle se dressait sur la pointe des pieds pour passer ses bras autour de ses épaules et se serrer contre lui. Elle était si fragile, si légère, qu'il aurait pu la broyer d'une seule main, et tous deux le savaient. Comme il se rapprochait encore, elle le pressa davantage, au risque de se perdre. C'était comme de tenir un jeune faucon sauvage ; Will Tresider fut, brusquement, submergé de tendresse. Pendant un long moment, il caressa sa tête et baisa ses paupières closes, doucement, avant d'être gagné par une obscure inquiétude.

A vingt-huit ans, Will Tresider était plein d'audace et d'ambition. Quelques années auparavant, lassé de survivre péniblement, à dix shillings la semaine, en faisant le pêcheur et l'ouvrier agricole temporaire, il avait décidé de tirer parti de sa connaissance de l'océan. Il y avait beaucoup d'argent à gagner en vendant à bon prix aux nobles, aux notables, et même aux prêtres, alcool, tabac, thé, soie, et cartes à jouer ; ils ne poseraient pas de questions. S'il l'avait voulu, il aurait déjà pu s'acheter un pur-sang, ou porter veste de velours, et ses projets d'avenir ne prévoyaient pas d'attaches quelconques. Il aimait les femmes, mais celle-ci était dangereuse et il n'avait nulle intention de se lier à elle, d'autant plus qu'il allait devoir parler affaires.

A contrecœur, sa main quitta la chevelure aux parfums d'herbe et il recula, maudissant sa propre stupidité.

— Soyez prête demain à midi pour soigner les moutons, dit-il d'un ton brusque.

Evitant de croiser son regard surpris, il sortit en hâte.

116

Toute cette nuit-là, Rachel se consuma pour Will Tresider. Elle avait étendu le taffetas sur un oreiller, et posait ses mains, ses lèvres, sur l'étoffe douce et fraîche, comme si c'eût été sa peau. Elle parlait toute seule, murmurant ce qu'il dirait et chuchotant ses propres réponses. Elle eut l'impression que les muscles de Will se pressaient contre elle, qu'il l'embrassait mille et mille fois.

Des mois avaient passé depuis que les forains l'avaient entourée de leur amitié ; l'ardeur de sa passion pour lui révélait désormais sa propre solitude. Ce n'était pas seulement le désir de faire l'amour, mais, aussi celui de parler, de bénéficier de sa présence, de la protection qu'il lui avait offerte sans s'en rendre compte, de contempler son sourire. Rachel était en proie à des émotions qu'elle aurait été bien en peine d'expliquer ou de traduire. Quand, le lendemain, il entra enfin dans la cour, elle courut tenir les rênes, levant vers lui un visage radieux où l'on pouvait lire tout ce qu'elle ressentait.

Il ne la salua pas, se borna à la regarder comme s'il ne la voyait pas, puis mit pied à terre et marcha lourdement vers le champ. Incrédule, elle battit des paupières. La veille, il s'était abruptement éloigné d'elle, certes, mais trop tard pour dissimuler ses sentiments. Elle comprit qu'il donnait le change, qu'il rusait, et, conduisant le cheval à l'écurie, Rachel devint violemment hostile.

Elle le rejoignit dans la Cuisse de Lièvre sans mot dire. Il saisit un mouton, le renversa et lui montra comment le contraindre à rester tranquille, pattes arrière sur le sol et pattes avant en l'air, tandis qu'à l'aide d'un couteau à lame courbe il taillait la corne de ses sabots fendus. Elle avait tant poussé que de la boue et de la bouse s'y trouvaient prises, ce qui avait provoqué une infection ; les pieds de l'animal étaient déformés. Une odeur de chair putréfiée s'échappa quand il tailla dans le vif, avant de déposer sur la plaie, noire et sanglante, une pâte caustique prise dans une boîte de corne.

Rachel se boucha le nez et s'efforça de respirer sous le vent, mais l'odeur s'était déjà répandue autour d'eux, et, à mesure que l'après-midi avançait, devint peu à peu insupportable.

Tresider en termina avec le mouton, attrapa le suivant à l'aide de la houlette de berger dont il s'était muni, et saisit une de ses pattes.

— Je vais m'en charger, dit Rachel.

Il immobilisa l'animal et lui tendit le couteau. L'animal tentait faiblement de se débattre ; il tordait le sabot chaque fois qu'elle entreprenait de le tailler, ce qui l'obligeait à recommencer. Au bout de quelques minutes, Will Tresider s'impatienta :

— Dépêchez-vous, sinon nous y serons encore à la fin de la semaine !

« Prétentieux ! » pensa-t-elle férocement. Elle serra l'animal de plus près et, les yeux mi-clos, croisa le regard de Will tandis qu'elle taillait le sabot. C'était un travail très dur, qu'il fallait faire selon un angle très étroit, malaisé ; bientôt son dos lui fit mal. Les bêtes protestaient et se tortillaient, ses cheveux lui tombaient dans les yeux ; le manche du couteau ne tarda pas à lui irriter l'index : mais elle ne voulait pas se plaindre devant Will Tresider. Au contraire, elle se contraignit à réfléchir en silence au moyen de s'y prendre seule la prochaine fois, en attachant chaque mouton, sur lequel elle s'assiérait. Rachel Jedder avait longtemps ignoré les humiliations en se plongeant dans ses propres pensées, et son pouvoir de concentration était tel qu'il pouvait venir à bout de toutes les pressions extérieures — sans toutefois lui permettre d'oublier la présence de cet homme.

Il fallait tailler chaque sabot de chaque brebis, même celles qui ne boitaient pas ; et Will Tresider la regarda faire. Son petit visage obstiné demeurait fermé. La puanteur était épouvantable. Son doigt se mit à saigner. Il se souvint des crampes qui saisissaient son propre dos quand, autrefois, il avait aidé les bergers, et comprit, avec un mélange d'admiration et de culpabilité, qu'elle ne laisserait pas échapper une plainte avant d'avoir terminé la tâche. Libérant le vingtième mouton, il déclara :

— Il est temps de s'asseoir et de boire un peu de cidre.

Avant qu'elle ait eu le temps de protester, il glissa sa main sous son coude pour l'aider à se relever. Il lui aurait été facile de rire de la petite silhouette butée qui marchait devant lui, s'il n'avait vu les signes de ses efforts pour gérer le domaine à elle seule, et ne s'était souvenu qu'elle avait triomphé de tous les dangers d'un long voyage, seule, à travers toute l'Angleterre. Sans doute y avait-il eu des hommes. Elle ne devait pas être vierge, se dit-il, soudain jaloux. Il se demanda si on l'avait violée. Cette idée le rendit fou de rage et lui fit comprendre que sa rebuffade de la veille était une énorme erreur. Sans réfléchir, il tendit une main, mais la laissa retomber sans l'avoir touchée. Cette fois-ci, il ne serait pas si facile de l'emporter. Et elle était si orgueilleuse, si obstinée, que ce serait peut-être impossible. Il se sentit accablé, comme si, découvrant une perle dans une huître, il l'avait laissée tomber dans la mer. Mieux valait tenter de renouer la conversation:

— Etes-vous depuis longtemps à Yellaton, Rachel Jedder?

— Près de quatre mois.

Elle était mal à l'aise de le voir assis dans sa cuisine. Il avait relevé ses manches et ses bras nus, posés sur la table, étaient musculeux, d'un brun sombre. Un fin duvet les couvrait, sous lequel couraient des veines saillantes. Rachel, se souvenant de la façon dont, la veille, il l'avait serrée contre lui, renversa un peu de cidre.

— Le blé d'hiver vient bien, ajouta-t-il.

Il était fascinant de voir à quel point ces yeux brun et vert, irréels, avaient changé depuis qu'elle se montrait hostile. On aurait presque cru qu'elle était aveugle. La veille, ils paraissaient si pleins de vie, étincelants, inquiétants même, mais magiques: des joyaux bordés de cils épais, noirs et courbes, qu'il regrettait de ne pas avoir touchés du bout des doigts.

Elle ne répondit pas, mais il était bien décidé à la faire parler.

— Comment vous débrouillerez-vous au moment de la récolte? Vous aurez besoin d'aide.

— J'y arriverai.

Elle se leva et sortit pour retourner dans le pré. Ils faillirent bien s'y quereller:

— Tenez les dernières bêtes et je taillerai leurs sabots, proposa-t-il.

— Non. Je m'y prends aussi bien que vous, répondit-elle d'un ton suffisant. Et c'est mon travail.

— Mais c'est mon tour. Rachel Jedder. Tenez bien celui-là, dit-il en saisissant un mouton par sa toison graisseuse.

— C'est mon troupeau et c'est moi qui dois m'en occuper, répliqua-t-elle en tendant la main pour qu'il lui donne le couteau.

Si les siennes n'avaient pas été prises à ce moment, il ne savait pas s'il l'aurait embrassée, ou fessée, ou les deux. Il se borna à grogner, d'un air menaçant:

— Tenez-le! Ou je le laisse aller!

Elle lui jeta un regard brûlant, puis, de mauvais gré, lui céda la place et s'empara de l'animal. Ils travaillèrent en silence, de plus en plus las; l'odeur, si tenace, leur donnait des maux de tête.

A l'autre bout du pré, une des vaches meugla. L'homme planta le couteau dans la terre, pour le nettoyer, puis le remit dans sa gaine de cuir tandis qu'elle libérait la dernière brebis, qui partit en courant vers son agneau.

Le visage rouge, puants, couverts de sueur, Will et Rachel relevèrent la tête. Leurs regards se croisèrent: il sourit, sans pouvoir s'en empêcher. Elle sentit qu'elle allait faire de même et se détourna. La vache meugla de nouveau.

Rachel se mit à courir en constatant que l'animal avait pris une attitude bizarre. Elle comprit en même temps que, depuis midi, ses cris avaient dû les atteindre sans qu'ils y prissent attention, perdus dans le bruit du troupeau.

La vache se tenait debout, dos arqué, les yeux agrandis par la peur; elle respirait lourdement. La sueur tachait ses flancs, et une paire de sabots minuscules, d'une blancheur laiteuse, émergeait de sa vulve. Rachel les observa en se demandant ce qui n'allait pas, sans pouvoir dire quoi.

— Elle va vêler! hurla-t-elle.

Will Tresider traversa le pré à grands pas et s'arrêta:

— Ils sont à l'envers, Rachel Jedder: ce sont les pattes arrière. Le veau va sortir à reculons. Il faut l'aider: allez chercher une corde.

Rachel n'avait jamais couru aussi vite depuis qu'elle avait échappé au gentleman dans l'auberge de Thetford. Elle oublia sa fatigue et ses crampes devant la naissance imminente de son premier veau. Une génisse serait le début d'un troupeau. Un taurillon rapporterait de l'argent et lui procurerait de la viande de bœuf pour un an.

Quand elle revint, la vache s'était couchée, et se raidissait toutes les deux ou trois minutes.

— Nouez la corde autour des jambes du veau, Rachel, lui dit Will Tresider. Non! Pas autour des sabots, vous les arracheriez. Au-dessus, au niveau des jarrets.

Les sabots étaient caoutchouteux au toucher, et les jambes paraissaient fragiles, comme si elles devaient se rompre sous la traction. Rachel eut soudain très peur:

120

— Il va mourir? demanda-t-elle à voix basse, comme si en parler pouvait hâter sa fin.

— Peut-être, Rachel Jedder, répondit-il. Mais nous allons essayer de faire en sorte qu'il survive.

Après avoir vérifié les nœuds, il saisit les deux extrémités de la corde comme s'il allait s'occuper de tout. Elle s'agita, alarmée ; il les lui tendit avec une courtoisie un peu exagérée, et un sourire qui la fit rougir.

— Ne tirez pas, sauf quand elle pousse, et, dans ce cas, allez-y de toutes vos forces. Arrêtez-vous quand elle s'arrête.

La vache leva la queue, arqua le dos, tendit les muscles et gémit plaintivement. La jeune fille planta ses talons dans le sol meuble, s'accrocha aux cordes et tira aussi fort qu'elle put. Le veau ne bougea pas d'un centimètre. Ils recommencèrent, encore et encore : au bout d'un quart d'heure, Rachel comprit qu'elle allait devoir demander de l'aide à Will Tresider. Elle secoua la tête, puis, lors de la contraction qui suivit, se pencha encore plus, cambrant les pieds pour ne pas glisser. La corde lui brûlait les mains, ses bras étaient douloureux et son visage bouffi de fatigue ; mais cela ne servit à rien.

— Vous n'êtes pas assez lourde, dit-il en posant une main sur les siennes. Il faut parfois plusieurs hommes pour faire sortir un veau comme lui.

Absurdement, elle sentit ses yeux se remplir de larmes, et baissa la tête pour qu'il ne s'en aperçût pas. Croyant qu'elle était encore vexée, il prit un ton apaisant :

— Moi-même, je ne suis pas assez fort. Nous allons tirer ensemble.

D'un coup de pied, il creusa un profond sillon dans le sol, enroula les cordes autour de sa taille et s'y agrippa, tandis que la vache poussait. Après une ou deux vigoureuses contractions, les minces pattes du veau avancèrent de quelques centimètres, puis de quelques autres, et finalement, ses jarrets apparurent. La vache se redressa et demeura immobile, les yeux perdus dans le vide.

— Il ne peut pas respirer! Il va mourir! s'écria Rachel, que ce retard rendait folle.

— Patience! Laissez-la se reposer. Elle a plus d'importance pour vous que le veau, et elle va avoir besoin de toutes ses forces.

Au bout de quelques minutes, la bête se coucha de l'autre côté et, après de violents efforts, réussit à expulser la moitié du veau.

— Maintenant, Rachel Jedder! Maintenant! hurla Will Tresider. Rachel se précipita entre les cordes devant lui et tira comme si sa propre vie en dépendait. Le sang lui montait à la tête, ses yeux étaient exorbités. Le corps du veau repartit en arrière.

— Tirez plus fort!

Au moment même ou Rachel eut l'impression de bientôt perdre conscience, le veau, trempé, mais bien vivant, glissa sur l'herbe. La vache se remit sur pied et se tourna pour contempler son petit. Elle le renifla, puis entreprit de le lécher; sa grosse langue le nettoya, aida le sang à circuler et les muscles à se raffermir, tandis que le petit veau demeurait immobile, avec ce regard paisible, plein d'incompréhension, qu'ont toujours les nouveau-nés. Rachel eut envie de le prendre dans ses bras et de le caresser, alla même jusqu'à toucher son museau noir, mais la mère baissa la tête d'un air si menaçant qu'elle battit en retraite.

Moins d'un quart d'heure plus tard, il s'efforçait déjà de se tenir debout: il tendit d'abord la croupe, puis tituba en avançant les pattes de devant, oscilla quelques instants, l'air hagard, puis s'effondra d'un seul coup, sans changer d'expression. Rachel éclata de rire: Will Tresider eut l'impression qu'une bande de métal lui enserrait la poitrine. La jeune fille avait de la poussière et du sang jusqu'aux coudes, et même sur le visage, ses cheveux étaient couverts de boue. Elle s'était débarrassée de la veste de son grand-père, et sa blouse pendait sur elle comme un linceul. A la voir, on aurait cru une pauvresse en haillons; pourtant, maintenant, ayant enfin perdu son air soucieux, tendu, elle rayonnait de bonheur.

Will revit en pensée les événements de la journée, la frêle jeune fille affrontant de grosses bêtes bien plus lourdes qu'elle. Et pourtant, quel courage elle avait! Il se demanda si Rachel savait à quel point elle était différente des autres femmes.

Le veau se heurta à sa mère, puis, du museau, suivit les côtes à la recherche des pis. Rachel rit de nouveau, et se tourna tout naturellement vers Will, folle de joie et désireuse de la partager avec lui. Un elfe au corps de mercure, mystérieusement transformé en femme. Il eut envie de le lui dire, mais comprit que ce n'était pas le moment; et préféra lui demander:

— Vous ne voulez pas savoir ce que c'est?

— Ça n'a pas d'importance. Laissez-les tranquilles. Ils sont si beaux.

— C'est vrai.

Le veau finit par trouver les mamelles, sortit sa langue, en entoura un trayon, le perdit, donna des coups de tête, le retrouva et s'y attacha, en agitant la queue. Sa mère ruminait paisiblement, comme si elle avait passé la journée à brouter ; à la voir, personne n'aurait pu deviner le pénible drame de l'après-midi. Rachel, quant à elle, était devenue très pâle ; ses lèvres avaient perdu leur couleur, ses yeux étaient pleins d'ombres. Elle semblait s'être voûtée.

— C'est le soir, il est temps que je m'en aille, dit Will, respectant sa fatigue.

Il fut soulagé de voir qu'elle le suivait sans protester, et se demanda combien de fois elle était rentrée à la ferme, trempée, épuisée, seule.

Arrivé à l'écurie, il sella son cheval et le conduisit dans la cour, où elle l'attendait paisiblement. Will comprit que, s'il prenait sa main, il ne repartirait pas.

— Dormez bien cette nuit, Rachel Jedder, dit-il.

Puis, après lui avoir jeté un long regard, il monta en selle et s'éloigna.

CHAPITRE SEPT

Le vent soufflait du sud-ouest, et les chevaux avançaient en silence sur la lande; mais le grand chien gris les entendit alors qu'ils étaient encore à moins d'un mile de la ferme. Il s'en alla gratter la porte en grognant. Rachel l'avait enfermé, de peur qu'il ne les attaquât — peut-être aussi pour se protéger. Elle quitta le lit de plumes pour regarder par la fenêtre.

Quatre ombres silencieuses passèrent, chargées de vastes paniers, de lourdes caisses ovales, dont chacune était aussi grosse qu'une brebis. Puis l'angle de la maison empêcha la jeune fille d'en voir davantage; ils avaient sans doute dépassé les bâtiments extérieurs pour se diriger vers la grange, en traversant les deux cercles de cendres. Peut-être Will Tresider, levant les yeux, l'avait-il aperçue derrière la vitre, nue, à la lueur de la lune? La jeune fille sourit et enfila une blouse propre. Elle sentait la lavande, la verveine, la véronique — autant d'herbes d'amour dont elle avait aussi frotté sa peau et sa chevelure ce soir-là. Rachel enferma Sam dans la chambre, descendit en hâte et sortit dans le noir: les lieux lui étaient déjà si familiers qu'elle connaissait chaque nœud de bois, chaque creux dans les pavés.

Une fois arrivée dans la cour, elle demeura immobile près du puits, que les murs de torchis mettaient à l'abri du vent. Les étoiles semblaient jaillir de la lune pour se répandre par milliers à travers le ciel bleu-noir. Elles étaient plus brillantes que dans le Norfolk, et, à les regarder, Rachel se sentait à la fois transportée et insignifiante. A Sauton, le pasteur les avait décrites une fois comme des points de lumière qui prouvaient l'existence du Paradis. Mais celui-ci, pour elle, n'était rien d'autre que Yellaton: la perfection immaculée des astres ne faisait que le confirmer.

Des bruits étouffés — conversations à voix basse, objets qu'on fait tomber ou qu'on traîne sur le sol — lui donnèrent envie d'en savoir davantage. Bien que Will Tresider le lui eût expressément interdit, elle était bien décidée, depuis le début, à les observer, pour savoir qui étaient les contrebandiers. Par curiosité, mais aussi pour se protéger, à tout hasard.

Dans l'écurie, des mouvements dans le box de la jument lui apprirent que la bête était aux aguets: les oreilles dressées, elle s'efforçait, en dilatant les naseaux, d'identifier l'odeur de ces chevaux inconnus qu'on entendait dehors. Rachel passa à sa hauteur, marchant à pas de loup, et, en dépit de toute son audace, frémit brusquement: elle eut la chair de poule. Les contrebandiers, en la voyant, pourraient fort mal réagir. Peut-être aurait-il été plus prudent d'emmener Sam, tout compte fait. Elle ne quitterait pas l'obscurité du bâtiment — mais il fallait à tout prix qu'elle revît leur chef, quoi qu'il advînt.

Elle n'avait cessé de penser à lui, se surprenant à regarder dans le vide, en plein milieu d'une corvée, les doigts crispés sur ses lèvres, ou sur son bras, là où il avait posé sa main. Elle ne pouvait s'empêcher de songer à sa bouche, à la façon dont ses cheveux ondulaient sur sa nuque: autant d'images qu'elle avait revues sans arrêt tout en travaillant dans la Cuisse de Lièvre. Uniquement préoccupé de sa tâche, il demeurait toujours sur la réserve, et il y avait là quelque chose d'attirant, qu'elle avait déjà éprouvé en admirant Jack Greenslade se livrer à ses acrobaties sans même remarquer sa présence.

Rachel avait peu de goût pour l'introspection, acceptait d'être ce qu'elle était, et ne mettait jamais en question ce qu'elle pouvait éprouver. Une passion aussi soudaine l'avait d'abord effrayée: mais, sans chercher à l'analyser, elle n'avait cessé depuis de revenir sur chaque geste, chaque regard, chaque mot de leurs deux rencontres, avec un mélange de désir et d'appréhension, que l'attente rendait chaque jour plus explosif.

L'arrivée de Tresider s'était par ailleurs accompagnée de la découverte de ses moutons, ainsi que de la naissance du veau. Autant d'événements d'importance, ou elle avait des présages favorables, qui montraient qu'il lui était destiné. Elle avait été blessée dans son orgueil, mais cela n'était rien devant le dernier regard qu'il lui avait lancé avant de s'éloigner.

Lentement, avec beaucoup de précautions, elle ouvrit la porte de l'écurie et y glissa un coin pour qu'elle restât entrouverte. Le vent s'y engouffra aussitôt, la faisant reculer, au moment où un des

126

inconnus passait en trébuchant, courbé sous le poids d'une lourde charge odorante enveloppée de tissu.

— Enlève ces tonneaux! Ils sont dans le passage! grommela-t-il.

— Pourquoi n'essaies-tu pas d'en soulever quelques-uns, pour voir si tu y arrives, Ben Cooke? répliqua un jeune homme d'une voix irritée.

— Sers-toi de tes muscles, pas de ta langue, Tom. Le soleil se lève d'ici à deux heures, ce n'est pas le moment de perdre du temps en parlotes.

On entendit un bruit de bois traîné sur les pavés: se penchant en avant, Rachel aperçut Will Tresider qui aidait un adolescent à rouler des barils dans la grange, tandis que celui qu'ils appelaient Ben Cooke se tenait à côté d'eux, l'air mauvais. Les chevaux attendaient, tête baissée: ceux qu'on avait libérés de leurs fardeaux broutaient un coin d'herbe, les autres se courbaient sous le poids. On ne voyait nulle part le quatrième homme: la jeune fille se dit qu'il devait être à l'intérieur, pour empiler et dissimuler leur chargement.

Les tonneaux d'alcool une fois enlevés, les trois hommes purent travailler beaucoup plus vite; ils couraient presque en transportant leurs boîtes, leurs rouleaux de tissu. Rachel, à la vue de telles richesses, se retint à grand-peine de courir les aider; elle n'en fut empêchée que par son vœu de ne pas faire le premier pas vis-à-vis de Will Tresider.

On entendit le cri du hibou perché sur le grand hêtre, puis, au loin, le brame d'un daim. Les trois hommes, qui portaient de lourdes charges et devaient se hâter, haletaient à grand bruit, n'échangeant guère que des monosyllabes:

— Enlève-moi ça, mon gars!

— Non! Celui-là!

— Encore six et on aura fini, Will.

Les chevaux s'agitaient, pour détendre un peu leurs membres fatigués; bien que l'aube fût encore loin, le ciel se fit plus clair, et la lune, si brillante à leur arrivée, perdit tout son éclat.

— Le dernier! grommela Ben Cooke.

Le jeune homme s'effondra contre le mur, comme une poupée de chiffons. On entendit un ultime choc sourd dans la grange, à la porte de laquelle apparut le quatrième homme, barbu et corpulent.

— Rendez-vous à Appledore demain, Dan, dit Will Tresider. L'autre hocha la tête et se dirigea vers son cheval.

— Au « Soleil levant »? demanda Ben Cooke.

— Comme d'habitude.

Il y eut encore quelques instants de confusion, de chuchotements, puis ils disparurent, sans même faire entendre le plus léger bruit de sabots.

Il marcha lentement jusqu'à la porte de l'écurie où elle se tenait toujours, dos au mur, perdue dans l'obscurité. Il ne la toucha pas et, voyant combien son visage était grave, elle comprit que toutes les fantaisies, tous les petits jeux qu'elle avait imaginés en prévision de cet instant ne voulaient plus rien dire. Elle fit demi-tour, puis, le précédant, sans dire mot, regagna la maison pour monter dans la chambre. Il la dévêtit avec lenteur, sans qu'ils échangent une seule parole.

Quand ce fut terminé, ils demeurèrent étendus, serrés l'un contre l'autre, le souffle court, sans bouger, désormais liés pour toujours: ils n'avaient plus le choix. Plus tard, bien plus tard, ils parlèrent, échangeant, non sans hésitations, ces mille absurdités qu'affectionnent les amants.

— Et tu savais?

— Oui.

— Et tu pensais à moi?

— Oui.

— Le soir, avant de t'endormir?

— Tout le temps, mon cœur.

Tout devenait si facile. Rachel se lova autour de lui, provocante, plongeant ses yeux de sorcière dans les siens, pleine de malice, si tentante, vive comme une hermine.

— Comme tu es belle, Rachel Jedder.

Surprise, elle leva la tête et chuchota:

— Will, je ne suis qu'une fille comme les autres.

— Non, non. Belle, répéta-t-il en la prenant dans ses bras pour l'entraîner de nouveau dans le grand lit.

Les premières lueurs du soleil levant vinrent dorer ses joues, ses lèvres, ses seins; Rachel oublia tout et s'abandonna à lui.

Plus tard encore, en plein milieu de la journée, ils se reposèrent enfin. Elle appuya sa tête sur son épaule, fit glisser son bras sur sa

128

poitrine, tandis qu'il venait se placer contre sa hanche, laissant sa main autour de la taille de Rachel, et tous deux s'endormirent.

Il était difficile de le laisser là. Endormi, Will paraissait plus jeune, plus vulnérable ; ses cheveux en désordre lui recouvraient le front, sa bouche avait pris un pli enfantin. On ne remarquait plus, sur son visage, cette perpétuelle expression de vigilance méfiante. Ses cils, ses épais sourcils noirs soulignaient encore la blancheur de ses paupières closes, sillonnées de minuscules veines bleues. Il était si beau ! Elle fut tentée de rester là, de le couvrir de baisers. Mais Yellaton l'attendait.

Rachel prit bientôt pour habitude de se lever la première : il revenait rarement avant l'aube, si discrètement qu'il était souvent allongé près d'elle avant qu'elle eût le temps de sortir de son rêve. Parfois, il s'amusait à poser deux, ou même trois, pièces d'or, toutes froides, entre ses seins. Ces jours-là, il avait jeté sur le tabouret de la chambre une chemise de soie blanche à jabot, un gilet brodé aux boutons dorés ; et la grange était vide. A d'autres moments, elle se remplissait de tonneaux, de ballots de tissu, dissimulés derrière des piles de bûches : en de telles occasions, les bottes de Will étaient trempées, pleines de sable et d'algues.

Les jours se succédèrent avec régularité : pendant qu'il dormait, elle nourrissait les vaches, les trayait, faisait du beurre, de la crème, du fromage, cuisait le pain, préparait à dîner pour le soir, s'occupait du potager. L'après-midi, ils travaillaient de concert, avec les outils tout neufs qu'il lui avait apportés. Tous deux tondaient les moutons, taillaient les haies, curaient les fossés, arrachaient orties et chardons. Will éclaircit une partie des taillis du petit bois, abattit un frêne afin qu'ils eussent du bois pour l'hiver et lui apprit à tresser des paniers d'osier.

Yellaton, désormais nettoyé de fond en comble, vit ses cultures et son bétail prospérer. Rachel se demanda comment tout cela s'était produit et, humblement, compara le passé au présent. Les années de pauvreté ne cessaient de la hanter ; elle contemplait sa terre, cet homme qui la chérissait tant, puis frissonnait, superstitieuse, comme si une seule mauvaise pensée, ou un signe maléfique, pouvait suffire à tout renvoyer dans le néant. Souvent, au réveil, la jeune fille s'attendait à se retrouver chez les Wame, dans un hangar infesté de rats. Mais Will était là, le bras passé autour de sa taille.

Après tant d'années de solitude, Rachel avait peine à s'empêcher de le caresser sans cesse et de se frotter contre lui comme un chat. Elle n'en avait jamais assez. Quand ils buvaient un peu de cidre, entre deux tâches, il la voyait arracher des brins d'herbe, ou rougir sans raison, et devinait que cette agitation — ou un sourire, ou un regard — était le masque de son désir: elle riait et venait vers lui. Ils faisaient l'amour dans les champs, sur la lande, sur le fauteuil près de l'âtre, et même, une fois, contre la margelle du puits, mais surtout dans le grand lit de plumes. Elle l'ensorcelait de mille façons, et il ne l'en aimait que plus.

Les soirs, Rachel se retrouvait souvent seule. Elle en profitait pour se tailler des robes dans de coûteuses étoffes, qui lui donnaient bien du mal. Maîtresse Wame lui avait bien enseigné les rudiments de la couture, mais seulement sur la futaine la plus grossière: elle n'était pas habituée aux velours et aux brocarts que Will lui rapportait. De plus, la jeune fille n'ignorait pas que, même si elle y arrivait, jamais elle ne pourrait porter de tels vêtements, beaucoup trop voyants pour une femme de la campagne. D'ailleurs Rachel préférait de loin les vieilles blouses de son grand-père. Elle n'avait donc terminé aucune robe, quand, un soir, à sa grande surprise, Will lui dit:

— Rachel, je sais ce que tu penses des gens de High Chillam, et tu n'as pas tort, mais il faut que tu sortes un peu.

— Et pourquoi donc? Tu me rapportes tout ce dont j'ai besoin.

— S'ils ne te voient pas, ils te feront beaucoup d'ennuis, tu le sais. Tu as besoin d'amis.

— Le Squire ne les laissera pas faire, répondit-elle sans réfléchir.

Elle regretta aussitôt d'avoir dit cela.

— Bien sûr. C'est sans doute pourquoi Matthew Claggett peut venir mettre le feu ici chaque fois qu'il en a envie?

Elle rougit, repoussa du pied une bûche de l'âtre et tordit les mains. Will comprit à quel point l'idée l'effrayait:

— Ça ne te ressemble pas d'avoir peur d'une bande de vieux chiens.

— Tu viendras avec moi?

C'était impossible et elle le savait. Il secoua la tête.

— Fixe-toi une date, termine tes travaux de couture à temps, et vas-y.

130

La robe était superbe. Elle changeait complètement son allure, sa façon de marcher, mettait en valeur sa peau de pêche, ses pommettes saillantes, ses bras minces. Rachel, peu habituée, ne s'y sentait guère à l'aise : elle se déplaçait avec raideur et semblait même un peu hautaine. Les cheveux rassemblés sous un chapeau à rebord de dentelle, comme son corsage et ses manchettes, elle avait l'air d'une aristocrate, se dit Will en écarquillant les yeux.

Il était accoutumé à la voir les mains terreuses, la chevelure pleine de brins de paille, et tiqua lorsqu'il découvrit le matin, qu'elle se savonnait en frissonnant près du puits. Elle s'était même plongé la tête dans un seau d'eau glacée pour se laver les cheveux! Mais la Rachel Jedder qu'il connaissait semblait avoir disparu : elle était méconnaissable. Pour la première fois, Will se dit qu'ils pourraient aller très loin tous les deux. Rien ne serait trop beau pour eux : belle demeure, beaux chevaux, carrosses. Seules les mains calleuses de Rachel laissaient deviner ses humbles origines. Il baisa un petit pied rose, l'aida à mettre ses chaussures, et elle fut prête.

Quand les huit cloches de High Chillam sonnèrent, elle le regarda, les yeux pleins d'inquiétude.

— J'ai un cadeau pour toi, dit-il.

Il lui donna un charmant petit éventail de bois, qu'un capitaine français lui avait donné la veille, et, la soulevant, s'écria :

— Tu as l'air d'une princesse, ma petite!

Fermant les yeux, Rachel tendit les lèvres, et Will dut faire appel à toute sa volonté :

— Après l'église!

Le temps était au beau depuis un certain temps déjà. Rachel parvint donc à High Chillam sans que la boue eût souillé sa longue jupe. Il n'y avait pas de miroir à Yellaton, et elle n'avait pu se voir, mais regarder Will avait suffi à lui donner confiance. Elle contempla la robe, les chaussures de cuir fin, avec un profond plaisir.

Un sentier menait du chemin à l'arrière de l'église. Elle songea un instant à le prendre, pour arriver discrètement, puis changea d'avis, traversa la place du village d'un air altier, et arriva au moment où les retardataires franchissaient la lourde porte de chêne. Elle s'arrêta un instant, redressa la tête et entra.

Tous les fidèles se tournèrent vers elle, bouche bée. Rachel ne savait pas où s'asseoir, et tous les bancs semblaient occupés. Elle resta donc immobile une bonne minute, jusqu'à ce qu'un vieillard vînt vers elle pour lui indiquer une place au centre de la nef:

— C'était le banc de Penuel Jedder, souffla-t-il avant de s'éloigner.

Les enfants la dévoraient des yeux, stupéfaits; un visage qu'ils ne connaissaient pas! Les étrangers ne passaient jamais dans leur village, trop éloigné de tout, et qui ne menait nulle part. Les femmes lui jetaient des regards furtifs, et leurs battements de paupières montraient bien qu'elles examinaient de près la fameuse robe verte. Si les vieux ne cachaient pas leur désapprobation, leurs fils se poussaient du coude et s'efforçaient d'attirer son attention, songeant intérieurement qu'elle était un peu maigre, mais qu'avec ses terres, là-haut à Yellaton, un homme pourrait plus mal tomber. Rachel ne prit garde à personne.

L'office commença par un vacarme d'orgue, de basse de viole, de violon et de flûte; les paroissiens se mirent à chanter, sans grand souci de justesse, emmenés par le pasteur, qui les guidait avec une assurance ennuyée. Rachel aperçut le Squire, qui ne cessa de parler sans se cacher, comme s'il était dans son salon. Il fallut même attendre un petit moment pour qu'un des gentilshommes de sa suite se souvînt qu'il devait lire à voix haute la première leçon. Walter Riddaway se chargea de la seconde. Il croisa un instant le regard furieux de Rachel: son visage s'allongea encore, et il baissa les yeux sur la grande bible.

Quand il en eut terminé, au lieu de poursuivre l'office, le pasteur désigna du doigt la porte de l'église, que le vieux bedeau ouvrit. A la grand surprise de Rachel, une jeune fille, qui avait à peu près son âge, entra à pas lents, tête et pieds nus, les épaules couvertes d'un linge blanc, un bâton à la main, en larmes. Elle s'agenouilla devant la chaire, tandis que l'assistance récitait le symbole de Nicée, à la fin duquel elle chuchota quelque chose.

— Elevez la voix, qu'on vous entende! ordonna le pasteur.

La jeune fille pencha la tête, comme pour se dissimuler, et dit, d'une voix aiguë:

— Moi, Jane Clarke, je reconnais avoir donné le jour à un enfant bâtard, une fille, dont le père sans aveu est...

Elle s'interrompit et éclata en sanglots.

— Continuez!

— ... Stephen Pincombe de Kingford.

132

Une rumeur scandalisée monta de l'assistance, qui se tourna comme un seul homme pour contempler le coupable, rougissant, très mal à l'aise, à côté duquel se tenait son épouse, furieuse.

— Silence ! hurla le pasteur, qui se pencha vers la jeune fille, l'air méprisant. Confessez-vous devant tous, Jane Clarke !

— Et je supplie l'assemblée des fidèles de prier Dieu pour qu'il me pardonne, ajouta-t-elle en pleurant. Que ma punition soit un exemple et un avertissement pour les autres, et que jamais ils n'en méritent de pareille. Amen.

Pendant tout le reste de l'office, Rachel se leva, se rassit et s'agenouilla chaque fois que c'était nécessaire, oubliant cette scène pénible, et ceux qui l'entouraient, en observant le merveilleux jubé de chêne qui traversait l'église, séparant le chœur de la nef. Ses nervures étaient rehaussées de chérubins et de feuilles, qui grimpaient jusqu'au pied de la croix qui le surmontait. Il était si beau qu'elle en oublia le sermon, particulièrement morne. Rachel l'avait d'ailleurs entendu plus d'une fois : l'ordre social est le reflet de la volonté divine. Puis le pasteur vint rapidement à bout de la bénédiction, et la cérémonie prit fin.

Il l'arrêta à la sortie et lui demanda pourquoi elle n'était pas venue avant. Rachel expliqua que c'était par manque de vêtements présentables. A ce moment, le Squire Waddon, qui s'apprêtait à monter dans son carrosse, s'inclina profondément devant elle. Le pasteur la laissa aller.

Après cette première visite à High Chillam, il lui fut facile d'y retourner. Rachel se rendit régulièrement au marché, qui se tenait, chaque semaine, dans un champ situé aux abords du village. Il attirait, dans un rayon de cinq miles, tous les gens des environs, qui venaient y vendre leurs produits ou leur bétail. Elle y acheta du foin, pour remplacer celui qu'elle avait perdu, deux porcelets, un jars et deux oies.

Les visages lui devinrent bientôt familiers ; chez certaines des femmes les plus jeunes, la curiosité l'emporta sur la réserve, et plusieurs allèrent même jusqu'à évoquer, à mots couverts, l'incendie à Yellaton. Rachel avait appris à se montrer prudente, et fit preuve de beaucoup de politesse, sans pourtant révéler quoi que ce fût. Tout le monde devait savoir qu'elle ne pouvait, seule, accomplir autant de travail sur son domaine ; mais personne ne fit la moindre allusion à la présence de Will Tresider. La jeune fille n'ignorait pas que tous attendaient de voir si elle l'épouserait, ou si elle accepterait l'un d'entre eux comme époux. En revanche, elle ne se rendait pas compte que son amour pour Will l'embellissait. Il était flatteur, pour une jeune fille qui se trouvait peu féminine, presque laide, de voir les jeunes gens se rengorger, feindre de se battre et faire beaucoup de bruit chaque fois qu'elle apparaissait. Seule la présence incessante de Matthew Claggett, plein de haine, l'empêchait de savourer pleinement ses visites au marché.

Une enfance misérable avait empêché la personnalité de Rachel de se développer pleinement. Maintenant, à dix-sept ans, l'amour et l'argent ne lui manquaient plus, elle s'était intégrée à la vie du village, et put s'épanouir librement. Elle se découvrit ainsi un tempérament extraverti, porté aux facéties, un humour acide et sarcastique.

Will Tresider lui apprit à danser; il sifflotait la mélodie tandis que, folle de plaisir, elle tournoyait en levant ses jupes, jouant à la grande dame ou à la mère maquerelle. Il l'encouragea à porter les robes luxueuses qui lui avaient d'abord paru bien trop belles. Grisé, et malgré les protestations de ses compagnons, il commença à l'emmener à l'auberge du Soleil levant d'Appledore, ou dans les tavernes où se traitaient ses affaires.

Là, à la faible lueur des lampes noyées de fumée, elle chantait de vieilles chansons du Norfolk, donnait libre cours à son impertinence et à sa gaminerie. Elle écoutait aussi, fascinée, les récits de tempêtes, de naufrages, ou de la guerre incessante qui opposait douaniers et contrebandiers. Puis Rachel s'endormait comme une enfant, ivre de cidre et de bière, à l'issue de la tournée des tavernes surpeuplées — souvent précédée d'une longue journée de travail à la ferme.

Will Tresider la soulevait, la déposait devant sur son cheval, et rentrait à Yellaton. A demi consciente, elle grimpait avec lui la côte si raide qui, passé le pont de Bideford, menait vers la forêt. Un vent très doux venait rafraîchir son visage brûlant; l'odeur des genêts lui signalait l'arrivée sur la lande. Certains oiseaux nichaient sur le sol, et poussaient de grands cris quand les sabots de la bête passaient près d'eux; on entendait les battements d'ailes des rapaces, le ciel était plein de présences mystérieuses, mais rien n'avait d'importance. Tant qu'elle resterait blottie contre sa poitrine, elle serait en sécurité.

Ce fut un été plein de passion. Rachel ne songeait jamais à l'avenir, sinon pour se dire que le présent durerait toujours. Fin août, sa boîte de fer-blanc contenait plus de cent guinées. L'équipe de Will Tresider comptait plusieurs hommes de plus, et il faisait ses affaires jusqu'à Bristol; parfois, il s'absentait plusieurs jours de suite. A peine rentré, pourtant, il discutait passionnément avec elle des moyens d'accroître leurs terres, ou le bétail. Il avait parfois des idées qui la laissaient sans voix, et lui promit qu'un jour ils bâtiraient, à la place de la vieille maison, une demeure aussi vaste que celle du Squire. Elle n'avait aucune raison de mettre sa parole en doute. Bientôt, le blé d'hiver arriva à maturité. L'orge ne tarderait pas à faire de même, et Will serait trop occupé pour l'aider. Il lui donna un conseil profondément choquant:

— Engage un ouvrier!

— Will! Comment? Un homme travaillerait ici? Pour moi?

— Et pourquoi pas? L'argent ne manque pas!

— Non! Je ne veux pas!

— Dans ce cas, tu devras faucher le blé toi-même, Rachel Jedder. Tu sais qu'il faut que j'aille à Porlock avant de remonter la Severn.

— Mais Will, je ne saurais pas comment me comporter avec lui!

— Autant rester sage, ma belle, sinon tu m'en répondras, répliqua-t-il, moqueur.

Puis il reprit son sérieux:

— Rachel, il suffit de lui dire ce qu'il doit faire. Offre-lui un shilling et six pence par jour, et ne lésine pas sur la boisson!

— Et je ne devrai pas l'aider?

— Tu seras trop occupée à cueillir et à presser les pommes, du moins si tu veux avoir du cidre l'année prochaine. De toute façon, ce sera moins pénible que de faucher les blés.

Rachel frissonna en se souvenant de la fenaison, et convint qu'il avait raison.

Nathaniel Babb était un vieil homme; mais la période des moissons avait commencé, et personne d'autre n'était disponible à High Chillam. Il avait le pas traînant, un visage mélancolique, soupirait fréquemment. Au marché, il y eut quelques rires sous cape quand Rachel l'embaucha; elle ne tarda pas à comprendre pourquoi. Il ne profitait pas de son absence pour fainéanter, ou s'enivrer. Il était simplement atrocement lent, s'arrêtait après chaque coup de faux pour réfléchir au suivant, et, apparemment incapable d'avancer en ligne droite, partait dans toutes les directions. A Yonder Plat, les gerbes tombaient les unes sur les autres, et certaines furent piétinées.

Le premier jour, en passant de l'autre côté de la haie, Rachel l'entendit grogner à intervalles réguliers, comme un vieux chien. A midi, le spectacle de la récolte massacrée — avec quelle lenteur! — la fit sortir de ses gonds:

— Nathaniel Babb, vous ne fauchez pas droit!

— C'est ce que tout le monde me dit.

— Et je voulais que ce blé soit mis en gerbes dès demain soir, mais vous n'aurez pas fini à temps!

— Non, dit-il tristement.

— Vous ne pouvez pas aller plus vite?

— Ah! maîtresse, c'est bien le problème du monde aujourd'hui. Toute cette hâte...

Il soupira profondément. Rachel entra en fureur:

— Si vous n'êtes pas capable de faire mieux, vous n'aurez pas de viande de mouton une fois la tâche terminée.

— C'est juste, maîtresse.

— Et pas de cidre non plus.

— C'est bien vrai.

Il reprit sa faux, comme s'il tirait du puits un plein seau d'eau, et secoua la tête:

— Maîtresse, si vous continuer à bavarder, nous n'en aurons jamais fini!

Impossible de venir à bout de lui. Au cours des quinze jours qui suivirent. Rachel le menaça, le punit, le cajola, en pure perte. Elle planta des bâtons dans les blés, pour lui indiquer le chemin qu'il devait suivre, mais il les ignora et continua en zigzag. La jeune fille alla jusqu'à faucher elle-même, en lui disant de passer derrière pour nouer les gerbes, mais ce fut encore pire: elles se défaisaient dès qu'on y touchait, tombaient les unes sur les autres, et on aurait cru que la moitié du blé avait été oubliée sur le sol. C'était horrible à voir. Seul un beau temps prolongé empêcha Rachel de devenir folle. Chaque soir, bien après qu'il fut parti, elle était encore dans le champ, à essayer de limiter les dégâts, se répétant, furieuse, qu'il ne lui aurait pas fallu plus de temps si elle avait été seule. Quand Will revint et se montra surpris de voir tout le travail qui restait à faire, la jeune fille se lança dans une longue tirade contre Nathaniel Babb, et il ne put y mettre un terme qu'en l'embrassant.

Il ne restait plus qu'à charger un ultime tas de gerbes sur le traîneau et à les conduire jusqu'à la grange. Tâche simple, que Nathaniel Babb lui-même ne parviendrait pas à saboter. Rachel le quitta en milieu de journée, et monta à pas de loup réveiller Will. Comme elle se penchait vers lui, il la saisit et la fit tomber sur le lit en hurlant de rire.

— Will Tresider, tu devrais avoir honte!

— C'est bien vrai, maîtresse, répondit-il en imitant la voix plaintive du vieux Babb. Et je n'ai pas beaucoup de temps.

— Je croyais que tu allais rester à la maison un moment, dit-elle, déçue.

— Un bateau livre ce soir à Mouth Mill la plus grosse cargaison de genièvre et de cognac que nous ayons jamais eue. J'ai un acheteur à Bristol et je ne veux pas courir de risques.

Elle posa sa tête sur son épaule.

— Je te rapporterai quelque chose de beau. Tu peux demander tout ce qui te plaira, ma toute belle.

— Tout?

— Oui.

— Laisse-moi venir avec toi, Will.

Il rit et lui caressa les cheveux:

— Et qui traira les vaches demain?

— Je ne te suivrai à Mouth Mill que pour être avec toi et voir le bateau. Oh! Will, ce sera si passionnant! C'est ce que j'ai toujours voulu depuis la première fois que je t'ai vu!

— Rachel, c'est impossible. Nous repartons aussitôt pour Bristol. Comment reviendras-tu-ici?

— Je suis bien venue du Norfolk sans connaître le chemin, non? Et je suis allée si souvent sur la côte que je pourrais rentrer ivre morte.

Will ne paraissait pas convaincu. Elle se lova contre lui et lui mordilla le lobe de l'oreille, puis lui échappa. Il finit par l'immobiliser et soupira:

— Bon, bon, tu peux venir! Mais je ne sais vraiment pas ce que les autres vont dire!

— Will, tu es si bon avec moi.

137

— Oh que oui!

On frappa timidement à la porte, et la voix du vieux Babb se fit entendre :

— Maîtresse, vous êtes là ?

Rachel regarda Will, inquiète, et répondit :

— Que voulez-vous, Nathaniel Babb ?

— Le vieux traîneau s'est cassé, maîtresse.

Elle ferma les yeux pour garder son calme :

— Attendez-moi dans la cour, je descends tout de suite.

Il repartit à grand bruit. Mais ils n'avaient pas remarqué son arrivée...

— Tu crois qu'il nous a entendus ? demanda Rachel.

— Nos voix, mais pas ce que nous disions, dit Will paresseusement. La porte est trop solide pour ça.

Il lui caressa la jambe tandis qu'elle remettait son jupon et son caraco.

A cette époque de l'année, les jours étaient très longs ; il était presque onze heures du soir quand il fit assez noir pour qu'ils se mettent en route sans être vus. Rachel réprima un frisson d'impatience. C'était une nuit sans lune — ce qui sera parfait, dit Will ; moins il y aura de lumière, mieux cela vaudra. Ils chevauchèrent pendant une heure dans l'obscurité la plus totale.

Ils venaient d'atteindre le rocher au bord du chemin menant à Brownshan Wood, quand Will s'arrêta et mit ses mains autour de sa bouche pour imiter le cri de l'engoulevent, auquel on répondit d'un taillis sur la droite. Ils quittèrent la route et s'enfoncèrent sous les arbres pour rejoindre deux cavaliers masqués, qui secouèrent la tête en voyant arriver Rachel, et parlèrent à voix basse à Will, qui répondit sèchement.

— Ça porte malheur d'emmener une femme, tu le sais, Will Tresider, chuchota l'un d'eux.

— Alan Pope, tu n'es nullement obligé de te joindre à nous. Tu peux toujours rentrer chez toi, et rester pauvre. Et maintenant, si tu es avec nous, va monter la garde sur le chemin.

L'homme haussa les épaules et s'en fut, l'air maussade. L'autre mit pied à terre en même temps qu'eux, et ils allèrent attacher leurs chevaux avant de descendre jusqu'à la plage, où ils se dissimulèrent dans une petite grotte.

La nuit était profonde, la mer calme ; les vagues venaient battre le rivage sans faire aucun bruit. Rachel n'était sûre de la présence de Will que parce qu'elle l'entendait respirer à côté d'elle. L'attente était épuisante, mais elle était trop excitée pour la trouver fastidieuse. On lui tendit une fiasque d'alcool, qui lui mit le visage en feu et fit battre son cœur. Les chevaux de trait étaient cachés dans une autre grotte, plus vaste, à côté de la baie, avec les autres contrebandiers. L'homme de guet se trouvait au-dessus d'eux, quelque part sur la falaise.

Elle pria silencieusement pour qu'il soufflât ne serait-ce qu'une brise, que le bateau ne soit pas en retard et, au même moment, tous aperçurent sur l'océan la lumière bleue qui annonçait son arrivée. Au-dessus du rivage, leur vigie devait battre frénétique-ment le briquet pour allumer sa chandelle de suif : à l'issue de plusieurs minutes éprouvantes, la faible lueur de sa lanterne se mit à sautiller juste au-dessous de l'horizon.

Le sable étouffait le bruit des sabots des chevaux, qui traver-sèrent la plage, courbés sous le poids de leur bât. On entendit des rames battre l'eau ; puis tous furent, d'un seul coup, très affairés. Will était parti les rejoindre. Les marins plongèrent dans l'eau jusqu'à la taille, pour tirer leur embarcation vers le rivage et décharger sa précieuse cargaison, qui fut attachée sur le dos des bêtes.

La première barque repartit au moment où une seconde arrivait ; les chevaux empruntèrent la vallée, faisant résonner son sol pierreux, tandis que d'autres sortaient de la grotte. Le rythme s'était un peu ralenti ; les hommes, fatigués, poussaient des jurons. Dans la baie, le navire leva l'ancre, prêt à s'enfuir. La dernière barrique roula sur le sable.

Un coup de feu se répercuta à l'infini sur les rochers, suivi d'un moment de silence parfait : tous s'étaient immobilisés, stupéfaits. Puis une voix hurla :

— Halte, au nom du roi !

Et la nuit explosa. Un groupe de douaniers jaillit des ténèbres pour se ruer droit sur les contrebandiers ; des violents combats d'homme à homme commencèrent presque aussitôt. Les chevaux, attachés ensemble, partirent au galop, éperdus. Il y eut une autre détonation : dans la barque, un matelot s'effondra sur ses avirons. Sur toute l'étendue de la plage, les hommes s'affrontaient, les coups pleuvaient, au milieu des hurlements de rage et de souffrance.

Les douaniers étaient inférieurs en nombre, et les contrebandiers se battaient sauvagement, à coups de couteaux, de pierres, de barres de fer ; Rachel, de sa cachette, en vit un maintenir sous l'eau la tête de son adversaire, jusqu'à ce qu'il eût lâché prise. Puis, à sa grande terreur, elle aperçut un des représentants de la loi qui se ruait vers elle.

— Will ! Will Tresider ! hurla-t-elle. Une autre silhouette jaillit de la mêlée.

Les deux hommes coururent sur la plage ; Will se jeta sur l'homme au moment où il entrait dans la grotte. La lutte fut brève et sanglante, le douanier se trouva pris contre la falaise. Rachel discerna son visage : c'était Walter Riddaway. Puis Will entreprit de lui écraser la tête contre le rocher, et, sous ses yeux, en fit une pulpe noirâtre, sanglante ; il lâcha le corps, qui s'effondra sur le sol et ne bougea plus.

Rachel recula, en retenant à grand-peine un hurlement. Elle regarda fixement, hagarde, les mains de Will — ces mains qui l'avaient caressée avec tant de tendresse, et qui venaient de tuer un homme. Il devina ce qu'elle pensait :

— Rachel Jedder, tu aurais été pendue, sinon, et moi avec.

La saisissant par le poignet, il prit la direction du chemin qui menait au sommet de la falaise ; mais, comme ils s'y engageaient, tous deux aperçurent, au-delà du moulin, deux dragons à cheval, perdus dans la nuit, qui bloquaient le passage. Faisant demi-tour, il entraîna Rachel le long de la plage, et contourna avec elle la base du promontoire rocheux.

Ses hommes et les marins étaient venus à bout des douaniers, dont ils abandonnèrent les corps sur la plage. Tous le suivirent dans la grotte, où se trouvaient encore les chevaux, qui soufflaient bruyamment. Elle donnait sur une série de cavernes ; ils s'y engagèrent, avançant avec lenteur dans l'obscurité la plus totale, suivant de la main les parois humides et boueuses, avant d'émerger beaucoup plus loin, sur une langue de sable au bord de la côte. De là, ils grimpèrent en haut de la falaise.

— Dick Trosse, prends trois hommes et va t'occuper des dragons. Vous, les matelots, attendez ici, au cas où ils nous auraient suivis. Ensuite, essayez de regagner le bateau, si vous pouvez.

— Il est parti, répondit l'un des marins.

Les eaux étaient aussi lisses que du verre.

— Alors, venez avec nous, dit Will en jetant un regard sur son petit groupe. Où sont Dan Salter et John Revell?

— C'est fini pour eux, Will, lança le dernier arrivé. J'ai vu tomber John, et le cadavre de Dan était sur le chemin.

Will Tresider eut un bref mouvement de tête et poursuivit:

— Vous autres, attendez ici jusqu'à ce que la milice ait été dispersée, assurez-vous que plus personne ne traîne aux environs, trouvez les chevaux, chargez les autres et faites comme nous l'avions prévu.

— Et toi, Will Tresider? demanda un gros homme, l'air soupçonneux. Où vas-tu?

— Je vous retrouverai à Porlock.

— Tu t'en vas avec cette femme? Tout ce qui est arrivé est de sa faute! répliqua l'autre.

Les hommes se rassemblèrent, murmurant avec colère.

— Si vous voulez rester en vie et gagner un peu d'argent, vous feriez mieux de charger la cargaison, et vite!

Will, insensible à leur mécontentement, leur tourna le dos et partit, poussant Rachel devant lui. Comme ils s'éloignaient, elle jeta un bref regard par-dessus son épaule, et vit Dick Trosse, suivi de deux hommes, s'avancer le long de la falaise, tandis que le reste de la bande se séparait en deux groupes, comme ils en avaient reçu l'ordre.

Ils coururent sur près d'un demi-mile, en décrivant un cercle, pour parvenir au bois où leurs chevaux étaient attachés, non sans avoir approché les lieux très lentement, mais ils ne virent personne.

— Nous allons chevaucher tout doucement jusqu'à Clovelly Dykes, Rachel. Ensuite, tu files à bride abattue jusqu'à Yellaton, sans jamais t'arrêter, quoi qu'il arrive. Compris?

— Et toi? Où seras-tu?

— Juste derrière toi, ma chérie.

Il se pencha pour l'embrasser, tout doucement d'abord, puis avec force, conscient des dangers qu'elle courait. Puis il la souleva pour la mettre en selle.

Ils atteignirent le carrefour, où il donna une grande claque sur la croupe de la monture de Rachel, qui partit aussitôt. La jument fila comme une flèche dans l'obscurité ; le vent fit tomber le capuchon de sa cape, ébouriffa ses cheveux, et la jeune fille, s'inclinant sur l'encolure de la bête, tenta de s'abriter et se raccrocha à sa crinière. Elle traversa Horns Cross, passa à côté de l'asile des pauvres en frissonnant, évita le relais de poste de Moorhouse, et franchit à gué la Torridge à Weare Giffard. La nouvelle de l'affrontement de cette nuit devait aller aussi vite qu'elle, transmise par des messagers à demi endormis, ou peut-être quelques-uns des soldats qui y avaient survécu.

Rachel comprit peu à peu la vérité : c'était elle, en effet, qui, par son insistance à accompagner Will, avait refermé le piège sur eux, et causé la mort de tant d'hommes. Le vieux Nathaniel Babb avait dû entendre leur conversation et s'en aller tout raconter à Walter Riddaway.

L'aube se leva. La jeune fille s'attendit au pire : il n'était plus possible de dissimuler quoi que ce soit, et il allait falloir en payer le prix. Ils arrivèrent enfin à Yellaton, épuisés.

— Rachel, tu sais que je vais devoir quitter le Devon pour ne plus revenir, dit Will. Trop de gens sont au courant. Tout le monde sait que je suis là, et que c'est moi que Nathaniel Babb a dû entendre. Il m'est impossible de rester ici.

Elle ne put rien répondre, et se contenta de lui jeter un regard plein de douleur.

— Viens avec moi ! Nous retournerons dans le Kent, et nous nous marierons.

Il prit son visage entre ses mains et sourit. La pluie vint se mêler aux larmes de Rachel.

— Nous avons autant d'argent qu'il nous en faut, ma chérie, assez, en tout cas, pour acheter une ferme aussi belle que celle-ci, sinon plus. Rachel Jedder, épouse-moi !

La pluie tombait sur le sol, dont elle libérait la forte odeur. Sa lignée était à Yellaton depuis toujours, et, chaque année, c'est à elle qu'il donnerait sa force, sa richesse, ses grains. A elle, Will Tresider le comprit ; furieux de ce rival inattendu, il la serra contre lui et la contraignit à relever la tête :

— Il y aura toujours d'autres fermes, et tu m'aimes. Tu m'aimes !

Il avait des cheveux si doux. Jusqu'à ce qu'elle le rencontrât. Rachel avait toujours cru que les adultes avaient une chevelure grossière. Elle ferma les yeux, posa la tête sur son épaule, sentit une grosse veine battre contre sa joue. Mais Yellaton, brutal, insinuant, despotique, ne pouvait pas perdre.

Les bras de Will retombèrent. Il regarda au loin, par-dessus l'épaule de la jeune fille.

— Aucun de mes hommes ne vient de High Chillam. Je les paierai bien, pour qu'ils ne parlent pas. Tu seras tranquille, Rachel Jedder, n'aie crainte.

Il ne pouvait encore se résoudre à la quitter. Le jour était levé, désormais.

— Ils seront là bientôt. Tout le comté doit être au courant, à l'heure qu'il est.

Rachel aurait voulu dire qu'elle l'aimait plus que tout, qu'elle voulait partir avec lui, que la vie sans lui serait insupportable, qu'elle préférait mourir. Sans s'en rendre compte, elle planta ses ongles dans la paume de Will. Une branche de mûrier, dans la haie, vint se prendre dans ses cheveux. Il l'ôta, le visage crispé, puis l'embrassa:

— Je sais, Rachel, murmura-t-il. Je comprends.

Il monta en selle — c'était le cheval qui l'avait amené pour la première fois à Yellaton — et la regarda pendant quelques instants.

Rachel suivit des yeux Will Tresider, parti au galop sur la lande, jusqu'à perdre de vue sa monture, qui ne fut bientôt plus qu'un point, avant de disparaître tout à fait. Son âme était partie avec lui, ne laissant, derrière eux, qu'un fantôme sur la terre des Jedder.

CHAPITRE HUIT

La douleur. Elle envahissait tout : le temps, l'espace, la moindre parcelle de ce qui l'entourait, de son propre corps. Tout Yellaton était enseveli dans le chagrin.

Un moment, la perte de Will Tresider faillit mener Rachel au bord de la folie ; elle courait dans la maison en hurlant, s'arrachait les cheveux, brisait des objets, se mordait les mains. Puis son instinct de conservation finit par lui faire craindre sa propre violence. De surcroît, son épuisement était tel qu'elle en resta là.

Mais son esprit battait toujours la campagne, et cherchait à échafauder toutes sortes de projets chimériques : Will reviendrait sous une fausse identité, vivrait et ne sortirait qu'à la nuit tombée ; ou bien il ferait face à ses accusateurs et triompherait d'eux. Elle ne pensa plus qu'à le revoir, à monter à cheval pour le suivre, bien que des jours et des jours eussent passé, à tout quitter pour se rendre dans le Kent. Elle y réfléchissait à voix haute, puis fondait en sanglots en comprenant que de tels plans étaient irréalisables. La plus grande souffrance, cependant, était de devoir reconnaître que jamais elle ne pourrait le retrouver : il ne reviendrait pas, elle ignorait où il était, et ni l'un ni l'autre ne savaient lire ou écrire.

Les soldats étaient passés, sans trouver l'homme qu'ils pourchassaient, ni marchandises de contrebande ; cette fille vêtue de loques, aux yeux étranges, aux marmonnements incompréhensibles, les avait inquiétés, et ils s'étaient sentis soulagés en repartant. Rachel ne s'était pas rendu compte de leur passage.

La passion finit par se consumer elle-même et mourut peu à peu. La jeune fille était devenue parfaitement calme. Mais la souffrance avait cédé la place à un sentiment de vide : elle errait sans but dans tout le domaine en ayant l'impression de se contempler elle-même.

Will était bien autre chose qu'un amant. Grâce à lui, Rachel avait découvert qui elle était : l'amour qu'il lui portait l'avait libérée. Will lui avait appris à danser, à s'asseoir au soleil pour mieux goûter le plaisir de sentir des étoffes de prix caresser sa peau, à prendre soin de son apparence. Elle s'était regardée dans le miroir qu'il lui avait offert, pour constater qu'elle avait un joli visage, contrairement à ce qu'elle avait toujours cru. Il était même attirant ; simplement, il sortait de l'ordinaire.

Il l'avait encouragée à s'amuser, à se complaire à des frivolités — autant de péchés, pour une pauvresse qui n'avait jamais connu que l'obligation de travailler comme une brute, de se battre pour survivre, le tout entrecoupé de brèves périodes de sommeil. Il avait changé sa façon de voir les choses ; plus jamais la vie ne se réduirait pour elle aux simples préoccupations du moment. C'était un défi qui pourrait se révéler profitable.

Ce qu'ils avaient vécu, ce qu'il lui avait donné ne pourraient lui être arrachés. Cette constatation lui permit d'échapper à son désespoir, et d'en arriver à accepter, non sans tristesse, leur séparation. Rachel se contraignit à reprendre ses activités, d'abord pour Will, mais aussi pour elle : il ne fallait pas gaspiller toutes les richesses de leur amour.

Elle était d'ailleurs trop jeune pour s'abandonner longtemps à son chagrin. Yellaton lui-même, où les bêtes ne pouvaient attendre, la convainquit peu à peu de renoncer au passé, de ne plus penser qu'à l'avenir. Des changements s'étaient opérés en elle pendant cette période d'abandon. L'amour l'avait mûrie ; ses hanches s'arrondirent et, à sa grande surprise, Rachel se rendit compte que sa poitrine s'était enfin développée. En dépit de sa mélancolie, elle était désormais assez consciente d'elle-même pour en être fière. La jeune fille jetait souvent des regards sur les courbes que ses seins dessinaient sous sa robe et, avant de partir pour le marché, ou pour l'église, prenait soin de les redresser sous son corsage. Ce n'est qu'au bout de plusieurs semaines, durant lesquels sa taille s'était épaissie, que Rachel comprit qu'elle était enceinte.

L'enfant de Will... Marchant à travers les bois, elle s'arrêta auprès de l'arbre sous lequel ils s'étaient si souvent embrassés, s'appuya contre lui, et ferma les yeux. Si elle avait prié, elle n'aurait sans doute rien demandé de plus : pouvoir garder un peu de lui, avoir un fils qui lui ressemblerait. Elle passa ses mains sur son ventre, heureuse, ou presque, pour la première fois depuis la sinistre nuit au bord de la mer.

Quelques jours après, pourtant, elle se souvint de Jane Clarke, avançant en trébuchant, tête et pieds nus, dans l'église de High Chillam, et ses paroles entrecoupées de larmes lui revinrent à l'esprit :

« Je confesse et avoue avoir donné le jour a un enfant bâtard... »

Le sang de Rachel se glaça. Les autres se délecteraient de son humiliation, de l'infamie qui s'attacherait à son propre enfant. L'étrangère, la femme qui avait usurpé les droits de l'un des leurs, et causé la mort d'un autre, serait enfin couverte de honte publiquement. En grandissant, le fils de Will se verrait sans cesse rappeler, par les autres enfants, de quelle façon sa mère avait dû ramper devant tout le village. Impossible de l'oublier jamais.

Furieuse, Rachel se promit d'empêcher tout cela. Même l'ex-communication, qui la mettrait à la merci des tribunaux, ne pourrait la contraindre à faire pénitence. Bien que sachant beaucoup de choses sur la gestation des animaux de la ferme, la jeune fille ignorait depuis quand elle était enceinte, et quand elle accoucherait. L'idée folle d'élever l'enfant en secret lui traversa l'esprit. Néanmoins, tout en travaillant, elle réfléchit longuement à ce qu'il convenait de faire et, un beau matin de septembre, la solution se présenta d'elle-même.

Le dimanche suivant, elle revêtit un corsage de dentelle, un jupon brodé, une robe de soie jaune à paniers, et noua aux coudes des manchettes de soie crème. Avant de se coiffer d'un chapeau de tulle, elle arrangea avec soin ses cheveux, repoussa ses boucles des deux côtés du visage, puis mit ses souliers en sachant avec certitude qu'elle était profondément désirable.

Les cloches de l'église se firent entendre au moment même ou elle sortait; mais Rachel ne se hâta pas. Genêts et bruyères couvraient la lande d'un grand manteau roux, et leur odeur était celle de l'automne. Le bois du Squire avait pris toutes sortes de couleurs vives. Le vent, humide et tiède, semblait déjà s'exercer en vue des bourrasques d'hiver; le ciel était encombré d'oiseaux et de feuilles mortes, tout comme les rues des villes pouvaient l'être de déchets.

Rachel aurait voulu que Will sût qu'elle était enceinte, et souffrait atrocement d'ignorer où il était. Où qu'elle allât, quoi qu'elle fît, tout lui rappelait leur vie ensemble; la douleur d'être séparée de lui demeurait toujours aussi vive. De surcroît, il était impossible de savoir ce qu'il aurait pensé de ce qu'elle s'apprêtait à faire.

Les cloches se turent. Les retardataires couraient presque, mais la jeune fille, au lieu de presser le pas, marcha plus lentement encore, et arriva à l'église alors qu'on venait juste de refermer la lourde porte de chêne. Elle la repoussa pour entrer: le bedeau se précipita, l'air mécontent, pour lui faire signe de s'installer au dernier rang et non à sa place habituelle. De là, Rachel pourrait observer tous les membres de l'assemblée. Tout se déroulait conformément à ce qu'elle avait prévu.

Ce matin-là, les hommes de High Chillam chantèrent les psaumes sans savoir qu'ils étaient rejetés les uns après les autres: trop maigre, trop petit, trop gras, trop vieux, et même, trop sot. Puis, sur la gauche, à quatre bancs de là, elle trouva ce qu'elle cherchait. Des muscles vigoureux qu'on apercevait nettement sous les manches de son habit. Un cou de taureau planté sur un dos bien droit. Le dos de l'homme qui travaillerait pour elle, pour Yellaton, pour l'enfant de Will. Le dos de Robert Wolcot.

Il ne faisait pas partie de ceux qui, au marché, venaient lui conter fleurette, mais c'est là qu'elle l'avait remarqué: il y venait avec ses frères aînés et son père, qui possédait une ferme de l'autre côté du village. Robert Wolcot avait un visage assez grave, buriné par les intempéries, une barbe roussâtre. C'était une famille de petits propriétaires assez à l'aise, et, si elle avait encore été pauvre, elle n'aurait pu songer à lui un seul instant. Mais les choses se présentaient différemment, aujourd'hui.

La cérémonie se termina enfin La foule sortit; Rachel fouilla dans la poche de sa robe, faisant tomber le petit éventail que Will lui avait donné au moment même où Robert Wolcot passait à sa hauteur. Ils faillirent se heurter: elle leva la tête en rougissant presque de sa propre audace, et croisa le regard de ses grands yeux gris, qui ne cillèrent pas en rencontrant les siens. Rachel dut s'empêcher de baisser les paupières. Le visage de l'homme prit une expression inattendue, qu'elle ne put réellement déchiffrer. Peut-être était-ce le soulagement.

Cette semaine-là, au marché, il vint droit vers elle et parla sans embarras:

— J'aimerais vous présenter mes respects, Rachel Jedder, si vous y consentiez.

148

Rachel sentit disparaître d'un coup les inquiétudes qui l'avaient empêchée de dormir, et répondit par un grand sourire. Né dans le village, il était plus âgé que Will, ayant dépassé la trentaine. Elle l'avait si facilement ensorcelé qu'il était tentant de le trouver un peu sot ; mais c'eût été une erreur. Robert Wolcot était un homme avisé, qui n'ignorait rien des mœurs de la campagne, et même des subtilités de la nature humaine, comme elle ne tarda pas à s'en rendre compte.

Il lui fit la cour dans les règles, se bornant, pendant les trois premières semaines, à des promenades à la brune, où tous deux parlaient surtout des travaux des champs, sans révéler beaucoup d'eux-mêmes. Un soir, dans le bois de Yellaton, ils allèrent regarder travailler les charbonniers, puis il l'emmena hors de la clairière et la fit asseoir sur un tronc d'arbre.

— Nous devons nous marier très vite, Rachel Jedder, avant que les gens ne se mettent à jaser.

Prise au dépourvu, elle détourna la tête, et murmura d'un air coupable :

— Ça se voit ?

— Non.

— Comment avez-vous su, alors ?

Il ne l'avait encore jamais touchée. Cette fois, il prit son menton entre ses mains, pour qu'elle le regardât bien en face :

— Je sais tout de toi, Rachel. Depuis le début. Je t'ai vue le jour de ton arrivée à High Chillam, sale, trempée, et je t'ai aimée dès ce moment.

Stupéfaite, Rachel le regarda :

— Et pourquoi donc ? Comment pouvais-tu avoir envie d'une souillon comme moi ? demanda-t-elle, incrédule.

— Oh ! tu étais comme ces moutons à peine nés qui viennent de la lande, l'hiver, à demi morts et mourant de faim... C'était si facile de vouloir te protéger.

Rachel se sentit mourir de honte et n'osa pas soutenir son regard :

— Tu n'es jamais venu me parler au marché, comme les autres.

— Cela n'aurait servi à rien. Tu étais avec Will Tresider et tu ne m'aurais même pas regardé.

Elle baissa la tête pour fondre en sanglots, mais il poursuivit :

— Je sais que tu es enceinte, Rachel, mais tu es une bonne fille, tu travailles dur, et tu feras une bonne épouse. Cela me suffit, si tu veux de moi comme époux.

Elle hocha la tête en silence, et ce fut lui qui évoqua tout ce qui concernait leur mariage et son installation à Yellaton.

En un clin d'œil, Rachel et Robert Wolcot furent unis, très simplement, et leur nuit de noces montra à la jeune fille qu'elle avait fait le bon choix. C'était un homme attentionné, plein d'égards ; bien que le souvenir de Will Tresider la poursuivît toujours, derrière ses paupières closes, Rachel se sentit pleine de gratitude envers son nouvel époux.

Il reprit ses habitudes sans même s'arrêter une seule journée pour célébrer l'événement. Les lunes de miel étaient chose inconnue ; les seuls moments de repos correspondaient aux fêtes religieuses, pendant lesquelles se déroulaient réjouissances et foires. Il se levait donc chaque matin avant l'aube, et s'en allait aux champs.

Depuis le départ précipité de Will Tresider, peu de tâches indispensables avaient été menées à bien ; il faudrait désormais travailler dur, et vite, avant que n'arrivent les premiers froids. Bientôt, pourtant, les pommes de terre furent récoltées et stockées sous la paille, Brindley labouré, et Yonder Plat débarrassé d'une partie de ses clôtures pour que les porcs puissent y venir. Extirper et brûler le chaume de l'autre moitié se révéla particulièrement pénible ; Robert se servait d'une araire primitive, dont le soc peu pratique, en forme de bêche, venait se fixer sur un long manche courbé : il fallait faire avancer l'engin à grands coups de rein, pouce par pouce, dans un sol rempli de racines. Labourer le quart d'une acre lui demandait une journée entière. Chaque soir, il retournait à la maison, mort de fatigue, et se jetait sur le repas que Rachel lui avait préparé.

Il travaillait avec un tel cœur, il lui témoignait une telle affection, que Rachel ne pouvait y rester insensible. Une maison bien en ordre, une nourriture de choix, telle fut sa façon de le remercier ; elle éprouva pour lui une sincère tendresse, et cherchait à prévenir tous ses désirs. Sa grossesse avançait : comme la jeune fille était menue, son ventre prit, très vite, de plus en plus d'ampleur. Un soir, Robert la contempla d'un air songeur, et lui demanda :

— Rachel, pourquoi m'as-tu épousé, plutôt qu'un autre ?

150

— A cause de ton dos, Robert Wolcot!

Il sourit, croyant à une plaisanterie, et ne posa plus jamais la question. Le village, à qui rien n'échappait, connaissait la vérité, mais se garda de tout commentaire. Par l'intermédiaire de son mari, Rachel était désormais apparentée à la moitié de la population de High Chillam ; il ne serait pas judicieux de s'exposer aux reproches d'une société aussi fermée, où une querelle quelconque pouvait impliquer des familles entières et durer des générations.

Les gens suivaient donc des codes de conduite très élaborés, qui visaient à éviter toute confrontation. Il était rare qu'on abordât directement les problèmes ; tous préféraient emprunter des voies détournées, s'abriter derrière des marques de courtoisie, recourir à des allusions. De tels garde-fous rendaient à peu près impossible toute dispute. Un refus était presque inconcevable : on ne s'y résolvait que lorsque le demandeur se montrait assez dépourvu de tact pour vous empêcher de changer de sujet. Seul le marché retentissait de discussions serrées, menées de cette voix bizarrement aiguë, un peu traînante, qui avait tant surpris Rachel au début, et qui dissimulait une réticence obstinée à gaspiller le moindre farthing.

On était en hiver et, du matin au soir, la grange résonnait de grands coups de fléau : Robert Wolcot battait le blé. Quand vint la pleine lune, ils tuèrent un cochon. Rachel, aidée par une de ses belles-sœurs, ne perdit rien. Elle fit du fromage de tête, du boudin, suspendit, pour les fumer, des quartiers de viande dans la grande cheminée, et couvrit les jambons de baies de genièvre, de sucre et de saumure.

Son garde-manger était plein de cornichons, de confitures, de gelées de fruits, de fromages au goût piquant. Les pommes furent écrasées sous une petite meule tournante de pierre, puis placées entre deux couches de paille avant de passer dans le vieux pressoir de chêne. Le jus était recueilli dans des flacons ; son odeur venait se prendre dans la chevelure et les vêtements de Rachel, elle se répandait dans toute la maison.

La jeune fille, pour essayer d'oublier Will Tresider, s'accablait de travail du matin au soir, s'occupait de la laiterie, donnait à manger aux bêtes, préparait poulets, lapins et gibier pour les repas, lavait, repassait, cousait, filait. Mais son souvenir ne la quittait pas.

Sa grossesse, pourtant, lui apporta un peu de tranquillité d'esprit. Rachel n'imaginait pas encore l'enfant à naître, mais se sentait heureuse à la pensée que Will en était le père et que, où qu'il se trouvât, tous deux seraient liés à jamais. C'est bien pourquoi, quand elle songea à l'avenir, comme on le fait toujours au Nouvel An, il ne lui fut pas difficile de croire qu'elle était heureuse. Les quinze acres de Yellaton étaient bien à elle, Robert Wolcot serait son époux pour le restant de ses jours. Elle lui donnerait d'autres enfants, et se fondrait peu à peu dans sa famille, jusqu'à ce qu'enfin le souvenir de son long voyage, et peut-être celui de son grand amour, fussent oubliés.

En janvier, le vieux Thomas Wolcot, le père de Robert, mourut. Il détestait Rachel, s'était opposé au mariage, et elle ne se sentit guère concernée, bien qu'elle fût inquiète de voir souffrir son mari. La ferme alla aux deux frères aînés; le couple hérita toutefois d'un peu d'argent. Au retour des funérailles, elle le dissimula dans la boîte de fer-blanc cachée sous leur lit, où il vint s'ajouter à ses propres économies.

Elle tint la tête de Robert jusqu'à ce qu'il s'endormît. Puis, de nouveau, elle se laissa entraîner par son imagination, et erra en pensée à travers Yellaton, avec Will, du verger à la Cuisse de Lièvre, puis à Brindley. Ils empruntèrent alors un chemin inattendu, franchirent un portail qu'elle ne connaissait pas, et contournèrent les champs de Daniel Lutterell pour arriver sur une terre en jachère, qu'on avait apparemment cultivée autrefois, mais qui s'était depuis confondue avec la lande. Tout cela lui paraissait si vif, si clair, que lorsqu'elle se pencha pour cueillir une fleur, une épine perdue dans l'herbe vint lui piquer le doigt. Will la poussa en avant: elle se réveilla d'un seul coup, scrutant l'obscurité de leur chambre sans rien voir. Le bout de son doigt lui faisait mal. Elle le porta à sa bouche et reconnut le goût du sang. Elle se redressa, secoua son mari endormi, et s'écria d'une voix hystérique:

— Robert! Robert! Réveille-toi! Réveille-toi vite!

— Qu'y a-t-il? répondit-il, inquiet, en prenant sa main. Qu'est-ce qui ne va pas?

— Robert, il y a bien une terre abandonnée à côté de chez Lutterell?

— Comment? Es-tu folle? Me réveiller à une heure pareille pour me poser des questions aussi sottes!

Il voulut se rendormir, mais elle insista :

— Dis-le-moi ! Je viens de faire un rêve. Il y a une terre là-bas, oui ou non ?

— Je crois que oui, Rachel, dit-il en venant se lover contre elle. Oui. Maintenant, laisse-moi tranquille.

— Robert, il faut l'acheter ! C'était dans le rêve. Nous avons assez d'argent pour ça !

— Assez ! lança-t-il, furieux, en se redressant. Arrête ! qu'est-ce qui t'arrive ? Cesse de hurler et rendors-toi.

Mais elle l'enlaça, pleurant presque :

— Robert, il me faut cette terre. Je ne l'ai jamais vue, mais c'était dans le rêve. Un portail y menait, je me suis piqué le doigt... Je sais qu'il faut que nous l'achetions, pour Yellaton.

Il y eut un long silence, puis il se détendit et lui caressa les cheveux :

— Bien, bien. Si c'est si important, tu auras ta terre, bien qu'elle soit plutôt ingrate ; mais j'irai y faire un tour demain.

Rachel se serra contre lui, incapable de trouver les mots pour le remercier, ou de lui expliquer que sa vie entière venait de changer. C'était une véritable révélation, qui ne lui permettrait plus d'envisager un simple avenir d'épouse et de mère.

Robert lui tapota la tête, amusé :

— On dit toujours que les femmes enceintes ont des envies bizarres, d'oignons crus, de framboises, mais c'est la première fois que j'en vois une qui veut de la terre !

Le rêve de Rachel était plus somptueux que la réalité. Le terrain en question se trouvait en bas d'une pente, et toute l'acidité de la lande venait s'y écouler. Un véritable marécage, qui devait rester boueux pendant l'été le plus brûlant. Iris, ajoncs, flèches d'eau, roseaux y croissaient à profusion. Robert Wolcot l'examina sans enthousiasme :

— Rachel, qu'en ferions-nous ? C'est trop humide pour les moutons, on ne peut pas y labourer, même les veaux ne s'y plairaient pas. De plus, c'est face au nord.

Mais la jeune fille ne voyait que l'étendue de la terre, qui longeait le bois de Moses Bottom avant de parvenir au coin de la grande forêt.

— Il doit y avoir là près de quinze acres, dit-elle, les yeux avides. Autant que Yellaton !

— Quand bien même ce serait aussi grand que le parc du Squire, ça ne servirait toujours à rien! Daniel Lutterell aurait labouré cette terre lui-même, sinon.

— Oh! il a une bonne ferme, mais il est vieux, et n'a pas de fils. Pourquoi éprouverait-il le besoin de la cultiver? Et personne d'autre n'habite assez près d'ici pour en vouloir. Il se contentera de s'en débarrasser en nous la vendant à bas prix.

— Il nous la donnera, même! grommela Robert.

Elle prit sa main et le regarda:

— Nous pourrions y mettre les génisses et le poulain, et ceux de l'année prochaine. Des fossés permettraient d'assécher le terrain.

Robert contempla l'endroit d'un air morose, tâchant d'estimer ce qu'il faudrait de travail pour creuser des rigoles sur une telle surface.

— A nous deux, nous aurions bientôt fini, suggéra Rachel.

— Ce n'est pas un travail de femme! dit-il en souriant à la vue de son ventre distendu.

— Je ne sais pas ce que c'est! Quand je suis arrivée, il n'y avait pas d'homme! Dès que le bébé sera né, je viendrai ici avec toi, mon époux, jusqu'à ce que ce soit fait.

Quand Moses Bottom leur appartint pour de bon, Rachel se sentit envahie par la cupidité. Elle arracha à Robert le document qui attestait leur droit de propriété, avec une telle avidité qu'elle manqua le déchirer. La jeune femme refusa même de s'en séparer quand elle entraîna son mari pour prendre possession de leur nouvelle terre, comme on le faisait traditionnellement alors: en y marchant de long en large.

Balayé par le vent du nord, Moses Bottom s'étendait devant eux, hostile, et semblait les mettre au défi de le rendre fertile. Mais, pour Rachel, il y poussait déjà de grandes herbes, tandis que dix vaches rousses s'abritaient du soleil sous les arbres, en agitant la queue pour chasser les mouches. Hurlant d'allégresse, elle courut — avec une agilité remarquable, vu son état — jusqu'au centre du terrain, s'enfonçant dans la boue jusqu'aux chevilles. Oubliant sa mauvaise humeur, Robert Wolcot éclata de rire et s'avança à grands pas pour la tirer de là et la ramener à la maison, puis l'installa devant le feu pour qu'elle pût se sécher. Rachel l'embrassa, très tendrement, et, pour la première fois depuis leur mariage, sentit qu'elle l'aimait.

Plus tard, alors qu'il était reparti, Rachel restée seule près de l'âtre, enveloppée dans une bonne couverture, vit en pensée la terre des Jedder, désormais repliée, comme une main, autour de celle du vieux Lutterell, et fit des projets pour les années à venir.

Des corbeaux étaient venus s'installer au milieu des ormes, non loin de la maison. Signe de chance : ils ne nichaient que là ou il y avait de l'argent. Chacun volait à l'autre des matériaux pour bâtir son nid, et tous criaillaient à longueur de journée. Sous les haies couvertes de bourgeons, l'herbe était semée de violettes. Les hirondelles filaient au-dessus du toit, comme des volées de flèches. La vieille qui, dans tout le district, faisait office d'accoucheuse arriva du village.

Rachel, orpheline dès le plus jeune âge, et élevée sans grands contacts avec d'autres femmes, crut que les premières contractions n'étaient rien d'autre qu'un mal d'estomac passager. Mais Robert Wolcot la mit aussitôt au lit, où elle attendit, calmement, sans avoir peur. Elle avait vu la jument donner le jour à son poulain en silence, et les brebis se relever après avoir mis bas.

La veuve la regarda et leva les yeux au ciel. Quand la nuit tomba, Rachel eut l'impression qu'on allait l'étriper. La sage-femme ne se montrait pas très amicale :

— Voilà ce qui se passe quand une poule pond un œuf de cane ! Maîtresse Wolcot, ça ne sert à rien de crier. Vous êtes étroite comme un tuyau de pipe, et ce sera un miracle si vous êtes encore en vie demain.

Les rideaux tendus autour du lit frémissaient ; le baldaquin semblait descendre vers elle, au milieu d'un brouillard rouge. Rachel perdit conscience, émergea de nouveau. Le temps passait en pure perte. La vieille marmonnait, très loin. La jeune femme eut soudain l'impression d'être traversée par un énorme filet. Plus bas, toujours plus bas... Une diablesse hurla d'horribles blasphèmes ; l'enfant de Will, arraché à son corps par des mains brûlantes, vint enfin au monde.

La sage-femme tenait par la queue un saumon argenté. Rachel l'entendit plonger dans une cuvette pleine d'eau tiède ; mais elle était trop lasse pour y faire attention, ou pour s'étonner qu'il criât.

La vieille revint, tenant dans ses bras un bébé au visage tout rouge, qui hurlait à pleins poumons :

— C'est un garçon, maîtresse.

Il avait déjà sur la tête une touffe de cheveux noirs. La jeune femme, haletante, chercha à reconnaître en lui le regard de Will Tresider :

— Il a les yeux bleus ! murmura-t-elle, déçue.

La veuve renifla avec mépris.

— C'est toujours comme ça, au début. Parfois, ça change, après. Donnez-lui le sein.

Elle prit l'enfant, qui s'empara d'un téton avec une force inattendue et se mit à téter. Rachel, calée contre ses oreillers, se sentit soudain envahie par un profond bien-être ; pleine de tendresse, elle serra son fils contre elle, s'émerveilla de la délicatesse de ses oreilles, de ses doigts, de ses pieds, de la façon dont sa petite tête tenait très exactement dans sa main. Ce n'était pas seulement le fils de Will Tresider : c'était aussi le sien.

— Jedder. Tu t'appelleras Jedder William Wolcot.

Le temps qu'elle fût en mesure de se relever et de sortir, Robert avait déjà dégagé une vaste ouverture dans la haie qui délimitait Moses Bottom, pour y installer un portail de bois, et creusé un premier fossé, dont il avait recouvert le fond de pierres et de broussailles, avant d'en attaquer un autre, qui drainerait les eaux depuis le centre de leur nouvelle terre. En quelques semaines, les buissons dépérirent, et furent bientôt remplacés par des herbes ; dès l'été, les vaches et leurs veaux y broutaient déjà.

Trois meules de foin, dont chacune était aussi grosse qu'une chaumière, se dressaient à l'endroit où avaient brûlé les premières. Le temps, sec et chaud, permit une excellente récolte, qui remplit de grains un entrepôt tout neuf. Acquérir Moses Bottom leur avait aussi permis de bénéficier d'un droit de vaine pâture sur la lande de Beara : ils purent donc accroître leur troupeau de moutons. Rachel insista pour planter des navets, comme cela se faisait dans le Norfolk. Cela permettrait aux bêtes de survivre aux froids les plus sévères de l'hiver à venir, alors même que celles des autres mourraient de faim.

Les profondes blessures provoquées par le départ de Will Tresider guérirent peu à peu, très lentement : Rachel croyait plus que jamais à la terre des Jedder, et voyait son enfant grandir sous sa protection. Elle se sentit également plus proche de son époux, avec qui elle travaillait de concert ; c'était à leurs efforts conjugués

156

qu'ils devaient une telle réussite. Sans doute ne ressentirait-elle plus ce qu'elle avait pu éprouver pour Will Tresider. Mais elle en vint à porter à Robert Wolcot un amour profond, plein de respect, à le voir jouer avec l'enfant comme si c'eût été le sien, labourer la terre ou convoyer des chargements de tourbe ramassée sur la lande.

Il était d'ailleurs facile de se montrer douce et aimable envers un homme si prévenant, si peu égoïste, et Rachel, au début de l'année suivante, découvrit avec plaisir qu'elle était de nouveau enceinte. C'était comme de faire un cadeau à son époux, pour le remercier de sa bonté ; mais il est vrai que, pendant toute sa grossesse, elle pensa à peine à l'enfant à naître.

Le bébé — encore un garçon ! — vint au monde un peu moins brutalement que son frère aîné. Rachel, cette fois, n'éprouva pas ce déferlement d'amour maternel qui avait accompagné la naissance de Jedder. S'il n'avait pas été aussi grassouillet, aussi adorable qu'un chiot, John Wolcot aurait très bien pu se voir rejeter par sa mère. Il passa les premiers mois de son existence à manger et à dormir, sans réclamer beaucoup de soins, contrairement à son demi-frère ; Jedder, entre deux rares sourires qui lui rappelaient toujours plus Will, l'accablait de cris. Elle était folle de lui.

Pour Robert Wolcot, la naissance de son premier fils fut comme un véritable miracle, et, le soulevant de son berceau, il se sentit bouleversé. Homme terre à terre, plutôt conservateur, il avait cru jusque-là que les enfants étaient à la charge exclusive des femmes. Il n'avait jamais songé que la paternité pût être autre chose qu'une responsabilité de plus. Il contempla les poings serrés, les jambes agitées, le petit pénis pointu, puis comprit brusquement que Rachel et lui avaient créé cette chose admirable : un être humain. Son fils. Un homme. John Wolcot sourit, et la jeune femme, épuisée, fut surprise de voir des larmes couler sur le visage de son mari. Puis il posa le nouveau-né à côté d'elle, les regarda longuement, hocha la tête et s'en fut.

Le soir, il revint dans la chambre, et offrit à Rachel un énorme bouquet d'œillets sauvages, de chèvrefeuille, de boutons d'or et de coquelicots :

— Je n'ai pas fait grand-chose, aujourd'hui, avoua-t-il, timidement. J'ai voulu te faire plaisir, et j'ai travaillé à quelque chose pour notre petit John.

Il lui tendit une minuscule cuillère de noyer, parfaitement polie ; une tête d'agneau était gravée sur la poignée.

Robert aimait tant son fils que Rachel craignit d'abord qu'il ne le favorisât aux dépens de Jedder ; mais elle l'avait mal jugé. Les deux enfants les accompagnèrent bientôt dans les champs, et son mari prenait soin de consacrer autant de temps à l'un qu'à l'autre, les portait sur son dos, roulait dans l'herbe avec eux. Il leur parlait comme à des adultes, leur faisait remarquer les signes annonçant un changement de temps, le passage des saisons.

Ce fut une année de pluies torrentielles ; le prix du blé n'avait jamais été aussi haut. Les villes furent le théâtre d'émeutes de la faim, tandis qu'à la campagne la fenaison et la moisson se révélaient désastreuses. Rachel et Robert, pourtant, travaillèrent côte à côte, résignés, se disant, comme le font toujours les paysans, qu'en définitive ils compenseraient leurs pertes, ce qui d'ailleurs ne manqua pas de se produire.

La viande de mouton se vendit bien, ce qui permit d'échapper à la crise du marché de la laine — l'Amérique s'était révoltée, provoquant l'effondrement du grand commerce maritime. Les truies eurent de nombreux petits, la jument donna naissance à un poulain. En automne, les deux vaches et les deux génisses étaient pleines ; elles eurent trois génisses, et un taurillon. Jambons et flèches de lard étaient accrochés dans la cheminée, et les Wolcot avaient assez de grain pour moudre de la farine en prévision de l'hiver. Un troupeau d'oies se pavanait dans la cour. Tout bien considéré, ils avaient amplement de quoi se nourrir pour les douze prochains mois, et venir en aide à Jane Clarke, la malheureuse qui avait dû s'humilier devant tous à l'église. Robert et Rachel lui témoignaient en effet une sympathie toute particulière. Rachel, incapable d'oublier son enfance misérable, ne cessait d'inspecter leurs réserves, prise entre la peur irraisonnée de manquer de tout, et une avidité coupable à la vue d'une telle abondance. En fait, sa position était meilleure que jamais : son époux l'adorait, ses enfants grandissaient vite, comme Yellaton, qui devenait chaque jour plus riche et plus envoûtant.

L'hiver passa, le printemps revint, et Rachel venait d'avoir vingt et un ans quand elle se rendit compte qu'elle était enceinte pour la troisième fois, ce qu'elle accepta avec stoïcisme et résignation. Qu'une femme mariée conçût tous les ans ou presque, voilà la loi de la nature ; mais être enceinte la contraignait à ralentir son activité, et les nausées l'accablèrent sans arrêt, du deuxième au sixième mois, à partir duquel la jeune femme se vit contrainte de se limiter à des tâches faciles.

Le village était trop loin de la ferme, et la perspective de l'accouchement inquiétait Rachel. La sage-femme, suave, lui avait déjà dit que, vu sa taille, les naissances ne seraient jamais faciles, et finiraient sans doute par la tuer...

A mesure que l'échéance se rapprochait, Rachel devint très irritable, ne cessa de réprimander ses enfants, et alla même jusqu'à passer ses nerfs sur son époux, qui pourtant ne se plaignait jamais. Il s'efforçait chaque fois de la satisfaire, et ne réussissait qu'à l'exaspérer davantage.

— Si tu avais attendu que je rentre, je l'aurais soulevée à ta place, dit-il un jour qu'elle avait déplacé la lourde table de la cuisine pour laver le sol. Ce n'est pas bon pour toi, ça va te faire du mal.

L'accouchement était imminent, et pourtant Rachel avait entrepris de nettoyer la maison de fond en comble.

— C'est toi qui me fait du mal, Robert Wolcot, rétorqua-t-elle en posant la main sur son ventre. C'est toi qui l'as mis là, que je sache !

Il blêmit et lui tourna le dos. Elle éclata en sanglots ; il vint vers elle pour la prendre dans ses bras, l'air coupable, mal à l'aise, comme tous les hommes en de telles situations.

— Nous n'aurons plus d'autre enfant, Rachel, promit-il. J'y veillerai.

— Et comment, pauvre sot ? dit-elle avec un faible sourire. En dormant dans l'étable ?

— S'il le faut, oui.

Les yeux de Rachel brillèrent ; elle lui prit la tête et l'embrassa sur la bouche de façon si sensuelle qu'il la serra contre lui sans même penser à son état.

— Je n'en crois rien, Robert Wolcot. Je n'aimerais pas coucher sur la paille après avoir si longtemps dormi dans un lit de plumes.

En fait, Sarah Wolcot était si petite que la naissance fut moins douloureuse que prévu. Sa peau était aussi délicate, aussi rose que des pétales de fleur, et ses grands yeux si sombres qu'ils paraissaient violets. Sa mère caressa ses petits cheveux d'or pâle, stupéfaite d'avoir donné le jour à une enfant aussi parfaitement belle.

Robert Wolcot fut aussitôt ensorcelé par sa fille, qu'il prit avec mille précautions dans ses mains calleuses, comme s'il allait la casser. Il l'appela son agneau chéri, son alouette, sa jolie, sa petite chérie. Si elle se réveillait la nuit, il se précipitait le premier jusqu'au berceau, et la prenait pour marcher de long en large dans la chambre, en la berçant jusqu'à ce qu'elle s'endormît. Les deux aînés reçurent pour consigne de la protéger, et elle fut promenée dans tout le village, pour que leurs nombreux cousins pussent l'admirer.

En septembre, ce fut lui qui insista pour l'emmener à la foire de Barnstaple, bien qu'elle n'eût pas un an, au lieu de la laisser à Jane Clarke. Il l'installa dans un panier d'osier et la prit avec lui sur son cheval, John venant s'asseoir derrière lui, tandis que Rachel et Jedder les suivaient sur la jument. Ils partirent à l'aube, descendirent les collines boisées qui menaient à Langleys Ford, avant d'emprunter un chemin sinueux, qui débouchait, non loin de Chapelton, sur la grand-route, déjà fréquentée par de nombreux paysans. Elle menait tout droit à la ville, après avoir traversé Bishops Tawton.

La foire s'étendait dans toute la ville ; Rachel se demanda avec nostalgie si Jack Greenslade y serait. Elle n'avait pas tenu sa promesse de le retrouver ici, la première année, et se disait qu'il avait dû se marier et avoir des enfants, lui aussi. Elle le voyait encore faire ses sauts périlleux, et ne cessa de le chercher des yeux.

Il était étrange de se retrouver de nouveau au milieu des forains. Brusquement, ce fut comme si toutes les années passées depuis disparaissaient ; l'amitié, la camaraderie qu'il y avait eu entre elle et eux autrefois revinrent d'un seul coup, avec une brutalité qui la stupéfia. Rachel, bien que désormais installée, mariée et mère de famille, n'oubliait pas qu'ils avaient été les seuls à l'accepter sans réserves. Toute sa vie, les gens n'avaient vu en elle qu'une étrangère : d'abord parce qu'elle était pauvre, donc méprisable, puis parce qu'elle n'était pas née à High Chillam, où elle resterait à l'écart jusqu'à la fin de ses jours. C'est pourquoi la jeune fille, bien qu'elle ne connût aucun des forains venus à Barnstaple, les regarda avec affection, et se sentit heureuse, comme si c'étaient de vieux amis.

160

Les baraques étaient serrées les unes contre les autres ; un singe dansait sur un fil, juste au-dessus de l'étalage d'un marchand de fromages, le marionnettiste côtoyait un pâtissier. Toutes étaient décorées de banderoles peintes ou brodées, de drapeaux, de panneaux sculptés. On apercevait au loin un énorme gant rembourré, symbole d'un accueil amical ; la foule était périodiquement bousculée par un troupeau de moutons, un cheval en fuite, ou un homme qui venait de se rendre compte qu'on lui avait dérobé son argent. Les cloches, les tambours, les meuglements des bœufs, les cris des bonimenteurs se mêlaient en une musique prise de folie, qui se répandait partout, comme un essaim de guêpes.

A midi, le maire de Barnstaple, précédé d'un groupe d'hommes de guet et de porteurs de masses d'armes particulièrement imposants, traversa lentement le centre de la ville pour proclamer officiellement l'ouverture de la foire :

— Oyez ! Oyez ! Oyez ! Le maire de cette commune tient à faire savoir par la présente la tenue d'une foire dans la ville, où tous pourront librement acheter et vendre. Ladite foire commence de ce jour, mercredi, et durera jusqu'au minuit du sixième jour...

Bob Wolcot acheta des rubans, ainsi qu'une petite tasse de porcelaine, pour Rachel et Sarah, des noix à l'intention des aînés, et toute la famille suivit le cortège jusqu'à la porte sud, où la proclamation fut lue de nouveau :

— ... Durant tout ce temps, le maire ordonne et recommande, au nom du roi, à toutes les personnes présentes dans la ville et sur la foire de respecter la paix royale ; et aux vendeurs, comme aux acheteurs, de commercer avec honnêteté, de faire usage de poids et de mesures de bon aloi, d'acquitter l'octroi, le droit de place, et autres frais, sous peine d'amendes...

Les dignitaires avançaient en transpirant, le visage rouge, de moins en moins enthousiastes, et descendirent Cross Street, où le maire, pour la troisième et dernière fois, proclama l'ouverture de la foire. Sa voix, si vigoureuse une heure auparavant, n'était déjà plus qu'un grognement rauque qui, en arrivant au dernier paragraphe, se réduisit à un murmure.

— .... Et si offenses, blessures ou torts étaient infligées par, ou aux dépens, des personnes fréquentant ladite foire, elles seront réprimées conformément à la justice et aux lois de ce royaume. Que Dieu sauve le roi !

Il y eut de vives acclamations ; le maire s'épongea le front, hocha la tête, et tous se dispersèrent pour aller s'amuser.

Bob Wolcot joua aux quilles, offrit du gin à Rachel, de la bière aux enfants. Toute la famille assista à des jeux cruels : des jeunes gens jetèrent des pierres à des poules attachées, des chiens combattirent un beau taureau roux, dont on avait limé les cornes, et coupé les oreilles et la queue. Son mari et ses fils trouvèrent cela très amusant, mais Rachel fut scandalisée : quel gâchis ! La petite Sarah se mit à pleurer. Pour la calmer, ils achetèrent un bon-homme de pain d'épices à une jeune fille au visage empourpré, qui traînait derrière elle un groupe d'enfants braillards — sans doute ses frères et ses sœurs.

C'est vers la fin de la journée qu'ils parvinrent près d'une petite tente installée à l'écart. Au-dessus de l'entrée était accrochée une peinture aux couleurs criardes, qui représentait une femme à la peau brune, coiffée d'un foulard orné de pièces d'or. Il fallait ensuite franchir un rideau rouge devant lequel se tenait un homme au teint basané, qui regardait Rachel avec insistance :

— Un penny pour connaître votre avenir, maîtresse ! lança-t-il.

— Ce n'est pas pour les bons chrétiens ! dit Robert Wolcot en la prenant par le bras.

Mais Rachel demeura immobile, observant le Gitan.

— Apprenez ce que l'avenir vous réserve, ajouta-t-il.

— Ça ne peut pas faire de mal, Robert, dit-elle à son mari, qui avait pris un air buté. Je n'en ai pas pour longtemps.

— Il faut du courage pour apprendre de quoi demain sera fait ! poursuivit l'homme, moqueur.

Rachel lui donna une pièce, écarta les rideaux et entra. Il faisait si sombre qu'une lanterne donnait juste assez de lumière pour permettre d'apercevoir une femme vêtue de façon extraordinaire, assise derrière une table recouverte d'un drap, sur laquelle était posée une boule de verre. Elle lui fit signe de s'asseoir et demanda :

— Cartes ou cristal ?

Fascinée, Rachel montra du doigt la boule, qui paraissait agitée de mouvements très faibles, presque invisibles. La diseuse de bonne aventure la regarda avec intensité ; ses yeux perdirent toute expression, ses pupilles parurent se dilater.

— Votre route est malaisée, maîtresse, car c'est la mort qui

162

mène le jeu, dit-elle d'une voix morne. Pauvreté par la mort, richesse par la mort, chagrin par la mort, liberté par la mort.

— C'est le passé, se hâta de répondre Rachel. La mort de ma mère et celle de mon grand-père.

— La mort frappe très près, la mort frappe souvent, la mort frappe bientôt, poursuivit la vieille comme si elle ne l'avait pas entendue.

Rachel eut l'impression que son sang se glaçait:

— Qui? Qui mourra? Will Tresider? Mon fils, Jedder?

De nouveau, la Gitane l'ignora:

— Un tapis d'or, une demeure blanche, comme autrefois dans le cercle de pierres. Votre avenir est sur une haute colline, dans une longue vallée, et s'étendra encore quand vous aurez vu votre reflet dans une autre vie.

— Je ne comprends pas.

— Vous perdrez ce que vous aimez. Vous obtiendrez ce que vous désirez.

— Je veux en savoir davantage. Dites-m'en plus.

— Ce n'est pas possible, maîtresse. La mort est le prix à payer.

La boule de cristal était vide. La Gitane avait fermé les yeux, Rachel l'observa pendant un long moment, puis sortit en courant.

Robert Wolcot lui jeta un regard rapide, saisit son bras et l'emmena à vive allure jusqu'à l'étable derrière l'auberge des Trois Tonneaux, où leurs chevaux étaient attachés. Les deux garçons durent courir pour les suivre; mais Rachel tremblait toujours quand ils atteignirent la cour.

— Qu'est-ce que je t'avais dit? dit son époux, l'air furieux.

Elle voulut lui répéter ce qu'avait proféré la Gitane, mais il se mit à hurler:

— Je ne veux pas en entendre parler! Ces Bohémiens sont des gens infâmes, qui racontent des mensonges!

Il la secoua, à lui faire mal, la souleva sans cérémonie et la mit en selle, puis il installa les enfants, monta à cheval et partit, l'obligeant à le suivre. Rachel se sentit abattue — plus à cause du tout premier accès de mauvaise humeur de Robert que des énigmes de la vieille, qui, à bien y réfléchir, étaient incompréhensibles.

Elle tendit le bras, machinalement, tandis que son époux s'éveillait au même moment. Sa main tâtonna dans le noir avant de toucher le visage, humide et brûlant, du bébé, qui poussait de petits hoquets : Rachel en fut terrorisée. Robert prit la fillette dans ses bras ; la jeune femme entreprit d'allumer la bougie.

Une faible lumière vint éclairer la pièce. Il regarda sa petite fille et parut vieillir de vingt ans d'un seul coup. Ses joues et ses lèvres brûlaient de fièvre ; elle s'agitait en tout sens, ses bras et ses jambes tressaillaient. Son corps était luisant de sueur. Il poussa un grognement sourd avant de la serrer contre lui. Rachel la lui arracha et la remit dans son berceau après l'avoir enveloppée chaudement dans une couverture de laine. Il tomba à genoux, sanglotant bruyamment.

Rachel sortit très lentement, d'un air calme, pour mieux dissimuler son épouvante : l'effondrement de son mari la terrifiait encore plus que la maladie de sa fille. Elle passa devant la pièce où l'on gardait les pommes, descendit à la cuisine afin de préparer une décoction de livèche qui ferait tomber la fièvre, puis revint dans la chambre à coucher au moment même où les premiers rayons du soleil traversaient la fenêtre située à l'est. Ils tombèrent sur le berceau, révélant une éruption de boutons sur tout le petit corps.

Un souvenir lui traversa aussitôt l'esprit. L'asile des pauvres. Tous les enfants, les uns après les autres, avaient pris froid et toussaient à fendre l'âme. Puis la fièvre avait monté, avant de provoquer l'apparition des plaques rouges, comme maintenant. La rougeole, disaient les autres. Deux petits pauvres sur trois en étaient morts.

Le bébé geignit quand on lui fit boire le mélange, à l'aide de la cuillère de bois, et Rachel constata, inquiète, que ses yeux étaient injectés de sang.

— Qu'allons-nous faire ? demanda Robert Wolcot en tirant sur sa manche, affolé : une heure avait suffi pour qu'il perdît toute sa confiance en lui. Elle se résolut à mentir :

— C'est une maladie que j'ai eue à l'asile des pauvres, et je n'en suis pas morte, dit-elle d'un ton volontairement neutre. Si la fièvre ne tombe pas avec ça, le jus de tormentille y arrivera. Ne t'agite pas ! Occupe-toi d'elle pendant que je vais en préparer.

Rachel sortit en toute hâte, incapable de les voir plus longtemps. Toute la journée, elle prépara des blancs de poulet, des pieds de veau, de la crème aux œufs, des boissons aux herbes et au miel. Elle fit aussi un cataplasme de sauge et de lupin bouillis, qu'elle mêla à de la graisse et à de la farine d'orge, avant d'étendre le tout dans un tissu qu'elle posa sur la poitrine de la petite fille. Mais celle-ci refusa de manger, comme de boire, et le cataplasme provoqua de tels hurlements que Robert finit par le lui arracher. Le soir, comme il marchait de long en large dans la chambre, l'enfant dans les bras, Sarah, toujours aussi fiévreuse, se mit à vomir.

Le médecin le plus proche habitait à Bideford. Mais c'était un escroc, qui les ferait attendre plusieurs jours et arriverait ivre. Les gens de High Chillam préféraient s'en remettre au fils d'Isaac Cottle. Il savait lire, possédait un livre de médecine, et soignait également le bétail et les chevaux. Robert Wolcot partit le chercher avant l'aube.

Le guérisseur prit l'enfant, l'emmena sur la lande, lui ôta tous ses vêtements, puis, chassant d'un coup de pied un mouton étendu là, la déposa, face contre terre, à l'endroit même où la bête s'était allongée. Rachel courut vers lui:

— Non! Relevez-la! Le sol est trempé! Robert, arrête-le! Ça ne peut pas lui faire de bien!

— Laissez-la où elle est, maîtresse. Elle va respirer les vapeurs du mouton jusqu'à ce que la terre refroidisse, ça lui rafraîchira le sang et elle arrêtera de tousser.

Il empêcha Rachel de prendre l'enfant, tandis qu'elle hurlait toujours:

— Robert! Robert!

Mais son époux se borna à hocher misérablement la tête. Au bout de cinq minutes, Amos Cottle la lâcha: elle s'empara de l'enfant, l'enveloppa dans sa cape et courut vers la maison.

Sarah Wolcot mourut deux jours plus tard. C'était une fillette sans défauts, si belle, si douce. Un ange. Rachel contempla le petit cadavre, et se sentit envahie d'une douleur trop forte pour pleurer, qui ne la quitterait plus. Toute sa vie elle reverrait dans ses rêves l'image de ce visage apaisé. Il perdrait de sa netteté avec le temps, se réduirait peu à peu à un souvenir vague, mais jamais elle ne pourrait s'en débarrasser.

Après la mort de sa fille, Robert Wolcot resta au coin du feu, immobile, silencieux, sans vouloir ni manger ni boire. Rachel dut s'occuper du troupeau, traire les vaches, surveiller les deux garçons. Elle alla sans lui au cimetière pour voir enterrer l'enfant. Une telle perte, une telle solitude, firent naître en elle un chagrin si profond qu'il devait survivre de longtemps au souvenir même de la fillette.

Au cours de la semaine qui suivit, elle s'efforça de raisonner son époux, de mettre les bras autour de son cou, sa tête sur sa poitrine, pour lui insuffler un peu de sa propre force, de l'arracher à la souffrance où il s'était emmuré. En fin d'après-midi, elle lui amenait John, pour qu'il lui parle des petits événements, lui prenne la main. Mais Robert se bornait à tapoter la tête du garçon, d'un air apathique, et ses yeux ne semblaient plus rien voir.

Puis lui aussi tomba malade. Rachel le soigna, lui chuchota des mots d'amour, pleura, tempêta, le conjura de rester en vie — en pure perte. L'ivrogne de Bideford vint le saigner, mais la fièvre ne tomba pas. Il se mit à respirer péniblement, sans chercher à lutter. Robert Wolcot mourut officiellement de pneumonie : en vérité, il avait perdu toute envie de vivre.

La Gitane de Barnstaple avait vu juste. La mort frappait tout près, souvent, sans tarder. Elle avait marché en tête. Rachel, de nouveau seule dans le grand lit de plumes, se souvint de ses paroles avec un détachement fataliste.

Elle se levait toujours aussi tôt, travaillait aussi dur, mais s'acquittait de ses tâches machinalement. Les villageois la virent revenir au marché et faire ses affaires comme si de rien n'était, sans manifester la respectable tristesse de rigueur ; ils la jugèrent insensible. Les Wolcot en tirèrent argument pour l'exclure de leur communauté : ils n'avaient jamais voulu d'elle dans la famille.

Personne ne sut qu'elle pleurait son époux à sa façon, trop intime pour pouvoir se lamenter en public ou exprimer sa peine. Sa présence, si douce, si rassurante, son grand corps, son adoration pour elle lui manquaient cruellement. Sa mort avait assombri la vieille maison, laissant un grand vide glacé où elle devrait vivre désormais.

L'hiver survint, sans couleurs. Des jours humides et glacés se succédèrent, qui devinrent des semaines, des mois d'apathie. Le grand ciel lui-même paraissait ne jamais changer, et s'étendait jusqu'aux Cornouailles comme un gros amas de laine grise et sale. La lande avait pris des teintes grises et brunes, qui étaient comme le reflet des pensées de Rachel.

Ses fils étaient trop jeunes pour lui tenir vraiment compagnie. Elle retrouva le vieux sentiment d'isolement qu'elle avait ressenti si fort en arrivant à Yellaton. Il finit par prendre plus de consistance que le bref moment de bonheur domestique qu'elle avait connu avec Robert Wolcot, qui se réduisit très vite à un lointain souvenir, bien plus vague que celui de Will Tresider.

Elle se plongea dans le travail, paisiblement, patiemment, méthodiquement, sans parler, jusqu'à ce qu'elle eût accepté enfin la dure leçon de la vie : tous les rapports humains n'avaient qu'un temps, et seule la terre des Jedder leur survivrait.

CHAPITRE NEUF

En février, il y eut de légères chutes de neige, juste de quoi recouvrir la lande de Beara sans pour autant ensevelir les combes. Quand Rachel, le soir, partait prendre soin de son troupeau, les flocons s'abattaient sur son visage, et leur froideur l'apaisait un peu, peut-être parce qu'elle soulignait la forte odeur des brebis. Quand elles mettaient bas, les agneaux étaient si brûlants qu'ils laissaient autour d'eux, à découvert, un anneau de genêts. Jedder, qui avait cinq ans maintenant, et John, veillaient sur les bêtes pendant la journée ; il était donc possible de les suivre vingt-quatre heures sur vingt-quatre. En dépit d'un sommeil agité, Rachel réussit donc à mener à bien l'agnelage, avec des pertes minimes.

Ensuite, deux génisses, qu'on avait, l'année précédente, menées au taureau des Wolcot, vêlèrent pour la première fois, meuglant sans comprendre à chaque contraction ; guidées par leur instinct, elles parvinrent pourtant au bout de leurs souffrances sans trop s'affoler. Toutes deux se mettaient d'un côté, puis de l'autre, ruaient parfois, respiraient à grand bruit et arquaient le dos ; puis elles s'étendirent enfin, tout occupées à donner le jour. Rachel leur parlait d'une voix apaisante, qu'elles oublièrent en découvrant, surprises et comblées, le petit veau qui se blottissait contre elles en titubant.

Rachel était trop occupée pour ruminer le passé, ou même pour parler beaucoup. Les jours devinrent des semaines, et bien que le printemps fût arrivé en retard, au beau milieu d'un déferlement de vents glacés qui retarderaient les semailles, Rachel retrouva un peu de calme à s'occuper du troupeau.

C'est en avril que, chargée d'un panier de graines, elle s'en fut planter de l'orge à Yonder Plat. Robert lui avait montré comment le semer à la volée sans trop en perdre ; bien que de petite taille, elle réussit à coordonner parfaitement le rythme de ses pas et la dispersion de chaque poignée. Ses deux jeunes fils, chargés d'effaroucher les oiseaux, la suivirent le long des sillons, et Rachel fut satisfaite de voir qu'elle savait s'y prendre : si tout allait bien, chaque acre donnerait à la moisson près de quarante boisseaux d'orge, ainsi que de la paille pour la litière et la nourriture des veaux.

Les premières hirondelles revinrent, les canes entreprirent enfin, avec un mois de retard, de couver leurs œufs. La terre du potager était riche, dépourvue de mauvaises herbes, friable et facile à bêcher : Robert l'avait si bien préparée l'année précédente... La retourner fit renaître le souvenir du défunt, et Rachel fut un moment au bord des larmes. Elle planta des pommes de terre, puis montra aux enfants comment jeter des pois dans les trous creusés au plantoir.

— C'est mon tour de nourrir les cochons!

— Tu es trop petit! Tout ce que tu sais faire, c'est ramasser les pommes!

— Je suis aussi grand que toi!

— Tu tomberas, et la vieille truie te mangera tout cru, parce que tu n'es qu'un nabot!

— C'est pas vrai! C'est pas vrai!

Les deux garçons se chamaillaient tout en portant avec peine un seau rempli de pâtée à cochons, qu'ils maintinrent en équilibre tant bien que mal tandis que Jedder grimpait le long du petit mur de la porcherie. L'énorme truie s'arracha à une meute de porcelets couineurs avec une vitesse inattendue. Le garçonnet saisit la poignée de bois, manquant basculer ; la bête, dont les petits yeux pleins de méchanceté et d'avidité brillaient, baissa la tête. Jedder réussit finalement à incliner suffisamment le seau pour faire tomber la pâtée, brûlante et puante, dans l'auge, où la truie plongea le groin, gloutonnement. Rachel avait tout vu du verger. Elle soupira en hochant la tête, puis reprit son travail : scier une branche morte, en équilibre sur une échelle branlante.

— John! lança-t-elle. Viens donc, et emmène la vieille Bess jusqu'à la Cuisse de Lièvre!

— Et moi? demanda Jedder, jaloux.

— Tu répands le fumier avec moi.

L'enfant gémit, déçu :

— Ah! C'est toujours John qui s'occupe de Bess! Ce n'est pas juste!

— Elle s'entend mieux avec lui.

C'était vrai. La jument suivait son fils cadet comme un petit chien, et toutes les bêtes du domaine aussi. Il pouvait approcher sans dommage d'un jeune veau tout excité, ou d'une truie qui mettait bas: ils semblaient ravis de sa présence. C'était un véritable don. Les gens de High Chillam, quand ils l'apprirent, évoquèrent le souvenir de l'arrière-grand-père de Rachel, célèbre pour sa connaissance des chevaux: « En une semaine, sur la lande, il pouvait dresser un poulain sauvage, sans même se servir d'un fouet! » disaient-ils. Jedder, au contraire effrayait vaches et brebis en se précipitant parmi elles un bâton à la main, et ne réussissait qu'à les disperser, ce qui l'amenait à crier encore plus fort.

Comme tous les enfants de la campagne, les deux garçons devaient travailler presque autant que leur mère. Ils effrayaient les corbeaux avides de blé en faisant résonner des crécelles, passaient des matinées entières à ramasser les pierres dans les terres fraîchement labourées, gardaient les moutons, nettoyaient les harnais ou ramassaient du bois. A cette époque, on considérait que les enfants étaient des adultes en miniature, sans se préoccuper de savoir s'ils avaient des besoins particuliers; il était donc tout à fait normal de leur confier telle ou telle tâche, du moment qu'elle n'excédait pas leurs forces. A dire vrai, tout ce qu'ils pouvaient faire allégeait d'autant la peine de Rachel.

Les années passées à Yellaton lui avaient permis d'apprendre beaucoup de choses, et avaient durci son corps chétif, qui pouvait désormais faire face à toutes les exigences journalières: soulever des sacs, manipuler des outils, s'occuper des bêtes. Elle travaillait seize heures par jour, sept jours sur sept, sans jamais devoir affronter les souffrances qu'elle avait connues pendant le premier été à la ferme.

Rachel ne se rendait au marché que quand c'était nécessaire. Son isolement cessa de lui peser: ce n'était plus qu'une solitude assez reposante. Il lui était très agréable de marcher seule dans la lumière diffuse des bois humides, de sentir l'eau rafraîchir sa peau en traversant les taillis trempés par l'averse. Parfois, elle et les enfants prenaient le temps de jouer: ils sortaient les graines de leurs cosses pour se les lancer, roulaient dans les hautes herbes jusqu'à être couverts de la sève jaillie des tiges écrasées, ou pataugeaient dans le petit ruisseau qui traversait Moses Bottom depuis le curage du marais.

Ils partaient aussi sur la lande, sous prétexte de suivre le troupeau, et Rachel leur signalait certains lieux intéressants : la route de Bideford à Exeter, la direction de Mouth Mill ou d'Appledore, et parlait, sans pouvoir s'en empêcher de Will Tresider, en se disant que Jedder devait savoir qui était son père. Puis ils dépassaient Huntsman Cross pour arriver en vue de l'océan, au milieu duquel on apercevait, à l'ouest, l'île de Lundy, perdue au loin.

L'été fut frais, mais, malgré un début d'année très froid et des semailles tardives, la récolte fut bonne. Fin septembre, elle embaucha de nouveau les deux jeunes gens qui avaient ramassé le foin. C'étaient les seuls étrangers à venir sur ses terres depuis l'enterrement de son mari, et pourtant la compagnie des autres ne lui manquait pas. Rachel ne remarquait même plus ceux qui, à l'église, s'efforçaient d'attirer son attention. Elle préférait trouver son réconfort dans la beauté et la prospérité de Yellaton, et voir ses deux fils grandir. Elle se souvenait de la maigreur des enfants de l'asile de pauvres, ou du petit Sam, et contemplait leurs jambes musclées, leurs corps bien droits, avec une joie pleine de gratitude : c'était la terre qui, dans sa bonté, les avaient créés ainsi. Elle prenait garde de ne jamais se perdre trop longtemps dans sa propre tristesse, et le soir, trop lasse pour se sentir agitée, dormait de ce sommeil sans rêves propre à ceux qui se sont totalement consumés.

Puis l'hiver revint, après un mois de novembre bizarrement tiède. Elle se contraignit à battre le blé deux heures durant, chaque après-midi, avec le fléau, frappant les gerbes à coups redoublés pour en faire jaillir les grains, disparaissant dans un brouillard de déchets de paille, qui parfois venaient lui brûler les yeux. Mais elle était heureuse de penser que les jours étaient courts, et la contraindraient à rentrer très tôt, pour se réfugier à la cuisine, près du grand feu, afin d'y passer une longue soirée paisible.

Le potager avait été retourné superficiellement, et les fossés curés ; poules et cochons, lâchés dans Brindley, fouillant du bec et du groin, étaient venus à bout du chaume, ce qui lui éviterait d'avoir à s'en charger elle-même — tâche exténuante. A Noël, elle put contempler le domaine avec une certaine satisfaction : tout ce qu'il fallait faire était fait, lardoires et greniers étaient pleins, et les outils, soigneusement nettoyés, avaient été rangés à leur place.

Lierre, lauriers et baies couvraient la cheminée, tandis qu'une couronne de bougies, suspendue au plafond, surmontait un bouquet de gui. Elle avait préparé une oie rôtie, des carottes, du jambon, des navets, un copieux plum-pudding et des pâtés à la viande. Le cidre était prêt. Au loin, les cloches de l'église sonnèrent. Puis Rachel entendit, venues du dehors, chanter des voix joyeuses ; elle ouvrit la porte pour accueillir les ouvriers agricoles et leurs épouses, qui allaient d'une ferme à l'autre en entonnant des cantiques. Tous sourirent — ils avaient des dents cariées —, attendant de voir quelle serait sa réaction après une bonne année de mise à l'écart. Mais elle rit, sans méchanceté, leur donna un penny et leur offrit de la bière, mêlée de noix de muscade, de sucre, de jaunes d'œufs et de clous de girofle, où l'on jetait des pommes cuites. Pour la première fois depuis longtemps, elle se sentit heureuse et gaie.

Après la mort de Robert Wolcot, Rachel avait renoncé aux vêtements de couleur pour ne plus porter que de la laine ou de la futaine. C'était ce que lui imposait le deuil, et cela s'accordait bien à son état d'esprit à l'époque. Après les festivités de Noël, pourtant, elle eut de nouveau envie de danser, d'être remarquée et même — bien qu'elle refusât de le reconnaître — d'être courtisée.

Elle souleva le couvercle du vieux coffre sculpté de sa chambre, contempla pensivement les robes bien rangées, puis les prit, une par une, et les étendit sur le lit : celle de taffetas vert, celle de soie jaune, qui lui avait valu un époux, celle de brocart rouge et or, dans laquelle elle avait dansé à Appledore avec Will Tresider. Et puis la cape de velours, à capuchon, vert sombre, pour mieux se fondre dans la nuit, comme quand tous deux s'étaient échappés de Mouth Mill. En ville, les modes avaient pu changer depuis, mais dans les villages, et même à Barnstaple, cela suffirait à faire tourner les têtes pendant bien des années encore.

Elle enleva celle qu'elle portait, d'un gris morne, la mit de côté, et revêtit la plus belle de toutes, taillée dans un bombasin couleur abricot, ornée de rubans, de fils d'or et de dentelles. Le miroir que Will lui avait donné était encore sur la commode. Rachel y aperçut le visage d'une jeune femme à la peau laiteuse, aux lèvres pleines, aux yeux un peu tristes, à l'expression fière et butée. Elle cligna de l'œil à l'intention de son propre reflet, défit ses cheveux et constata que son regard semblait avoir retrouvé un certain goût du plaisir. Will lui avait toujours dit que la vie ne se réduisait pas à travailler et à survivre. Elle comprit brusquement qu'il était temps de répondre, une fois de plus, à son appel.

Le lendemain matin, Rachel se rendit compte qu'elle avait déjà nourri et abreuvé le bétail, trait les vaches et nettoyé la laiterie. Le feu était allumé ; les enfants, encore endormis, étaient assis à la table de la cuisine, devant un bol de lait chaud, pain et lard gras à portée de la main. Dehors, le sol gelé était dur comme un roc. Devoir passer une nouvelle journée à abattre le blé, à goudronner les parois de l'écurie, ou à préparer de quoi nourrir ses bêtes, ne lui disait vraiment rien.

Elle ôta ses vieux vêtements de travail et remit la robe abricot, bien que le marché de High Chillam ne se tînt que dans quelques jours. Pas question d'aller à Bideford ou à Barnstaple, qui lui rappelaient de mauvais souvenirs. Exeter, à une journée de cheval, lui était inconnu. Indécise, Rachel rangea la commode, nettoya les deux lampes de cuivre, plia les robes qu'elle avait déposées près du feu pour les aérer, faisant, pour la première fois, l'expérience de sa solitude. Elle aurait voulu être entourée de gens, entendre leurs voix. Puis elle se souvint qu'on était mardi : jour de marché à South Molton.

Elle sella la jument, fit d'ultimes recommandations à Jedder, puis, quittant Yellaton, galopa dans la vallée, traversa les bois, puis le village, en faisant un signe à un ou deux visages connus. Rachel dépassa l'auberge du Manteau Noir, où elle avait vu le Squire Waddon pour la première fois, et arriva en ville moins de deux heures plus tard.

Les petits propriétaires venus d'Exmoor tournèrent la tête pour mieux voir la jeune femme, qui regardait avec attention le bétail et les moutons. Il y avait en elle quelque chose qui retenait l'attention. Son changement d'humeur semblait lui avoir donné une certaine morgue, et rendu à ses mouvements leur fluidité : elle était extrêmement désirable. Les vieux fermiers, qui savaient reconnaître une belle pouliche, soupirèrent avec nostalgie.

Les vendeurs topaient avec leurs clients. Des brebis se lamentaient, les jeunes veaux meuglaient ; sur le sol, des poules aux pattes attachées attendaient, bec grand ouvert, muettes de peur.

174

Rachel effleura du bout des doigts une belle mousseline, une paire de socques, admira un nouveau modèle de baratte et finit par acheter deux clochettes pour ses moutons avant d'émerger sur la place, de l'autre côté du bâtiment.

La diligence d'Exeter venait d'arriver. Rachel, avec une curiosité un peu distante, observa les voyageurs qui en descendaient. Puis, brusquement, il lui sembla que sa tête explosait ; la place parut trembler, elle n'y vit plus rien. Elle se retrouva appuyée contre un pilier, tandis que Will Tresider lui-même mettait pied à terre, rattrapait d'une main le sac qu'on lui lançait, et s'éloignait à pas lents.

Rassemblant ses jupes, Rachel courut à sa poursuite. Un poney traînant une carriole s'arrêta net, le conducteur jura, mais elle n'y prit pas garde, pas plus qu'aux deux hommes qu'elle bouscula devant l'auberge de la Licorne, et à la femme dont elle renversa le panier d'œufs. Il venait d'atteindre les écuries quand elle le rattrapa, saisit son bras, le contraignit à s'arrêter et posa sa tête au creux de son épaule.

— Will... Will...

— De quoi s'agit-il ?

Pleine d'inquiétude, Rachel releva lentement le menton et croisa le regard d'un inconnu. Elle fut d'abord violemment déçue, puis l'observa fascinée. Il avait presque le même visage que son amant ; une expression différente, peut-être, mais c'était la même bouche bien dessinée, le nez assez fort. En revanche, les yeux étaient gris, plus enfoncés, et le front lisse. En tout cas, c'était un gentilhomme.

— Veuillez m'excuser, monsieur, dit-elle en rougissant. C'était une erreur. Je vous ai pris pour un autre.

— Une bien agréable erreur !

L'inconnu s'inclina, sourit, puis regarda en direction des écuries, comme s'il s'apprêtait à repartir. Ses cheveux bruns formaient des boucles sur son cou, comme ceux de Will, Rachel ne put se résoudre à le laisser disparaître.

— D'où venez-vous ?

— De Plymouth, madame, répondit-il, cherchant toujours des yeux un palefrenier.

— Et vous allez loin ?

— Jusqu'au village d'Umberleigh.

— Umberleigh! C'est sur mon chemin. J'y passe en traversant la lande de Beara.

L'homme tourna la tête vers elle, contemplant nonchalamment la petite silhouette, la robe abricot, coûteuse mais passée de mode, les mains calleuses et les yeux extraordinaires, à la fois vert et brun.

— Alors, autant voyager ensemble.

Il loua le meilleur cheval de l'écurie, sans regarder à la dépense, et Rachel se sentit honteuse de sa vieille rosse quand il recula pour la laisser passer. Ils quittèrent la ville, sans que Rachel cessât de le regarder à la dérobée, stupéfaite par sa ressemblance avec Will, et ravie d'être, pour la première fois, accompagnée par un gentil-homme.

Il était vêtu d'un grand pardessus à double collet et à boutons d'argent — les plus gros qu'elle eût jamais vus. Une fois, il consulta une lourde montre en or, pendue à une chaîne accrochée à son gilet. En dépit du long voyage depuis Plymouth, ses culottes de daim étaient immaculées, et il chevauchait avec le port de tête d'un officier, les yeux fixés droit devant lui.

Il lui dit qu'il venait enfin de mettre sac à terre après avoir été, dix ans durant, capitaine d'un navire qui faisait le commerce d'esclaves entre l'Afrique et Cuba.

— Des esclaves! Vous avez vu des Noirs, alors?

— Des centaines, madame!

— Et ils sont vraiment noirs?

— Aussi noirs que cette rosse-ci.

Il donna un coup de canne sur l'encolure de sa monture, qui sursauta, mais qu'il calma aussitôt en tirant les rênes.

— Et le noir ne s'en va pas en frottant? poursuivit Rachel.

Une telle naïveté, typiquement campagnarde, amusa beaucoup l'inconnu, fatigué des filles et des garçons aux yeux peints qui traînaient dans les ports. Il plissa les yeux:

— Si vous les frottiez avec du chlorure de chaux, comme celui dont on se sert pour nettoyer les coques des bateaux, ils deviendraient encore plus noirs!

Rachel parla de Yellaton, vanta l'étendue de ses terres, la qualité de son bétail, pour qu'il ne pensât pas avoir affaire à une coureuse de dot.

— Je projette aussi d'acheter de la terre. Je connais un terrain

176

qui fait une vingtaine d'acres, mais j'attends d'abord que mes fils soient un peu plus grands.

Il l'écouta avec une politesse qui finit par la mettre mal à l'aise : peut-être pensait-il qu'elle était parfaitement sotte. Peut-être sa propre famille possédait-elle des centaines d'acres, et qu'il était revenu pour gérer le domaine ? Il avait entre trente et trente-cinq ans, ce qui est bien trop jeune pour prendre sa retraite, à moins de pouvoir compter sur une fortune personnelle. Il avait dû bien rire, intérieurement, de sa petite propriété.

Rachel se tut, et ils chevauchèrent en silence pendant près d'un mile, jusqu'à ce que, parvenant sur une colline, ils vissent les chaumières d'Umberleigh, dans la vallée en contrebas, dispersées le long de la Taw.

— Puis-je savoir quel est votre nom ? demanda l'inconnu.

— Rachel... Jedder.

Pour la première fois depuis six ans, sans réfléchir, elle avait repris son nom de jeune fille.

— Harry Blackaller, dit-il en s'inclinant. Mon chemin me mène à l'ouest, mais, avant de vous quitter, j'aimerais vous dire à quel point votre compagnie m'a fait honneur, maîtresse Jedder.

Un étroit chemin partait de la gauche ; le temps que Rachel lève la main pour lui dire au revoir, il s'y était déjà engagé. Elle reprit sa route, perplexe.

Après sa rencontre avec l'inconnu, Rachel fut tourmentée par le souvenir de Will Tresider. C'est comme s'ils avaient été séparés pour quelques heures, et non depuis plusieurs années, comme si elle n'avait jamais été mariée à Robert Wolcot. Elle s'était donné toutes les peines du monde pour mettre un peu d'ordre dans sa vie, et voilà que les vieux sentiments d'autrefois venaient tout détruire. Des jours durant, elle erra dans Yellaton, hagarde, et ses nuits étaient partagées entre les larmes et les soupirs d'amour.

Puis, peu à peu, l'idée lui vint que revoir le gentilhomme apaiserait un peu la violence de cette passion retrouvée. Mais elle n'avait ni raison ni prétexte pour se rendre à Umberleigh, et, bien qu'il vécut à dix miles seulement de chez elle, leur différence de statut social était telle qu'ils avaient peu de chances de se retrouver jamais.

Quand Rachel, la semaine suivante, se rendit à cheval à High Chillam, elle désespérait de trouver une solution au problème.

Elle vendit deux jambons sans même marchander, commanda, d'un air absent, un couteau à tourbe et une paire de tondeuses à moutons au forgeron, avant d'aller chez Seth Bartle, l'éleveur de chevaux, pour voir si elle pourrait, le printemps prochain, mener la plus jeune de ses juments à son étalon.

Le cheval était une bête magnifique, noir comme l'ébène, avec des pattes couvertes d'un duvet blanc, aussi épaisses que des piliers d'église ; jamais Rachel n'en avait vu d'aussi massif et musclé. Seth Bartle le fit parader devant elle, expliquant, avec une fierté bruyante, que c'était le premier d'une lignée d'animaux de trait qui deviendrait la plus célèbre de toutes. Il venait de chez un certain Bakewell, qui habitait à Dishley, dans le Leicestershire, d'où Seth l'avait ramené à grands frais. Rachel craignit qu'il ne soit un peu trop colossal pour sa jument, mais il lui assura que tout se passerait bien. Elle contempla, bouche bée, la gigantesque créature, sans cacher son admiration, et décida d'en louer les services, en dépit du prix élevé que l'autre demandait.

— Sur mon honneur, c'est la plus belle bête que j'aie jamais vue !

Elle reconnut aussitôt la voix et fit demi-tour. Le gentilhomme de l'autre jour était là, derrière eux, appuyé à la porte. Il leva son chapeau et la regarda droit dans les yeux :

— Personne ne peut supplanter Seth pour ce qui est de savoir reconnaître un bon cheval, maîtresse Jedder.

Il avait l'air heureux, mais pas surpris, de la revoir, et poursuivit, sans lui donner le temps de répondre :

— Eh bien, Seth, m'avez-vous trouvé une vieille rosse ?

— Je crains que non, maître Blackaller, répondit l'autre d'un ton bizarrement hostile.

— Pourquoi ne pas jeter un coup d'œil, alors ? dit le gentilhomme en traversant la cour d'un pas résolu. M'accompagnez-vous, maîtresse Jedder ?

Il offrit son bras à Rachel et la guida jusqu'aux écuries. Derrière eux, Seth Bartle marmonna quelque chose et emmena l'étalon.

La longue suite de boxes était pleine de chevaux, des bêtes de somme aux pur-sang, et l'on entendait, contre les mangeoires, résonner les poids fixés à leurs longes ; ils tournaient la tête et dressaient les oreilles en entendant leurs visiteurs.

La forte odeur des animaux flottait dans l'air, mais Rachel ne songeait qu'à la chaleur de son bras contre le sien. Faire l'amour avait perdu toute importance après la mort de son époux, et elle n'y avait même pas pensé durant l'année précédente. Elle fut brusquement envahie d'une tiède langueur, le regarda dans la demi-obscurité, et cet homme lui parut, vraiment, être son Will adoré. Sans le vouloir, elle serra son bras encore plus fort.

Il avait dû le remarquer, mais n'en laissa rien voir ; agitant sa canne, il désigna la superbe croupe d'un cheval de selle, et dit :

— Il m'irait tout à fait bien, maîtresse Jedder, vous ne croyez pas ?

— Il n'est pas à vendre, Harry Blackaller ! s'écria Seth Bartle, l'air mécontent. Il appartient au Squire Waddon.

— Et qu'est-ce qu'il fait là ?

— Il est encore jeune et il a besoin d'être un peu dressé, répondit l'autre, à contrecœur.

— Dites à Waddon que je lui en offre cent guinées.

— Dites-le-lui vous-même, maître Blackaller. Votre Honneur, lança Seth Bartle, sarcastique.

Rachel était stupéfaite : d'abord du prix extravagant proposé pour un animal que le gentleman n'avait même pas vu à l'œuvre, puis par l'hostilité que lui témoignait le marchand de chevaux.

Mais le bel inconnu la ramenait déjà dehors, et, avant même d'avoir eu le temps de comprendre, elle se retrouva en selle, d'un seul mouvement très vif, qui lui rappela encore plus la façon dont Will avait agi lors de leur première rencontre. L'espace d'un instant, elle ferma les yeux, accablée de solitude et de désir. Puis, se reprenant, elle se redressa et releva la tête.

— Bonne journée, monsieur, dit-elle, avec un sourire radieux, à l'inconnu.

Puis elle fit avancer la jument, et traversa le village, soulagée d'avoir retrouvé un peu de dignité, mais très déçue de la conclusion de leur seconde rencontre.

Lors des jours qui suivirent, elle se reprocha souvent de n'avoir pas été assez hardie pour lui faire comprendre ce qu'elle ressentait. Pourtant, il lui fallait bien admettre que, jusqu'à présent, la conduite d'Harry Blackaller envers elle avait été celle d'un homme bien né vis-à-vis d'une femme respectable qu'il connaît depuis peu de temps, et ne trahissait aucun signe d'intérêt particulier. Il lui avait très peu parlé, et s'était borné à des choses aimables, mais de peu de conséquences. Et toutefois, Rachel se répétait sans cesse chacun de ses mots, de ses gestes, comme une boîte à musique, et, dans son esprit, le visage de l'inconnu finit peu à peu par supplanter celui de Will Tresider.

Pour échapper au désordre mental que cela lui valait, Rachel travailla dur à Yellaton, se leva encore plus tôt, s'épuisant volontairement pendant la journée et, le soir, filant de la laine jusqu'à s'endormir sur le rouet. Son visage devint encore plus pâle que d'habitude, et marqué de plaques rouges qui témoignaient de sa fatigue.

Un chêne était tombé en travers du chemin qui menait au village en passant par la lande. En scier les branches la réchauffait lors des petits matins glacés ; c'était une tâche assez répétitive pour ne pas nécessiter beaucoup de concentration. Elle s'y attaquait chaque jour avec une énergie féroce chargeant les bûches couvertes de mousse sur le traîneau, sans penser à la pluie, à la boue, à sa robe souillée. Il devait être midi quand une ombre s'interposa entre elle et le pâle soleil. Elle releva les yeux.

— Je me familiarisais avec mon nouveau cheval, madame, et j'ai pensé que je pourrais passer par ici, dit-il.

Rachel eut aussitôt honte de son allure, baissa la tête et balbutia un vague bonjour.

— Un rafraîchissement vous vaudrait ma reconnaissance, maîtresse Jedder.

L'inconnu parlait comme dans un salon ; elle en fut très impressionnée.

— Cet animal a besoin d'être dressé ! poursuivit-il. Il fouetta la croupe de sa monture, qui broncha et hennit. Rachel remarqua les narines dilatées de la bête, son regard éperdu, le lourd mors de fer qui lui déformait la bouche, et fut soulagée d'avoir un sujet de conversation.

— Vous avez réussi à l'acheter au Squire, alors ? Mais je croyais que Seth Bartle l'avait déjà dressé ?

— Lui ? Il ne viendrait même pas à bout d'un âne ! lança Blackaller, moqueur.

Puis il planta ses éperons dans les flancs de l'animal, qui s'élança en l'éclaboussant de boue.

Rachel les retrouva devant la porte de la maison. Elle fit entrer son visiteur, heureuse de savoir que, dans le salon, le feu était déjà

180

prêt : fougères et genêts séchés s'enflammeraient sans difficultés. Elle lui offrit une chope de cidre, puis courut dans la cour pour s'asperger d'eau le visage et les mains, monta dans sa chambre, ôta ses habits déchirés et remit sa robe de taffetas vert, celle que Will préférait : le tout en moins de dix minutes, au bout desquelles elle descendit le rejoindre.

L'inconnu ne parut pas le moins du monde remarquer la transformation. Il sirota son cidre, en accepta une seconde chope, parla du temps, décrivit une récente partie de chasse, l'amusa en lui racontant une ou deux anecdotes relatives à sa vie en mer, puis prit congé.

Rachel l'observa remonter à cheval, prise entre le désir obsédant de savoir s'il reviendrait, et la crainte de paraître impudique. Finalement, le souffle coupé de sa propre audace, elle demanda :

— Passerez-vous de nouveau par ici, monsieur?

Il croisa son regard ; ses yeux rieurs étaient ceux d'un homme qui a tout compris :

— Sans aucun doute, Rachel Jedder.

Un mois passa, et Harry Blackaller n'était toujours pas revenu. Rachel avait déjà revu, des centaines de fois, chaque seconde de leurs rencontres, analysé chaque regard, chaque mouvement, chaque phrase, y cherchant un sens caché, sans rien trouver d'autre que des contradictions. Peut-être, en définitive, traversait-il Beara dans le seul dessein de donner un peu d'exercice à son cheval. Peut-être se faisait-elle des idées. Pis encore, il avait peut-être vu à quel point elle se languissait de lui, et s'en amusait. Il n'avait rien fait ni dit qui pût montrer qu'il la trouvait attirante. Il ne lui avait fait aucun compliment. Il semblait toujours demeurer un peu lointain ; cela mettait Rachel mal à l'aise, tout en la séduisant.

Elle se rendit régulièrement, chaque semaine, au marché du village, s'y attardant jusqu'à ce que la dernière bête fut vendue, en fréquenta d'autres aux environs, où elle n'avait jamais cru bon d'aller. Une fois, elle fit même le voyage de South Molton et traîna en ville, afin d'avoir le prétexte de traverser Umberleigh à deux reprises — tout cela dans l'espoir de le revoir par hasard.

A Yellaton, Rachel ne travaillait plus guère, pensait sans cesse à Will, au gentilhomme, au gentilhomme, à Will, et pleurait beaucoup.

Elle venait justement de sangloter quand un jour, tard dans l'après-midi, elle lui ouvrit enfin la porte. La pluie tombait à grosses gouttes sur la vieille maison ; son chapeau, sa cape, ses bottes étaient trempés. Rachel fut envahie par la passion ; tremblante, elle tendit les mains et le fit entrer. Elle prit le manteau et, involontairement, le serra contre elle.

— J'ai été surpris par la pluie alors que je revenais de Bideford.

Derrière lui, son cheval restait immobile, le regard terne, tête basse sous l'averse.

— Voulez-vous que je le conduise à l'écurie ? demanda-t-elle.

Mais Harry Blackaller, sans répondre, claqua la porte et se dirigea à grands pas vers le feu, auquel il tourna le dos, comme Will l'avait fait si souvent :

— Un peu de bière mêlée d'épices me sauverait la vie, maîtresse Jedder.

Rachel se précipita à la cuisine, et planta un tisonnier dans l'âtre, Jedder et John étaient chez Jane Clarke ; pour la première fois, elle et le gentilhomme se retrouvaient vraiment seuls. Le temps qu'elle eût versé des épices dans la chope de bière tirée au tonneau, le tisonnier avait viré au rouge, prêt à être plongé dans la boisson. Le mélange sifflait encore quand elle s'en empara et repartit en hâte dans le couloir, se pinçant les joues pour qu'elles rosissent, et priant pour que ses yeux ne parussent pas trop rouges.

Quand il dit avoir faim, elle courut encore lui chercher du jambon, du fromage, du pain, des oignons marinés, du beurre qu'elle comptait vendre, et babilla sans retenue, incapable de s'empêcher de paraître très sotte ; comme elle s'en rendait compte, elle ne réussit qu'à aggraver la situation.

— Que mangent les esclaves ? demanda-t-elle. Ils mangent comme les hommes, ou comme les bêtes ? Du pain, du blé ?

— Comme des bêtes, madame. Ils mangent surtout du riz, des poivrons rouges, de l'ail, et, comme viande, de la chèvre et de l'alligator.

— De la chèvre ! dit-elle en frissonnant. Elle aurait bien voulu demander ce qu'était un alligator, mais n'osa pas poser la question.

Dehors, la nuit s'annonçait déjà ; Harry Blackaller lui demanda sa cape, mise à sécher dans la cuisine. Il se coiffa de son tricorne, et, se dirigeant vers la porte, prit sa cravache, Rachel balbutia faiblement :

— Ne...

— Ne quoi? demanda-t-il, surpris.

— Ne partez pas. Restez... je vous en prie.

Il eut un petit sourire, fit demi-tour et dit:

— Bien sûr.

Il la suivit à l'étage. Rachel, folle de bonheur à la pensée d'être si près de l'homme qui ressemblait tant à son amant, s'abandonna à lui en pleurant, sans se rendre compte qu'elle seule éprouvait de l'amour, tandis qu'il la prenait avec négligence. « Oh! Will... » chuchota-t-elle, et les longues années de désir furent enfin satisfaites. Ensuite, elle vint se lover contre lui pendant qu'il dormait, trop bouleversée pour vouloir admettre que son bonheur avait un goût de cendres.

Rachel se réveilla la première; levant la tête pour contempler Blackaller, qui dormait encore, elle fut stupéfaite de constater qu'il évoquait beaucoup moins Will Tresider. Son visage était plus mince, sa bouche plus dure; la tempe gauche était sillonnée par deux lignes venues des sourcils, qui ressemblaient à des cicatrices. C'était comme de trouver un étranger dans son lit; elle se demanda ce qu'il penserait d'elle en sortant du sommeil.

A ce moment même, il ouvrit les yeux, se redressa, et regarda droit devant lui, d'un air morne. Rachel attendit quelques secondes avant de murmurer: « Bonjour. » Il grogna, mais sans tourner la tête. Elle avança la main, pour prendre la sienne, mais, à sa grande humiliation, il se dégagea, sauta du lit et entreprit de s'habiller.

Rachel en fut pétrifiée. Jamais encore on ne l'avait à ce point repoussée; elle se sentit à la fois offensée et mortifiée, et songea, accablée, qu'elle était tombée bien bas pour désirer si fort un homme qui s'était servi d'elle pour une nuit — et encore, parce qu'elle avait fait les premiers pas. La jeune fille se souvint, avec un mépris croissant, de cette nuit, où il s'était montré si médiocre amant. Comment avait-elle pu le comparer à Will Tresider? Elle fut envahie d'une profonde haine d'elle-même, et plus encore de lui.

Il acheva de boutonner son col devant le miroir, ébouriffa ses cheveux, et vint s'asseoir près d'elle au bord du lit. Les premiers rayons du soleil, venus de la fenêtre, étaient si aveuglants qu'elle avait peine à le voir; son inquiétante ressemblance avec Will revint tout d'un coup. Rachel attendit, contenant sa colère dans un reste de fierté. Harry Blackaller, pour la première fois depuis son réveil, fixa sur elle ses yeux pâles.

— Eh bien, Rachel Jedder, dit-il avec un grand sourire, je crois qu'il vaudrait mieux que nous nous mariions.

La jeune femme fut si scandalisée qu'elle ne trouva d'abord rien à répondre, puis s'écria:

— Comment osez-vous! Je suis une pauvre fille et j'admets que je me suis conduite comme une sotte, mais ça ne vous donne pas le droit de vous installer dans ma maison et de me regarder de haut, monsieur. Je vous serais obligée de partir.

Elle s'arrêta pour reprendre haleine, s'appuya contre l'oreiller, toute rouge, tremblant d'indignation. Il sourit encore plus. Puis, se déplaçant à l'autre bout du lit, il dit d'un ton traînant:

— Maîtresse Jedder, vous vous méprenez. Je vous demande de marcher, une fois de plus, à l'autel, pour être mon épouse, ma femme, ma bien-aimée, mon bâton de vieillesse. Préférez-vous que je m'agenouille — ce qui ne serait pas facile, avec ces bottes? Ou que je vous couvre de roses, ce qui nous obligerait à attendre le mois de juin? Faudra-t-il que dix petits Noirs arrivent à raison d'un par jour, en portant chacun un mouchoir brodé d'une lettre, de façon à ce qu'on puisse lire en les rassemblant, « Epousez-moi »? Ou bien attendez-vous un témoignage de ma sincérité? Une boucle de cheveux dans un médaillon en or, par exemple? Ou bien me faut-il accomplir un exploit miraculeux, comme de découvrir un continent inconnu, aussi vaste que l'Australie, ou convaincre lady Grenville de péter devant tout le monde?

La colère de Rachel avait peu à peu cédé la place à la surprise, puis à l'incrédulité et, quand il en eut fini, elle éclata de rire.

— Cela suffit, Harry Blackaller. Tu es pardonné. Tu peux t'en aller maintenant, il n'y aura pas de rancœur entre nous.

— Tu doutes encore?

Il prit un air grave et s'approcha pour lui parler, très lentement:

— Maîtresse Rachel Jedder, en cette heure solennelle, j'ai bel et bien l'honneur de vous demander votre main.

Impossible! Un gentilhomme épousant une fermière! Autant accoupler un pur-sang et une ânesse! C'était contre toutes les lois de la société, presque sacrilège. D'ailleurs, si la gentry n'y mettait pas bon ordre, l'Eglise s'y opposerait sûrement.

184

Il n'en fut rien, pourtant. Bien au contraire, trois semaines plus tard, elle leur ouvrit ses portes et leur donna sa bénédiction.

Rachel, dépassée par les événements, s'entendit prononcer de nouveau le « oui » fatidique, et vit, sans comprendre, Harry Blackaller prendre sa main pour lui glisser un anneau d'or au doigt. Dehors, le village tout entier s'était trouvé mille bonnes raisons pour se rassembler sur la place, et chacun prenait soin de ne pas montrer ce qu'il pensait de tout cela. Mais elle était trop ahurie pour faire attention à eux. C'était comme si elle avait été entraînée, contre sa volonté, dans une autre dimension, où tout semblait pareil, mais prenait en même temps un aspect inquiétant. Ce n'était pas seulement la hâte avec laquelle elle s'était remariée qui laissait Rachel perplexe, mais aussi la façon dont elle en était arrivée là.

Depuis qu'il était parvenu à la persuader de sa sincérité, Harry Blackaller ne lui avait rendu visite que trois fois. Une fois pour l'avertir de la publication des bans, une fois pour lui apporter un coupon de satin pour sa robe, une fois pour régler les ultimes préparatifs. Chaque fois, il l'avait, en arrivant et en repartant, embrassée fraternellement sur la joue, l'avait fait rire en lui racontant diverses anecdotes sur telle ou telle figure locale, puis était reparti, sans avoir à son égard le moindre geste tendre.

Rachel avait cherché, en vain, à croiser son regard pour savoir pourquoi. Seuls les bans témoignaient de l'intérêt qu'il déclarait lui porter. Etait-ce ainsi qu'on se comportait dans la noblesse ? S'agissait-il de protéger l'honneur de la fiancée jusqu'à la nuit de noces ? Il est vrai que, dans son cas, c'était un peu tard.

Les derniers jours, elle avait perdu toute confiance en elle, en proie à une incertitude terrifiée, et quand ils sortirent de l'église, en ce beau matin de mars, Rachel se sentit gagnée par la panique. Elle s'arrêta et dévisagea, consternée, l'étranger qu'elle venait d'épouser. Harry Blackaller sourit tendrement et serra doucement sa main. En un instant, toute l'angoisse de la jeune femme disparut : elle lui jeta un regard plein d'adoration. Tout irait bien.

Ils revinrent à Yellaton sur un grand cheval gris : Rachel était derrière, les bras passés autour de la taille de son époux, la tête posée sur son épaule, heureuse de sentir la chaleur de son corps. Quand, une fois arrivés, il la fit descendre, elle se serra contre lui.

Mais Harry Blackaller se dégagea et, remontant en selle, lui dit d'une voix tranquille :

— N'aie pas peur, je serai de retour d'ici le soir.

Puis, agitant gaiement la main, il s'en alla.

Rachel demeura immobile, stupéfaite, contempla, sans la voir, la lande infinie, et comprit l'inutilité de son existence et la futilité des choses de l'amour. Elle monta l'escalier en titubant, puis courut à sa chambre; enlevant sa robe, elle alla, en larmes, se regarder dans le miroir, comme elle l'avait fait quelques semaines auparavant. Un visage informe, sans symétrie, qui n'avait ni la grâce des races nobles ni la rondeur de la jeunesse. Un visage hideux, hideux, hideux! Un corps maigre, qui avait déjà porté trois enfants, et ressemblait toujours à celui d'une gamine. Comment diable Will Tresider avait-il pu l'aimer? Qu'est-ce que Robert Wolcot avait bien pu lui trouver? Et pourquoi un gentilhomme comme Harry Blackaller l'avait-il prise pour épouse? Tout cela ne rimait à rien.

Pour finir, elle redescendit à la cuisine, épluha quelques légumes, découpa un lièvre, et jeta le tout dans un chaudron de cidre qu'elle suspendit au-dessus du feu. Les garçons étaient chez Jane Clarke et il ferait nuit dès cinq heures du soir. A onze heures, elle attendait toujours, immobile, près du feu; les bougies s'étaient consumées depuis longtemps. A minuit, elle monta se coucher, seule, sans pouvoir s'endormir.

Plus tard, bien plus tard, un bruit de sabots se fit entendre au milieu du silence et s'interrompit devant la maison. Il entra en titubant dans la cuisine, puis frappa sur la table:

— Rachel! Rachel Blackaller!

Elle couvrit son corps nu d'une grande cape, mais le temps qu'elle descendît, il s'était heurté à un meuble et son humeur était massacrante:

— Rachel Blackaller! Pourquoi ne m'as-tu pas attendu pour me saluer? Où est la lumière?

Il était totalement ivre.

— Il se faisait tard, et j'étais fatiguée, tenta-t-elle d'expliquer en le guidant dans l'escalier.

— Fichue épouse! Trop fainéante pour rester debout, et saluer son seigneur et maître quand il rentre, le soir de ses noces!

Elle prit soin de ne rien répondre.

— C'est moi le maître, maintenant, tu le sais, hein? De toi comme de ton précieux Yellaton.

186

Rachel sentit qu'elle avait la chair de poule. Elle avait vu, de ses propres yeux, Harry Blackaller jeter de l'argent aux palefreniers, aux aubergistes, acheter de beaux habits ou de beaux chevaux. Il ne manquait pas d'argent, et de plus, c'était un gentilhomme. Pour lui, Yellaton ne devait être qu'un simple lopin de terre.

— Enlève-moi mes bottes, femme !

Il s'était déjà effondré sur le lit. Elle s'exécuta : la pièce se remplit d'une odeur de bière, de gin, de sueur, de pieds sales. Puis, contournant le lit à pas de loup, elle s'y glissa et vint se lover contre lui, mais il lui tournait le dos et ne tarda pas à ronfler.

Le lendemain, Harry Blackaller passa la journée au lit. Rachel nourrit le bétail, accomplit toutes les tâches nécessaires, cherchant à se dissimuler sa propre déception en trouvant des excuses à son mari. Les hommes s'enivraient souvent le jour de leur mariage. Si sa nuit de noces avait été un désastre, cela devait être le cas pour beaucoup de couples, bien plus qu'on ne voulait l'admettre.

En début d'après-midi, elle alla chercher Jedder et John au village.

— Ça se voit que vous n'avez pas dû beaucoup dormir ces dernières vingt-quatre heures, maîtresse Blackaller, dit la jeune fille en s'amusant de lui voir les traits tirés.

Rachel sourit d'un air triste.

Il était encore endormi quand elle revint. Le soir, il réclama de la nourriture, qu'il mangea sans même quitter son lit. Rachel prit le plateau vide, le posa sur le sol et attendit, sans trop savoir quoi faire.

Brusquement, il lui saisit le poignet et se déplaça pour qu'elle put venir s'étendre à côté de lui. Impatiente, un peu nerveuse, Rachel se rapprocha, pensant qu'il allait, enfin, la prendre dans ses bras, la cajoler, l'aimer, mais il ne songeait qu'à soulever ses jupes et à lui ouvrir les jambes. Puis il se jeta sur elle, lui fit mal, et en eut terminé en quelques minutes. Il se rendormit presque aussitôt.

Rachel se mordit les lèvres, planta ses ongles dans ses paumes jusqu'à saigner : au bout d'un moment, elle se reprit assez pour rajuster ses vêtements, et descendit sans faire de bruit. La jeune femme alla traire les vaches, nourrir le bétail, puis mit ses enfants au lit, avant d'aller s'asseoir dans le fauteuil du salon et d'essayer de comprendre ce qui lui arrivait.

Une fois de plus, elle passa en revue tout ce qui s'était passé depuis leur première rencontre, à South Molton. Rachel fut bien contrainte d'admettre, pour la première fois, que son mari n'était pas Will Tresider, bien qu'il lui ressemblât beaucoup, et ne le serait jamais. Mais Harry Blackaller, s'il n'était pas très démonstratif, s'était montré aimable et enjoué. Elle en conclut donc que vivre avec un gentilhomme ne serait pas si difficile que cela. Ne subsistait qu'une seule énigme: pourquoi avait-il tenu à l'épouser?

Rachel finit par aller se coucher. L'homme était profondément endormi, et ne bougea pas quand elle vint s'étendre à son côté. Epuisée, elle sombra presque aussitôt dans le sommeil.

Dans son rêve, le fermier Wame et l'aubergiste de Thetford caressaient son corps en grommelant. Ils finirent par se quereller, chacun tirant d'un côté et, brusquement, Rachel se réveilla: quelqu'un lui avait saisi le bras.

— Quoi? Will? Harry? Que se passe-t-il?

— Tourne-toi, pauvre idiote!

Il la retourna violemment, pour qu'elle s'allongeât sur le ventre, sous lequel il glissa un oreiller, puis vint s'agenouiller entre ses jambes, et Rachel se mit à hurler de souffrance, mais aussi de dégoût à la pensée de ce qu'il lui faisait. Harry Blackaller lui posa une main sur la bouche:

— Tais-toi donc, tu vas réveiller les mioches! Reste tranquille! Mieux vaut t'y faire: c'est comme ça que j'aime.

Elle souffrait trop pour oser se débattre, et longtemps, bien longtemps, après que ce fut terminé, demeura immobile, terrorisée, révulsée. A l'aube, elle se pencha pour vomir sur le plancher.

Son nouvel époux ouvrit les yeux, lui jeta un regard dépourvu d'expression, se leva, s'habilla et partit. Quelques instants plus tard, Rachel l'entendit passer, à cheval, sous sa fenêtre, avant de s'éloigner.

Pour la première fois de sa vie, elle se sentit prisonnière. La jeune fille avait déjà connu la peur, et traversé bien des dangers. Mais cette fois, c'était différent: la terreur l'avait envahie et ne la quittait pas. Elle comprit tout d'un coup que c'était ce qu'elle avait toujours ressenti, lointainement, depuis le début de ses relations avec Harry Blackaller.

188

Rachel ne voulait pas penser aux événements de la nuit, mais leur souvenir ne cessait de la tourmenter: elle se sentait souillée. Se ruant vers la porte, elle alla jusqu'à la cour, pour s'asperger de seaux d'eau avant de se frotter le corps de sel. Les deux petits garçons sortirent, curieux: leur mère les chassa, et plus tard, rhabillée, un peu calmée, se montra très froide envers eux.

Son mari ne revint pas le soir, ni le suivant, ni le surlendemain. Cinq jours passèrent: mais, au lieu de la soulager, son absence la rendait folle; sachant qu'il reviendrait, mais ignorant quand, elle se sentait de plus en plus nerveuse, et sursautait à chaque bruit.

Puis, par un beau matin d'avril, si doux, si lumineux, qu'il avait presque réussi à lui donner un peu de bonne humeur, elle entendit des bruits de sabots sur le chemin, et courut se cacher dans la laiterie.

Il ne s'arrêta pas, comme à l'accoutumée, devant la porte: Rachel l'entendit longer le côté ouest de la maison, et traverser la cour pavée. Puis une voix s'écria:

— Maîtresse! Maîtresse Blackaller!

Le cœur de Rachel cessa de battre, puis repartit à grands coups furieux. Elle ferma les yeux, se passa la main sur le front, respira profondément, et s'en fut à la rencontre de son vieil ami le colporteur.

Il lui jeta un regard, puis se mit aussitôt à parler affaires, lui vendant rubans et mousselines avec une facilité déconcertante, qui avait quelque chose de déplaisant. Pas d'indifférence étudiée, pas de marchandage. Cela n'allait pas. Il déposa les marchandises dans la cuisine et empocha son argent d'un air de reproche.

Rachel lui versa de la soupe dans un bol, coupa un quignon de pain, mit le tout devant lui et demanda:

— Bière ou cidre?

— Cidre, maîtresse, merci.

Il leva sa chope pour la remercier; elle s'en remplit une à son tour, et tous deux restèrent silencieux tandis qu'il mangeait, bruyamment, mais sans se hâter. Le temps qu'il soit venu à bout d'un second bol, elle avait déjà vidé trois fois sa chope, et lui fit signe de terminer le reste. Il la contempla fixement, se gratta le menton, et finit par demander:

— Pourquoi, Rachel Jedder? Qu'est-ce qui vous a pris?

— Quoi?

— D'épouser cette vermine de Blackaller, voyons! dit le colporteur en secouant la tête. Quand on me l'a appris, je n'ai pas voulu le croire!

Rachel prit une attitude très digne et répondit d'un ton sec:

— Maître Blackaller est un gentilhomme.

— Un gentilhomme! s'exclama-t-il en éclatant de rire. Dans ce cas, je suis le prince de Galles! Un gentilhomme! Sa mère était une catin de Barnstaple, qui est morte de la vérole!

— Sale vieux menteur! C'est faux! Il était capitaine de vaisseau, et il a une propriété à Umberleigh!

— Rachel Jedder, je suis peut-être vieux et sale, mais pas menteur — du moins, pas là-dessus. Votre capitaine de vaisseau était un simple matelot, qu'on a fini par renvoyer pour vol, tricherie, et autres malhonnêtetés. Aucun navire de ce côté-ci de Portsmouth ne l'acceptera plus jamais à bord, c'est moi qui vous le dis! Pour ce qui est de sa propriété... Sa sœur vit dans un taudis d'Umberleigh, avec dix enfants, et elle fait le même métier que sa mère...

— Non! C'est faux! C'est impossible! hurla Rachel, désespérée. Il est riche, je le sais!

— Ah! il a eu de l'argent au début, c'est vrai. Mais je peux vous dire qu'il est dans les dettes, maintenant. Il parie sans arrêt et ça ne lui réussit pas.

— Mensonges! Mensonges! dit-elle, mais sa voix n'était plus qu'un soupir.

Le vieil homme n'osa pas la regarder:

— Quelqu'un aurait dû vous prévenir... Quand je l'ai su, je n'ai pas voulu le croire, ni de vous ni de lui. Harry Blackaller n'a jamais eu la réputation d'avoir beaucoup de goût pour les femmes. On dit que c'est pour ça qu'il est parti en mer.

Rachel poussa un cri furieux, saisit la cruche et la jeta dans sa direction: elle le manqua d'un rien et vint se briser contre le mur.

Le colporteur se hâta de sortir, pour se mettre à l'abri derrière la porte, puis, avançant craintivement la tête, dit:

— Maîtresse, écoutez-moi. Je passe ici depuis sept ans, et j'ai vu ce que vous avez su faire de cette terre, je sais ce que cela vous a coûté de sueur et de larmes. N'oubliez pas mes paroles, Rachel Jedder: prenez garde à votre époux. Il causera votre perte.

Puis il battit en retraite, craignant qu'elle ne lui jetât d'autres objets, mais la fureur avait déjà abandonné Rachel. Elle demeura immobile près du feu, bien après qu'il fut parti, désormais certaine qu'il lui avait dit la vérité, et comprenant enfin. Harry Blackaller était un escroc sans le sou, qui l'avait épousée non par amour, ni même par désir charnel, mais pour devenir le maître de Yellaton.

CHAPITRE DIX

— Regarde-toi! Un aveugle s'en rendrait compte! Pas étonnant que je sois si souvent dehors! Tu as l'air d'un crapaud, et tu sens le vomi!

Rachel était de nouveau enceinte, et Harry Blackaller ne cessait jamais de lui rappeler à quel point la voir lui répugnait.

— Bon sang! Passe-moi la nourriture et disparais!

Il s'assit en lui tournant le dos.

— C'est normal qu'un homme s'en aille retrouver un peu de compagnie ailleurs, quand sa femme se transforme en tas de graisse! Retourne dans ta chambre et ne reviens pas avant que je sois parti!

Ils n'étaient mariés que depuis six mois, mais quelques jours avaient suffi à Rachel pour découvrir que tout ce que le colporteur lui avait dit était vrai. Quand elle avait accusé son mari de n'être ni gentilhomme ni solvable, il avait ri:

— Qui a bien pu te faire croire le contraire? Pas moi, en tout cas!

Rachel ne trouva pas grand-chose à répondre:

— Ta façon de parler, ton allure, l'argent que je t'ai vu dépenser...

— Chère madame, un homme a le droit de s'habiller et de parler comme il l'entend, que je sache. Tu n'étais d'ailleurs pas la dernière à t'extasier devant mon or.

Il était resté deux jours — les nuits étaient un cauchemar — avant de disparaître pendant une semaine. Il en fut ainsi désormais, à ceci près que, une fois Rachel enceinte, il s'abstint de tout rapport et préféra s'en tenir aux injures. La jeune femme en aurait été presque heureuse, si elle ne s'était sentie aussi épuisée. Vu son état, elle travaillait beaucoup trop; les deux garçons s'efforçaient de l'aider de leur mieux, mais rien ni personne ne pouvait contraindre Blackaller à se salir les mains. Comme ils n'avaient personne pour accomplir les travaux des champs, le domaine ne tarda pas à partir à vau-l'eau. Elle en avait le cœur brisé.

Rachel était arrivée à labourer et à semer le blé, mais pas à le protéger des mauvaises herbes. En mai, n'osant pas engager d'ouvriers, que son mari refuserait peut-être de payer, elle avait engrangé un peu de foin avec l'aide de ses deux fils et de Jane Clarke, mais cela ne suffirait pas à nourrir les bêtes l'hiver prochain. Pour le moment, elle ne savait même pas comment moissonner la maigre récolte d'orge.

Peu après leur premier affrontement, Blackaller avait exigé de l'argent afin d'acquitter une dette, et, comme elle disait n'en pas avoir, il l'avait giflée à plusieurs reprises, froidement, jusqu'à ce qu'elle saignât. Puis il avait frappé les enfants sous ses yeux, sans pourtant qu'elle révélât l'existence de la petite boîte de fer-blanc. Ses fils pourraient survivre à une correction, mais la pauvreté est semblable à une condamnation à vie.

— Revends donc ce cheval bai que tu as acheté au Squire! hurla-t-elle, il vaut cent livres!

— Ça fait un mois qu'il est parti à l'abattoir, il s'est effondré sous moi alors que j'allais à Porlock. Pourquoi crois-tu que je monterais une rosse comme la jument grise, sinon? Seth Bartle se repentira de me l'avoir vendu!

Elle eut le souvenir de la bête, ardente et fière, qu'elle avait vue dans son box, et qu'elle avait revue, sous la pluie, abattue. Mais Blackaller s'était déjà mis en chasse et retournait Yellaton sens dessus dessous pour mettre la main sur son argent.

Il avait fendu le matelas, sondé les planchers, renversé les tiroirs: toutes les pièces étaient pleines de plumes et de poussière. Les enfants, quant à eux, s'étaient enfuis dans l'écurie, puis dans le verger. Le grand chien, dès son arrivée, avait trouvé refuge dans la grange: il fila tout droit vers la lande. Rachel se contenta de regarder son époux, ahurie, en songeant au travail qui l'attendait si elle voulait réparer les dégâts.

Harry Blackaller vida des sacs de grains, de farine, et alla même jusqu'à sonder les meules de foin à l'aide d'un bâton pointu. Pour finir, il sauta sur son cheval, furieux, et disparut.

Plus tard, elle découvrit que le lot de peaux de mouton avait disparu. Il fut bientôt suivi par les attelles de cuivre des harnais de la jument; puis Blackaller vendit les génisses que Rachel comptait faire saillir. John Pincombe vint prendre le porc qu'ils engraissaient, en disant qu'il l'avait déjà payé à son mari ; pour couper court à toute discussion, il le tua sur place et repartit avec la dépouille de la bête.

Rachel était assise au bord du lit, les yeux dans le vide, les mains sur le ventre. Elle écoutait, de temps en temps, pour être sûre de son départ — comme elle l'avait fait d'innombrables fois depuis leur mariage —, perdue dans ses pensées. Le bruit de sabots décrut peu à peu. Elle passa la main sous son oreiller, et trouva le compartiment secret que Robert Wolcot avait installé dans le lit à baldaquin pour dissimuler la boîte en fer-blanc. Les pièces étaient enveloppées dans des chiffons, pour ne pas faire de bruit. Elle était toujours là. Jamais il ne la trouverait.

Elle entendait confusément des voix d'hommes, dehors. Rachel était en train d'accoucher ; au moment même où l'enfant allait venir au monde, une horrible cacophonie parut remplir la pièce : un troupeau de moutons passait en bêlant, dans un bruit de tonnerre.

— Qu'est-ce que c'est ? marmonna-t-elle, ne comprenant plus rien.

— Ne vous agitez pas, répondit la sage-femme. Ce n'est rien, maîtresse. Rien du tout.

Puis Emma naquit, toute rouge, chauve, minuscule, hurlante. La fille d'Harry Blackaller. Sa mère la regarda et poussa un soupir.

— Vous avez de la chance qu'elle soit aussi menue, maîtresse ! dit la vieille femme, avec son manque de tact coutumier, vous n'êtes pas faite pour avoir des enfants, et chaque fois je m'attends à vous voir passer.

Rachel réussit à sourire faiblement. On n'entendait plus ni hommes ni moutons. Sans doute une hallucination provoquée par les douleurs de l'enfantement, songea-t-elle : cela se produisait souvent.

Pendant deux jours, elle resta au lit avec le bébé, soulagée que son mari n'eût pas daigné venir la voir pour admirer sa fille. Elle entendait vaguement, de temps en temps, des bruits dans la maison. Jane Clarke lui apportait à manger, Jedder et John — âgés maintenant de sept et six ans — s'occupaient des bêtes. Elle allaitait quand c'était nécessaire, et somnolait le reste du temps.

Le troisième jour, quand elle descendit, Jane parut faire beaucoup d'embarras, tandis que ses garçons jetaient un vague coup d'œil sur leur sœur. Tous paraissaient mal à l'aise. Rachel les regarda l'un après l'autre, sans qu'aucun d'eux osât croiser ses yeux.

— Vous feriez mieux de tout me dire.

— Quoi donc, mère? demanda Jedder d'un air innocent.

— Ce que vous avez fait comme sottise pendant que j'étais couchée!

— Rien du tout! s'écrièrent-ils en chœur.

Jane ajouta:

— Les garçons n'ont rien fait, Rachel.

— Eh bien, Jane Clarke, il y a quand même quelque chose qui ne va pas, répondit-elle, méfiante. Ça se lit sur vos figures.

Les trois autres échangèrent des regards, puis Jedder haussa les épaules:

— C'est les moutons, mère.

— Qu'est-ce qui leur est arrivé? S'ils se sont sauvés, ce n'est pas grave. On les retrouvera toujours. Ils ne sont pas malades, au moins?

Ils hochèrent la tête. Jedder avala sa salive:

— Ils sont vendus, mère. On n'a rien pu y faire. C'est Harry Blackaller qui les a vendus.

Rachel laissa tomber son bébé dans les bras de Jane Clarke, quitta la cuisine sans dire mot et se rendit à l'écurie, où elle sella le poney. Jane l'appela de la cour, mais elle était trop furieuse pour y prendre garde.

Harry Blackaller les martyrisait depuis trop longtemps; comment ai-je pu me laisser intimider, songea Rachel, alors que j'ai traversé l'Angleterre à pied, que je possède une maison et de la terre? Il avait dépouillé le domaine de tous ses biens, sous ses yeux, pour les vendre, alors que ses enfants avaient faim, et elle avait été trop lâche pour s'opposer à lui!

Elle donna libre cours à la haine qui montait en elle depuis quelques mois, et se lança sur la lande. Elle le trouverait et le contraindrait à rendre l'argent des moutons, lui interdirait de jamais revenir à Yellaton. Harry Blackaller serait mis à la raison aujourd'hui même.

Après avoir attaché son cheval, Rachel entra à l'auberge de

l'Etoile, ignorant les rares clients pour se rendre directement au fond de l'établissement où, elle le savait, les hommes jouaient aux dés et aux cartes. La pièce était vide. L'aubergiste l'avait suivie.

— Où est mon mari?

— Je ne sais pas, répondit l'homme en ouvrant les bras. Il était là hier soir, mais j'ignore où il est allé, maîtresse.

— Il a perdu de l'argent?

Il baissa les yeux et fit la grimace.

— Ce sont les gens comme vous qui poussent les hommes à dépenser plus qu'ils ne gagnent, et qui font mourir de faim leurs femmes et leurs enfants! dit-elle avant de sortir à toute allure.

Elle traversa les bois pour se rendre chez l'éleveur de chevaux, l'appela et lui demanda:

— J'ai besoin de savoir où se trouve Harry Blackaller.

— Je ne fréquente pas votre époux, répondit Seth Bartle d'un ton sec.

— Mais vous savez où il va. Dans les endroits où l'on joue, par exemple.

— Maîtresse, dit-il en se radoucissant, vous devriez rentrer. Vous venez d'accoucher, et vous ne devriez pas sortir par ce froid.

— Il faut que je le trouve! N'y a-t-il pas de courses de chevaux, aujourd'hui?

— Pas que je sache, dit-il en se grattant le menton. Mais lui et ses amis vont souvent au Lion d'Or, et de là au Globe, à Kings Nympton, mais c'est bien loin d'ici!

Elle remercia et fit prendre à son cheval une petite route pavée, qui traversait des prairies inondées: la rivière toute proche était sortie de son lit. Sa jupe fut bientôt trempée, et elle regretta de n'avoir rien prévu d'autre qu'un châle pour se protéger du vent d'est.

Le Lion d'Or, lui aussi, était presque vide. La patron n'avait pas vu Harry Blackaller depuis plus d'un mois.

— Je l'ai mis dehors quand il a été surpris à jouer avec des cartes truquées.

Rachel se rendit donc à Kings Nympton. Mais elle avait à peine eu le temps de poser des questions à l'aubergiste qu'un groupe de jeunes cavaliers arriva, et fit aussitôt un tel tapage que l'homme se contenta d'agiter les bras avant d'aller prendre leurs commandes. De toute façon, Harry Blackaller n'était pas là. L'endroit, lui aussi, ne paraissait guère fréquenté : on n'y remarquait qu'un ou deux vieux paysans assis près du feu. Elle se demanda où aller ensuite.

— Dépêche-toi, lambin! s'écria un des jeunes gens à l'adresse du patron. Le match commence à deux heures!

Le match! Les combats de coqs! Bien sûr! Il y serait, sans doute. C'était pour cela que les tavernes étaient vides. Rachel sortit, monta à cheval et fit quelques centaines de mètres avant de se dissimuler dans les taillis, où elle attendit que les jeunes gens, après avoir bu leur brandy, sortent en bande. Puis elle les suivit sans se presser.

Le bruit descendit de la colline, comme pour l'accueillir, avant même qu'elle eût aperçu l'endroit où se déroulerait le match : une grange pleine de monde, non loin des ruines d'un vieux monastère. Des enfants couraient dans l'herbe, entre les groupes d'hommes entourant chaque propriétaire, lequel armait ses combattants de longs éperons, attachés avec des lacets de cuir.

Leur plumage, aux multiples couleurs, luisait dans la dure lumière de décembre. De belles bêtes, que les hommes tenaient serrées contre leur poitrine, en leur parlant avec sollicitude, tandis que la grange retentissait de clameurs et de hurlements.

— Nonpareil, six contre quatre!
— Royal Red, cinq contre un. Cinq contre un pour Royal Red!
— Bold Henry! Bold Henry!
— Flying Champ!
— Bold Henry! Bold Henry!
— Tope-là! Tope-là!

Rachel ne connaissait guère que la lande déserte et les petits marchés campagnards; elle eut l'impression de se retrouver au milieu d'une foule énorme. Il devait y avoir un bon millier de personnes. On échangeait fiévreusement pièces d'or, d'argent, de cuivre, qui passaient d'une main à l'autre, à l'occasion de paris incessants. Elle n'avait jamais vu de telles sommes, une telle prodigalité et, pétrifiée, observa des nobles échanger des fortunes, et de simples artisans risquer tout ce qu'ils possédaient. Sous ses yeux, de pauvres gens vinrent perdre l'équivalent de six mois de salaire, des femmes acculèrent leurs enfants à la famine, des hommes riches furent réduits à l'état de gueux. Tout cela pour un combat entre deux coqs. Absurde!

Retrouver quelqu'un dans une telle foule paraissait impossible. Pourtant, si la jeune femme attendait la fin de la journée, au moment ou tous se sépareraient, elle pourrait très bien ne pas voir Harry Blackaller, et le perdre de vue pour des semaines. Elle attacha son cheval, puis se dirigea vers l'entrée de la grange, qu'elle franchit au moment même où montait une grande clameur. Les gens se précipitèrent vers l'avant: elle se retrouva emprisonnée par des corps à l'odeur tenace — l'hiver n'était pas une saison où l'on changeait fréquemment de vêtements...

Puis, poussée contre un pilier, elle entreprit d'y grimper, pour éviter l'écrasement, et, sans l'avoir voulu, put voir l'ensemble de la salle. Très loin, par-delà la mer de visages, on discernait l'arène où se déroulaient les combats; c'était une estrade de bois, de forme circulaire, entourée de planches contre lesquelles les spectateurs se pressaient si fort qu'aucune bête n'eût pu s'échapper, à supposer qu'elle l'eût voulu.

Deux entraîneurs se tenaient au centre. Les coqs étaient face à face: leurs becs se touchaient, leurs yeux jaunes brillaient de rage à la vue de leur rival. Puis, à un signal de l'arbitre, les deux hommes quittèrent l'arène en sens opposé, firent demi-tour et lâchèrent leurs combattants en même temps.

Les deux coqs décrivirent des cercles, le plumage tout hérissé, puis, sans prévenir, bondirent en l'air, les ailes déployées, pour se heurter violemment, avant de retomber sur le sol, sans cesser de se donner des coups d'ergot et de bec. Le sang coulait de la tête de Nonpareil, qui avait perdu un œil. Se séparant, ils firent aussitôt demi-tour pour se retrouver face à face, ondulant, esquivant les coups, mais animés de la même haine. Les deux adversaires observaient un silence absolu, qui contrastait avec les hurlements de la foule à chaque nouvelle mêlée:

— Henry! Bold Henry!

— Nonpareil!

De courtes plumes voletaient au-dessus de l'estrade, sur laquelle les coqs rebondissaient. L'un d'eux était désormais aveugle; l'autre n'avait plus qu'un œil, et une aile brisée, mais il donnait toujours de féroces coups de bec. Ils titubaient tout autour du ring, éperdus, les plumes tachées de sang: leurs propriétaires en étaient aspergés.

Ils remontèrent sur l'estrade, pour reprendre leurs bêtes et les préparer à un nouvel assaut, conformément aux règles très strictes qui régissaient les combats. Le bec du coq aveugle vint frapper le cou déchiqueté de son adversaire; il y eut une brève mêlée désespérée, et Nonpareil réussit à planter un de ses éperons dans le corps de Bold Henry, qui s'effondra sur le sol, le bec ensanglanté, tressaillit une ou deux fois et mourut. Le vainqueur, s'il ne voyait plus rien, sentit que la victoire était à lui, leva péniblement la tête et poussa un faible cocorico.

Le combat avait duré huit minutes à peine. De nouveau, de l'argent passa de main en main, à une allure fantastique, sous le regard révulsé de Rachel. Deux autres entraîneurs montaient déjà sur le ring, chacun portant amoureusement son coq.

C'est à ce moment qu'elle aperçut Harry Blackaller, de l'autre côté de la grange. Il penchait la tête avec insistance, en direction d'une jeune fille aux boucles blondes. Rachel sauta de son refuge et plongea dans la foule, s'y frayant un chemin à grands coups de coude et de pied, indifférente aux jurons — comme à la main qui lui pinça les fesses au passage. Elle parvint auprès de lui comme un autre match commençait.

Harry Blackaller laissa échapper un grand cri de joie; elle se rendit compte que les boucles blondes appartenaient à un jeune adolescent très beau, et vit son mari laisser tomber des pièces d'argent dans sa bouche grande ouverte...

Furieuse, elle se jeta sur le jeune homme, le saisissant par les cheveux, et lui secoua la tête jusqu'à ce que l'argent tombât sur le sol de terre battue.

— C'est mon argent! celui de mes moutons! Sale petit, crève! Donne-lui tes fesses si tu veux, mais tu n'auras pas mon argent, ma toute belle!

Le garçon geignit, mit les bras autour de sa tête pour se protéger, Rachel ramassa les pièces, puis fit volte-face pour se ruer sur son époux et le griffa au visage, laissant sur sa joue une rangée de traces parallèles.

— Maintenant, rends-moi le reste, Harry Blackaller, et ne reviens jamais à Yellaton!

Il la regarda, impassible, mais ses yeux pâles étaient pleins de menace.

Les gens, curieux, avaient formé un cercle autour d'eux. Il la saisit par le poignet et serra très fort, sans paraître remarquer ses

200

efforts pour se libérer, jusqu'à lui broyer les os. Les doigts de Rachel s'ouvrirent lentement et les pièces tombèrent dans sa paume. Blackaller appela son compagnon, les remit à dessein dans sa bouche, puis fixa un pouce dans la robe de Rachel, entre les seins ; la tirant de force derrière lui, il franchit la porte de la grange et sortit. La foule, impatiente de savoir comment tout cela allait se terminer, les suivit.

Là, il posa la main sur son épaule, et tira brusquement, déchirant le corsage et la dénudant à demi.

— Mesdames, messieurs, la fille ici présente veut de l'argent! Qui parmi vous veut l'obliger et en faire bon usage? hurla-t-il.

Quelques ivrognes éclatèrent de rire. Les autres se turent et parurent gênés. Rachel, morte de honte, baissa la tête et tenta de recouvrir ses seins nus, mais Blackaller lui maintint les mains dans le dos:

— Allons, allons! Elle est un peu découverte, c'est vrai, mais je peux vous garantir qu'il ne lui manque rien, et qu'elle sait y faire! Gentlemen, y a-t-il des amateurs parmi vous ?

Les autres battirent en retraite, d'un air désapprobateur, puis cédèrent la place à une grande silhouette résolue.

— Cela suffit! dit le Squire Waddon, furieux. Recouvrez votre femme et rentrez chez vous!

— C'est mon affaire et ça ne vous regarde pas!

Le Squire s'approcha si près que leurs visages manquèrent se toucher. Il dissimula Rachel aux regards des autres.

— Vous allez raccompagner votre femme et vous ne reviendrez pas.

C'était un ordre.

— Je sais tout sur vous et cette traînée, Waddon, dit Blackaller en ricanant. Ne venez pas faire le malin ici. Vous ne pouvez pas me forcer à quoi que ce soit.

— Vous êtes un vil escroc, Blackaller, répondit le Squire d'un ton très calme, mais d'autant plus menaçant. Vous méritez amplement d'être arrêté et condamné à la prison, et même à la potence, ce ne sont pas les raisons qui manquent. Si vous voulez rester un homme libre, allez-vous-en, et prenez garde à bien traiter cette femme à l'avenir.

Les deux hommes s'affrontèrent du regard pendant une longue minute, puis Blackaller haussa les épaules, marmonna un juron, fit demi-tour et entraîna Rachel vers l'endroit où les chevaux étaient attachés.

— Un instant! s'écria Waddon.

Il vint vers eux, s'arrêta près d'elle et, enlevant son grand manteau, lui en recouvrit les épaules. Elle eut un timide sourire de gratitude et reprit sa marche.

S'éloignant de la grange, Harry Blackaller et sa femme chevauchèrent en silence, jusqu'à ce qu'ils fussent hors de vue. Il s'avança, se pencha pour prendre ses rênes, et fit arrêter leurs chevaux. Son visage était aussi indéchiffrable qu'un masque, ses yeux réduits à de simples fentes.

— Soyez certaine que je vous reverrai, madame, dit-il d'un ton froid. Et vous regretterez ce jour jusqu'à la fin de votre vie.

Puis il partit au galop, et elle se retrouva seule, enveloppée dans le manteau du Squire. Par la suite, jamais elle ne devait se rappeler cet après-midi sinistre sans frissonner et brûler de honte.

Il ne fallut pas longtemps à Harry Blackaller pour perdre le reste de l'argent des moutons. Il revint alors à Yellaton, où il arriva un soir, très tôt, parfaitement sobre, entra dans la cuisine et se dirigea vers Rachel sans un mot. Les deux garçons, terrifiés, comme toujours, par sa seule présence, reculèrent contre le mur. Rachel était blême: elle se leva, lèvres serrées.

— En haut!

Elle ne bougea pas.

Il posa sur la table une longue verge de saule et dit, d'un ton presque badin:

— Nous avons un problème à régler, ma femme, et cela peut se faire ici, devant les mioches, ou dans la chambre.

Elle monta l'escalier, puis se mit à genoux devant le vieux coffre de bois. La baguette de saule siffla au-dessus d'elle, très haut, et vint cingler son dos, à travers sa robe mince. Rachel serra les dents, se jura de ne pas hurler: la robe se déchira, sa peau éclata sous les coups, la douleur devint une brûlure atroce, qui lui envahissait le crâne, menaçait de faire éclater ses tympans et lui déchirait les yeux. Puis elle perdit conscience.

Quand elle revint à elle, le bébé pleurait en bas. Son époux, étendu sur le lit, contemplait fixement le plafond, et ne parut pas faire attention quand Rachel se redressa avec peine, changea de vêtements et sortit en trébuchant.

Elle donna le sein à l'enfant, laissa enfin couler ses larmes, et se dit qu'il repartirait bientôt. Il s'en allait toujours au bout d'un jour ou deux. Mais cette fois, il resta, et fit de sa vie un cauchemar. C'était une violence bien pire que celle qu'engendre la rage ; fruit d'un esprit sadique, mais non dépourvu d'intelligence, et qui agissait avec une sorte de mépris indifférent, de la même façon, sans doute, qu'il avait puni les esclaves sur les navires où il s'était embarqué.

Il ne prêtait jamais attention aux enfants, pourvu qu'ils ne fussent pas sur son chemin, sauf quand il voulait se servir d'eux pour tourmenter Rachel, envers qui il faisait preuve d'une cruauté toute particulière, froide et réfléchie, destinée à la dompter, à la réduire à l'état d'esclave obéissante. Il prenait son indépendance naturelle comme une offense personnelle, et entendait bien en venir à bout.

C'est pourquoi, quand une correction ne suffisait pas à la mater, il obligeait ses fils à rester dehors, dans le froid et l'obscurité, des heures durant, jusqu'à ce que John se mît à gémir, ou que tous deux se fussent blottis dans la paille, quelque part. Elle se souvenait de la grange des Wame, toute noire, infestée de rats, et était bouleversée à l'idée que ses enfants étaient soumis au même traitement, en dépit des efforts de toute une vie.

Parfois, il obligeait la famille à rester debout toute la nuit, refusant de les laisser se mettre au lit avant l'aube. Ou bien Rachel était contrainte de demeurer immobile à côté de lui, toute la journée, dans l'attente de ses ordres.

A une occasion, comme le bébé s'était mis à crier parce qu'il avait faim, Blackaller l'avait laissé dehors, après avoir enfermé Rachel dans un placard. Emma Blackaller était chétive, pâle et souffreteuse, et ses faibles cris n'auraient pas réveillé un oiseau, mais sa mère souffrit atrocement, et se résolut, au bout d'une heure, à donner de grands coups de poing dans la porte en hurlant qu'elle voulait la voir.

Elle protestait, tempêtait, s'efforçait de le raisonner, mais il se contentait de sourire — ce sourire qu'elle avait trouvé si semblable à celui de Will... —, et ne tardait pas à mettre au point un raffinement de cruauté supplémentaire.

Pourtant, Rachel ne pouvait se résoudre à capituler complètement devant lui. Elle se disait bien que s'humilier, ramper, mettrait un terme à leurs souffrances ; mais elle en était incapable.

— Harry..., disait-elle, s'il te plaît... et elle ne pouvait aller plus loin.

Tous les quinze jours, à peu près, il s'en allait et restait absent un jour ou deux, pour revenir ivre, puis dormait, mangeait, et brutalisait paresseusement son épouse les jours suivants. Chaque fois, un fermier faisait son apparition, afin d'emmener ce qu'il avait vendu pour financer une de ses virées : une génisse, un cheval, des outils. La récolte de foin fut ainsi bradée avant même d'avoir été fauchée. Tout finit par disparaître, les porcs, les agneaux, et même les graines dont ils avaient tant besoin pour planter de quoi se nourrir. Il ne resta que la vieille jument, une vache stérile et quelques ustensiles rouillés.

Yellaton, qui avait supporté les négligences de l'année précédente, était défiguré. Des trous apparurent dans les haies qu'on ne coupait plus, les barrières cédèrent, peu à peu, tandis que, de son côté, Rachel devenait de plus en plus maigre. Les portes et les poutres pourrissaient sous les infiltrations de pluie, les bâtiments tombaient en ruine : les gonds se corrodaient, faute de graisse, le bois se desséchait, les volets se brisaient sous la poussée des vents.

Elle n'avait plus la force, ni l'envie, de faire chaque jour une tournée d'inspection, et ne vit pas les mauvaises herbes envahir les fossés et étouffer le potager. Le domaine tout entier, avec une rapidité remarquable, retourna à la lande. Sans moutons pour les brouter, les herbes folles étouffèrent le trèfle, les chardons, les orties se répandirent partout, profitant des derniers beaux jours de l'été. Rachel et Yellaton semblaient tous deux condamnés.

Les deux ans écoulés depuis qu'elle était sortie de l'église de High Chillam, mariée à Harry Blackaller, semblaient avoir duré plus longtemps que tout le reste de sa vie. L'avenir paraissait chaque jour plus monstrueux. Rachel se sentait vieille avant l'âge et, de la jeune fille pleine d'ardeur qui dansait pour Will Tresider, ne survivait plus qu'un vague souvenir, un fantôme lointainement décidé à se défendre. Son mari était bien plus fort qu'elle, et ne s'encombrait pas de questions morales. Il n'y avait pas d'autre solution que d'accepter sa domination et s'efforcer d'exécuter ses ordres. Rachel n'avait pas renoncé à sa haine, qu'on apercevait faiblement dans ses yeux rougis, et il le savait.

Puis, en juin, elle se rendit compte qu'elle était de nouveau

204

enceinte. Cela ne se serait pas produit, si elle avait pu nourrir Emma au sein pendant dix-huit mois, comme c'était la règle, mais elle n'avait plus de lait depuis longtemps. Retournant le sol autour des quelques plants de pommes de terre, la jeune femme se demanda s'il fallait en être soulagée. Harry Blackaller ne la toucherait plus au cours de la période à venir, et elle mourrait peut-être en couches. Rachel en vint à prier que, cette fois, la sage-femme eût raison: devoir passer quinze, vingt ans, ou plus, avec un tel homme était pire que tout.

On était en été, et la nourriture n'aurait pas dû manquer, mais il y avait peu à manger parce qu'il n'y avait presque rien eu à semer. Elle avait bien, l'automne précédent, cultivé telle ou telle petite parcelle, mais il aurait été inutile d'aller au-delà de leurs besoins, car son mari aurait simplement vendu le surplus. Il n'y aurait pas de grain à moudre pour le prochain hiver, et, dans la resserre, le dernier tonneau de farine était déjà à moitié vide. Seuls les fruits ne leur manquèrent pas.

Le bébé se développait beaucoup plus vite que la dernière fois. Chaque jour son ventre semblait encore avoir avancé; il devint si volumineux qu'elle avait du mal à respirer. Monter l'escalier, se pencher pour ramasser des carottes, s'habiller devint horriblement difficile. Bientôt, Rachel fut incapable de traire la vieille vache qui, à sa grande surprise, avait, au printemps, donné le jour à un veau. Elle ne pouvait ni s'asseoir ni se coucher de façon confortable: à certains moments, terrifiants, son cœur s'emballait, son visage devenait blême, son corps tout entier se couvrait de sueur. Blackaller en fut révulsé et, incapable de la supporter auprès de lui, s'absenta de plus en plus fréquemment, ce qui fut le seul bonheur de ces mois de grossesse.

Début octobre, ils n'avaient presque plus rien à manger. Il n'y avait plus de viande, tous les poulets avaient été tués, la vache avait cessé de donner du lait. Il ne leur restait guère que des légumes, des fruits, des noix et un peu de pain. Les enfants geignaient fréquemment; Rachel se demandait, inquiète, ce qu'il adviendrait d'eux. L'argent était toujours dissimulé dans sa cachette; mais, si elle allait au village pour acheter quelque chose, son mari finirait par le savoir, et mieux valait ne pas penser à ce qui en résulterait. Pourtant, si elle ne trouvait pas un moyen de reconstituer des réserves, ils mourraient tous de faim dès les premières neiges.

Rachel avait conservé l'argent avec l'idée folle de pouvoir un jour s'en servir pour repartir de zéro ou même s'enfuir. A certains moments, elle avait été tentée de le prendre et de s'enfuir dans le Kent pour y retrouver Will, en laissant derrière elle, à jamais, mari, enfants et domaine. Chaque soir, quand elle servait à ses fils les habituelles pommes de terre bouillies, elle était accablée de penser à tout ce qu'elle aurait pu acheter avec cet argent.

Son époux était absent depuis plus d'une semaine. Rachel décida finalement d'aller à cheval jusqu'à Bideford, d'acquérir tout ce qu'elle pourrait, et de le dissimuler çà et là pendant qu'il était ailleurs. C'était la dernière chance avant que son état ne lui interdît de le faire, et que le temps ne devînt trop rude.

Elle s'éveilla plus tôt que d'habitude, et se rendit dans le couloir pour tendre l'oreille devant la porte de la chambre des enfants, mais n'entendit rien. Dehors, la lande était silencieuse, perdue dans le brouillard. Elle revint vers le lit, se mit à quatre pattes avec beaucoup de gaucherie, puis tendit la main. L'enfant à naître, comprimé par l'effort, donnait de violents coups de pied : Rachel haleta. Puis ses doigts touchèrent la boîte de fer-blanc, la sortirent de sa cachette. Elle s'assit sur ses talons et l'ouvrit.

Elle en sortit les pièces, une par une, et les déposa sur la peau de mouton qui servait de couverture. Cela représentait une somme importante — assez, en tout cas, pour la rendre plus riche que bien des gens, et largement suffisante pour les nourrir tous pendant l'hiver, acheter du bétail au printemps, ou bien traverser Bideford à cheval sans plus jamais revenir. Mais Rachel savait qu'elle n'en ferait rien. Elle prit une pièce d'or.

La porte de la chambre s'ouvrit et, en deux enjambées, Harry Blackaller fut près d'elle.

— On dirait que j'arrive au bon moment, madame, dit-il doucement.

Poussant un cri, Rachel s'empara du trésor, mais il posa la pointe du pied contre le bas de son dos et poussa tout doucement, juste de quoi la faire tomber. Puis il se pencha pour ramasser les pièces, une par une, avec beaucoup de soin, en les laissant tomber dans sa main gauche, tout en comptant à voix haute :

— Une guinée... deux guinées... trois guinées... cinq livres et dix shillings...

— Non! Non! hurla Rachel, qui voulut se jeter sur les pièces d'or.

206

Il s'accroupit, la saisit par le cou et la contraignit à le regarder bien en face:

— Tu m'as menti, espèce de garce! Tu m'as juré que tu n'avais pas d'argent! J'ai été contraint de vivre comme un miséreux, j'ai été la risée de tous, et j'ai passé des mois enfermé dans ce trou, faute de moyens!

— C'est ta faute! Tu as gaspillé tout ce que nous avions pour les courses, les matches, les combats de coqs, sans compter tes petits amis! Tu as pris ce qui ne t'appartenait pas!

— Mais tout m'appartient, Rachel Blackaller, comme je te l'ai dit lors de notre nuit de noces. Ce taudis, et tout ce qu'il contient, m'appartient — et toi avec, pauvre souillon. Et si je n'étais pas un homme miséricordieux, je pourrais t'accuser d'avoir volé cet argent à ton mari, et te faire pendre.

— Il n'y a rien à manger et nous avons faim! s'écria-t-elle, en larmes, désespérée.

— Ma femme, un peu moins de paresse aurait permis une belle récolte. J'ai entendu dire que le blé était à deux shillings et huit pence.

Il la prit par les cheveux et la fit mettre à genoux:

— Et maintenant, ramasse le reste, et assez de pleurnicheries!

— Nous aurons besoin de... provisions... pour l'hiver!

— J'ai peur que tu ne sois une ménagère bien dépensière, pour avoir besoin d'une somme aussi énorme! Tout ça pour nourrir une femme et deux mioches!

Toutes les pièces étaient désormais entre les mains de Rachel. Elle se sentit gagnée par le vertige, et entendit, de très loin, sa propre voix qui disait:

— Ne prends pas tout, les enfants vont mourir de faim...

— Dans ce cas, il ne sert à rien d'en faire d'autres, madame, répondit-il en tendant la main.

Elle serra les pièces contre elle, suppliante:

— Laisse-nous quelque chose... Il y en a tant... tu peux nous laisser une guinée... une couronne...

— Tu n'auras rien si tu continues à me faire perdre mon temps, dit-il, agacé.

Peut-être était-ce une façon de lui proposer un marché. Rachel relâcha son étreinte, lentement, et l'argent — le fruit de tous ses espoirs, de tous ses efforts — coula entre les mains de son mari.

Elle s'effondra d'un seul coup, abandonnant toute résistance, se jeta à ses genoux, en larmes, le conjura d'avoir pitié des enfants, promit n'importe quoi, tout ce qu'il voulait.

— Un homme comme moi est bien puni d'avoir une telle mégère comme épouse! se borna-t-il à dire.

Puis, désignant du doigt son gros ventre:

— Quand seras-tu débarrassée de ça?

— Plus que deux mois.

Il prit une guinée et eut un sourire presque enfantin.

— Si je te la donne, que feras-tu pour moi, ma femme?

— Ce que tu voudras, répondit-elle, brisée. Tout ce que tu voudras.

— Bien sûr, bien sûr, mais... de bon cœur?

— Je le jure.

— Et tu chercheras mes faveurs, comme doit le faire une épouse aimante?

Elle hocha la tête.

— Montre-moi comment tu t'y prendras pour demander. Souris. Souris!

La pièce brillait. Elle crut y voir toutes les images de son passé, l'asile des pauvres, la ferme des Wame, les mendiants qui mouraient au bord des routes, ou qu'on chassait des villages, et s'efforça de sourire.

— Alors?

— S'il te plaît...

— Allez!

— S'il te plaît... mon époux... prends-moi.

Harry Blackaller faillit s'étouffer de rire et se tapa sur les cuisses.

— Ma foi, madame, je n'aurais pas cru que vous y songiez encore. Mais j'ai peur de ne pas pouvoir attendre que vous mettiez bas.

Il la repoussa, la faisant tomber sur le sol, puis quitta la pièce.

Rachel laissa échapper un grand cri de souffrance tandis que le cheval partait au galop, emportant son époux, qui riait encore de la plus belle plaisanterie jamais faite dans la région de Beara.

Cela n'avait plus d'importance. Rien n'avait plus d'importance. Rachel avait cessé de se préoccuper de quoi que ce soit. Elle ne songeait plus aux enfants, ni à elle-même, et finit par ne plus se soucier de la terre. Désormais énorme, presque immobilisée par le poids de l'enfant à naître, elle n'était plus qu'une sorte de méduse, qui se cognait dans la cuisine, montait l'escalier en soufflant avant de s'effondrer sur le lit. Elle ne ressentait plus ni honte, ni chagrin, ni le moindre sentiment, accomplissait machinalement les quelques tâches encore à sa portée, et obéissait à quiconque lui donnait des ordres: Blackaller, Jane Clarke, et même son fils de huit ans, John.

— Laisse, mère, disait-il en la voyant se pencher, en vain, pour allumer le feu.

Elle s'arrêtait aussitôt, demeurait immobile et regardait fixement les bûches.

— Appuie-toi contre le mur, si tu ne peux pas t'asseoir à ton aise, lui conseillait Jane Clarke quand elle venait l'aider.

Rachel allait s'adosser contre le plâtre rugueux, bien qu'il lui fît mal aux omoplates, sans songer qu'elle aurait pu se mettre contre la porte.

Elle parlait à peine et son visage était si creusé de rides qu'on n'aurait pu dire son âge véritable: elle avait vingt-six ans et en paraissait cinquante.

Son mari se montrait rarement. Il ne semblait pas manquer d'argent, et arborait toujours des vestes et des gilets brodés tout droit sortis de chez le tailleur, des culottes fermées aux genoux par des boucles d'argent, ou un nouveau pur-sang. Il se vantait de ses gains au jeu, leur témoignait son mépris, passait la nuit à ronfler et repartait le lendemain. Accabler de sarcasmes une femme au regard vide, qui semblait ne pas entendre les insultes et faisait tout ce qu'on lui disait, n'avait rien de bien folichon.

A une occasion, dans un accès de générosité inattendu, il leur rapporta un quartier de bœuf, gagné lors d'une réunion. Il fallut empêcher Rachel de dévorer la viande crue, et, une fois qu'elle fut cuite, elle et les enfants se jetèrent dessus avec avidité.

L'hiver revint, Harry Blackaller perdit, sur les champs de courses d'Exeter, cent cinquante guinées, son pur-sang et sa montre. Un ami eut la bonté de le faire monter à bord de son cabriolet et le ramena à South Molton, où il fut forcé de parcourir à pied les treize miles qui le séparaient de Yellaton. Cela lui donna le temps de réfléchir, et il s'arrêta à High Chillam, à l'auberge du Lion d'Or, pour mettre sur pied son nouveau projet.

Quand il arriva, lugubre et gelé, Rachel dormait. On apercevait sous la couverture la masse énorme de son ventre. Elle sentait mauvais.

Il pensa aux dernières semaines, si amusantes, aux chevaux, au champagne, au brandy bu en compagnie de Fortescue, de Bafset, de Rowe et des autres, aux combats de coqs ou de chiens. Quels moments! Comme ils s'étaient amusés avec cette gamine qui marchait seule dans les bois de Pyes Nest! Chacun y était allé de bon cœur, sous les vivats des autres, et ils étaient repartis après lui avoir jeté quelques pièces, pour qu'elle arrête de pleurnicher. Elle devait avoir douze ans, c'est juste le bon âge. Le soir même, il avait gagné une fortune aux dés, et ils étaient tous allés faire la fête à Bath, où il avait rencontré ce garçon si appétissant dont il avait loué les services à Philip Marwood.

Harry Blackaller contempla, morose, son épouse endormie, difforme, et souhaita sincèrement être débarrassé d'elle une bonne fois pour toutes. Si la chance était avec lui, elle mourrait en couches, et il pourrait enfin mettre les garçons au travail, la fillette à l'asile de pauvres, puis vendre ce fichu domaine et s'en aller pour de bon.

Rachel remua en grognant. Il la secoua:

— Réveillez-vous, maîtresse Blackaller! j'ai de grandes nouvelles! Que je sois maudit! Quelle fainéante! Réveille-toi, et écoute-moi bien!

Elle ouvrit les yeux, s'efforça de se lever, sans succès. Il se pencha vers elle, irrité, et elle dut s'étendre de nouveau, le regardant d'un air vague.

— D'ici samedi, il faudra que tu te fagotes un peu et que tu nettoies toute la maison, parce qu'il viendra des gens de High Chillam pour la vente.

— La vente? Quelle vente?

— Celle de Moses Bottom, le pré et le bois, évidemment, ma femme. J'ai décidé aujourd'hui de m'en débarrasser. Il ne nous sert à rien et j'ai besoin d'argent.

Il sourit en voyant son air catastrophé, et sortit.

Moses Bottom! La terre où Will l'avait conduite en rêve, que son premier mari s'était échiné à curer. Une part de Yellaton, de la terre des Jedder, Rachel s'étendit sur le dos, impuissante, et de grosses larmes lui coulèrent des paupières.

210

Vint le matin. Le soleil illuminait de gros nuages plats à l'est, tandis qu'au nord le ciel, d'un bleu glacé, était pommelé de petites nuées laineuses. Elle se sortit du lit par habitude, les yeux vides, et se traîna difficilement jusqu'à la cuisine, ou ses deux garçons s'étaient déjà chargés d'allumer le feu et réchauffaient sur une tôle un vieux reste de pommes de terre froides, pour lui donner plus de goût. Ils ne firent pas attention à elle, et partirent après avoir mangé.

Entre-temps, le vent du sud-ouest s'était levé. Le ciel gris parut descendre peu à peu, jusqu'à balayer le sol, faisant disparaître les bois environnants. La lumière baissait, ou se faisait plus vive, selon les passages de nuages, qui laissaient parfois apparaître un soleil aussi pâle qu'une lune.

Harry Blackaller dormait, Rachel s'assit, les yeux dans le vide, tandis que le vent soufflait de plus en plus fort. Vers le soir, les enfants revinrent, mangèrent chacun une pomme de terre cuite, tout en jetant des regards sévères à leur mère. Dehors, les cumulus s'étaient rassemblés en véritables armées, qui avançaient lentement au-dessus de Dartmoor, de la lande de Bodmin et de Beara, et bien au-delà. Puis ce fut la nuit.

Le vent se mit à souffler; la pluie tomba à grosses gouttes. Bientôt, ce fut un véritable ouragan, qui fit trembler la vieille maison: on aurait cru qu'elle allait être déracinée et jetée dans l'océan. Même le lit où Rachel et Blackaller reposaient côte à côte frémit. Au-dessus d'eux, les solives craquaient, et la bourrasque s'infiltra sous le toit pour jeter à terre vêtements et objets.

Il y eut un moment de calme extrêmement bref, comme si les éléments s'arrêtaient pour rassembler leurs forces, puis une rafale de vent cataclysmique s'abattit sur la campagne, renversant les arbres, arrachant les buissons. Au milieu d'un vacarme de bois qui se brise, une partie du toit de chaume fut brusquement arrachée et s'envola, tandis qu'il se mettait à pleuvoir dans la pièce. Harry Blackaller, jurant, fit lever les garçons pour qu'ils aident à déplacer le matelas avant qu'il ne fût trempé, et Rachel, morte de fatigue, s'en alla passer le reste de la nuit dans leur petit lit de camp.

A l'aube, le vent avait perdu de sa férocité, mais soufflait toujours très fort; la pièce était pleine de toutes sortes de débris, tombés là après être passés par l'ouverture dans le toit. Au sud, des nuages plombés annonçaient un temps encore plus sévère.

— Si l'orage passe par ce trou la nuit, il va arracher tout le toit, dit Rachel d'un ton morne.

Bien que peu porté à l'effort, Harry Blackaller dut reconnaître qu'elle avait raison, et qu'il fallait procéder à des réparations de fortune. Il ramassa quelques planches en grognant, puis installa l'échelle contre le mur de la maison. D'en bas, Rachel le regarda grimper. Le vent vint faire frémir les barreaux.

— Bon sang! hurla-t-il une fois en haut, tiens-la bien, pauvre sotte!

Elle voulut s'avancer: au même moment, la bourrasque emporta l'échelle, qui se tint en équilibre, très droite, l'espace d'un instant, puis retomba sur le sol, entraînant l'homme dans sa chute. Lorsqu'il toucha le sol, sa tête s'abattit à côté d'un rocher couvert de mousse, et il ne bougea plus. Rachel le regarda et se souvint de tout.

Une des mains de Blackaller tressaillit. Il faudrait bien que quelqu'un fût tenu pour responsable de l'accident, et elle paierait. La pluie avait collé les cheveux de l'homme sur son visage, révélant un cercle de peau nue, qu'elle n'avait pas remarqué jusque-là, pas plus grand que la couronne qu'elle lui avait demandée à genoux. Rachel l'observa fascinée, et entendit tinter les pièces de monnaie dans la petite boîte en fer-blanc. D'ici deux jours, la terre serait vendue. La terre des Jedder.

L'homme s'agita. Il allait se relever, la rendre responsable, et sans doute la battre, bien qu'elle fût enceinte. Brusquement, la bourrasque se mit à hurler dans les oreilles de Rachel, et elle vit enfin, comme au sortir d'un tunnel, la liberté lui apparaître. L'instinct de conservation la submergea; sans réfléchir, elle se pencha, saisit la pierre et tira de toutes ses forces.

Une douleur horrible lui parcourut le ventre. Le rocher céda: avec cette force incroyable que donne la folie, elle le souleva et le laissa tomber sur le visage de son mari inconscient.

Les vents se calmèrent, les oiseaux se turent. Quand elle releva la tête, la lande, le ciel, la forêt, la maison lui parurent tachés de sang. Ses lèvres se retroussèrent, découvrant les dents, en une grimace de défi. Rachel tira sur un bras inerte, et sans vouloir prendre garde aux coups de poignard qui la déchiraient, traîna le cadavre sur le côté. La tête couverte de boue partit en arrière et se mit à saigner sur la pierre.

212

Elle tituba jusqu'à la porte de la cuisine et s'effondra. C'est là que ses fils la retrouvèrent et l'emmenèrent au salon, terrifiés par son visage livide.

— Allez prévenir le Squire, chuchota-t-elle. Et Mme Squance aussi, parce que l'enfant vient plus tôt que prévu.

Les deux frères partirent en courant, mais non sans que Jedder fût allé contempler, plein de haine, le corps sans vie de son beau-père.

— J'aurais bien fini par m'occuper de toi un jour! hurla-t-il. Il était temps que tu meures!

CHAPITRE ONZE

Les autres arrivèrent: le Squire Waddon et les marguilliers, des fonctionnaires, de nombreux curieux venus du village.

— On ne peut pas dire que ces deux-là s'entendaient bien! murmuraient-ils.

Les hurlements de Rachel en plein enfantement leur parvenaient à travers le trou béant du toit.

— Absurde! s'écria le Squire comme on lui répétait la rumeur. Regardez cette pierre! Maîtresse Blackaller est chétive et, tout le monde le sait, enceinte. Comment diable une femme aurait-elle pu soulever une telle charge? Hein?

Ils se hâtèrent de hocher la tête, ne voulant pas paraître insolents, ni lents d'esprit.

— De toute évidence, c'était un accident, poursuivit-il avec l'autorité que lui donnait sa charge de juge de paix. Cet imbécile de Blackaller est monté sur l'échelle sans faire attention, et il est tombé tête première sur le rocher. Ce n'est pas une bien grosse perte!

Il eut un geste de la main, puis remonta à cheval et s'en fut, ce qui mit un terme à la discussion. Tous convinrent qu'il devait avoir raison: c'était une sacrée pierre, que même Ephraïm Thorne, le forgeron, aurait eu du mal à soulever. De toute façon, Harry Blackaller n'avait jamais été qu'un bon à rien. Ils quittèrent les lieux à pas lents.

En haut, la vieille veuve jeta de l'eau glacée sur le visage de Rachel pour la faire revenir à elle:

— Plus question de vous évanouir! Continuez à pousser; ce sont des jumeaux que vous avez là.

La jeune femme eut l'impression que des bêtes voraces lui déchiraient les entrailles à grands coups de griffes et de crocs. Elle ne pouvait plus faire un geste, et, sans se soucier de ce qui lui arriverait désormais, ne songeait qu'à se perdre de nouveau dans un grand vide noir.

— Poussez! Poussez! insista l'autre, en continuant à l'asperger.

Puis Rachel l'entendit dire, d'un ton suffisant, à l'adresse de quelqu'un qui se trouvait dans la pièce:

— J'avais dit qu'elle mourrait en couches, et, jusqu'à présent, je ne me suis jamais trompée. Cette fois-ci, ça y est!

La colère se fraya un chemin à travers la souffrance: « Vieille garce! Comment ose-t-elle! » Rachel se laissa envahir par une fureur qui lui crispa tous les muscles du corps, puis poussa avec violence, jusqu'à ce que son visage devînt mauve. Elle n'eut que le temps de sentir son second enfant venir au monde, puis de comprendre qu'elle était vivante, avant de sombrer dans l'inconscience.

Quand elle ouvrit les yeux, elle était seule et tout paraissait tranquille. Au-dessus d'elle, à sa grande surprise, le trou était rebouché. Le souvenir de l'orage et des événements qui avaient suivi lui revint en mémoire d'un seul coup: comment le couvreur avait-il pu travailler aussi vite — pour ainsi dire, en une nuit?

D'après la lumière qui venait de la fenêtre donnant vers le sud, il devait être aux environs de midi. Elle avait dormi bien plus longtemps que d'habitude. Rachel se demanda où étaient ses bébés, s'ils avaient survécu, si Jane Clarke était arrivée, sans pour autant s'inquiéter; bien au contraire, elle ne ressentait qu'un profond sentiment de paix. Elle n'avait jamais éprouvé une telle sérénité et comprit brusquement qu'elle était enfin libre. Blackaller était mort, et, même si on l'arrêtait, même si on la condamnait à la pendaison, la terre, au moins, n'avait pas été vendue, et ses derniers jours seraient paisibles. Rachel, perdue dans le grand lit de plumes, se détendit et plongea de nouveau dans le sommeil.

Des voix venues de très loin traversaient la brume qui l'entourait, et finirent par la réveiller. Jane était penchée sur elle, l'air anxieux: elle soupira, soulagée, en voyant Rachel se redresser et lui sourire.

— Nous pensions que tu ne nous reviendrais jamais!

Il faisait noir: autour du lit brûlaient des bougies. Jedder, John et Emma se tenaient près de la porte, immobiles. On aurait dit des silhouettes découpées dans du papier.

— J'ai dormi toute la journée? demanda Rachel, surprise.

— Toute la journée! Toute la semaine, oui!

— Toute la semaine! Mon dieu! Et les petits? répondit-elle en essayant de s'asseoir dans le lit; mais ses membres étaient encore trop faibles pour lui obéir.

— Ne bouge pas, surtout! Le Squire a fait venir un médecin qui a dit que tu devais rester couchée! Les petits vont bien. Tu as eu deux garçons, que tu as nourris sans t'en rendre compte, je m'en suis occupée!

— Mais... et toi? Et les enfants? Il n'y a plus rien à manger, plus d'argent!

— Tout va bien. La paroisse nous a donné dix shillings, et la fille du pasteur du gruau d'avoine, du thé et du pain.

— La paroisse! marmonna Rachel, amère.

— Oui, la paroisse, et nous devrions leur en être reconnaissants. Nous serions morts de faim, sinon, répliqua Jane d'un ton ferme.

Puis, voyant que Rachel fermait les yeux, elle poussa les enfants vers la porte, mais Jedder voulut rester:

— Pas plus d'une minute, alors! Ta mère a besoin de repos.

Rachel croisa avec tendresse son regard brun. Il grandissait vite, en dépit de leurs malheurs, et avait toute la vitalité de son père. Il prit sa main, l'ouvrit et y déposa une couronne, en argent, et trois pièces de cuivre.

— C'était dans les poches de Blackaller. Il n'avait rien d'autre. Personne ne le sait; les autres nous l'auraient pris pour payer je ne sais quoi.

— Viens ici, mon fils, dit-elle avant de l'embrasser.

Il rougit, très gêné, et quitta la pièce en lui faisant un signe de la main.

Pendant trois jours, Rachel fut nourrie de panades, puis de brouets légers, de pain grillé et de thé. Elle n'eut pas droit au lait avant d'être passée du bouillon de veau au sagou et au tapioca, mais buvait chaque jour une demi-pinte de bière brune, payée sur des fonds destinés aux nécessiteux.

Richard et Joël, les deux jumeaux, étaient minuscules, mais très exigeants, et paraissaient bien déterminés à survivre. Rachel reprit des forces, très lentement: plusieurs semaines passèrent avant qu'elle fût autorisée à quitter son lit.

Elle eut donc tout le temps de réfléchir aux dernières années, si pleines de souffrances qui avaient pris fin de façon aussi sinistre. Un sentiment de culpabilité, la crainte de la vengeance divine la firent d'abord pleurer en secret. Elle s'efforça de chasser de son esprit le souvenir du mort ensanglanté, mais il ne cessait de réapparaître aux moments les plus inattendus ; Rachel revoyait chaque fois la main qui tressaillait, la bouche grande ouverte, les filets de sang qui coulaient des narines, la pierre qui roulait sur le sol, le visage écrasé, méconnaissable. Alors elle frémissait, fermait les yeux, se bouchait les oreilles et se cachait la tête sous l'oreiller, comme pour échapper à une présence.

D'autres souvenirs se pressaient en foule comme pour la soulager, lui rappelant les jours et les nuits atroces pendant lesquels il la tyrannisait. Elle tenta bien de les repousser, mais ils la pourchassaient sans trêve, et ses rêves étaient pleins de catastrophes : elle perdait ses dents, ses cheveux, elle était éventrée, ou devait, pour l'éternité, défricher une jungle ou chaque plante repoussait à peine coupée. Rachel était tourmentée de cauchemars : viol, humiliations devant des foules hilares. Les enfants de l'asile des pauvres sortaient de la tombe et elle se rendait compte que c'étaient les siens.

Puis, peu à peu, toutes ces images horribles parurent se regrouper selon un certain ordre ; Rachel parvint de nouveau à raisonner un peu, et comprit que, tout au long de cette période de doute et de confusion, elle n'avait jamais regretté, ne serait-ce qu'un instant, le meurtre de Harry Blackaller. Un grand péché, sans doute, mais que justifiait la sauvegarde de sa terre, de sa famille et d'elle-même.

Elle fit le vœu de ne plus jamais les livrer aux mains d'aucun homme, chassa de son esprit, une bonne fois pour toutes, ses souvenirs sanglants, résolut d'ignorer les images qui voulaient la tenter, et décida de n'y plus jamais penser. D'ailleurs, il fallait avant tout se préoccuper de survivre — et, plus tard, de redonner à Yellaton sa splendeur d'autrefois. La situation était pire qu'à son arrivée, bien des années auparavant. Il n'y avait plus de bétail, plus de semences, plus de réserves, et l'on était en plein hiver, alors qu'elle devait nourrir cinq enfants. La paroisse, en la secourant, avait fait une exception — elle ne venait pas à l'aide de ceux qui possédaient de la terre.

C'est à cette époque que les Wolcot firent savoir que les frères de Robert offraient de prendre John avec eux, pour qu'il travaille à la ferme. C'était la première fois qu'ils se manifestaient depuis la mort de son premier mari. Rachel se mordit les lèvres : elle avait follement envie de les éconduire, mais savait que c'était impossible. John était très timide ; il pleura en quittant la maison, après avoir rassemblé quelques vêtements dans un balluchon, mais il avait huit ans, et bien des enfants de son âge travaillaient déjà.

Jedder, l'aîné, se louait aux fermiers des environs quand l'occasion s'en présentait : il attrapait les rats à l'aide d'un bâton de noisetier et d'un nœud coulant, ou agitait un moulin à claquet pour effrayer les corbeaux et les empêcher de s'attaquer aux meules. C'était une tâche fastidieuse, qui le contraignait à rester dehors, dans le froid, de l'aube au crépuscule. Il maniait avec adresse le lourd bâton des braconniers, et s'en servait parfois, le soir en rentrant, pour assommer un lièvre. Il avait aussi appris, comme on le faisait dans la région, à prendre les lapins au collet. Il fallait pour cela une longue tige de mûrier, qu'on dépouillait de ses épines, exception faite d'une dizaine de centimètres à une extrémité ; puis on la glissait dans un terrier et on la tordait quand il se révélait impossible de l'enfoncer davantage. Si un lapin passait par-là, les épines venaient se prendre dans sa fourrure, et il ne restait plus qu'à sortir l'animal de sa cachette.

Jedder coupait aussi du bois pour les autres, ramonait les cheminées à l'aide d'un buisson de houx fixé au bout d'un bâton, attrapait des pigeons : une fois même, par hasard, il en captura un, à longue queue, qui ressemblait étonnamment à un paon. Tout cela lui demandait beaucoup de patience et de temps, mais il rapportait à la maison un peu de nourriture ou d'argent — avec lequel on pourrait acheter de la farine pour faire du pain.

Dès qu'elle s'en sentit capable, Rachel prit les cinq shillings et les trois pence que lui avait donnés son fils, et emmena la vieille vache stérile jusqu'à High Chillam. Le temps ne laissait rien présager de bon ; il se passerait encore six mois avant qu'ils pussent récolter de quoi se nourrir — à condition d'avoir des semences. Au cours de ses longues semaines d'inactivité, elle avait réfléchi sans arrêt à ce qu'il convenait d'acheter en premier lieu, sans trouver de réponse satisfaisante. Les pommes de terre remplissaient l'estomac, on pourrait en planter quelques-unes dans le jardin, et elles coûtaient moins cher que la farine — avec laquelle, cependant, on pouvait faire plus de choses. Dans un cas comme dans l'autre, hélas, elle ne pouvait se permettre d'acheter de quoi les nourrir jusqu'en été.

Cela ne valait guère la peine de se rendre au marché ; à cette époque de l'année, il n'y avait presque rien à vendre. En juillet et en août, il était plein de bétail, de moutons et d'agneaux ; les filles des fermiers vendaient du beurre, de la crème, des œufs, des légumes ; les petits paysans proposaient des oies, des outils d'occasion, des produits de leur jardin, et offraient leurs services pour le travail des champs. Pour l'heure, l'endroit était presque désert. George Bare avait apporté des pommes de terre, des carottes et des choux. Des brebis amaigries, un ou deux vieux chevaux et une vache aussi étique que la sienne attendaient d'un air misérable. Les villageois se rassemblaient là par habitude ; c'était un bon prétexte pour se rencontrer, échanger des ragots, savoir qui prospérait, qui s'en tirait mal, et essayer de faire croire aux autres que tout allait bien.

— A peine bonne pour les chiens ! dit le boucher en proposant à Rachel une somme dérisoire pour sa vache.

— Et sa peau, alors ? répliqua-t-elle, furieuse.

— Mangée aux mites. Regardez donc !

Il lui montra quelques cicatrices.

— Autant la manger nous-mêmes !

— Allez-y, dit l'homme sans se vexer. Mais ce sera dur sous la dent !

Il s'éloignait déjà, Rachel renonça à discuter, tendit la main et reçut quelques pièces de cuivre. Seth Bartle passa à sa hauteur et demanda :

— Vendez-vous la jument, maîtresse Blackaller ?

— Non. Nous en aurons besoin au printemps, et il faut que je la garde, même si c'est difficile.

— Elle doit avoir une quinzaine d'années, observa-t-il. Et je ne me souviens pas qu'elle ait été conduite à l'étalon cette année.

Rachel haussa les épaules. Elle n'avait pas d'argent pour cela et il le savait.

— Envoyez-la-moi, maîtresse, et j'y veillerai, ajouta-t-il en baissant la voix. Elle aura un poulain d'ici à la fin de l'année, mais que cela reste entre nous, hein ?

Rachel lui toucha le bras pour le remercier. Il hocha la tête et s'en fut. C'était gentil de sa part. Un poulain se vendrait bien, et, si par miracle leur situation s'améliorait, ils pourraient toujours le garder pour qu'il leur serve aux travaux des champs.

Elle erra de-ci de-là, se demandant toujours ce qu'il était préférable d'acheter, échangea quelques saluts et répondit à ceux qui s'enquéraient de sa santé et de celle de ses enfants. Patience, la femme de Peter Luckbreast, donnait le sein à son dernier-né et houspillait quatre de ses dix-huit enfants. Elle vendit douze poules à Rachel, à deux pence la pièce.

— Avez-vous entendu parler de ce fermier de Broad Rush ? demanda-t-elle. On dit qu'il a cent trente ans, et qu'il a eu treize épouses !

— Grands dieux ! s'écria Rachel, très impressionnée.

— Si le mien en prenait une autre, je n'y verrais pas d'inconvénient, poursuivit Patience. Le fait est qu'il est très difficile à satisfaire !

Rachel la croyait sans peine ; toutes deux s'esclaffèrent.

Dans un coin, des jeunes gens riaient en se poussant du coude :

— Paraît qu'elle mange tout ! lança l'un d'eux.

— Même les corsets des vieilles ! dit un autre.

— Eh bien, Sam Babb, qu'en fais-tu pendant les longues nuits d'hiver ? s'écria le plus audacieux de la bande. On dit que les célibataires sont capables de telles choses...

Tous éclatèrent de rire. L'homme qu'ils entouraient était sur la défensive :

— Ça suffit ! Elle n'a rien de bizarre ! Elle vient d'Ilfrabold, et on estime beaucoup ces bêtes-là là-bas.

— Oui, et on sait ce qui se raconte sur les gens d'Exmoor ! répliqua l'un des jeunes gens. Tous pouffèrent. Curieuse, Rachel s'approcha. C'était l'un des domestiques du Squire Waddon ; tout rouge, il tenait une chèvre aux longs poils et aux cornes incurvées. Levant la tête, la bête la regarda de ses bizarres yeux jaunes, puis renifla d'un air délicat.

— Qu'est-ce que c'est, Samuel Babb ? demanda Rachel en souriant.

— On l'a envoyée au Squire par plaisanterie, et il veut s'en débarrasser, expliqua l'homme d'un air gêné. Ça n'a pas été facile de la faire venir ici, c'est moi qui vous le dis !

— Elle donne du lait ?

— Trois litres par jour. Elle est pleine, mais on dit qu'elle aura du lait tout au long.

— Quel goût a le lait ?

— Maîtresse! s'exclama-t-il, indigné. Je n'en ai pas bu une goutte!

— Qu'est-ce qu'elle mange?

— Du foin, de l'herbe, et même des bouts de haie! Nous l'attachons au bout du pré.

Rachel demanda combien le Squire en demandait.

— Trois shillings! répondit Babb, un peu trop vite.

— Un! dit-elle, sachant très bien qu'il en garderait une part.

— Un shilling et six pence!

— Et trois pence!

— Tope-là!

Rachel devint ainsi propriétaire d'une créature extraordinaire, que chacun trouvait grotesque, et se demanda si elle n'avait pas perdu l'esprit. Sam Babb la rappela comme elle s'éloignait:

— Elle n'aime pas la pluie, maîtresse!

Tout le village rit aux éclats.

Outre les poules, Rachel acheta un boisseau de farine d'orge, un quintal de pommes de terre, et un fromage. Cela ne suffirait jamais à nourrir toute la famille jusqu'au moment où les fermiers engageraient des travailleurs temporaires, au printemps, et ils ne mangeraient plus de viande, exception faite du gibier que Jedder pourrait rapporter. Mais elle n'avait plus d'argent.

Une fois rentrée, elle attacha la chèvre dans l'étable, puis s'accroupit pour atteindre le pis dissimulé sous l'épaisse toison. A sa grande surprise, les deux tétons étaient doux et lisses, très différents de ceux d'une vache. Le lait coula, en petits filets sonores, dans la cruche en terre, qui fut bientôt pleine. Rachel, un peu inquiète, en but une gorgée, puis une autre. Ce n'était pas le goût du lait de vache: celui-là paraissait à la fois plus fort et plus doux. Mais c'était agréable, et elle aurait tout bu s'il n'y avait pas eu les enfants.

La bête ne semblait pas dépaysée: elle n'avait cessé de mâchonner avec indifférence tandis qu'on la trayait. Quand Rachel caressa ses longues oreilles tièdes, elle se borna à contempler sa nouvelle propriétaire d'un air très calme. Tout compte fait, c'était sans doute une bonne idée de l'avoir achetée. De fait, au cours des mois très difficiles qui suivirent, c'est son lait qui les empêcha de mourir de faim.

Ce fut un hiver féroce, enseveli sous le gel et sillonné de vents d'est glacés ; aussi mangeaient-ils davantage, Rachel préparait de grandes quantités d'un brouet fait de cubes de pain salés, plongés dans un mélange brûlant d'eau et de lait, puis couverts de pommes de terre et d'oignons. Ils dévoraient tout. En moins d'un mois, les provisions furent presque épuisées.

Un matin, après avoir beaucoup réfléchi, Rachel partit chercher du travail à Great Torrington, à quelques miles au sud de chez elle. C'était une ville prospère, aux jolies maisons neuves, et l'industrie de la laine et du textile y florissait.

Une délicieuse odeur de nourriture venue de l'auberge du Cheval Noir la fit s'arrêter : elle contempla les gens courant à leurs affaires, et se demanda par où commencer. Quelqu'un l'appela par son nom : faisant demi-tour, elle aperçut le colporteur, de l'autre côté de la place.

— Où allez-vous donc ?

— J'ai grand besoin de trouver du travail, expliqua-t-elle.

Puis, montrant du doigt les sacs installés sur le dos des deux chevaux de l'homme, elle demanda :

— Qu'avez-vous là ?

— Travail de bûcheron ! plaisanta-t-il.

Cela signifiait qu'ils étaient remplis de cendres de bois, dont on ferait de la lessive de soude pour le linge.

— Dites-moi, maîtresse, savez-vous coudre ?

Rachel grimaça. Elle taillait elle-même ses vêtements, et ceux de ses enfants, comme toutes les femmes ; mais ses travaux d'aiguille ne pouvaient soutenir la comparaison avec ceux, si minutieux, si réguliers, d'une véritable couturière.

— Je suis sûr que vous avez des doigts de fée, dit le colporteur en clignant de l'œil. J'ai même entendu dire qu'avant votre mariage vous cousiez des gants encore plus beaux que ceux qu'on apprend à faire dans les écoles.

— C'est vrai ! répondit-elle en gloussant. Aussi vrai que je suis une dame !

— Venez avec moi !

Il la conduisit jusqu'à une petite maison, dans une ruelle étroite, et frappa à la porte. Une femme grasse, très pâle, aux yeux rougis, vint leur ouvrir. Ils échangèrent quelques mots, puis elle repartit à l'intérieur et le colporteur s'éloigna après avoir lancé un nouveau clin d'œil à Rachel.

On brûlait du bois dans un grand pot de terre, et la fumée s'échappait par la porte entrouverte. Rachel aperçut, dans la pièce étroite et sans air, de très jeunes enfants penchés sur leur ouvrage. Elle n'ignorait pas qu'ils travaillaient de huit heures du matin au crépuscule, qu'à neuf ans ils avaient déjà cinq ans d'expérience, et se montreraient toujours plus rapides et plus adroits qu'elle. La femme revint avec un tas de morceaux de cuir déjà découpés, et un sac contenant du matériel de couture.

— Je paie deux shillings par douzaine, après remboursement de la première douzaine et des outils. Tout cuir abîmé sera prélevé sur ce qui vous est dû. Nos agents passent tous les mois. Si le premier lot est satisfaisant, je paie les gants de chevreau et de chamois deux shillings et deux pence la douzaine.

Rachel se mit au travail le soir même. L'aiguille avait une forme bizarre, qui n'empêchait pas les pièces de cuir de glisser sans arrêt l'une contre l'autre ; aussi les coutures qu'elle faisait étaient-elles irrégulières. Elle trouva ensuite, au fond du sac, une sorte de petit étau de cuivre, destiné à maintenir ensemble les deux parties, mais le premier gant était déjà trop abîmé. Elle tressaillit en songeant qu'il lui faudrait le rembourser, et décida de s'en servir pour apprendre. Il était très tard quand elle s'arrêta enfin. Le dos lui faisait mal, ses mains étaient toutes raides, et ses yeux pleins de larmes.

Elle s'y remit dès son réveil. Les trous étaient minuscules, et le fil déchirait le cuir s'il était tiré trop fort. Parfois, Rachel plantait l'aiguille selon un mauvais angle : trop près et le cuir était fendu, trop loin et les jointures se tenaient mal. Le premier gant ne fut terminé que dans l'après-midi. Elle sortit pour l'examiner à la lumière. Le cuir était couvert de taches de sueur, le dos était tout plissé, les coutures bâillaient. Un vrai désastre.

Elle soupira, accablée, étira la tête et le cou pour détendre un peu ses épaules, plia les doigts et contempla de nouveau le gant. C'était un gros progrès par rapport à ce qu'elle avait fait au début, mais, à ce rythme, il faudrait deux semaines pour coudre douze paires, et plus d'un mois avant de toucher quoi que ce soit.

C'est le lendemain à minuit qu'elle acheva sa première paire de gants. Rachel la contempla avec un orgueil qui compensait un peu sa fatigue, ses mains épuisées, ses yeux rougis. Elle se sentit de bonne humeur. La rapidité viendrait avec la maîtrise. Bientôt, se dit-elle avec optimisme, elle pourrait en faire trois paires par jour, et en peau de chamois : cela lui vaudrait un salaire de trois shillings et neuf pence par semaine. De quoi dormir du sommeil du juste.

Le lendemain, elle vit tomber les premiers flocons alors qu'elle allait se mettre à l'ouvrage, et, penchée sur le cuir, entendit le vent hurler. La pièce s'assombrit peu à peu, de façon imperceptible. Deux heures plus tard, Rachel, relevant enfin la tête, constata, stupéfaite, que la fenêtre était presque entièrement recouverte : sous ses yeux, la neige montait toujours, et engloutit les vitres en quelques minutes.

Traversant la maison en courant, elle ouvrit la porte de derrière. Le blizzard remplissait la cour ; l'étable était déjà ensevelie jusqu'au toit, et seul un petit espace en bas du mur ouest permettait encore de l'atteindre. Il neigeait si fort qu'on n'entendait plus le vent : les montagnes blanches semblaient se dresser dans un profond silence. La lande et les forêts avaient disparu, comme les bâtiments et l'horizon. Rachel n'avait jamais rien vu de tel. En quelques heures, un monde familier avait été anéanti en silence par cette étouffante masse neigeuse.

Rachel comprit brusquement que, d'ici peu, il serait impossible de parvenir jusqu'aux animaux, et, appelant Jedder de la cuisine, se glissa en toute hâte dans l'étroit passage qui menait à l'étable. « Le foin d'abord ! » hurla-t-elle avant de refermer la porte, qu'un mur de neige vint aussitôt recouvrir. Il était déjà impossible d'aller vers la grange et les champs.

Jedder s'empara d'une bêche rouillée et se mit à creuser, rejetant la neige sur le plancher. Dès qu'il y eut assez de place, Rachel, armée d'une vieille pelle, se joignit à lui. Un mince couloir s'ouvrit, vite envahi par un épais brouillard de flocons, aussi ténus que des particules de poussière. Tous deux s'escrimèrent en silence, jusqu'à ce que les contours de la grange apparaissent. Au bout de quelques minutes, ils avaient dégagé un demi-cercle assez grand pour y accéder.

Il leur fut facile de capturer les poules qui s'y trouvaient et de les rapporter dans la cuisine, tête en bas, à raison de trois dans chaque main. Le foin fut entassé dans le garde-manger vide. Pour finir, le cheval et la chèvre, stupéfaits, sortirent en dernier. Rachel, soulagée, claqua la porte. Ils se terreraient tous dans la vieille maison : que le temps en prenne à son aise !

La tempête prit fin pendant la nuit ; le ciel se dégagea. Yellaton était à ce point perdu sous la neige que, le lendemain matin, c'est des fenêtres du premier étage qu'ils purent contempler un paysage de conte de fées. Des vagues neigeuses de plusieurs mètres de haut, qu'un soleil pâle couvrait de lueurs dorées, bondissaient par-dessus des haies invisibles, et bouillonnaient autour des bois avant de s'apaiser en déferlant sur la lande. Çà et là, des bosquets de cornouillers, d'une éclatante couleur orange et jaune, ressemblaient à des feux ; les troncs dénudés jetaient sur le sol des ombres bleues et mauves. Des oiseaux erraient en tout sens, éperdus. Très loin, des collines grises dissimulaient des vallées irréelles, perdues dans les brumes comme dans un rêve. C'était à la fois superbe et terrifiant. Sans vouloir l'admettre, Rachel et son fils se sentirent gagnés par un profond malaise.

Elle cousit toute la journée, puis le lendemain, puis le reste du mois. La neige avait coupé le Sud-Ouest du reste du pays ; Beara et Yellaton étaient isolés du monde. Des cals se formèrent sur ses doigts ; elle n'y voyait plus clair, et il était de plus en plus difficile de se tenir debout. La petite Emma et les deux jumeaux, abandonnés à eux-mêmes, rampaient sur le sol de la cuisine, tandis que leur mère s'efforçait d'aller plus vite en chantant de vieilles chansons et en tapant du pied, pour coudre au même rythme, mais elle avait beau faire, il lui fut toujours impossible de confectionner plus de deux paires de gants par jour. A une époque ou une ouvrière agricole gagnait sept pence et demi par jour, ou une domestique frugale pouvait espérer réaliser des économies, les dizaines d'heures de travail de Rachel ne lui rapportaient que quatre pence et demi par jour : un peu plus de deux shillings par semaine.

Le crottin des bêtes, enfermées dans la maison, s'entassait peu à peu, et son odeur parvenait jusque dans la cuisine. On respirait mal, les enfants avaient toujours faim. Quand, enfin, la marée blanche se retira, tous étaient faibles et las. Jedder dut batailler dur pour obtenir que les gens du village leur fissent crédit : il obtint un peu de nourriture qui arrivait juste à temps.

Rachel ne savait pas encore que plusieurs années devaient passer avant que la malédiction qui pesait sur sa vie ne fût rompue. L'arrivée de l'homme chargé de reprendre les gants, monté sur son âne, devint vite le seul événement marquant de chaque mois ;

atteindre les objectifs qu'elle s'était fixés l'emprisonnait aussi sûrement que des chaînes. Le cycle des semailles et des moissons ne permettait pas de gagner assez d'argent pour nourrir ses enfants : faire des gants devint donc plus important que de cultiver la terre. Il lui fallait coudre, coudre encore, coudre toujours, dans la cuisine mal éclairée. Le printemps succéda à l'hiver, et l'été au printemps, mais Rachel n'y prit pas garde. Elle aurait pu tout aussi bien rester emmurée sous la neige, sans voir la différence.

Sur le domaine, Jedder faisait de son mieux ; il réussit même, bien qu'il ne fût encore qu'un enfant, à récolter de quoi leur permettre de subsister. De plus, afin que sa mère pût se consacrer entièrement à son travail, il se rendait à High Chillam quand c'était nécessaire, et en rapportait des nouvelles. Les prix baissaient toujours. Stephen Pincombe, le père de l'enfant de Jane Clarke, avait été contraint de vendre sa ferme, Luke Clagget, le frère cadet de Matthew, avait été enrôlé de force dans la marine a Barnstaple, un jour où il était ivre. Le plus jeune des Fortescue avait été emprisonné pour dettes. Mais Rachel n'entendait jamais parler de John.

— On ne l'a pas vu, mère, répondit Jedder. On dirait bien qu'il ne vient jamais au village.

— Et ton oncle William ?

— Oh ! je lui ai demandé et il m'a dit que John allait bien.

Un jour où elle était venue lui rendre visite, Jane fit remarquer :

— Les Wolcot sont durs à la tâche, tu le sais. Sans doute ton John a-t-il beaucoup à faire.

Mais Rachel souffrait de l'absence de son fils, et on ne l'apaisait pas si facilement :

— Il y a quelque chose qui ne va pas ! En six mois, on ne lui a même pas donné un jour de congé pour venir nous voir !

— Les temps sont durs, mère, intervint Jedder. Il ne peut pas être plus mal loti qu'un apprenti.

Rachel reposa violemment l'étau de cuivre à l'aide duquel elle cousait les gants et se leva brusquement :

— J'en ai assez ! Je m'en vais voir John aujourd'hui même !

Le domaine des Wolcot se trouvait à deux miles du village, dans la vallée de la Taw : ses prés, où broutaient de jeunes veaux bien gras, bordaient la rivière, Rachel ne s'était rendue là-bas que deux ou trois fois, du temps où elle était l'épouse de Robert Wolcot ;

mais on lui avait vite fait comprendre qu'elle n'était pas la bienvenue.

La cour était si propre qu'on n'apercevait pas le moindre brin de paille entre les pavés. Il en allait d'ailleurs de même pour les étables. Et pourtant l'endroit paraissait sinistre. Des peaux de renard étaient accrochées au-dessus de chaque porte, là où la plupart des paysans auraient placé des fers à cheval. Il y avait des barres de fer aux fenêtres, et on aurait dit que la porte d'entrée ne s'était pas ouverte depuis un demi-siècle. Rachel y frappa avec violence. Des pas venus de très loin résonnèrent sur le sol de pierre : il y eut une pause méfiante avant qu'Alice Wolcot, la belle-sœur de Rachel, n'entrebâille la porte pour jeter un coup d'œil furtif.

— Je suis venue voir notre John, dit Rachel.

— Il n'est pas là, répliqua l'autre. William l'a emmené à High Chillam.

Mais Rachel avait eu le temps de voir qu'elle était prise au dépourvu. C'était un mensonge. Elle la repoussa, entra dans la maison, où régnait une odeur de renfermé, et se tourna pour lui faire face :

— J'attendrai qu'il revienne, Alice Wolcot. Et sachez bien que je ne m'en irai pas avant d'avoir vu mon fils !

Sa belle-sœur battit en retraite dans la cuisine, d'où elle l'entendit parler à voix basse à quelqu'un. Quelques instants après, William Wolcot lui-même fit son apparition.

— Alice se trompait. John est parti garder les bêtes du côté d'Abbot Marsh, et ne sera pas de retour avant le soir, dit-il d'un ton maussade, sans oser croiser son regard. Si vous l'attendiez, vous n'auriez plus le temps de rentrer à Yellaton, maîtresse Blackaller.

— Je ne bougerai pas d'ici et vous feriez mieux d'aller le chercher tout de suite.

L'homme se redressa comme pour lui faire sentir qu'il était plus grand qu'elle :

— Ce garçon est un fainéant, grogna-t-il. Un vrai fardeau !

— Vous n'êtes pas homme à laisser qui que ce soit musarder, William Wolcot. S'il y avait la moindre parcelle de vérité dans ce que vous dites, vous l'auriez déjà renvoyé depuis longtemps !

— Eh bien, reprenez-le ! lança-t-il, menaçant. Ce ne sera pas une grosse perte, c'est moi qui vous le dis !

— Je serai heureuse d'aller le chercher moi-même! Où est-il?

— Sans doute en train de rôder du côté du hangar à bois. On nous a menti, pour ce garçon! On voit bien que ce n'est pas un Wolcot!

Il quitta la pièce d'un pas lourd, en marmonnant, Rachel, pleine d'appréhension, sortit en courant de la sinistre demeure pour traverser la cour et se diriger vers le hangar, d'où venait un bruit de bois qu'on coupe. Aveuglée par la lumière du jour, elle appela doucement:

— John! John!

Il y eut un faible raclement, et elle y vit assez clair pour apercevoir une pile de bûches à côté des stères de bois, mais l'enfant n'était pas là. Elle entra dans le hangar:

— John? John, c'est moi, ta mère. Où es-tu?

Une ombre apparut en geignant: elle se précipita vers elle. Il tendit vers sa mère un bras aussi menu, aussi fragile, qu'une patte d'étourneau et, le soulevant, Rachel eut l'impression qu'il ne pesait pas plus qu'un nouveau-né. Elle courut dehors, le portant dans ses bras, puis pleura en voyant ses yeux immenses et son visage amaigri. Un petit enfant si grassouillet, qui souriait toujours! Sous les loques qui le couvraient, ses côtes, ses hanches, ses genoux saillaient; sa peau était toute plissée. Il n'était pas plus gros qu'un chat.

— Ordures! Ordures! hurla Rachel en direction des fenêtres closes.

Mais elle le regretta aussitôt; l'enfant s'accrocha à elle, terrorisé.

— Ne t'agite pas! Ne t'agite pas! Tout va bien, maintenant, mon tout-petit, mon agneau... Nous allons rentrer à Yellaton.

Elle le berça doucement et laissa couler des larmes sur le visage de l'enfant.

Lors des semaines qui survirent, il lui raconta tout, bribe par bribe, après avoir beaucoup hésité. On lui avait assigné des tâches impossibles pour un garçon de son âge: battre des tonnes de blé, déplacer de pleins tonneaux de cidre, nettoyer des porcheries, s'occuper d'énormes bœufs qui le bousculaient. Il n'y arrivait jamais, et, chaque fois, pour le punir, on le privait de repas.

Rachel le nourrit de lait de chèvre, d'œufs, de blancs de poulet, se souvint du petit Sam d'autrefois et se maudit intérieurement.

Laisser partir John alors qu'elle n'ignorait pas ce qu'il advenait des enfants pauvres ! Bourrelée de remords, elle accusa sa propre stupidité : comment n'avoir pas compris que la force et la défense de la famille dépendaient entièrement du domaine ? Quitter la maison, ou y amener des étrangers, mettait en péril leur fragile équilibre, et les laissait à la merci d'un monde brutal et sans pitié.

Jedder avait désormais onze ans et John, neuf. Tous deux seraient en mesure d'accomplir une bonne part des travaux des champs. Dès qu'elle en serait capable, elle apprendrait à filer à Emma. A eux tous, ils parviendraient bien à redonner au domaine sa richesse d'autrefois. Aucun d'eux ne serait contraint d'aller s'installer ailleurs. Dorénavant, ils resteraient ensemble à Yellaton, quoi qu'il advînt.

Au début de l'automne, ils se rendirent tous sur les terres du Squire, et, après avoir laissé les jumeaux au bord des champs, entreprirent de glaner jusqu'au moindre épi négligé par les moissonneurs, les ramassant d'une main pour les rassembler dans l'autre. Un brin de paille permettait ensuite de nouer chaque poignée, qui s'en allait rejoindre les autres, à côté du panier à provisions et d'une cruche en grès contenant de l'eau. Il était bon d'abandonner pour un moment ces interminables travaux de couture, de se lever de sa chaise et de retrouver le grand air. Rachel se sentit heureuse, à cause des couleurs des feuilles, de l'odeur de la terre et du foin coupé, de l'immensité du ciel et de la terre, du soleil sur ses épaules.

Il y avait, dans le jardin, des choux, des navets, des artichauts de Jérusalem, et, derrière la grange, des carottes et des pommes de terre. Seth Bartle s'était chargé de faire faucher leur foin ; le verger croulait sous les pommes, à tel point qu'ils pourraient à la fois en vendre, en garder pour eux-mêmes et faire du cidre. John avait repris du poids et des couleurs dès les premières semaines qui avaient suivi son retour à la maison. Jedder s'était trouvé un chien terrier, et deux furets, pour chasser les rats pendant l'hiver. Les poules avaient couvé : de quoi augmenter son cheptel, et se permettre, de temps en temps, un jeune coq rôti. Glaner chez le Squire leur procura près de deux boisseaux de farine, qui vinrent s'ajouter à la petite récolte menée à bien, sans labours, sur une parcelle de la Cuisse de Lièvre défrichée à la main. Tout cela suffirait à peine, mais c'était mieux que rien. Se redressant — son dos lui faisait mal —, Rachel contempla ses fils, tout occupés à chercher les épis sur le sol, et se dit qu'elle avait une nouvelle chance de tout recommencer.

En décembre, ce fut l'anniversaire d'Emma. On lui mit un fuseau entre les mains ; sur la lande, les moutons avaient laissé aux haies et aux genêts des bouts de leur toison, qu'ils rassemblèrent, lavèrent et cardèrent, avant de montrer à la petite fille comment les tordre et les filer. Désormais, elle n'alla plus nulle part sans avoir un peu de laine dans la poche de son tablier. Ce devint pour elle comme une seconde nature : l'agent emportait dorénavant à Torrington, outre les gants, des écheveaux pour lesquels il donnait un peu d'argent. Rachel pensa avoir enfin trouvé la réponse à ses problèmes. Tous unis, ils parviendraient à survivre sur leurs terres.

Mais la vraie pauvreté ne connaît pas de fin. D'une année à l'autre, sans fracas, monotone, elle ne relâche jamais son emprise : le travail le plus acharné ne put en venir à bout. Les vêtements s'usent et finissent par tomber en loques, humiliant ceux qui les portent devant ceux qui sont bien mis, et il n'y a pas d'argent pour en acheter d'autres.

A Yellaton, Rachel et ses enfants s'épuisaient au travail, chaque jour de chaque semaine. Les mois devinrent une année, puis une seconde, une troisième, qui fut suivie de deux autres. Néanmoins, ils ne pouvaient empêcher leur condition de se dégrader, de façon très lente, presque imperceptible, mais indéniable. Pourtant, ils ne se reposaient jamais : ils ramassaient des glands pour engraisser les porcs des autres, ou des champignons qu'ils iraient vendre, plumaient des poules, arrachaient les racines des terres à labourer, capturaient les moineaux qui dévoraient les graines. Les jumeaux eux-mêmes, dès qu'ils surent marcher, accomplirent leur part de travail, et se virent chargés d'effrayer les oiseaux dans les champs.

Impossible, hélas, faute de matériel, de curer les fossés comme il convenait, de tailler les haies ou de déboiser les bordures de la forêt. Les bâtiments de la ferme ne connaissaient que des réparations de fortune, qui ne résistaient pas longtemps aux éléments déchaînés. Ils ne pouvaient se permettre de remplacer chaque objet indispensable, une fois qu'il avait fait son temps. Chaque réussite marquait, non un progrès, mais le simple maintien d'un équilibre fragile. C'est ainsi que, tous les ans, leur poulain était vendu pour une somme qui couvrait à peine les prochains frais de saillie de la jument. De même, bien qu'ils eussent muré deux des fenêtres de la maison, il fallut vendre le cochon pour payer les impôts sur les autres. L'été de 1779 fut splendide, et la moisson exceptionnelle ; mais cela n'entraîna qu'une chute des prix catastrophique : le blé se vendit à trente-trois shillings et huit pence les trois hectolitres, alors que cinq ans auparavant il atteignait plus de cinquante shillings. Cela les contraignit à se défaire de la jument. Une nuit, de l'autre côté de Roborough, sur la propriété des Barlington, la grange et les bâtiments extérieurs, ainsi que l'orge qui y était stockée, furent détruits par un incendie. Nul n'ignorait que c'était pour toucher l'assurance ; la crise de l'agriculture avait mené sir Roger au bord de la faillite. Si des hommes aussi riches que lui en arrivaient là, comment les pauvres pourraient-ils espérer s'en sortir ?

Les jours où le poids de la pauvreté se faisait plus lourd que d'ordinaire, Rachel prenait son matériel de couture, remplissait de cidre une cruche de grès, coupait une part de fromage et deux tranches de pain, et se rendait à High Chillam, où Jane Clarke et sa mère vivaient dans un taudis d'une seule pièce, dans des circonstances bien plus difficiles qu'elle. Les trois femmes, penchées sur leurs aiguilles, se rassemblaient près du feu. Jane cousait des vêtements pour les gens du village, et sa mère façonnait d'extraordinaires dentelles, avec une lenteur extrême qu'expliquaient ses mains engourdies par l'arthrite.

Rachel et Jane avaient bien des choses en commun ; du même âge, c'étaient des enfants uniques, que l'absence de liens familiaux isolait du reste de la communauté. Elles avaient toujours eu beaucoup d'affection l'une pour l'autre et, du temps où Rachel était mariée à Robert Wolcot, elle rendait régulièrement visite à son amie, lui apportant des paniers bien garnis qui se révélaient fort utiles, sans pour autant provoquer de gêne. Au fil des années, il était né entre elles une profonde amitié, solide et rassurante, bâtie sur une confiance mutuelle et sur cette compréhension instinctive que les femmes ont les unes pour les autres.

Elles parlaient de leurs enfants, du prix de la farine, des petites affaires du village, échangeaient des histoires drôles, et Rachel ne pouvait s'empêcher d'éclater de rire en voyant Jane parodier le maintien des veuves respectables ou des paroissiens les plus vertueux. Quand il faisait beau, elles sortaient travailler dehors. A midi, elles posaient leur ouvrage, étiraient leurs membres, clignaient des yeux sous le soleil et s'en allaient marcher le long du sentier, cueillant des fleurs et jetant des regards par-dessus les haies pour voir où les voisins de Jane en étaient dans leurs travaux saisonniers.

— Je vois qu'il a déjà biné ses pommes de terre?

— Il a fini la semaine dernière.

— C'est trop tôt. Il ferait bien de prendre garde au gel.

— Chaque année il recommence. Il aime être le premier du village. Oh! j'allais oublier de te le dire, Rachel, dit Jane, tout excitée, en la poussant du coude: on a vu David Pope sortir de chez Becky Bowden l'autre jour! Hookway a envoyé Stephen Bowden travailler dans le champ d'Ashcombe, pour qu'il puisse garder un œil sur elle.

— Il n'y travaillera pas indéfiniment!

— Cette Becky, quelle audace! Elle lui a même dit une fois qu'elle avait passé tout l'après-midi chez moi, pour que je lui taille une nouvelle jupe, et il est venu ici pour voir si c'était vrai!

— Et qu'est-ce que tu lui as dit?

— Oh! que c'était abominablement difficile à couper et que je n'avais jamais passé autant de temps sur une jupe! Je sais aussi qu'elle était dans les bois du Squire avec le jeune apprenti de chez Hooper, alors qu'elle a deux fois son âge! Mais Becky et moi sommes amies d'enfance, et elle a toujours aimé s'amuser un peu.

De telles journées étaient très agréables, le temps passait à toute allure. Les deux femmes se réconfortaient mutuellement; elles devaient affronter la même solitude, la même lutte contre la pauvreté, et il leur était plus facile de faire face à l'avenir en sachant que l'autre s'y préparait avec courage.

On était au printemps, Rachel cousait toujours. Elle contempla, par la fenêtre, la lande qui reverdissait, et se souvint de Will lui ramenant ses moutons, de la façon dont elle et les garçons avaient aidé les brebis à mettre bas, soir après soir, au lendemain de la mort de Robert Wolcot; chaque agneau nouveau-né était signe d'espoir et de bonne fortune. Et pourtant, après tant d'années, elle se retrouvait là, propriétaire d'une maison et d'un domaine, certes, mais prisonnière de sa chaise. D'ici à cinq ans, ses désastreuses conditions de travail lui auraient déformé le dos, et ruiné la vue, sans que pour autant la situation se soit améliorée. Bien au contraire, la terre serait désormais impropre à la culture.

Rachel ne pouvait espérer s'en sortir ainsi, ni même forcer le destin. Ils en étaient arrivés à un point tel que seul un pari risqué avait des chances de réussir. Rachel n'ignorait pas qu'il faudrait finir par vendre Moses Bottom, bien que cela représentât une trahison des efforts de son premier mari, et une victoire posthume d'Harry Blackaller. George Beare, le tenancier, avait fait savoir qu'il était intéressé, et l'argent permettrait d'acheter des outils, une vache et quelques moutons — assez, peut-être, pour échapper à la pauvreté et donner à la famille une possibilité d'affronter l'avenir.

Les risques étaient importants ; les prix pouvaient s'effondrer, comme cela s'était produit trois ans auparavant, et leur faire tout perdre. Mais Rachel savait qu'il fallait prendre le risque, si elle ne voulait pas condamner les siens à une vie de souffrances.

La porte d'entrée s'ouvrit brusquement toute grande, poussée par la brise venue de la lande, qui apportait avec elle une attirante odeur de végétation nouvelle, Rachel posa son ouvrage, et se laissa entraîner dehors, vers le soleil. Il y a dans le sud-ouest de l'Angleterre, à chaque printemps, des journées merveilleuses, qui vous font battre le cœur et vous redonnent confiance, une fois passés la blancheur uniforme de février et les épais nuages de mars. La lumière est unique. Pour sentir la montée de la vie, il suffit de toucher l'herbe encore humide de la dernière averse, de sentir l'odeur de la sève, de voir frissonner les taillis, de contempler les primevères. Avril a un goût de menthe.

Rachel et son fidèle Sam sortirent, sans se presser, respirant à pleins poumons. Le grand chien gris était désormais très vieux, et ne se risquait plus guère au-dehors ; mais il parut retrouver une agilité depuis longtemps perdue, et, sans prévenir, partit à toute allure. Rachel, les yeux brillants, le suivit, jouant avec lui. Ils dépassèrent l'herbage, traversèrent le verger, dont les branches se couvraient déjà de bourgeons verts, et s'arrêtèrent sous le saule. Sam se coucha, haletant, agitant la queue, et elle s'appuya au portail, heureuse de ne rien faire. Des sureaux poussaient déjà sous l'arbre ; les myosotis avaient envahi le chemin qui menait aux bois, le barbouillant de bleu ciel. Les haies avaient enfin perdu leur épais manteau de feuilles mortes, les épines-vinettes étaient ensevelies sous les fleurs, les fourrés s'ornaient de branches de merisier. Les peupliers disparaissaient dans un nuage de bourgeons en fleurs.

Elle s'avança très lentement, pour que son vieil ami puisse la suivre, et marcha jusqu'à Moses Bottom. Le souvenir de la jeune fille qu'elle était, en prenant possession de sa terre, lui revint brusquement, et la suivit jusqu'à la mare, au pied de la prairie. L'eau était pleine de têtards, des crapauds s'agitaient sous les nénuphars. Les coucous surgissaient du petit bois, cédant peu à peu la place aux boutons d'or et aux pissenlits, dont les taches de couleur vive se détachaient sur l'herbe. C'était un bien bel endroit : Robert Wolcot et elle y avaient veillé. Elle le regarda encore une fois, puis repartit, faillit faire demi-tour, mais résista à la tentation et poursuivit sa route. Elle avait pris sa décision — et d'ailleurs il n'y en avait pas d'autre.

Comme elle revenait vers la maison, Rachel, sans réfléchir, se pencha pour cueillir des pointes de jeunes orties, qu'elle entassa dans sa jupe relevée en panier. Elle les ferait cuire le soir avec des épinards, que tous mangeraient accompagnés d'œufs pochés. Au bout d'une heure, elle en eut suffisamment pour pouvoir rentrer à Yellaton.

On apercevait de loin, devant la porte, un grand panier. Curieuse, Rachel se dirigea vers lui à grands pas. Le linge blanc qui le couvrait remua : comme elle le soulevait avec hésitation, elle vit qu'il abritait un nouveau-né qui n'avait pas plus d'un jour ou deux. Elle le contempla, frémissant de colère. C'était un temps où les mères, trop pauvres ou trop honteuses, abandonnaient souvent leurs enfants ; mais qui pouvait être assez sot pour croire qu'elle pourrait se charger d'une nouvelle bouche à nourrir, avec tous ses problèmes ? Le bébé irait droit à l'asile des pauvres ; Rachel y veillerait, et sur l'heure.

Le nouveau-né, brusquement exposé à la lumière et au vent, se mit à pleurer — pas très fort, certes, mais de vraies larmes remplissaient ses petits yeux bleus. Rachel prit un air sévère :

— Tu ne peux pas rester ici ! Nous avons déjà assez de mal à nous nourrir !

Le bébé cessa de geindre, se tint immobile et, prudemment, sourit.

— Je parie que c'est la première fois que tu fais ça! dit Rachel en l'imitant.

Instinctivement, elle lui caressa la main. Les petits doigts saisirent son index; le sourire disparut et céda la place à une expression de désespoir.

— Tu peux entrer te réchauffer un peu, mais rien de plus, dit Rachel, refusant d'écouter les protestations de sa conscience. Mais tu as beau faire, tu iras tout droit à la paroisse.

Elle emporta le panier dans la salle de séjour, chassant de son esprit les souvenirs de l'asile des pauvres de Shaltam. Puis, comme elle arrangeait l'étoffe entourant l'enfant, Rachel sentit une odeur familière et se rendit compte qu'il était trempé. Il se mit à geindre.

— Jamais content, hein? Tu veux sans doute te sécher, maintenant? grogna-t-elle en le prenant dans ses bras.

Du linge blanc, des pièces d'or tombèrent en cascade sur le sol. Rachel poussa un cri, jeta l'enfant dans le panier et se pencha pour les ramasser, les mordant l'une après l'autre, stupéfaite. Des guinées! Des guinées en or!

Elle les déposa sur la table. Rachel ne savait pas véritablement compter, mais n'ignorait pas qu'il y avait cinq doigts à chaque main, dix pour les deux mains. Quand elle en fut là, elle traça un trait, d'un coup d'ongle, sur le bois poli. Puis les marques finirent par former une rangée, plus longue que celle qu'elle avait faite en cherchant à calculer combien d'argent représenterait Moses Bottom; plus longue, même, que les entailles faites dans un morceau de bois, après la mort de Robert Wolcot, pour savoir combien contenait la petite boîte de fer-blanc.

Rachel s'assit, mains sur la bouche. Un miracle. Un miracle. Il ne serait pas nécessaire de vendre la terre. Ils pourraient acheter des provisions, des outils, des semences, du bétail. On était au printemps, l'époque à laquelle il faut semer. Un miracle. Un miracle.

Elle jeta l'enfant en l'air puis, le rattrapant, se mit à tournoyer dans la pièce. Il poussa de bruyants hurlements et, folle d'allégresse, elle fit de même, avant de se calmer un peu, de s'asseoir et de poser le bébé sur ses genoux.

— Chut! Tout a changé. Tu peux rester, puisque tu es décidé à payer tes frais d'entretien.

Elle défit les vêtements du nouveau-né: c'était une fille.

236

— De toute façon, tu serais sans doute restée quand même. Autant te donner un nom.

Rachel réfléchit un instant:

— Jane, comme ma vieille amie, Jane Clarke! Nous t'appellerons Jane Jedder. C'est bizarre, hein? Tu seras la seule Jedder de la famille, et tu n'es pas du même sang!

Rachel et ses cinq enfants fêtèrent l'événement à grands cris. Les deux aînés coururent au village rapporter du thé, un jambon (que leur mère fit cuire en même temps qu'une poule), de la farine, du beurre, de la mélasse, des épices et des zestes d'orange confits, avec lesquels elle prépara du pain d'épice qu'ils mangeraient à l'issue de leur grande fête. Les jumeaux en restèrent muets: jamais ils n'avaient eu l'occasion de voir de si bonnes choses.

Le lendemain, Rachel se rendit à High Chillam chez le marchand de chevaux.

— Voici de quoi payer l'étalon pour les quatre dernières années, dit-elle en lui tendant la somme. Et je voudrais que vous me trouviez un jeune cheval de labour, et vite!

Seth Bartle repoussa la main pleine d'argent:

— Allons donc! Je ne veux pas que vous payiez quelque chose qui ne m'a rien coûté, maîtresse. On dirait que le Seigneur vous a souri, Rachel Jedder? ajouta-t-il sans se soucier de dissimuler sa curiosité.

Elle hocha la tête, rayonnante, mais ne dit rien. Il comprit qu'elle ne lui donnerait aucun détail, et sourit:

— Eh bien, j'en suis heureux pour vous, maîtresse Jedder, et j'ai là une jument très vive qui fera du bon travail chez vous.

Elle commanda encore une charrue toute neuve, une herse, une faucille, une faux et des fourches au forgeron, une charrette au charron, et quatre porcelets aux Morris, puis se rendit, à cheval cette fois, à South Molton, où elle acheta la plus belle vache pleine du marché, ainsi que des moutons, agneaux et brebis, qui lui seraient amenés à Beara dans la semaine.

La terre des Jedder put donc renaître. Un homme du village fut embauché pour labourer, herser, et semer, avant le mois de mai, blé et rutabaga. Toute la famille s'attaqua au jardin envahi d'herbes et y planta assez de légumes et de pommes de terre pour avoir de quoi se nourrir, eux et les porcs, pendant une année entière. En mai, la vache donna le jour à un petit taurillon roux.

Déçu, Jedder fronça les sourcils:

— Mieux aurait valu une génisse. Enfin, il donnera toujours de la viande de bœuf.

Le jeune veau se redressa bien droit, encore tout trempé, et émit un meuglement de protestation. Rachel le contempla. La première bête née à Yellaton depuis trois ans.

— Non, dit-elle. Pas question. J'en ferai le plus beau taureau de tout le Devon.

CHAPITRE DOUZE

Le sol retourné par les labours fut, en quelques jours, recouvert par les pousses soyeuses du blé qui lève ; les fossés, enfin curés, absorbèrent l'acidité des jachères saturées d'eau. Les agneaux lâchés sur la lande devinrent vigoureux et forts. Chaque étape permettant à Rachel de redonner vie au domaine agissait sur elle comme une drogue.

Et, comme sa tèrre, elle se sentait rajeunir. Sa peau était éclatante, ses cheveux, plus longs, plus épais, brillaient, ses traits s'étaient détendus ; elle ne faisait plus son âge. Devoir dormir chaque nuit l'exaspérait ; elle s'éveillait dès l'aube, bouillonnant d'énergie. Au physique comme au moral, elle était au mieux de sa forme : son esprit demeurait plus vif que jamais après sa longue lutte contre la pauvreté. Elle inspectait Yellaton tous les jours, et rien ne lui échappait, des mauvaises herbes perdues dans le blé aux kilos supplémentaires de ses porcs. Il lui suffisait de toucher une de ses bêtes pour sentir venir la maladie, et, rien qu'à l'entendre, elle reconnaissait de loin son troupeau. Ne sachant ni lire ni écrire, il lui avait fallu développer sa mémoire, qui conservait le souvenir d'innombrables détails. C'était une femme extraordinaire qui émergeait enfin de toutes ces années de misère : mûrie, et plus résolue que jamais à atteindre les buts qu'elle s'était fixés.

Bien décidée à tirer parti de sa bonne fortune, elle devint obsédée par l'idée d'amasser assez d'argent pour être désormais à l'abri de toutes les mauvaises saisons, comme des fluctuations du marché. Il lui suffisait autrefois de parvenir à une certaine autosuffisance : elle s'efforça dorénavant d'avoir des surplus qu'elle pourrait vendre, de façon à réinvestir les bénéfices, donc de mettre sa famille à l'abri.

C'est ainsi qu'au lieu d'attendre deux ans que ses agneaux eussent atteint l'âge adulte, elle les vendit au bout de six mois, acquit des brebis et les fit conduire au bélier plus tôt que de coutume. Elles mirent bas avant le printemps, ce qui permettait de vendre leur progéniture aux prix les plus hauts. Les porcs étaient engraissés, puis vendus, et chacun d'eux se voyait remplacé par quatre ou cinq porcelets. Elle et ses enfants avaient désormais plus de poules, et plus de blé, qu'ils n'en auraient jamais besoin. Les fermiers se montraient souvent regardants sur la nourriture du bétail ; Rachel ne lui refusait rien, et s'en vit récompensée. Au marché, elle eut vite la réputation d'être dure en affaires. Sa capacité de repérer les meilleures bêtes, d'en apercevoir tous les défauts, lui valut le respect général, et, en peu de temps, celles de Yellaton furent avidement recherchées.

Depuis la naissance de Rachel, en 1750, la population de l'Angleterre avait crû d'un tiers ; comme, dans le reste du pays, plusieurs mauvaises récoltes s'étaient succédé, la demande excédait l'offre, et les prix montaient en flèche. Elle avait donc gagné son pari d'investir tous ses fonds. L'argent du nouveau-né abandonné doubla, puis tripla, et les trente acres de Yellaton lui parurent soudain trop étroites.

Rachel revint un jour à la maison, songeant que, d'ici l'Annonciation, elle aurait assez d'argent pour louer un peu de terre supplémentaire, ou acheter de nouvelles têtes de bétail, mais pas les deux à la fois. C'était par un après-midi de septembre, et le vieux chien gris était étendu dans un coin ensoleillé de la cour. Elle se pencha pour lui caresser les oreilles, comme elle le faisait toujours chaque fois qu'elle réfléchissait.

— Sam, que faut-il faire ? Si je prends les vingt acres près d'Arnwood, nous n'aurons pas assez de bœufs pour en faire usage, et si j'achète d'autres veaux que j'installerai à Brindley et à Moses Bottom, ils brouteront tout et le terrain sera balayé.

Les oreilles du chien étaient toujours aussi douces. Il lui arrivait encore d'accompagner Rachel, d'un pas très lent, jusqu'à la grange, mais, désormais, il préférait dormir au soleil, et il était toujours aussi maigre, bien qu'elle l'eût nourri généreusement depuis que leur situation s'était améliorée. Rachel crut qu'il était simplement heureux de s'étendre et de profiter des derniers moments de l'été. Elle le caressa affectueusement.

— Tu es un bon chien.

Il ne bougea pas. La peur la fit frissonner ; quand elle lui souleva la tête, elle retomba mollement entre ses mains.

— Oh! Sam, cher vieux Sam... murmura-t-elle. Tu es le meilleur ami que j'aie jamais eu.

Elle se souvint de leur première nuit, si pénible, dans la forêt de Thetford, quand il l'avait empêchée de mourir de froid, des centaines de miles qu'ils avaient parcourus ensemble, à travers l'Angleterre, jusqu'à la terre des Jedder, de toutes les sottises qu'il faisait, des secrets qu'elle avait partagés avec lui. Plus d'une fois, sentant combien elle était triste et abattue, il était venu poser sa tête sur ses genoux. Rachel savait qu'à son âge la mort est toujours proche, mais cela ne lui rendait pas plus facile de l'accepter : elle attira contre elle le grand corps du chien et sanglota.

Ils l'enterrèrent près du verger, et ce fut comme si elle disait adieu à la première moitié de sa vie. Sam était le dernier lien avec cette jeune fille si impatiente, si attirée par l'aventure, qui croyait naïvement que Yellaton la mettrait définitivement à l'abri du malheur. Rachel songea à ce qu'elle était autrefois, et ce fut comme si elle contemplait une étrangère, qui n'avait rien de commun avec elle.

Elle prit entre ses paumes une poignée de terre humide qu'elle effrita entre ses doigts pour la répandre sur la dépouille du chien. A cet endroit, ils planteraient un pommier : ses restes se mêleraient aux racines, et chaque année l'arbre donnerait ses fruits. Rachel comprit brusquement que la fin de Sam avait sa grandeur. A sa naïve innocence avait succédé une maturité pleine d'exubérance, dont même la faim n'avait pu venir à bout : puis, avec une dignité pleine de malice, il était devenu paisible et vieux, avant de mourir au bon moment, au bon endroit : sous le soleil. De tous les êtres vivants — hommes ou animaux — qu'elle eût connus, seul Sam lui inspirerait jamais d'aussi plaisants souvenirs. Drôle, généreux, affectionné, il ne lui avait donné que des satisfactions. Rachel finit aussi par admettre qu'elle et la jeune fille d'autrefois étaient, malgré tout, la même personne, celle dont une maigre terre perdue sur la lande de Beara inspirait toutes les pensées, toutes les actions, toutes les ambitions. Elle dit adieu au chien et songea qu'après tout elle n'avait pas tant changé que cela.

Son choix était fait. Si elle ne pouvait acheter de nouvelles terres, elle n'en louerait pas. De nouveaux bœufs vinrent rejoindre les autres. Ils étaient plus nombreux à brouter que la loi ne le permettait ; aussi furent-ils discrètement lâchés sur la lande, pour soulager un peu des prés déjà surpeuplés.

Peu après s'être remise à flot grâce à l'argent du nouveau-né, Rachel envoya tous ses enfants, deux fois par semaine, chez le vieux Crispin Bowden. C'était un instituteur en retraite, qui continuait d'apprendre à lire, à écrire et à compter, pour la somme modique d'un shilling le trimestre. Ils ramenèrent à la maison d'incompréhensibles hiéroglyphes, qui impressionnèrent beaucoup leur mère. Rachel se dit qu'aucun d'eux n'aurait jamais à signer un papier qu'il ne comprendrait pas.

Mais Jedder s'ennuya vite en classe, et ne tarda pas à refuser de poursuivre ses études. Emma renâclait: aucune autre fillette du village n'assistait aux cours. Quant aux jumeaux, ils se battaient entre eux, faisaient souffrir les plus petits, et se conduisaient si mal, malgré des corrections répétées, que le vieux maître demanda à Rachel de les reprendre. John fut donc bientôt le seul à se rendre encore là-bas; il apprit à écrire proprement, et à compter de tête.

Les origines de Jane, la petite abandonnée, demeuraient mystérieuses. Discrètement, Rachel entreprit de se renseigner dans le voisinage, mais personne ne savait qui pouvait être sa famille. Les commères des villages environnants n'avaient remarqué ni jeune fille ni femme mariée qui montrât des signes de grossesse suspecte. De plus, qui, ayant autant d'argent, aurait pû être contraint de se séparer de l'enfant? Tout cela était bien étrange. Toutefois, les années passèrent, Jane devint une petite fille, douce et gentille, et nul n'y pensa plus.

Rachel ne se montrait pas particulièrement tendre envers ses enfants. Ils faisaient partie de sa vie, elle s'était occupée d'eux et les protégeait, mais un peu comme elle eût fait d'une portée de chatons. Ils l'amusaient, ils l'irritaient, elle avait de l'affection pour eux — sans pour autant avoir jamais ressenti vraiment cet amour maternel qu'on dit plus puissant que tout. Elle avait, certes, arraché John aux Wolcot, mais sa fureur était celle qu'on éprouve à voir torturer un petit animal innocent. Elle aimait cajoler les bébés, jouer avec eux quand ils étaient petits, se plaisait à les voir grandir, à constater que leur jeune intelligence se développait. Mais c'était, de son point de vue, des personnalités autonomes, et non de simples reflets d'elle-même.

Seul Jedder avait vraiment su toucher son cœur, sans doute parce qu'il était le souvenir vivant de Will Tresider. Peut-être

242

l'enfance misérable de Rachel l'empêchait-elle d'éprouver ce qu'une mère ressent d'ordinaire pour ses enfants. Ils étaient moins proches d'elle que le bétail de la ferme.

Elle ne connaissait pas de plus grand bonheur que de voir les petits poulains, si fragiles, si timides, devenir peu à peu de beaux chevaux à la longue crinière, au pelage satiné. Chaque année, c'est avec émotion qu'elle prenait entre ses bras le premier agneau nouveau-né, pour sentir battre son petit cœur affolé. Les porcelets tout tachetés, qui couraient en grognant dans la porcherie, la faisaient rire : elle ne pouvait toujours pas résister au plaisir d'en attraper un et de l'entendre couiner. A dire vrai, les nouveau-nés, avec leurs grimaces, leurs mouvements incohérents, lui paraissaient beaucoup moins intéressants.

Il était donc naturel que le petit taurillon roux lui semblât si captivant. Au bout de quelques semaines, il était déjà massif et bien bâti, et faisait preuve de cet insolent contentement de soi qui caractérise les bons taureaux. Il avait vite grandi, pour atteindre près de cinq cents kilos. Il galopait sur la lande avec un groupe de jeunes veaux, prêt à affronter tout objet ou tout événement inattendu, et se plaisait à des combats dont il sortait toujours vainqueur. Ses narines bordées de rose frémissaient pour identifier l'odeur de ses rivaux, ou celle des femelles ; ses cornes pointues avaient l'apparence du bois poli. On aurait dit une énorme sculpture de pierre rouge, plus grande que nature. Les autres veaux reculaient d'un seul élan, les génisses roulaient de grands yeux stupides. Rachel était folle de joie.

Elle l'avait appelé Souverain, parce que cela signifie à la fois « roi » et « pièce d'argent », et l'avait gâté dès sa naissance, peignant sa toison, le caressant, en se donnant pour excuse qu'il serait ainsi plus docile. Plus tard, elle lui apprit à boire dans un seau, en lui tendant ses doigts à lécher, puis en lui abaissant la tête jusqu'au liquide. Très vite, il accourut chaque fois qu'elle apparaissait, et il lui fut facile de le faire répondre à son appel, comme les chevaux.

Elle caressait avec admiration son large dos musclé, s'émerveillait de ses fortes cuisses, de sa longue croupe, de ses épaules. Elle lui parlait, comme à Sam autrefois, et il l'écoutait, baissant l'oreille, en la contemplant de ses grands yeux doux. Plus tard, quand, devenu féroce, ils l'eurent enchaîné dans une étable obscure, il venait encore renifler la poche de son tablier, où elle avait caché une poignée de grains de blé.

— Prends garde à ne jamais lui tourner le dos, mère! lui dit un jour Jedder, qui se tenait toujours à distance respectueuse de l'animal.

— Pas lui, mon fils. Je t'ai déjà dit que les bêtes vous rendent ce qu'elles ont reçu, et il a toujours été bien traité, il n'y a pas de raison qu'il devienne méchant; personne ne l'a jamais brutalisé. N'ai-je pas raison, John?

Celui-ci hocha la tête en souriant, et gratta le museau du taureau.

— Tu peux être fière de lui! Il n'y en a pas de comparable d'ici le Somerset. Les gens en parlaient encore la semaine dernière au marché de Barnstaple.

— Dan Cobbledick m'a offert dix livres pour que je le laisse folâtrer avec son troupeau, mais j'ai refusé, leur dit-elle d'un ton suffisant. C'est lui qui devra amener ses meilleures vaches depuis Chumleigh.

Souverain était né peu après qu'ils étaient sortis de la misère, et, aux yeux de Rachel, il était bien plus qu'un superbe taureau: un triomphe personnel. Grâce à lui, le renom de la terre des Jedder s'étendait à des miles à la ronde; il avait donné naissance à une progéniture sans défauts, qui serait le début d'une inépuisable lignée. Ce mélange incroyable de force et de beauté était l'incarnation même de ses propres rêves; pour un peu, elle aurait pensé qu'il était de son sang.

Les deux aînés de Rachel étaient désormais assez grands pour se charger des travaux les plus durs, et il serait inutile d'engager d'autres ouvriers pour les récoltes et la fenaison. John, bien plus avisé qu'on ne l'est d'ordinaire à son âge, était déjà très demandé dans toute la région: il guérissait les bêtes malades grâce à ses instruments chirurgicaux, d'allure si inquiétante, ses onguents et ses remèdes.

Il frottait ainsi les articulations gonflées d'une mixture contenant des cendres de musaraigne, ou enduisait les moutons atteints de gale d'un mélange de graisse d'oie et d'huile de poisson. Quand un clou venait se planter dans le sabot d'une vache ou d'un cheval, il le couvrait d'un morceau de lard, le temps que la blessure guérisse sans s'infecter. John pouvait soigner les plus gros

244

troupeaux, les bêtes qui souffraient de convulsions, d'inflammations oculaires, d'infections. Il enfonçait une vieille botte sans semelle dans la gueule des porcs, et leur faisait avaler ses mixtures avant qu'ils eussent le temps de comprendre ; sa réputation avait, depuis longtemps, supplanté celle d'un maladroit comme Amos Cottle.

Jedder, séduisant, plein de feu, faisait déjà rêver toutes les jeunes filles, de South Molton à Bideford ; les plus hardies lui décochaient des œillades. Il accomplissait sa part de travail sans protester, mais partait seul à cheval, la nuit, comme s'il avait voulu retrouver une liberté dont sa vie aurait dépendu, et ne revenait qu'à l'aube. Des pères indignés, des mères scandalisées vinrent bientôt se plaindre à Rachel que leurs fils et leurs filles avaient été, selon le sexe, rossés ou séduites. Elle lui fit des remontrances, mais sans conviction.

Le jeune homme ressemblait chaque jour davantage à son père ; elle ne pouvait le regarder sans un petit frisson. Il avait déjà la force d'un homme fait, et les années de dur labeur avaient modelé ses épaules et ses bras. Son dos était droit, ses jambes longues et musclées. Vu de dos, on l'aurait aisément confondu avec le Will Tresider d'autrefois, mais, dès qu'il faisait volte-face, son visage paraissait d'une jeunesse surprenante. Des sourcils noirs, bien droits, surmontaient de grands yeux vifs, sans amertume, et la bouche bien dessinée, qui émouvait tant les jeunes filles, gardait quelque chose de vulnérable.

Un matin, très tôt, il vint la réveiller, alors qu'elle dormait profondément, lui offrit l'écrin et, le regard fier, la contempla tandis qu'elle en soulevait le couvercle. Sur la doublure de velours était déposé un collier de perles, douces et tièdes au toucher, luisantes, chargées de reflets roses. Rachel fut stupéfaite:

— Grands dieux! Qu'est-ce que ça signifie?

— C'est pour toi, répondit-il en souriant, d'un air à la fois timide et fanfaron.

— Et d'où viennent-elles? Où les as-tu eues?

Inquiète, elle laissa tomber l'écrin. Son fils la regarda de travers: c'était précisément la question à ne pas poser.

— Je les ai achetées sur un marché. Elles sont pour toi.

Rachel secoua la tête. Si ignorante qu'elle fût, il était évident que les perles étaient vraies ; impossible de simuler un éclat aussi vif.

— Jedder, ce n'est pas vrai. Un marché! Il y en a pour une fortune! Elles sont aussi vraies que les joyaux de la Couronne! Allons, comment sont-elles tombées entre tes mains?

Il pinça les lèvres et lui tourna le dos d'un air buté, que sa mère lui connaissait si bien qu'elle en fut attendrie:

— Mon fils, dit-elle d'une voix douce, comment pourrais-je les porter? Toute la police du pays doit être à leur recherche!

— J'y ai pensé, mère, répondit-il en souriant. Nous en ferons un petit collier, un bracelet, peut-être des boucles d'oreille, et personne ne pourra dire d'où elles viennent. Tout est prévu, ne t'inquiète pas.

On aurait dit son père: allègre, irrésistible, follement attirant. Rachel, une fois de plus, en fut bouleversée, impossible de s'y tromper. Elle sourit, sans honte, à la pensée qu'elle contemplait son propre fils avec les yeux d'une femme sensuelle. Le fruit de sa chair! A sa façon, lui aussi était un jeune taureau plein de promesses.

— Mais quand pourrais-je les porter? L'occasion ne se présentera jamais!

— Oh que si, mère! Il y en aura plus d'une! Je le sais. Tu remettras de belles robes, tu auras tant de bijoux que ceux-ci seront juste bons pour une fille de ferme.

— Des idées pareilles te mèneront à la potence! lança-t-elle, apeurée. C'est ce qui arrivera, si tu suis ce chemin!

Rachel lui lança le collier, qui vint s'enrouler autour de son poing, comme un serpent blanc. Jedder s'assit au bord du lit et prit ses mains dans les siennes; les perles vinrent emprisonner leurs doigts, comme pour les lier à jamais.

— Ecoute-moi bien! Je ne suis pas un paysan, je ne le serai jamais. Et d'ailleurs, même si c'était le cas, qu'est-ce qui se passera quand les filles et les jumeaux seront grands? Le domaine n'est pas assez vaste pour quatre hommes et trois femmes. Les uns devront devenir ouvriers agricoles, sans avoir de maison à eux, et les autres seront servantes. Ça ne me tente pas, et j'ai d'autres projets.

Il se leva brusquement et quitta la pièce; mais Rachel savait bien qu'il avait raison.

Quelques jours plus tard, elle trouva la cagoule de crêpe noir et le pistolet dans l'écurie, dissimulés dans un trou, sous un arçon, et

246

comprit aussitôt d'où venaient les perles. Jedder courait les routes et attaquait les voyageurs. Son propre fils était devenu un bandit de grand chemin.

— Je ne dormirai pas tant que tu ne seras pas rentré, lui dit-elle ce soir-là comme il s'en allait.

Elle resta sur place, entendit s'éloigner le bruit des sabots de sa monture, et rampa dans l'ombre pour attendre près de la porte de l'écurie. Il y régnait une forte odeur de foin ; son cœur se mit à battre avec violence quand elle aperçut confusément des cavaliers sans visage, qui ressemblaient à des fantômes. Comme Will autrefois, Jedder revint avec du butin, des pièces d'or qui clique-taient entre ses paumes. Elle était trop excitée pour pouvoir parler, et, dans l'obscurité, il ne discernait guère que ses yeux grands ouverts, où semblait se refléter la lune.

— Comme mon père a dû t'aimer, dit-il, presque jaloux.

— Oh oui ! répondit-elle, perdue dans ses souvenirs. Oh que oui !

On aurait dit que le passé recommençait : Yellaton avait retrouvé sa splendeur d'autrefois, les nuits étaient agitées, et la petite boîte de fer-blanc se remplit jusqu'à ce que Rachel fût en mesure d'acheter, assez bon marché, trente-cinq acres de terres en pente près d'Arnwood, tout comme Robert et elle avaient autrefois acquis Moses Bottom, et qui vinrent s'ajouter à la terre des Jedder. Toute la famille se rendit là-bas ; l'endroit était ensoleillé, mais envahi de genêts ; ils y firent paître leurs moutons le jour même.

Rachel aurait follement voulu accompagner Jedder dans ses randonnées nocturnes, mais elle était hantée par le terrible souve-nir de cette nuit où elle avait tenu, à toute force, à accompagner Will jusqu'à South Mill. Elle préférait donc retourner seule sur les terres qu'ils venaient d'acheter, et, presque ivre, se tournait vers l'ouest pour contempler l'ensemble du domaine. Une fois de plus, après la solitude, le désespoir, elle se sentait pleinement revivre, et avait retrouvé l'espérance, la foi, l'amour — pour Jedder, son fils, pour le grand taureau roux, pour Yellaton. Elle parcourut des yeux la vallée et se dit que ce n'était que le début.

Jedder et John étaient désormais adultes. Emma était devenue une jeune fille avenante, bien qu'un peu geignarde ; elle avait déjà retenu l'attention de David Morrish, dont le père, Luke Morrish, possédait une ferme deux fois plus grande que Yellaton, de l'autre côté de chez les Lutterell. Dick et Joël Blackaller posaient toujours autant de problèmes : ils volaient les œufs et la volaille, tiraient les cheveux des filles, mentaient à plaisir, et avaient même, une fois, jeté des pierres à un chat jusqu'à ce qu'il en mourût. Mais, à la maison, ils se tenaient tranquilles, et, comme ils étaient encore jeunes, on pouvait espérer qu'ils s'amélioreraient. Jane, la petite enfant trouvée, avait huit ans.

C'est précisément aux alentours de son anniversaire que John rapporta à sa mère une lettre laissée pour elle à High Chillam. Elle la retourna en tout sens, en louchant sur les caractères incompréhensibles de l'enveloppe.

— Où est marqué mon nom ? demanda-t-elle à son fils, inquiète et mécontente. Montre-moi !

— Ici, mère, dit-il en désignant trois mots au doigt : Maîtresse Rachel Blackaller.

— Je ne m'appelle pas Blackaller. Mon nom, c'est Jedder. Je ne l'ouvrirai pas !

— Pour la loi, tu t'appelles Blackaller, mère. Et il faut que tu l'ouvres.

— Qu'est-ce que ça veut dire, ça ?

— Beara, High Chillam.

— Et ici ?

— Ferme de Yellaton.

— Ferme de Yellaton, hein ? C'est vrai, ça ; c'est une vraie ferme, maintenant.

— Mère, ouvre donc cette lettre avant que nous n'ayons tous les cheveux gris, intervint Jedder qui, vautré dans un fauteuil, ne pouvait plus attendre.

Elle rompit le sceau d'une main tremblante, déplia le papier et contempla les lignes d'écriture avant de passer le tout à John.

— Ça vient d'un cabinet d'avocats de Cross Street, à Barnstaple, qui te demandent de passer à leurs bureaux, dès que possible, à ta... con-ve-nan-ce...

— Jamais de la vie ! Je n'irai pas !

Rachel imagina aussitôt d'épouvantables catastrophes et fut prise de panique. Peut-être qu'après toutes ces années ils avaient découvert une erreur, et s'étaient rendu compte qu'en définitive Yellaton ne lui appartenait pas ? John, qui s'était plongé dans la lecture de la lettre, n'y prit pas garde.

248

— Et ils disent qu'il faut que tu emmènes la petite Jane avec toi, ajouta-t-il, surpris.

— Jane? Jane? Qu'est-ce qu'ils veulent à Jane Clarke?

— Pas Jane Clarke, mère. La nôtre.

— La nôtre! La petite Jane?

Tous se regardèrent un moment sans comprendre, puis prirent la parole en même temps, et finirent par convenir, après de longues discussions, qu'on avait retrouvé la mère de Jane et qu'elle voulait récupérer sa fille.

— Je ne veux pas! C'est toi ma maman! s'écria Jane qui, fondant en larmes, se blottit contre Rachel.

Le lendemain, pourtant, elle monta en selle derrière sa mère adoptive, et toutes deux parcoururent à cheval les treize miles qui les séparaient de Barnstaple, pleines d'impatience et d'appréhension.

— Donc, Rachel Jedder, c'est bien l'enfant que vous avez trouvée devant votre porte, il y a huit ans de cela?

L'avocat paraissait s'ennuyer. C'était un homme d'âge moyen, assez corpulent, qui avait la désagréable manie d'agiter périodiquement un mouchoir devant son nez, comme s'il trouvait que ses clients sentaient mauvais.

— Nous lui sommes très attachés, Votre Honneur, dit Rachel, humblement. Nous ne voudrions pas être séparés d'elle.

— Bien sûr que non, répondit l'autre en faisant grincer sa plume. Maintenant, signez ici, et le problème sera résolu.

Il se leva en lui tendant un parchemin. Rachel battit en retraite.

— Quel problème? Je ne signerai pas. Je ne signe jamais.

— Mais il le faut, maîtresse Blackaller, avant que je puisse vous déclarer bénéficiaire du legs.

Elle s'empara de Jane et observa l'avocat sans comprendre.

— Vous savez pourquoi vous êtes ici, au moins?

Elle fit non de la tête.

— Eh bien, maîtresse Blackaller, pour vous être occupée de l'enfant, il vous a été légué la somme de cinq cents livres.

Rachel s'évanouit.

Les innovations venues du monde extérieur avaient le plus grand mal à s'imposer dans la région, inaccessible parce que prise entre la Torridge et la Taw, et se voyaient accueillies avec une incrédulité méfiante. Les nouveautés ne plaisaient guère aux gens du Devon, qui n'avaient pas de goût pour le changement. Un comté qui avait vu naître d'aussi grands hommes que sir Francis Drake, John Hawkins ou Walter Raleigh n'avait nul besoin des conseils des étrangers de l'East Anglia ou du Leicestershire. Quand Rachel y était arrivée, les fermes connaissaient à peine les véhicules à roue : le bois, le fumier, la chaux, le foin et le blé étaient transportés sur des sortes de traîneaux tirés par des bœufs ou des chevaux. Bien des fermiers s'en tenaient encore là.

Le plantoir de Jethro Tull, les expériences de Bakewell sur la reproduction, la rotation des cultures prônée par Coke étaient à peu près inconnus, alors qu'ils étaient déjà monnaie courante dans le Norfolk et chez les Wame. Ces dernières années, toutefois, on avait enfin pris l'habitude de nourrir le bétail de navets pendant l'hiver. Avant, presque toutes les bêtes partaient à la boucherie, exception faite des plus jeunes, qui n'avaient droit qu'à un médiocre ordinaire de foin et de paille ; seules les plus solides survivaient.

On avait d'abord considéré comme une absurdité, typiquement féminine, le fait que Rachel Jedder consacrât une aussi grande part de ses terres à la culture du navet. Au bout de quelques saisons, cependant, tous finirent par se laisser convaincre en apprenant que ce genre de produit se vendait trente shillings à l'acre. Le Squire Waddon donna l'exemple en en plantant sur un tiers de ses meilleures terres — proportion qui passa vite à la moitié.

Ce fut un printemps humide, suivi, en mai, de brèves gelées, puis de longues semaines de tiédeur. L'altise potagère déposa des œufs par millions : il en sortit des larves qui dévorèrent ce qu'il restait des navets épargnés par le gel. Dans le seul Devon, les pertes s'élevèrent à cent mille livres... Rachel contempla le désastre dans la Cuisse de Lièvre et se félicita d'avoir été assez prévoyante pour créer des surplus. Il faudrait sans doute rationner les bêtes, mais aucune ne partirait à l'abattoir.

Le Squire Waddon grogna à la vue de ses terres ravagées. Il n'avait pas changé de vie depuis la mort de son père, et ses dépenses dépassaient largement ses revenus. Il avait épousé la fille d'un pair du royaume, une femme docile pourvue d'une grosse dot ; mais l'amour du jeu, de la chasse, des pur-sang, du porto, du cognac, la nécessité de tenir son rang avaient largement érodé sa fortune. Le Squire comptait précisément sur les trois cents livres que devait lui rapporter la récolte de navets. Un homme sensé aurait réduit son train de vie, attendu que ses terres, si riches, le remissent à flot. Mais le Squire était plus connu pour sa flamboyante personnalité que pour son bon sens. Il donna donc un grand bal, puis, après avoir triomphé de la torpeur alcoolisée consécutive à l'événement, invita Rachel à venir prendre le thé dans sa demeure, en compagnie de lui-même et de son épouse.

Elle passa donc une semaine à couper, puis à coudre et à découdre, une robe ; Jane Clarke, couturière de profession, finit par avoir pitié d'elle et se chargea de tout. Jedder avait fait venir spécialement d'Exeter un coupon de satin ivoire — il jura à sa mère qu'il l'avait acheté honnêtement —, accompagné d'un chapeau assorti, décoré de rubans et de plumes, ainsi que de souliers plats à la dernière mode. Une fois achevée, la robe avait un col tuyauté, des manches à volants, en dentelles, comme les manchettes, d'une longueur prodigieuse. On aurait dit qu'elle était faite de verre soufflé, et se pulvériserait au moindre contact. Rachel se demanda si elle allait oser s'asseoir, de peur de voir s'effondrer tout le fragile édifice.

Jane fit disparaître un bout de fil qui dépassait, tira sur la jupe et recula.

— Il manque quelque chose. Les souliers sont parfaits, le chapeau aussi...

Rachel prit son petit éventail de bois.

— Oh non ! Tu ne peux pas emporter ça ! Ce n'est pas assez chic !

— Il m'a toujours porté bonheur ! Il vient de France et je le garderai à la main.

Jane secoua la tête en reniflant. Rachel avait parfois de drôles d'idées... D'ailleurs, il manquait toujours quelque chose.

— Les gants ! s'écria-t-elle brusquement. Tu n'as pas de gants !

— Mais je n'en ai jamais eu !

Rachel parut déconcertée, puis, croisant le regard de son amie, éclata de rire avec elle : avoir cousu des milliers de gants, des années durant, sans en avoir jamais porté elle-même !

John partit pour Torrington au grand galop, afin d'acheter de la soie, et, le soir même, sa mère prit l'étau de cuivre pour la toute dernière fois de sa vie. Le lendemain, en partant, elle en recouvrit

251

ses mains calleuses ; personne ne pourrait deviner qu'elle n'était pas une dame du grand monde. Jedder lui passa le collier de perles autour du cou, et le bracelet au poignet gauche.

— Je t'avais bien dit que le temps viendrait, chuchota-t-il en embrassant ses doigts avant qu'elle eût le temps de répondre.

Dans la grande entrée lambrissée du manoir des Waddon, un valet de pied la débarrassa de sa cape et la conduisit au salon, à la porte duquel elle resta un moment, très raide. Le Squire Waddon aperçut une petite silhouette un peu gauche, au visage pâle, dont les cheveux noirs, tirés en arrière, étaient coiffés en anglaises. La lumière qui passait entre les lourds rideaux des fenêtres mettait en valeur le vert de ses yeux. Il lui jeta un regard lascif, discernant, par-delà les flots de dentelles, son corps nu, comme autrefois, près du lac, bien des années auparavant.

— Vous n'avez pas changé, Rachel Jedder! dit-il en lui baisant la main.

Rachel eut la délicatesse de rougir.

Lady Ann avait dix ans de moins qu'elle, et se montra fort aimable. Elle lui demanda des nouvelles de toute sa famille, en donnant le nom de chacun de ses enfants, Jane comprise, tout en contemplant avec admiration son époux avaler de larges tranches de cake aux fruits, qu'il faisait passer à grandes lampées de thé.

— Ça ira comme ça! finit-il par dire en lançant en l'air la petite tasse de porcelaine, et en poussant un rot plein d'énergie. Pourquoi diable ne pas boire de la bonne bière brune, plutôt, ou du cidre?

— Charles, j'aurais sonné pour vous en faire apporter, si vous en aviez exprimé le désir, répondit sa femme.

— Bien sûr, ma chère.

Il lui tapota la tête avec vigueur, comme on fait d'un lévrier, pouffa de rire, puis se tourna vers Rachel:

— Eh bien, maîtresse Jedder! il paraît que vos bœufs envahissent la lande, une fois de plus, et les gens se plaignent! Que comptez-vous faire à ce sujet?

Prise au dépourvu, Rachel balbutia de vagues explications: elle les vendrait bientôt, le troupeau allait diminuer...

— Oui, mais c'est un problème qui se présente sans cesse! D'ici quelques mois, tout aura recommencé. Vrai ou faux?

Elle ne pouvait le nier, et préféra parler rotations des cultures:

mettre en train un tel programme réduisait la superficie accordée aux pâturages de Yellaton.

— Je me souviens du temps où vous pensiez qu'une quinzaine d'acres et un petit bois étaient un véritable royaume, Rachel Jedder. Combien possédez-vous de terre, à présent?

— Soixante-cinq acres, Squire. Mais les jeunes veaux sont de si belles bêtes, ce serait dommage de les vendre sans qu'ils aient eu le temps d'engraisser! C'est une situation sans issue.

Lady Ann se leva et, s'excusant avec beaucoup de tact, sortit de la pièce dans un bruissement de taffetas.

— J'ai la réponse à votre problème. Vous avez touché une certaine somme d'argent il y a quelques mois, n'est-ce pas?

Rachel se crispa, lui lança un regard dur, et dit d'un ton méfiant:

— Comment savez-vous cela, Squire Waddon?

— Plusieurs centaines de livres, je crois. Pour avoir recueilli et élevé la petite Jane.

— Tout cela est entre moi et l'avocat de Barnstaple, Squire. Il n'est pas correct que vous l'ayez appris.

— Ma sœur est morte il y a six mois, Rachel, dit-il doucement.

Elle le regarda, bouche bée, n'osant pas comprendre ce qu'il sous-entendait, puis balbutia:

— Votre... sœur... Alors, la petite Jane...

— Nous n'en parlerons plus, ni maintenant ni plus tard, répliqua-t-il avec fermeté. Pour en revenir à votre bétail, je crois que j'ai la solution. Que diriez-vous de la prairie qui s'étend en dessous d'Arnwood?

— Je ne veux pas être votre métayère, Squire. Ce n'est pas ainsi que j'agis.

— Et je ne voudrais pas non plus, chère madame, de peur de troubler mon repos. Pourtant, comme elles sont toutes proches d'Arnwood, de l'autre côté duquel commencent vos terres, je vous propose d'en faire l'acquisition.

— Vous vendez? Une part de Braddon? demanda Rachel, incrédule.

— A vous seulement. Vingt-cinq acres de prairie, superbes, pour trois cent cinquante livres. C'est une occasion que vous ne retrouverez pas de sitôt.

— Peut-être, Squire, mais cinq acres de terre et votre bois les séparent encore de Yellaton.

Rachel s'était mise à réfléchir avant même qu'il eût fini de parler. Tout le monde croyait que le Squire était si riche que même son somptueux train de vie ne pourrait menacer sa fortune. Et voilà qu'il s'apprêtait à vendre une part de son domaine — des terres de premier ordre! C'était incroyable, mais elle n'entendait pas perdre son sang-froid.

— Vous aurez droit de passage sur les deux.

— Non, Squire. On peut toujours les révoquer.

— Douteriez-vous de mon honneur, Rachel? dit Waddon, qui parut blessé.

— Bien sûr que non. Je n'oublierai jamais ce que vous avez fait pour moi, et je sais parfaitement que vous ne me porterez pas tort. Mais c'est que, quand nous ne serons plus là, d'autres nous remplaceront. Il faut que j'assure l'avenir de mes enfants, et ceux qui vous succéderont ne seront peut-être pas aussi bons que vous.

Il fouilla dans son gilet et en sortit sa montre. Il était déjà cinq heures et demie; sir Roger Barlington, Fortescue et les Grenville arrivaient à sept heures pour un dîner à l'issue duquel ils joueraient aux cartes, et il ne s'était même pas changé!

— Grands dieux, maîtresse Jedder, vous cachez un cœur de pierre dans cette délicieuse poitrine! dit-il en souriant. Il ne semble pas que je puisse faire appel. Aussi, que diriez-vous si Arnwood et les cinq acres faisaient partie du lot?

— Pour le même prix? Trois cent cinquante livres?

— D'accord, grommela-t-il à contrecœur. Trois cent cinquante livres.

Rachel poussa un cri de joie et, le prenant dans ses bras, l'embrassa sur la bouche, sans la moindre gêne.

— Vos baisers sont devenus bien chers, remarqua-t-il d'un ton badin. Je me souviens qu'il fut un temps...

Elle l'embrassa de nouveau.

— Je vous suis très reconnaissante, Charles Waddon, chuchota-t-elle. Je défendrai les droits de la petite Jane, et je ferai en sorte qu'elle soit bien mariée.

Il la serra contre lui pour respirer ses cheveux:

— Je le sais, ma petite amie.

Quand elle quitta le manoir, il faisait encore aussi clair qu'en plein midi. C'était la fin de l'un de ces après-midi d'été où les amants, étendus dans l'herbe, sont si las qu'ils se bornent à échanger quelques mots chuchotés ; l'air vibre, tant le sol est brûlant, une faible brume flotte au-dessus des ruisseaux et des rivières.

Elle monta à cheval et traversa le parc. L'allée centrale était bordée de grands chênes, plantés là par les ancêtres du Squire quand Elizabeth Ire leur avait fait don du domaine en récompense de leurs vaillantes actions (et de leur sens de la diplomatie ; ils avaient survécu au règne de son père, de sa demi-sœur, et s'étaient attiré ses bonnes grâces). Elle franchit le petit ruisseau qui se jetait dans le lac, puis, brusquement, s'engagea dans la vallée encaissée que surplombait Arnwood.

Les champs étaient séparés les uns des autres par des haies épaisses, Rachel les contempla, trop fascinée pour battre des cils. Ce n'était pas la lande, balayée par les vents venus de l'océan, acide, mal drainée. Il s'agissait de véritables terres cultivées, chaulées et fumées depuis des siècles. Le sol, épais et noir, était riche, facile à travailler ; il y pousserait des récoltes exception-nelles, des herbes superbes, ou des légumes succulents. Inutile de prendre un peu de terre dans ses mains pour le savoir. Il suffisait d'en sentir l'odeur.

Elle attacha sa monture à une barrière et grimpa, en souliers de satin et robe d'apparat, folle de bonheur. Une part du domaine des Waddon allait faire partie de la terre des Jedder, et c'était elle, sortie d'un asile de pauvres, qui l'avait achetée. Rachel se deman-da si son grand-père avait, lui aussi, convoité ces champs. Qu'en aurait-il pensé ? Peut-être avaient-ils, autrefois, appartenu à ses propres ancêtres ? Il était donc juste qu'ils lui revinssent. Elle savait que les Jedder étaient installés sur la lande de Beara depuis bien plus longtemps que les Waddon. Sa famille avait toujours été là.

Rachel n'aurait voulu partager ce moment avec personne, même pas avec Jedder, même pas avec Will Tresider. Elle longea chaque champ, traversa les bois et, pendant une heure, prit possession de ses terres, triomphante.

— Mère ! Tu es blessée ? Tu es tombée ?

John sortit de la maison en courant. Elle se rendit enfin compte de son allure : pleine de boue, couverte d'égratignures, des brin-dilles dans les cheveux. Son joli chapeau était dans un triste état.

— Qu'est-ce qui s'est passé ? Laisse-moi t'aider.

Il la fit descendre de cheval et la déposa sur le sol, l'air inquiet. Toute la famille l'entoura, anxieuse, l'accablant de questions.

— Je suis allée dans la vallée de l'Arn, au-delà du bois, expliqua-t-elle pour piquer leur curiosité, sans pourtant pouvoir dissimuler son excitation.

— Mais ta belle robe est tout abîmée! dit John, qui ne comprenait pas.

— Aucune importance! Aucune importance!

Elle fut incapable de garder plus longtemps le secret:

— J'ai acheté de la terre au Squire! Trente acres, et tout Arnwood. C'est à nous, maintenant!

Dave Bartle était le premier homme que Rachel eût employé à plein temps à Yellaton. Personne ne voulait de lui, bien qu'il fût le cousin du marchand de chevaux; il avait, de naissance, la colonne vertébrale tordue, et des crises d'épilepsie. Mais Jedder passait de plus en plus de nuits dehors, John s'absentait souvent pour soigner des bêtes malades, et on ne pouvait faire confiance aux jumeaux. Il fallait donc recourir à d'autres bras pour assurer tous les travaux de maintenance, ou mener les bœufs et les moutons, au besoin. Au demeurant, Dave était déjà venu travailler chez eux à l'occasion des moissons, et leur avait donné toute satisfaction.

Personne ne savait quel âge il pouvait avoir. Les enfants se moquaient de lui, le traitaient de tous les noms. Il était déjà adulte du temps où Jack Thorne était un gamin, et maintenant Jack, qui avait cinquante ans, était l'un des plus vieux du village.

Les fils de Rachel libérèrent une partie du grenier au-dessus de l'écurie, et y créèrent une chambre où Dave Bartle vint s'installer. Il prit l'habitude d'offrir tous les jours à Rachel, en signe de reconnaissance et d'adoration, des bouquets de fleurs, des fruits, du vin de sureau qu'il avait préparé lui-même, du gibier, des œufs de cane.

Une telle dévotion émut profondément la nouvelle propriétaire, à qui son ascension sociale fit un peu perdre la tête. Elle se montra très arrogante, irrita les autres femmes de la paroisse en faisant des manières; c'est ainsi qu'elle portait des gants pour se rendre au marché, ce qui l'obligeait à désigner du doigt ce qu'elle voulait, au lieu de le prendre elle-même, comme tout le monde. Elle assistait aussi à l'office avec un réticule (que des mauvaises langues, non sans pertinence, eurent tôt fait d'appeler un ridicule), dont elle sortait théâtralement une pièce de monnaie au moment de la quête. Elle portait de nouveau de belles robes, flirtait outrageusement avec les hommes mariés, dont certains étaient assez sots pour croire qu'elle était sérieuse.

Les femmes faisaient claquer leur langue, pinçaient les lèvres, évoquaient le souvenir du vieux Penuel Jedder, si pingre que, quand il allumait un feu, il fallait battre le briquet pour le voir. Sa petite-fille, malgré tous ses grands airs, était sortie de rien.

Rachel le savait aussi bien qu'elles, et, en fait, se le voyait rappeler chaque fois qu'elle inspectait la ferme, terminant sa tournée si contente d'elle-même, si fière de sa réussite, qu'il lui était impossible de résister à la tentation de se rengorger. Elle était désormais tirée d'affaire : les enfants étaient grands, la ferme solide, assez importante pour les nourrir tous jusqu'à leur mariage, et même accueillir les épouses et les enfants de ses aînés. Ils étaient définitivement à l'abri du besoin, parfaitement capables de traverser les périodes les plus difficiles. Grâce à elle, Yellaton était invulnérable.

Elle était assise sur la colline à côté d'Arnwood et contemplait, en contrebas, Souverain et son troupeau de jeunes vaches. Il broutait à côté d'une génisse et s'en rapprochait de plus en plus. Il parut pourtant ne pas s'offusquer de la voir s'éloigner brusquement ; mais, comme elle baissait la tête, il revint, promenant le nez le long de son dos, puis se plaça derrière elle et la monta. Surprise, elle se hâta de partir en avant, sans qu'il insistât. La fois suivante, elle demeura immobile.

— Petits voyous ! s'exclama Rachel en gloussant.

Rachel s'approcha, assez près pour qu'elle pût parler à Souverain. Il en avait déjà terminé quand elle arriva. Il vint vers elle, soufflant bruyamment.

— Tu te surmènes, on dirait ! lança-t-elle.

Elle vit son nez qui coulait. Il lui jeta un regard un peu trouble, et grogna.

— Peut-être te faudrait-il quelques jours de repos, en effet. On viendra te ramener à la maison demain.

Dave Bartle fut chargé d'aller le chercher, et mit beaucoup de temps à revenir. Il arriva tout en sueur dans la cuisine :

— Qu'est-ce qui vous a retenu si longtemps ?

— Vous feriez mieux de venir voir le taureau, maîtresse, répondit-il, très agité.

Souverain bavait. Un liquide puant lui coulait du nez et ses yeux étaient rouges de fièvre.

— Grands dieux! Allez chercher John, et vite!

Elle eut un inquiétant pressentiment et murmura des prières incohérentes, mais une angoisse presque hystérique rendait incompréhensibles des mots auxquels elle ne croyait guère.

— *Notre Père, qui êtes aux Cieux...*

... Que Votre nom soit sanctifié...

... Que Votre règne arrive...

... Que Votre volonté...

Elle mit les bras autour du cou de la bête et la serra contre elle. Son pelage, si luisant d'habitude, paraissait déjà tout terne, ses muscles si fermes étaient flasques, ses flancs se creusaient. Il fut pris de diarrhée.

— Je crois en Dieu le Père Tout-Puissant...

Souverain gémit. Levant les yeux au ciel, Rachel abandonna les prières pour les accusations:

— C'est Votre faute! Comme tout le reste!

John apparut à l'entrée; sans mot dire, il s'approcha du taureau, lui ouvrit la gueule, lui souleva les paupières et lui tâta les oreilles.

— Qu'est-ce c'est? demanda Rachel, qui osait à peine poser la question.

Il prit un seau et ouvrit son sac de cuir pour en sortir une lancette et une sorte de petit marteau de bois lesté de plomb. Puis il serra une cordelette autour de la patte avant droite, fit saillir une veine, contre laquelle il posa la lame triangulaire, avant de donner dessus un coup de maillet. Le sang jaillit avec force et tomba dans le seau. Souverain ne bougea pas; Rachel eut l'impression qu'il n'avait rien remarqué. Quand la saignée lui parut suffisante, John referma la blessure avec une aiguille et un crin de cheval tordu de façon à former un huit.

— Qu'est-ce qu'il a? s'enquit sa mère.

— Je crois que c'est ce qu'on appelle la peste bovine, mais je n'en ai encore jamais vu.

— Bovine? Qu'est-ce que ça veut dire?

Le jeune homme rassembla ses instruments sans oser lever les yeux.

— La peste du bétail.

Rachel serra les poings et sentit que son corps se glaçait.

258

— Il n'y a pas d'espoir, alors?

— Je ferai ce que je pourrai. En attendant, autant aller voir le reste du troupeau.

Il saigna deux vaches qui paraissaient apathiques, et, toute la journée, essaya tous les remèdes qu'il connaissait afin de les sauver et de protéger les autres.

Le soir, le taureau était étendu sur le sol, respirant avec difficulté. Rachel lui nettoya le museau, le couvrit de sacs, lui parla pour le réconforter, le cajoler. Parfois, il réussissait à lui lancer un regard peiné, mais, la plupart du temps, il avait les yeux vides, et elle comprit qu'il ne désirait plus que mourir.

Le lendemain, les deux vaches étaient mortes. Les autres étaient manifestement contaminées.

— Il y a parmi elles six des plus belles génisses de Dan Cobbledick! Qu'est-ce qu'il va dire?

Elle chargea Jedder d'aller avertir le fermier de Chulmleigh, et le reste du village.

— Arrête-toi chez le pasteur! s'écria John. Pour l'eau bénite!

— L'eau bénite?

Sa mère le regarda d'un air furieux.

— C'est notre dernière chance. Je ne peux rien faire de plus, et les gens disent qu'elle fait parfois de l'effet.

Quand ils s'en revinrent auprès de lui, le grand taureau était mort.

CHAPITRE TREIZE

La course éperdue de Jedder se révéla inutile. Dans tout le district, les vaches qu'on avait menées à Souverain montraient déjà les symptômes de la maladie — la plus virulente qui fût. Dix ans au moins s'étaient écoulés depuis la dernière épidémie, mais tous se souvenaient encore des ravages qu'elle avait causés. Une fois de plus, ils allaient devoir assister, sans mot dire, à l'abattage de leur bétail, conformément à la loi votée en 1746. Nombre d'entre eux virent disparaître toutes leurs bêtes, et n'eurent droit qu'à une compensation financière minime, très inférieure à ce qu'ils avaient perdu.

Amers, ils se tournèrent vers Yellaton pour maudire Rachel Jedder; leur colère céda la place à la haine, en voyant, les jours de marché, les enclos désertés, en apprenant les malheurs des uns et des autres — et surtout quand ils surent que quelques-uns des veaux de Rachel, partis paître assez loin sur la lande de Beara, avaient échappé au fléau. Tous se souvinrent de son arrivée, sans un sou, sur le maigre domaine, et la façon dont elle en avait fait chasser Matthew Claggett; ils évoquèrent la mort de Walter Riddaway, celle de ses deux époux successifs; sa richesse fit l'objet de toutes sortes d'accusations.

Les femmes chuchotaient à leur époux que, bien qu'elle dût avoir au moins quarante ans, Rachel avait à peine vieilli: ses cheveux étaient toujours noirs, son corps aussi mince, son cou aussi lisse; tout au plus remarquait-on quelques rides au coin de ses yeux — des yeux vides, sans expression, aux couleurs changeantes, parfois bruns, parfois dorés... Il lui suffisait de regarder les gens pour qu'ils fussent ensorcelés, comme ce pauvre Robert Wolcot.

Certains avouèrent l'avoir vu voler au-dessus de la lande, à la pleine lune, après avoir appris la forme d'un grand oiseau; et l'on savait que le fantôme de son grand chien gris errait autour des fermes isolées pour s'emparer des nouveau-nés non baptisés. Les rumeurs se nourrirent d'elles-mêmes, chacun y ajoutant un détail nouveau, et il ne fit bientôt plus de doute que Rachel Jedder était bel et bien une sorcière, parvenue à ses fins à grand renfort de magie noire et de charmes : la région tout entière était désormais victime de ses pouvoirs maléfiques.

Les gens de High Chillam lui tournèrent le dos, refusèrent de lui adresser la parole, prenant bien soin de baisser les yeux chaque fois qu'elle approchait. Quand elle se rendait au marché, ses quatre fils devaient l'accompagner pour assurer sa protection, de peur qu'elle ne fût attaquée. De fait, on ne manqua pas de leur jeter des pierres. S'ils parvinrent à acheter à peu près tout ce dont ils avaient besoin, il leur fallait parfois aller jusqu'à Barnstaple pour vendre leur propres produits. Rachel n'aurait pu assister à l'office le dimanche sans la protection résolue du pasteur et du Squire ; aucun paroissien n'acceptait d'ailleurs de s'asseoir sur le même banc qu'elle. Jane Clarke elle-même fut menacée, et, pendant une certaine période, fut dans l'incapacité de lui rendre visite.

La jeune femme tenta d'abord d'arrondir les angles. Elle alla voir Dan Cobbledick pour s'excuser, lui témoigner sa sympathie ; il cracha sur elle. Elle offrit du lait à deux familles dont les vaches avaient été abattues, et se vit chassée de leurs terres sous un torrent d'invectives. Pour finir, elle envoya une génisse à Daniel Lutterell, dont presque tous les moutons, l'année précédente, étaient morts de maladie. Il venait maintenant de perdre tous ses veaux, et se sentait trop vieux, trop las, pour recommencer.

Dick et Joël revinrent à Yellaton l'après-midi même, avec la génisse. Accablée, leur mère s'en prit à eux :

— Comme par hasard, c'est vous les porteurs de mauvaises nouvelles !

Rachel avait toujours éprouvé des sentiments mêlés vis-à-vis des deux garçons ; ils lui rappelaient trop de souvenirs horribles d'Harry Blackaller. Ils sont bien les fils de leur père, se disait-elle à chacune de leurs petites sottises d'enfants, on ne pouvait d'ailleurs nier qu'ils eussent toujours pris plaisir à mentir et à voler. Il fallait littéralement les contraindre à travailler ; ils avaient d'ailleurs tant fait souffrir les bêtes qui leur étaient confiées qu'elle dut leur interdire tout contact avec le bétail. La génisse tremblait et suait ; ils l'avaient ramenée à la ferme au galop.

— Il nous a traités de fils du diable, dit plaintivement Joël.

— Il le regrettera! s'écria son frère.

Rachel eut envie de pleurer de rage, et s'en prit à eux:

— Vous n'êtes que deux bons à rien! Des va-nu-pieds!

— Allons, allons, mère, répondit Dick en souriant.

Il ouvrit le sac accroché à sa selle et en sortit deux grosses oies blanches auxquelles il avait tordu le cou:

— Il ne m'aura pas injurié pour rien!

Rachel donna libre cours à sa colère:

— Vous finirez à la potence! Que Dieu me foudroie! Mais vous êtes vraiment comme votre père! Comme si nous n'avions pas assez d'ennuis!

Richard fit quelques pas en avant et la regarda bien en face:

— Je ne suis pas aussi parfait que les autres, c'est ça, mère? Jedder ramène de l'argent à la maison, et John, qui est si doux, passe pour un saint. Eh bien, moi, je sais comment doubler l'étendue de Yellaton, et ils n'en ont jamais fait autant. Vous nous traitez toujours de bons à rien; attendez un peu, et vous verrez!

Le tout d'une voix très froide, le regard vide. En de tels moments, il ressemblait tant à son ignoble père qu'elle recula. Dick fit demi-tour et s'éloigna. Son frère le suivit docilement, d'un pas traînant.

Richard Blackaller avait toujours adoré sa mère et, dès son plus jeune âge, s'était efforcé de la faire sourire. Il lui amenait donc des poussins à peine nés, qu'il étouffait à force de les serrer dans ses poings crispés; tentait de soulever de lourds seaux de lait, et les renversait; plantait des légumes en croyant semer du blé, et ainsi de suite. Plus tard, pour se faire bien voir, il avait affronté, sans rien y connaître, poulains et jeunes veaux, qu'il rouait de coups — comme les garçons de son âge, avec lesquels il se battait souvent. Pour plaire à Rachel, il n'hésitait pas à proférer toutes sortes de mensonges.

Son frère l'imitait en tout, et on aurait cru que tous deux prenaient plaisir à mal agir. Rachel jurait, les corrigeait, leurs demi-frères les rudoyaient, le vieil instituteur avait refusé de leur apprendre à lire; les autres jeunes avaient peur d'eux, ou cherchaient leurs bonnes grâces.

De grande taille, les cheveux bruns, les yeux clairs, ils étaient beaux, et leur allure désinvolte plaisait fort aux jeunes filles du village. Elles les trouvaient d'autant plus fascinants que leurs parents leur interdisaient d'avoir commerce avec eux. Richard avait dix-sept ans. Il encourageait vivement ces naïfs témoignages d'adoration, et prenait grand plaisir à faire subir toutes sortes d'épreuves à ses admiratrices, pour voir ce qu'elles seraient capables d'endurer pour lui. La petite Faith Pincombe le suivit ainsi toute la journée sur la lande, à travers marais et buissons d'épines, pour rentrer chez elle, trempée, frissonnante, sans même avoir reçu l'aumône d'un baiser. Lucy Squance monta sur un cheval bien trop vif pour elle, qui la fit tomber à plusieurs reprises ; chaque fois, elle remontait en selle, jusqu'à ce qu'elle manquât se tuer. Ann Moorish lui offrait des champignons, des gâteaux, du pain d'épice, qu'il mangeait sans dire merci, mais avec assez de hauteur pour qu'elle repartît tristement.

Et pourtant, les jeunes filles rôdaient autour de l'auberge du Lion d'Or, trouvaient des prétextes pour se rendre sur la lande, dans l'espoir de le rencontrer, ou, le dimanche, s'attardaient dans l'église après l'office pour pouvoir le voir de près. Quand il leur lançait une œillade, elles n'y résistaient guère, et il était si facile de les faire rougir qu'il n'éprouvait pour elles qu'un profond mépris.

L'idée lui était venue plusieurs mois auparavant, le jour où Mary Lutterell lui avait rendu son regard avec une telle indifférence qu'il n'avait pu y croire. Dick avait pris soin de lui parler seule à seul, mais elle n'avait répondu que par monosyllabes, sans cesser d'observer des amies à elle, avant de refuser, sous un vague prétexte, de faire quelques pas en sa compagnie.

Une telle attitude l'avait agacé ; quand le père de Mary les traita de fils de diable, sa hargne devint un désir de vengeance, mêlé d'une volonté de triompher de ses frères aînés. Il ferait quelque chose d'extraordinaire, que ni Jedder ni John ne pourraient espérer dépasser, et qui lui vaudrait enfin d'être considéré au sein de la famille. Tout cela lui inspira un plan.

En août, ce fut, comme tous les ans, la fête du village. L'après-midi, il devait y avoir un match de cricket contre les gens de Roborough. L'équipe de High Chillam serait dirigée par le Squire, l'enjeu étant un lot de rubans offerts par le propriétaire de la Taverne des Armes d'Ebberly. Les règles du jeu avaient changé depuis peu : on faisait désormais usage d'une batte droite, et non plus incurvée, et de trois piquets au lieu de deux. Le village était

264

animé d'une profonde ferveur patriotique ; l'herbe avait été fauchée avec le plus grand soin, et, la veille au soir, Ephraïm Thorne, le forgeron, s'était vu encourager, par de copieuses rasades de bière, à défendre sa réputation de grand joueur face à ses adversaires.

Ce fut un match magnifique. Ceux de High Chillam semblaient être toujours là pour s'emparer de la balle ; Ephraïm se servait de sa batte avec une rapidité inquiétante, et une telle précision que les fanfarons de Roborough furent bientôt menés cinquante-cinq à zéro. Les gens du cru, de l'enfançon à l'octogénaire, en dépit du soleil accablant, poussèrent des cris, se remplirent le ventre de cidre, de pain et de fromage, jusqu'à la fin du match, qui se termina sur un score de cinquante-six à deux, ce qui donna lieu à des scènes d'une allégresse délirante.

Il y eut ensuite un banquet au cours duquel on servit de la viande de bœuf, de la volaille, du gibier, des tartes, des gâteaux, des puddings faits d'un mélange de pommes, de crème, d'œufs et de miettes de pain imbibées d'alcool. Un violoneux très réputé était même venu tout exprès de Barnstaple.

Vêtu d'une veste de velours, Jedder dansait gaiement la gigue avec deux servantes, sans cesser de contempler maîtresse Thorne, la plantureuse épouse du forgeron, qui agitait ses cheveux bouclés. John accompagnait Urith Luckbreast, qu'il courtisait depuis le printemps, et les deux jumeaux s'étaient mêlés à un groupe de jeunes gens très bruyants, déjà ivres de cidre ; tout rouges, ils faisaient des paris et poussaient des jurons au fond de la grange où l'on prélevait la dîme.

— Je te verrai plus tard, dit Richard à son frère. J'ai quelque chose à faire.

Il se fraya un chemin vers la sortie, où se trouvait un groupe de jeunes filles aux joues roses, puis se dirigea vers son cheval, et partit au galop vers la forêt qui dominait Yellaton. Le chemin, très fréquenté, était fort large ; le sol, durci par le soleil d'été, résonnait sous les sabots de sa monture. Une fois parvenu dans le bocage, Dick ralentit l'allure, puis s'arrêta ; il entendit des voix au loin, suivies, presque aussitôt du bruit de quelqu'un qui arrivait vers lui.

Elle lui apparut bientôt dans la lueur de la pleine lune, fredonnant d'un air heureux, la tête encore pleine de la musique du violon, du souvenir des jeunes gens qui avaient dansé avec elle. Sortant de l'ombre, Dick fit avancer son cheval pour lui bloquer le passage. Elle poussa un cri d'effroi, puis le reconnut et s'exclama d'un ton furieux:

— Tu m'as fait une belle peur, Richard Blackaller! Que fais-tu ici?

— Je t'attendais, Mary, répondit-il en se penchant pour s'emparer des rênes. Il n'est pas prudent qu'une jeune fille comme toi rentre seule du bal.

— J'ai l'habitude, dit-elle en se redressant, flattée d'une telle marque d'attention.

D'abord, il la précéda, puis, faisant tourner sa propre monture, quitta le chemin et entraîna Mary Lutterell et son poney à travers les arbres.

— Que fais-tu? Où allons-nous? s'écria-t-elle, apeurée.

— Je veux te parler.

— Mon père m'attend! Je lui ai promis de rentrer avant minuit!

— Ce ne sera pas long.

Ils atteignirent une petite clairière baignée de lune, où l'air était plein d'odeurs de sauge et de thym sauvage. Dick vit enfin son visage inquiet, ses yeux si bleus, sa petite bouche boudeuse. Le vent avait fait tomber sa cape de ses épaules, la mousseline de sa robe de danse laissait apercevoir une poitrine bien pleine; ses petites mains s'accrochaient à la crinière du poney.

— Ramène-moi immédiatement à la maison, Dick Blackaller! lança-t-elle d'une voix aiguë, presque enfantine. Ou je le dirai à mon père!

— J'ai l'intention de t'épouser, Mary.

— C'est absurde, répondit-elle d'un ton hésitant. Je n'en ai pas l'intention, moi.

— Tu ne m'aimes donc pas, Mary Lutterell?

— Ce n'est pas la question, dit-elle, trop bien élevée pour avouer que non. Mais je ne suis pas encore en âge de me marier, et mon père ne voudra jamais.

Il sauta à bas de son cheval et la souleva pour lui faire mettre pied à terre.

— Aucune importance. Tu me parais tout à fait prête.

Avant qu'elle eût le temps de se débattre, il la prit dans ses bras et posa sa bouche sur la sienne, pressant et mordillant ses lèvres

266

jusqu'à ce qu'il sentît sous sa langue le goût salé du sang. Il se laissa tomber sur le sol. Elle hurla, mais il saisit une mèche de ses cheveux blonds ; la tordant violemment, il grogna d'un ton menaçant :

— Pas de bruit, ma chérie, sinon ton petit Richard sera obligé de te frapper, et ça ne te plairait pas, n'est-ce pas ?

Mary hocha la tête et geignit quand il lui souleva les jupes. Elle avait un ventre rebondi, des cuisses charnues, qui le firent penser à un petit porcelet tout rose. Il s'amusa avec elle un moment, souriant de la façon dont la jeune fille se tortillait sous lui, et lui laissant croire que peut-être elle pourrait s'échapper. Elle était si potelée, si douce, avec sa bouche de chérubin, ses mains menues, ses gestes de défense absurdes, ses miaulements... Il la pinça ici et là, juste de quoi la faire frémir de peur.

Puis le petit jeu cessa. Il se frotta contre elle, la pénétra et la viola brutalement, sans prendre garde à ses sanglots. Brûlant de désir, savourant le plaisir de la faire souffrir, ravi de ses cris, il donna libre cours à sa férocité jusqu'à ce qu'elle cessât de résister pour devenir un corps inerte sur lequel il s'abandonna avec un cri rauque.

Ensuite, il laissa retomber ses jupes, lui enjoignit de se passer un peu d'eau sur le visage et de se recoiffer, puis lui remit sa cape et, de nouveau, l'attira contre lui.

— Il est temps de dire à ton père ce que tu m'as fait faire, lança-t-il en souriant. Tu t'es bien mal conduite !

— Non ! Non ! Je t'en supplie ! Il ne faut pas qu'il sache ! Il ne faut pas qu'il sache !

— Mais c'est ton père ! Il faut quand même qu'il soit au courant...

— Non ! Non ! S'il te plaît !

Elle se serra contre lui. Il feignit de réfléchir :

— J'y penserai pendant la nuit, et si tu es là demain soir, au crépuscule, je te dirai ce qu'il faut faire, dit-il avec une réticence étudiée.

Le lendemain, bien sûr, elle était là, tremblante, cachée derrière un arbre, craignant par-dessus tout que quelqu'un passe et pose des questions. Elle finit par le voir arriver dans la clairière ; il tournait le dos au soleil et son visage était dans l'ombre, mais n'en paraissait pas moins menaçant.

— J'ai bien réfléchi, et je ne vois pas comment nous pourrions éviter de dire à ton père ce que tu as fait. Nous pourrons nous marier.

Elle secoua la tête et tira sur la manche de son habit, sans pouvoir dire mot. Daniel Lutterell était un fervent méthodiste, déjà âgé. Mary, sa fille unique, était née après bien des années de mariage, et son épouse, qu'il chérissait tant, était morte en la mettant au monde. Il adorait la fillette, qu'il avait pourtant élevée de façon très stricte, la cloîtrant presque. Seule l'intervention de la tante de Mary avait pu, récemment, le décider à la laisser prendre part aux réjouissances du village. Elle savait que son père, s'il apprenait tout, ne lui pardonnerait jamais, et ne s'en remettrait pas.

— Ne lui dis rien! Même s'il sait, jamais il ne voudra que j'épouse un fils de Rachel Jedder! Pas après la mort du bétail, pas après ce que disent les gens!

— Nous verrons, dit-il d'une voix calme, en lui passant un bras autour de la taille. Peut-être pourrais-je ne rien lui dire, si tu es gentille et si tu m'obéis.

Ses doigts entreprirent de défaire sa robe. Comme elle se débattait, il s'interrompit et fit un pas en arrière:

— Déshabille-toi, Mary Lutterell, que je te voie comme il faut, cette fois.

Elle frémit, mais il poursuivit:

— Si je devais l'arracher, comment expliquerais-tu les accrocs?

Mary se dévêtit avec lenteur, puis resta immobile, nue, rougissante, tandis qu'il tournait autour d'elle, lui caressant les fesses et les seins avant de lui ordonner de s'allonger sur le sol. Prenant tout son temps, il ôta ses culottes en souriant, tandis qu'elle attendait, terrorisée. Puis il se jeta sur elle avidement; la jeune fille s'accrocha à lui pour tenter d'échapper aux souffrances qu'il lui infligeait.

— Voilà qui est mieux! grommela-t-il en lançant de grands coups de reins furieux.

Il s'éloigna avant même qu'elle eût fini de se rhabiller, non sans lui dire:

— Sois là demain!

Après cela, Richard Blackaller prit Mary Lutterell tous les jours dans la grande forêt. Il eut soin de s'assurer de sa soumission par le biais de menaces et de punitions variées, jusqu'à ce que la jeune fille, terrifiée, fût devenue si docile qu'elle ne pensait plus qu'à anticiper tous ses désirs.

Plusieurs semaines passèrent, puis, un soir, il remarqua, d'un ton négligent:

— On dirait bien que tu n'as pas encore eu tes règles.

Mary se mordit les lèvres et détourna les yeux, stupéfaite qu'un homme pût aborder un sujet dont les femmes ne parlaient entre elles qu'à voix basse.

— Et depuis quand?

— Depuis avant... avant la nuit... de la fête au village...

Les yeux de Dick brillèrent; il eut un sourire mystérieux, la fit monter en selle, puis grimpa derrière elle et partit au galop, louvoyant pour éviter les branches basses, avant de sortir du bois et de dévaler la colline.

— Qu'est-ce que ça veut dire? demanda la jeune fille, terrifiée. Mais il se borna à glousser, et elle fondit en larmes en voyant qu'ils entraient dans la cour de la ferme de son père.

Daniel Lutterell apparut à la porte de l'écurie; il eut un regard furieux en apercevant sa propre fille dans les bras d'un jeune homme de Yellaton.

— Rentre à la maison! Et toi, mon garçon, sors de mes terres! Comme Mary s'apprêtait à descendre, Richard l'en empêcha.

— Reste là!

Puis, d'un air moqueur, il inclina la tête en direction du vieil homme, et lui dit:

— Maître Lutterell, je suis venu vous demander la main de Mary.

Daniel Lutterell devint livide, et se précipita vers lui, agitant son bâton de berger:

— Insolent! Scélérat! Lâche-la immédiatement! Tu n'es pas digne d'épouser une fille comme elle!

— Maître Lutterell, ce n'est pas une façon d'accueillir votre futur gendre. Et j'en suis d'autant plus sûr que nous sommes pour ainsi dire déjà unis.

— Que veux-tu dire?

— Mais que votre enfant si pure est déjà grosse, voyons! répondit Dick en éclatant de rire, comme si c'était une excellente plaisanterie. Vous feriez donc mieux de nous donner votre bénédiction, et vite, car personne d'autre n'aura sa main.

La jeune fille tourna la tête vers lui, stupéfaite :

— Comment ? C'est faux ! Comment peux-tu dire des choses pareilles ?

— Pauvre ignorante ! Pourquoi crois-tu donc que tu n'as pas eu de règles ?

— Mais ce n'est... ça ne veut pas dire que... Père ! dites-lui que c'est faux !

Le vieux Daniel Lutterell poussa un soupir déchirant, celui d'un homme qui a perdu plus que le travail de toute une vie, et dont l'âme tout entière est ravagée par la douleur.

Le jeune homme, souriant toujours, libéra la jeune fille, fit faire demi-tour à son cheval et repartit au grand galop vers Yellaton. Il entra en courant dans la cuisine, pressé d'annoncer la nouvelle, et saisit Rachel par la taille avant de la soulever de terre :

— Mère, ne t'avais-je pas dit que je pourrais doubler l'étendue des terres de Yellaton ? Eh bien, c'est fait ! Je nous ai trouvé cent cinquante acres de plus !

— Pose-moi par terre, bon à rien ! Qu'est-ce que c'est que cette histoire ?

— La ferme de Lutterell. Elle est à nous ! A nous ! Je vais épouser Mary Lutterel !

Rachel le regarda, bouche bée. Puis son visage prit une expression incrédule :

— C'est une idée que tu ferais mieux d'oublier, mon fils. Quoi que tu fasses, et même si elle est d'accord, Daniel Lutterell n'y consentira jamais.

— Tu as tort, mère, rétorqua-t-il d'un air satisfait. Il n'a pas fait d'objection quand je le lui ai demandé, il y a une demi-heure.

Rachel en eut le souffle coupé ; elle s'assit sur la chaise la plus proche, et, plusieurs minutes durant, demeura silencieuse, incapable de dire mot. Puis, le regard pensif, elle demanda :

— Tu ne te moques pas de moi, au moins, Dick ?

— Non, mère. Sur mon honneur, c'est vrai.

Rachel songea à une image qui la hantait depuis des années, celle de ses propres terres entourant, impuissantes, la ferme de Daniel Lutterell. Une autre, triomphale, lui succéda : le domaine de Yellaton s'étendant désormais, sans limite, au nord, jusqu'à la paroisse voisine de Tiddy Water. Richard éclata de rire, jubilant à la vue du visage bouleversé de sa mère.

270

— Nous aurons l'une des plus grosses fermes de High Chillam!
s'exclama-t-elle en le prenant dans ses bras. Mary Lutterell! Qui
l'aurait cru! Tu as tiré le bon numéro!

Rachel se précipita dans la resserre pour y prendre une bouteille
de vin de sureau, en versa le contenu dans deux chopes, lui en
donna une et leva l'autre d'une main tremblante:

— Je suis fière de toi, mon fils, dit-elle, pleurant presque. Tu
as vraiment fait honneur à notre famille, aujourd'hui.

Le lendemain, on retrouva Daniel Lutterell pendu à la poutre
maîtresse de sa ferme.

Quand Mary fut amenée, en larmes, à Yellaton, Dick ne fit rien
pour la réconforter. A vrai dire, il l'ignorait presque, et elle
s'abstenait de jeter les yeux sur lui. Même en tenant compte de la
mort brutale de son père, c'était un comportement surprenant
pour deux fiancés, et Rachel s'en étonna. Elle fit de son mieux
pour apaiser la détresse de la jeune fille, sans comprendre pourquoi cela ne lui valait que des regards de mépris, comme si Mary la
rendait responsable du suicide du vieil homme.

— Je sais que c'est difficile à admettre, mais ton chagrin
passera. Dès que ce sera possible, vous vous marierez, et ta vie sera
de nouveau heureuse, tu verras.

La jeune fille s'éloigna d'elle, éclata de nouveau en sanglots,
puis se dirigea vers la porte. En l'ouvrant, elle se heurta à Dick
Blackaller, et recula comme s'il allait la frapper. Rachel lut
aussitôt, dans ses yeux candides, le dégoût et la terreur qu'elle
même avait ressentis autrefois, et comprit d'un coup ce qui s'était
réellement passé.

— Mon dieu! s'écria-t-elle, submergée par une violente nau-
sée.

Mary s'enfuit en trébuchant.

— Que se passe-t-il? demanda Dick en posant une main sur son
épaule.

Rachel eut l'impression de voir un spectre et blêmit.

— Elle te déteste, chuchota-t-elle. Tu lui as fait du mal.

— Pas plus qu'il ne fallait, dit-il en haussant les épaules. Elle
s'habituera.

— Tais-toi! hurla Rachel. Tu es bien comme lui: complètement pourri!

271

— Mais j'ai fait tout cela pour toi, mère!

Elle le gifla.

— Le mariage n'aura pas lieu, Richard Blackaller! J'y veillerai!

Son fils la regarda avec le même visage impassible que son père, et se frotta la joue:

— Je ne crois pas que Mary Lutterell tienne à avoir un enfant hors mariage. Qu'en penses-tu?

— Avec cent cinquante acres qui lui appartiennent, elle n'a pas à s'en préoccuper, pauvre imbécile! Ils se battront pour l'emmener à l'église!

La pièce lui parut soudain étouffante. Le sang lui monta à la tête; elle eut l'impression que des mains brûlantes lui couvraient le nez et la bouche, que des doigts lui serraient la gorge. Le visage de son fils se fondit avec celui d'un autre, qu'elle ne connaissait que trop, et ils ne formèrent plus qu'un.

Elle ne s'arrêta qu'un instant, pour passer la bride à la jument, puis, grimpant à cru sur le dos de l'animal, quitta la cour au grand galop. Elle traversa le verger, puis la Cuisse de Lièvre, sans même refermer les barrières derrière elle, puis Brindley, en passant par l'ouverture dégagée par son premier mari pour accéder à Moses Bottom. De là, elle contempla la ferme voisine, bien à l'abri sous son manteau d'arbres.

La terre de Lutterell commençait de l'autre côté de la haie, au bout de laquelle s'ouvrait un passage. S'attendant presque à voir le vieillard lui barrer le chemin, elle s'engagea sur le petit sentier. Une abondante végétation lui bloqua le chemin, s'attachant aux pas de la jument à qui Rachel dut donner des coups de talon pour la faire avancer. Des mûres s'écrasèrent sur sa jupe. Au-dessus d'elle, très haut, un épervier planait, longeant la haie en quête d'une proie.

La pente devint plus raide encore; sa monture, ne pouvant voir le sol, trébucha sur les pierres, et la fit dangereusement pencher vers l'avant. Peu à peu le ciel, si vaste au-dessus de Yellaton, disparut derrière les arbres pour se réduire à un petit cercle, tandis qu'Exmoor n'était plus qu'une mince ligne bleue. L'air était brûlant.

Des filets humides couraient le long de la poitrine de Rachel, dont les jambes collaient presque au poitrail suant de la jument. Elle émergea enfin du sentier, aperçut juste devant elle, la ferme de Daniel Lutterell, et fut envahie d'une joie mauvaise. Elle contempla la ligne d'arbres qui séparait les deux propriétés. « Je les ferai abattre », songea-t-elle, comprenant qu'elle aussi était prise au piège. Peu importait comment le domaine avait été acquis, ou à qui il appartenait. Bientôt, il ferait partie de la terre des Jedder.

— Quel âge as-tu, Mary Lutterell? demanda-t-elle à la jeune fille quand elle fut de retour.

— Vingt ans.

— Tu es un peu plus âgée que Richard, donc. Quand tombe ton anniversaire?

— Le 10 novembre.

— Le mois prochain. Tu seras majeure à ce moment-là.

Mary hocha la tête, timidement. Rachel s'approcha d'elle.

— Ecoute-moi bien. Je sais ce qu'il t'a fait, et je veux t'aider.

— Et pourquoi donc, maîtresse Blackaller. Vous êtes sa mère!

— Veux-tu le voir s'emparer de la ferme de ton père?

— Non! Non! s'écria Mary en fondant en larmes.

— J'ai honte de devoir admettre qu'il est de mon sang, mais Richard gaspillerait un tel héritage. Il fera de toi une pauvresse, comme moi autrefois. Et la ferme de ton père doit revenir à ton fils.

— Je sais! Je sais! Mais que puis-je faire! Tout ce que j'ai sera à lui dès que nous serons mariés!

— Avant, viens avec moi le jour de ton anniversaire, à Barnstaple, chez l'avocat. J'ai un plan. Il faudra me faire confiance.

— Vous m'aideriez contre votre propre fils? Et pourquoi?

— Parce que nous sommes femmes, Mary Lutterell, répondit simplement Rachel.

La jeune fille baissa les yeux.

— Tu n'as que moi pour t'aider.

— Que voulez-vous que je fasse?

— Que tu me donnes la ferme.

— Non! Jamais! s'écria Mary, furieuse, Non!

— C'est une affaire entre Dick et moi, et ton enfant sera mon petit-fils, Mary.

Rachel contraignit la jeune fille à lui faire face:

— Mon petit-fils, ou ma petite-fille. La ferme lui reviendra après ma mort. Mon testament le garantira.

— Non! C'est impossible! Mon père ne l'aurait jamais permis! Ce serait insulter sa mémoire!

— Ton père est mort et si Richard s'empare de sa terre, je refuserai de la cultiver. Elle partira à vau-l'eau.

La menace était claire. Mary ne répondit rien.

— Regarde mes terres: est-ce qu'elles ne sont pas bien culti-vées? Crois-tu que je laisserais à l'abandon une aussi belle ferme que la tienne? Tu sais bien que non.

La jeune fille acquiesça de la tête, ne sachant plus que penser, et frotta de la main ses yeux rougis.

— Mary Lutterell, si tu me donnes ta ferme, je jure, sur le sang du Christ, que je la léguerai à ton enfant. Le testament sera rédigé par l'avocat, qui me servira de témoin quand je signerai. Je le jure.

Il y eut un long silence. Mary chuchota, si bas que Rachel l'entendit à peine:

— Mais... et Dick? Que fera-t-il quand il saura tout?

— Rien, mon agneau. Fais-moi confiance. Il n'héritera jamais de rien. Je te protégerai, et justice sera faite.

Elle se garda cependant de lui dire qu'en fait Mary n'était nullement obligée de l'épouser.

D'ici le mariage, par précaution, et bien que personne, sauf Rachel et Richard, ne sût qu'elle était enceinte, la jeune fille irait vivre chez sa tante. Celle-ci fut scandalisée d'apprendre qui elle allait épouser, mais ne put rien faire pour en dissuader sa nièce.

La plume d'oie du clerc parut crisser pendant des heures, et pourtant le document, une fois rédigé, parut bien court pour un texte aussi important. L'avocat le lut attentivement sans cesser d'agiter son mouchoir. Rachel nota que les plis de son cou étaient humides de sueur; peut-être était-ce lui qui sentait mauvais, et non ses clients? Ce qui expliquait qu'il veuille à tout prix se débarrasser de l'odeur?

— ... toutes les terres m'appartenant... à l'occasion de mon mariage avec Richard Blackaller... deviendront propriété de... à ma descendance... Eh bien, maîtresse Blackaller, tout ceci est parfaitement clair.

Il posa le papier sur la table, devant Mary Lutterell, mais regarda Rachel, sentant bien qu'en cette affaire c'était elle qui décidait de tout.

Mary, silencieuse, bouche bée, fit une croix là où on le lui

274

indiquait. Rachel dut crisper très fort les poings pour empêcher ses mains de trembler, et de trahir son excitation. Le parchemin fut contresigné, marqué d'un sceau, roulé, scellé de nouveau, puis enfermé dans une armoire à la lourde porte de chêne.

— Mon testament est-il prêt? demanda Rachel.

On lui tendit un autre document, qui subit les mêmes formalités que le précédent.

— Voilà qui est fait, dit Rachel à Mary, comme toutes deux marchaient dans les rues de Barnstaple. Et tu es tranquille, maintenant. Pas un mot à Dick avant que vous ne soyez mariés. Ensuite, tu vivras sous ma protection à Yellaton, et je veillerai à ce qu'il ne puisse plus jamais te faire de mal.

— Mais où allez-vous tous vivre?

— Jedder, John et Joël iront chez ton père, et Jane Clarke sera sans doute ravie de tenir la maison pour eux.

— Et que ferez-vous de la terre de mon père?

— Je la cultiverai en même temps que Yellaton, évidemment, répondit Rachel en lui passant la main dans les cheveux. N'aie crainte, ma fille, elle est en de bonnes mains!

Quand Richard Blackaller découvrit la vérité, il était marié à Mary. Le corps dont il avait tiré tant de plaisir avait déjà pris des proportions respectables, et sa nouvelle épouse se cachait derrière sa propre mère. Il traîna dans la maison pendant une semaine ou deux, dégoûté, puis partit rejoindre son frère jumeau chez Lutterell, comme Rachel l'avait prévu.

Le domaine du vieux Lutterell représentait les efforts de toute une vie: un ensemble respectable, patiemment construit par un homme prudent. Rachel et Jedder prirent la direction du nord-ouest, au-delà de Dulverton, pour acheter du bétail de bonne qualité, tandis que John descendait vers le sud, à Okehamton, d'où il ramena un superbe troupeau de moutons. La ferme de Lutterell, qui bénéficiait d'un droit de vaine pâture sur la lande de Beara, vit ainsi son cheptel renouvelé. Rachel se retrouva à la tête de cinquante vaches rousses, et de trois cents brebis pleines.

Elle fit construire une nouvelle étable à Yellaton. L'ancienne, qui donnait sur la cour, fut complètement transformée. On y aménagea deux grandes pièces, au-dessus desquelles on installa un plancher, ce qui permit de créer deux chambres supplémentaires. On engagea un berger; deux apprentis — un garçon et une fille, âgés respectivement de dix et douze ans — vinrent de l'asile des pauvres de la paroisse, et se virent confier des tâches adaptées à leur âge : jamais plus dures, en tout cas, que ce qu'avaient connu les enfants de Rachel.

Les temps étaient toujours aussi difficiles dans le reste de la région. Les gens se rendirent compte qu'il était désormais impossible de tenir Rachel Jedder à l'écart ; Yellaton et Lutterell offraient bien trop d'emplois temporaires, dont tous avaient désespérément besoin. Elle était passée de la pauvreté à la richesse de façon bien suspecte ; mais personne ne pouvait se permettre de refuser du travail que d'autres accepteraient sans hésitation — d'autant plus que le Squire, qui, traditionnellement, faisait la charité, semblait y avoir mystérieusement renoncé. Les Jedder, de leur côté, avaient décidé d'ignorer l'hostilité générale, et vaquaient à leurs affaires comme devant.

Jedder lui-même passait toujours des travaux des champs aux équipées nocturnes ; mais, prudemment, il avait changé de terrain d'action, et les voyageurs qui, le soir, allaient de Barnstaple à Crediton jouissaient désormais d'une bien plus grande sécurité. A vingt-six ans, le jeune homme ne semblait pas le moins du monde décidé à s'établir. Il aimait toujours autant la compagnie des femmes mariées, blondes, aussi généreuses de formes que de tempérament, et dont les maris, par un heureux hasard, étaient en mer, ou en prison, ou simplement partis en voyage d'affaires à Londres ou à Plymouth.

John était le seul à ne pas subir l'ostracisme de leurs voisins, à cause de ses talents de rebouteux, et de la douceur de ses manières. Il se fiança avec Urith Luckbreast, issue d'une famille respectable, mais pauvre ; elle n'apporterait pas grand-chose en dot. Rachel ne l'aurait certainement pas choisie pour bru, mais John, sous ses allures paisibles, pouvait se montrer inflexible quand il avait pris une décision, et sa mère savait qu'il ne servirait à rien de discuter.

D'ailleurs, elle était déjà trop occupée à encourager une situation tout à fait inattendue : Peter Spurway, de Torrington, tournait autour d'Emma. Du point de vue des Jedder, les parents du jeune homme n'étaient pas fermiers — inconvénient largement compensé, il est vrai, par la position du père ; c'était le plus important grossiste en laine du district, et il s'intéressait aussi au cuir, à la

276

viande, au tissage, à la fabrication des gants. Peter était son fils aîné.

Rachel, avec son important troupeau de moutons, et ses souvenirs du temps ou elle cousait des gants pour quelques sous, se dit qu'une association entre les deux familles serait, commercialement parlant, du plus grand intérêt. Elle déploya tous ses talents pour y parvenir.

Emma était jolie, mais médiocrement intelligente, Rachel se montra dédaigneuse ; le jeune homme n'hériterait jamais d'aucune terre. Elle ne lui témoigna qu'une sévère désapprobation, non sans deviner qu'il devait se heurter à la même opposition chez lui. Dans le même temps, elle créait toutes sortes d'occasions qui paraissaient inattendues, de façon à ce que les deux jeunes gens se retrouvent et se plaignent l'un à l'autre de l'incompréhension de leurs parents. Aucun des deux tourtereaux n'étant pourvu d'une grande vivacité d'esprit, Rachel se dit que l'obstination propre aux sots ferait le reste. Elle ne fut pas déçue.

Peter Spurway affronta son père et galopa jusqu'à Yellaton, triomphant, pour demander — ou plutôt exiger — la main d'Emma. Pour respecter les convenances, Rachel refusa à deux reprises, avant de finir par y consentir, non sans se montrer très réticente, et imposa un délai d'un an avant la cérémonie. Une telle opposition, tout à fait inattendue, persuada les Spurway que leur fils, après tout, faisait une bonne affaire. Il devint donc impossible d'annuler le mariage, et des intermédiaires passèrent aussitôt chez les Jedder, pour conduire au marché la laine, le cuir et la viande de mouton du domaine.

Richard et Joël Blackaller avaient plus mauvaise réputation que jamais. Dick était fou de rage à l'idée que le piège qu'il avait si soigneusement monté s'était refermé sur lui. Les jumeaux, il est vrai, étaient toujours au loin, dans les tavernes et les salles de jeu de Barnstaple et de Bideford. Joël, persuadé que le mariage de son frère les avait rendus riches, pariait sans compter ; et Dick, qui courait les filles, eut bientôt une telle réputation de pervers que seules les prostituées les plus pauvres et les plus endurcies osaient le fréquenter.

Rachel, qui se consacrait presque entièrement à la gestion des fermes, n'avait pas le temps d'écouter les rumeurs les concernant.

Un dimanche, quand Squire Waddon, après l'office, la prit à part pour la mettre en garde à propos de Joël, elle y prêta à peine attention, et se sentit simplement agacée. Les jumeaux avaient toujours cherché les ennuis. Maintenant, ils étaient adultes et elle n'avait plus à se préoccuper d'eux.

Charles Waddon lui-même était couvert de dettes. Il rencontrait régulièrement les deux frères Blackaller, fréquentait les mêmes salles de jeu, où il risquait des sommes de plus en plus importantes, dans un effort désespéré pour compenser ses pertes.

Il avait déjà vendu l'argenterie et les bijoux de sa famille, renvoyé plusieurs domestiques, signé des reconnaissances de dettes à des amis, à des prêteurs d'argent. Lady Ann, incapable de supporter une telle situation, était retournée chez son père en emmenant les enfants. Il s'en rendit à peine compte, trop préoccupé de retrouver sa fortune et de pouvoir tenir son rang. La chance paraissait toujours à portée de la main, comme une chaîne d'or ; il ne voyait rien d'autre.

La saisie de ses biens était inévitable. Ses créditeurs s'unirent et réclamèrent leur dû. Le manoir et le domaine de Braddon furent mis en vente, et acquis par un industriel venu du nord du pays. Il devait sa richesse à un métier à tisser à vapeur, qui avait mis au chômage des milliers de tisserands des campagnes. Sa mise en œuvre supposait en effet la construction de filatures où viendraient travailler des citadines.

Tout se passa très vite : la vente fut conclue avant que Rachel en eût vent. Bien entendu, depuis que le Squire Waddon lui avait cédé Arnwood, elle savait qu'il était en difficulté. Chacun était au courant du renvoi des domestiques, du départ de Lady Ann, mais elle n'aurait jamais cru qu'il dût en arriver là. Dès qu'on lui eut appris la nouvelle, elle partit à cheval pour Braddon, sans savoir ce qu'elle dirait au Squire, mais désireuse de lui témoigner sa reconnaissance et son amitié.

Devant le manoir, de nombreux inconnus descendaient des meubles de trois grosses charrettes, dont chacune était tirée par six chevaux. Rachel se dirigea vers l'homme qui paraissait les commander tous, et demanda où était le Squire.

— Le Squire Were n'arrive pas avant la semaine prochaine.

— Je ne connais pas de Squire Were, dit Rachel d'un ton sec. Je cherche le Squire Waddon.

— Il est parti ce matin, répondit l'autre en la regardant d'un air méprisant.

— Pour aller où?

— Je n'en sais rien, et je m'en moque, ma fille. Mais il a toutes les chances d'être à Newgate.

Pleine de tristesse, Rachel fit demi-tour en silence, et rentra lentement chez elle, profondément abattue. Si elle avait fait plus attention aux rumeurs, peut-être aurait-elle eu le temps de lui dire au revoir; un tel ami, qui l'avait toujours protégée, le méritait bien.

Jalinger Were s'installa dans le manoir des Braddon, et, en quelques semaines, acquit les fermes de Heanton, Boode, West Mill et Broadgate : cinq cents acres en tout, qui vinrent s'ajouter au domaine. C'était un homme d'une cinquantaine d'années, lourd et massif, avec d'épais cheveux gris acier, et de gros sourcils hirsutes qui dissimulaient ses yeux. Ils formaient une ligne continue, parallèle à une moustache grise et raide. Il avait un visage poupin, mais sans couleur, dont les traits semblaient incrustés de poussière, comme s'il avait passé sa vie enfermé.

Dès qu'il devint juge de paix du lieu, les gens surent que l'époque heureuse de Charles Waddon, assez porté à l'indulgence, était terminée. Le nouveau Squire était un homme sans pitié. Il condamna Nell Beare à être fouettée publiquement dans les rues de South Molton, pour avoir volé des pommes de terre. Un cousin des Cottle fut déporté pour quatorze ans en Australie parce qu'on avait trouvé derrière chez lui des marchandises de contrebande. Amy Babb, qui avait accepté un cuisseau de chevreuil d'un braconnier, se vit infliger un an de travaux forcés; et Gilbert Claggett, âgé de douze ans, fut condamné au pilori, où ses pieds ne touchaient pas terre; il avait volé du pain dans la resserre de sa patronne.

Le Squire Were, qui n'avait jamais assez de terres, chercha à en acheter aux meilleures conditions; il survenait de mystérieux accidents chez ceux qui refusaient de vendre. La grange des Hooper, pleine de grains, brûla une nuit; Seth Barlte fut contraint d'abattre son meilleur cheval, dont quelqu'un avait tranché les jarrets. Des gens respectables apprirent qu'ils avaient enfreint quelque loi obscure, et furent condamnés à payer des amendes bien au-dessus de leurs moyens. Les étrangers venus du Nord au service de Were se mirent à importuner et à terroriser, dans les chemins creux, les femmes ou les filles des récalcitrants, s'ils les surprenaient seules.

Le manoir absorba jusqu'aux chaumières et aux petites fermes. Les propriétaires perdirent leurs terres et devinrent métayers, certains s'en allèrent rejoindre les pauvres. Braddon s'étendit au point d'englober presque tout High Chillam.

Rachel se trouvait dans la Cuisse de Lièvre, près du portail par lequel elle était entrée, si longtemps auparavant, quand elle vit arriver, à cheval, le Squire et deux de ses hommes. C'était une journée de décembre, froide et morne, et ses jupes étaient souillées de boue, à force d'avoir pataugé dans le bourbier créé par les veaux. Sa chevelure était en désordre ; pour y remédier, elle la repoussa en arrière de la main. Jelinger Were l'appela :

— Maîtresse Blackaller, vous êtes installée sur Arnwood et sa vallée, sans compter trente-cinq acres de ce côté, sans en détenir les titres, dit-il sans perdre de temps en préliminaires.

— C'est ma terre, achetée et payée au Squire Waddon, et la vente a été conclue devant avocat.

— Malheureusement, Waddon n'avait pas le droit de vous la vendre, et elle fait donc toujours partie de mon domaine. Toutefois, par courtoisie, je vous verserai la somme de cinquante livres, pour vous dédommager de devoir y renoncer.

Il bluffait ; cela ne faisait aucun doute. Elle s'avança, pour venir se placer juste devant son cheval, et répondit d'une voix glaciale :

— Jelinger Were, cette terre est celle des Jedder, la mienne, et jamais je n'abandonnerai ma terre à personne !

Il fit avancer son cheval en direction de la barrière, Rachel, sans le quitter des yeux, demeura immobile et désigna du doigt les sabots de la bête :

— Et vous êtes sur ma terre, Squire ou pas. Allez-vous-en et passez votre chemin.

Le Squire Were crispa la main sur sa cravache ; il jeta un regard haineux à cette souillon qui avait le front de l'insulter devant ses propres serviteurs.

— Vous avez une semaine pour accepter mon offre, maîtresse Blackaller et restituer les titres de propriété ! lança-t-il avant de repartir au galop.

Rachel referma la barrière, furieuse, et revint à la maison, pour voir Mary sortir de la cuisine, folle de peur. Il lui fallut plusieurs minutes avant de se calmer suffisamment pour expliquer que Jelinger Were était passé et lui avait ordonné, sous la menace, de dire à son mari de vendre la ferme de Lutterell.

Rachel s'assit dans le fauteuil, prépara du thé, et lui caressa les mains en essayant, sans succès, de contenir sa colère, afin de faire comprendre à la jeune fille qu'elle ne risquait rien.

— Il a dit que la terre n'a jamais appartenu à mon père! Rachel, qu'est-ce qu'il voulait dire? Il a dit aussi qu'il nous enverrait en prison! Qu'est-ce que nous allons faire?

— Il ne peut pas t'emprisonner, Mary. Il ment pour te faire peur.

— Mais s'il y arrive quand même? Jamais je ne le supporterai! Pas avec le bébé! Il faudra que vous lui vendiez!

Ses sanglots redoublèrent.

— Jamais je ne ferai une chose pareille! Calme-toi, et tout de suite, Mary Blackaller! s'exclama Rachel, qui perdait patience. Jelinger Were ne s'en tirera pas comme ça, et tu ferais mieux d'arrêter de dire des sottises! Vendre! Vraiment!

Quelques jours plus tard, la jeune fille, déjà enceinte de cinq mois, marchait lentement dans les bois qui menaient au village, quand elle fut surprise par quatre des hommes de Were, qui, pour s'amuser, lancèrent leurs chevaux sur elle. Ils s'emparèrent de son bonnet, la poussèrent, et, par un sinistre hasard, la poursuivirent jusqu'à l'endroit même où Richard Blackaller l'avait violée plus d'une fois. Terrifiée, elle se jeta sur le sol en hurlant, avant de faire une fausse couche. Ils prirent peur et s'enfuirent; plusieurs heures passèrent avant qu'on remarquât son absence à Yellaton.

Il faisait trop noir pour qu'on y vît grand-chose, même avec des lanternes. Les fils de Rachel l'appelèrent à grands cris, fouillèrent tous les environs, mais ne la retrouvèrent qu'à l'aube. L'enfant était mort-né, et la mère inconsciente. Ils l'enveloppèrent dans une couverture, parvinrent à lui verser un peu de brandy dans la gorge, John la saigna. La pauvre enfant mourut avant midi.

La vieille femme qui se chargeait des morts vint préparer le cadavre. Rachel se tint à côté d'elle, immobile, malade de rage. La peau de la jeune fille, si rose d'habitude, avait pris une pâleur humide, mais demeurait toujours aussi lisse, les membres et le corps gardaient quelque chose d'enfantin. En quelques mois, le paisible petit monde de Mary avait été bouleversé et détruit — et sans le vouloir, Rachel en était responsable.

La porte de la chambre s'ouvrit; Richard Blackaller jeta un regard indifférent au corps de sa femme, avant de croiser les yeux de sa mère.

— Si elle est là, c'est à cause de toi!

Mais il se contenta de hausser les épaules.

La mort de Mary Blackaller, venant après les féroces condamnations du Squire et sa rapacité sans limites, provoqua une véritable levée de boucliers. Les gens du lieu le tinrent pour responsable de tout, et ne prirent pas la peine de dissimuler leur colère. Le carrosse de Jelinger Were fut lapidé à chacune de ses sorties; ses serviteurs furent attaqués, deux d'entre eux en restèrent infirmes. Pendant un temps, le climat fut si violent que le Squire fut contraint de se terrer dans son manoir, sans sortir des limites de l'ancien domaine des Braddon.

L'histoire parvint inévitablement aux oreilles des vieilles familles de la région. Elles n'avaient jamais été très impressionnées par le brillant passé d'industriel de Were; les événements leur donnèrent un bon prétexte pour lui fermer leur porte, l'exclure de leur société et repousser toutes ses avances.

La situation finit par se calmer un peu, mais Were fut quand même obligé d'attendre avant de chercher, comme il en avait l'intention, à devenir le maître de toutes les terres comprises entre Atherington et Roborough. Il croyait naïvement qu'un domaine de cette taille pourrait contraindre la noblesse du comté à l'accepter; plus il devait patienter, plus il en voulait à Rachel, qu'il rendait responsable de l'hostilité générale.

Elle possédait d'ailleurs deux cent cinquante acres, sans compter les droits de vaine pâture sur la lande, dont Were comptait fermement s'emparer. Si ses hommes n'avaient pas été assez sots pour causer la mort de sa bru, il y serait déjà parvenu.

La méthode était simple: lâcher du bétail dans ses champs, menacer les ouvriers agricoles qui travaillaient pour elle, endommager ses récoltes et ses bâtiments, fermer tous les marchés à ses bêtes. Cela la forcerait bien à capituler. Toutefois, vu l'état des choses, il fut contraint de recourir à des procédés plus subtils, mais beaucoup plus onéreux. Were paya des informateurs pour qu'ils mettent sur pied, à Barnstaple et à Bideford, des soirées très spéciales, où les filles et l'alcool ne manqueraient pas, et qui n'accueilleraient que des hôtes choisis. Il y eut ensuite des rendez-vous au cours desquels on échangeait contre argent, en chuchotant, certains papiers. L'intendant de Were rencontra ainsi, un par un, tous les conjurés, à l'auberge du Cerf blanc.

Puis, deux mois après l'enterrement de Mary Blackaller. Joël fut arrêté. il devait trois cents livres à ses créanciers — il jouait gros jeu. Mais toutes ses reconnaissances de dettes étaient entre les mains de Jelinger Were.

CHAPITRE QUATORZE

Le pouvoir d'un juge de paix était quasiment sans limites. Cette charge, non rétribuée, était officiellement accordée par le lord-lieutenant du royaume; mais l'usage voulait que le Squire de la région en héritât. Il pouvait ainsi condamner hommes, femmes et enfants à des peines de prison, de travaux forcés, les faire fouetter, marquer au fer rouge, chasser de leurs terres, ou mettre à mort. Peu importait qu'il ignorât les lois; au demeurant, il était fréquent qu'il en inventât de nouvelles, quand cela servait ses intérêts. Il arrivait souvent qu'il rendît la justice dans sa propre demeure; c'est ainsi que Jelinger Were ordonna que Joël Blackaller fût amené chez lui.

Il était le seul débiteur du jeune homme: cela ne manquerait pas d'influencer sa décision, mais n'avait pas grande importance. Du point de vue du nouveau Squire, c'était même un avantage. C'est dans ce seul dessein qu'il avait pris soin que Joël pût emprunter — avant de racheter toutes ses reconnaissances de dettes. Aucune mère, en effet, ne consentirait à laisser condamner un de ses fils, si elle pouvait le sauver. Rachel Jedder serait contrainte de vendre sa terre afin de réunir assez d'argent pour obtenir la libération du garçon.

A Yellaton, la nouvelle provoqua d'abord une stupeur incrédule. Puis Rachel s'en prit à Richard:

— Pourquoi ne l'as-tu pas empêché? Tu étais toujours avec lui! Tu devais forcément savoir ce qui se passait!

— Ce n'étaient pas mes affaires, répliqua-t-il d'un ton maussade.

— Pas tes affaires! Que tu sois maudit! Ton frère jumeau pariait, jouait, jusqu'à se retrouver en prison, et ce n'étaient pas tes affaires! Qu'est-ce que ça veut dire? Tu as toujours été un bon à rien, avec moins de cervelle qu'une poule! Que croyais-tu qu'il arriverait? Qu'il regagnerait tout ce qu'il avait perdu? Trois cents livres! Trois cents livres! Pauvre imbécile! Et où a-t-il pu emprunter de telles sommes? Qui donc accepterait de jouer avec qui n'a pas un sou? Trois cents livres! Trois cents livres!

Elle courut en tout sens, mains crispées sur sa poitrine, puis s'arrêta brusquement, reprit son souffle et observa fixement Dick: elle venait de comprendre.

— C'est toi! C'est toi!

— Je n'ai rien fait! Je ne suis pour rien là-dedans!

— Joël croyait que la ferme de Lutterell était à toi, hein? Et tu t'es bien gardé de dire le contraire! Tu as fait croire à tout le monde que tu étais riche: c'est pour ça qu'on lui a fait crédit! Et c'est pour ça qu'il a continué à jouer! C'est un faible, un sot, qui t'a toujours suivi, Richard Blackaller!

Elle s'avança, poings serrés, hurlant d'une voix si aiguë qu'il battit en retraite. Jedder tendit le bras pour retenir sa mère; et John, qui venait de leur apprendre la nouvelle, intervint d'un ton apaisant:

— Mère, cela ne sert à rien de t'en prendre à Dick. Il faut décider de ce que nous allons faire pour Joël.

— Faire! Et quoi donc? Il doit trois cents livres, et même Jedder ne pourrait mettre la main sur autant d'argent.

— Il n'y a qu'un moyen de l'empêcher de finir en prison, dit John. Il faut vendre la terre de Lutterell, et Arn Valley.

Il y eut un très long silence. Rachel regarda ses enfants l'un après l'autre, et comprit qu'ils étaient d'accord. Son visage refléta d'abord la surprise, puis l'incrédulité, et pour finir la colère:

— Non! Pas question de vendre la terre! Pas un pouce!

— Tu sais ce qu'est la prison, répondit John sans oser croiser son regard. La vermine, la maladie, les hommes entassés sans air, sans lumière... Ceux qui n'ont pas d'argent sont battus et meurent de faim. On ne peut laisser Joël y passer des années de sa vie.

— C'est encore pire que l'asile des pauvres, intervint Jedder.

— C'est mon frère, ajouta Dick Blackaller, qui se décidait enfin à prendre la défense du jeune homme. C'est ton fils!

— C'est dommage que tu ne t'en sois pas souvenu plus tôt! répliqua Rachel.

Elle se plaça dos à l'âtre, pour mieux les voir tous:

— Aucun de vous ne sait ce qu'il dit. Avec Joël, nous sommes six, et comment vivre avec quinze acres de terres? Car c'est tout ce

286

qui nous restera, si nous vendons le reste. Et nous aurons de la chance, si nous arrivons à les conserver!

— Je peux toujours gagner ma vie en guérissant les bêtes, et Jedder se débrouille déjà tout seul, fit observer John. Richard et Joël pourraient rester ici à travailler. Emma va se marier.

— Pas avec Peter Spurway, en tout cas! Ses parents ne voudront jamais que leur fils épouse une pauvresse! Et le vieux Dave Bartle? Et le berger? Et les deux apprentis? Nous allons les jeter dehors? Les enfants vont devoir retourner à l'asile de pauvres, uniquement parce que ton imbécile de frère a décidé de jeter nos biens par la fenêtre?

Emma éclata en sanglots bruyants à l'idée de perdre son amoureux. Les garçons se regardèrent sans mot dire, incapables de trouver quoi que ce soit à répondre.

— Et Jane? Qui voudra d'elle? Avez-vous déjà oublié le temps où nous n'avions rien, ou nous mourrions de faim, quand nous devions travailler comme des bêtes de somme, sans pouvoir nous en sortir? Je n'ai pas oublié, moi, et je n'oublierai jamais. C'était bien pire que tout ce qui peut arriver à Joël. Je n'ai pas l'intention de mourir dans la misère, enfermée dans un asile de pauvres, pour tirer d'affaire un jeune crétin!

Bizarrement, on aurait dit que Rachel grandissait jusqu'à dominer les autres et les engloutir dans son ombre: son regard était glacial, ses longs cheveux noirs paraissaient s'animer à la lueur des flammes de l'âtre.

— Mes fils, sachez-le bien, et pensez-y: tant que je vivrai, je ne céderai pas un pouce de notre terre, et je ne mourrai pas tant que je ne serai pas certaine qu'elle ira à quelqu'un qui pense comme moi. A en juger par aujourd'hui, ce ne sera pas l'un d'entre vous.

Tête basse, les trois hommes restèrent silencieux, puis quittèrent la pièce l'un après l'autre. Leur tournant le dos. Rachel contempla les flammes, tandis que, derrière elle, les pleurs cessaient: Emma s'en était allée aussi.

Mentalement, elle revit tous les lieux d'où elle avait l'habitude de contempler ses terres. L'orée d'Arnwood, où la vallée venait se nicher sous l'aile de la forêt, comme un gros œuf vert; le chemin d'où l'on apercevait, perdus dans les immensités vides de la lande de Beara, les bâtiments de torchis aux toits bas, le petit verger, les trois champs, les taillis; la colline au-delà de Brindley, sous laquelle s'étendaient le domaine de Lutterell, les prairies, les prés, les champs de blé, aussi luisants que des émeraudes, les terres en jachère, les petits ruisseaux qui, paresseusement, allaient se jeter dans la Torridge. Une terre très vieille, presque sans âge, où des pousses chétives, nées de graines tombées là, avaient cru, repoussant les pierres, jusqu'à atteindre, avec une lenteur infinie, le cœur de la terre : les racines d'arbres aujourd'hui vénérables. Une terre d'abondance, qui nourrirait toujours ceux qui prenaient soin d'elle ; un lieu éternel, inexpugnable, adoré, qui avait assuré la survie de Rachel, prendrait soin de ses enfants comme de leur progéniture, et garderait leur souvenir.

Puis Rachel songea à Joël. Un mauvais sujet, un homme parmi des millions d'autres, qui disparaîtrait bientôt comme s'il n'avait jamais été. Un joli visage dont les rides viendraient à bout. Il perdrait ses dents, son corps se voûterait, ses muscles fondraient et se réduiraient à rien sous la peau plissée ; le ventre ballonnerait avant de s'effondrer, comme un sac vide. Sa jeunesse céderait vite aux années. Elle revit sa bouche molle, son regard oblique, l'entendit, comme autrefois, pousser ses gloussements d'ivrogne et se sentit furieuse. Mais elle en fût émue quand même — après tout, c'était toujours son fils.

Rachel Jedder et l'avocat de Cross Street eurent un long entretien. C'était un homme avisé, qui aurait pu être agréable, sans sa mauvaise odeur et sa grotesque obésité. Il fut surpris, et choqué, de voir qu'elle refusait de vendre ses biens pour éponger les dettes du jeune homme ; mais il admit que c'était là une décision sensée, et se dit qu'il vaudrait la peine de conserver une telle cliente, qui aurait encore besoin de ses services d'homme de loi, en particulier pour rédiger son testament.

Pour le moment, toutefois, il ne pouvait guère lui proposer que de défendre Joël Blackaller lors du jugement : geste peu courant, à une époque ou la coutume était que les accusés se défendissent eux-mêmes. Puis, comme si l'idée venait de lui traverser l'esprit, il lui donna un conseil.

Jelinger Were était vautré dans l'un des fauteuils sculptés de sa bibliothèque : il observait, à l'autre bout de la pièce, la femme au visage de fouine venue là avec toute sa famille. Il ne prit pas garde à Joël Blackaller, qu'on avait amené, enchaîné, de la prison de

Barnstaple, et, d'un geste de la main, repoussa les protestations du gros avocat, qui lui reprochait d'être, en l'affaire, à la fois juge et partie. Puis il sursauta violemment en apprenant qu'il ne serait pas question de payer les sommes extravagantes qui lui étaient dues. La gueuse le regardait d'un air morne. Were avait dû dépenser beaucoup plus de trois cents livres pour prendre le garçon au piège, persuadé que la terre des Jedder lui tomberait entre les mains. Et voilà qu'elle refusait de vendre.

Frappant du poing la table à laquelle il s'accoudait, il se dressa, fou de rage, et s'entendit hurler:

— Condamné aux travaux forcés jusqu'à ce que sa dette soit totalement acquittée, ou, sinon, pour le restant de ses jours!

— Je choisis d'entrer dans la Marine, bredouilla Joël en lançant un regard en coin à Jonathan Palfriman.

— Comment?

— Votre Honneur, dit l'avocat, en toute hâte, le prisonnier décide de s'engager dans la Marine royale.

— Le prisonnier décide! répéta Jelinger Were, qui ne pouvait en croire ses oreilles. Que me chantez-vous là?

— Il est loisible à un débiteur de rejoindre la Marine royale, plutôt que de purger sa peine en prison. C'est ce que l'accusé a résolu de faire.

— C'est faux! Je ne le permettrai pas! s'écria le juge. Le prisonnier est condamné à vie!

— La loi donne à tous les débiteurs le droit de s'engager comme matelot dans la Marine Royale, insista l'avocat. Il est facile de le vérifier, Votre Honneur.

Jelinger Were tordit le cou pour se tourner vers son secrétaire, qui lui confirma la chose d'un hochement de tête obséquieux. Puis il fit face aux autres, sans prendre la peine de dissimuler sa haine:

— Emmenez-le! dit-il en désignant Joël Blackaller à son gardien. Et quittez la pièce!

Ses serviteurs guidèrent la petite troupe vers la sortie.

— Maîtresse Blackaller! s'écria-t-il soudain.

Rachel s'arrêta net.

— Venez ici!

Elle s'avança vers lui à pas lents. Il s'était rassis dans son fauteuil; mais, même ainsi, elle était encore plus petite que lui.

— Peut-être croyez-vous l'avoir emporté, aujourd'hui, dit-il doucement. Mais vous le regretterez.

Elle le regarda sans hâte, de la tête aux pieds, avec un profond mépris, puis sortit sans rien répondre.

Dehors, toute la famille, folle de joie, poussait des grands cris. Joël, qu'on emmenait sur un cheval, se tourna vers eux, en agitant ses chaînes d'un air stupide, comme un ours savant. John fut le seul à accueillir sa mère avec gravité :

— Sais-tu ce que c'est d'être dans la Marine ? lui demanda-t-il comme elle se dirigeait vers sa monture.

— Oui.

— On dit que c'est pire que la prison. On peut être fouetté ou pendu, les hommes meurent du scorbut, de la variole, de toutes sortes de maladies, comme la typhoïde ou le choléra, et on ne leur donne que de la viande salée et des biscuits pleins de vers.

Elle prit les rênes et fit face à son fils, l'air grave.

— John, il n'y a pas d'autre solution. Joël n'est pas assez emporté pour se révolter, il ne sera ni fouetté ni pendu. Il aurait autant de chances de mourir de maladie en prison, et mieux vaut les vers que pas de nourriture du tout. S'il apprend vraiment à travailler, peut-être deviendra-t-il meilleur. Il n'y avait rien d'autre à faire et je ne veux pas en entendre davantage.

Elle posa le pied sur la main qu'il lui tendait, monta en selle et partit au galop en direction de Yellaton.

Une semaine plus tard, Rachel se rendit à Plymouth, seule, pour voir s'embarquer les marins du *Niger*. Il lui avait fallu près d'une journée pour apprendre que cette frégate appareillait pour les Antilles, afin de défendre les plantations de canne à sucre contre les attaques lancées par les Français. C'était une campagne qui coûterait à l'Angleterre près de quarante mille hommes, d'ailleurs victimes de la maladie, plutôt que des combats.

Le navire faisait entendre des craquements sourds. Sa figure de proue avait la forme d'une femme hideuse, aux mamelles aussi grosses que des boulets de canon ; elle se penchait en avant d'un air inquiétant. Des matelots étaient suspendus, comme des mouches, aux cordages qui grimpaient à l'assaut des mâts ; les voiles, rassemblées autour des espars, les enveloppaient comme on fait d'un cadavre.

Le port grouillait de marins et d'hommes de peine, qui amenaient à quai des tonneaux, des charges bâchées ou des caisses de bois de la taille d'une maison. Un homme de grande taille, à la peau noire et luisante, aux immenses yeux sombres, s'avançait le long du quai, bras ballants, avec un mouvement des hanches qu'elle n'avait jamais vu chez aucun homme : on aurait dit un gros chat noir très sûr de lui. Il la vit et sourit, révélant des dents blanches qui la firent sursauter : aurait-elle cru qu'elles seraient noires, comme le reste ?

Puis la milice fendit la foule avec brutalité : des hommes enchaînés, en rang par deux, s'avancèrent à grand-peine vers le navire. A côté de Rachel, une femme hurla avant de se précipiter vers un prisonnier très pâle, presque squelettique. Un garde la repoussa, la jetant à terre ; des larmes coulèrent sur le visage du condamné. Un même cri monta de l'assistance : hommes et femmes pleuraient et poussaient des cris pour attirer l'attention de ceux qu'ils voyaient pour la dernière fois. Rachel aperçut son fils à l'autre bout du cortège, mais un homme armé l'empêcha de courir vers lui.

— Joël ! Joël ! hurla-t-elle.

Il fit demi-tour et sourit, levant une main entravée. L'un des soldats le frappa de son mousquet, mais il se contenta de hocher la tête et, souriant toujours, s'avança paisiblement, comme un jeune chiot.

Les hommes montèrent à bord au milieu des coups, des bruits de chaînes, des ordres aboyés. La foule frémit. Au cours des deux heures qui suivirent, il ne se passa rien : les prisonniers avaient mystérieusement disparu dans les entrailles du navire, et seuls quelques officiers, aux uniformes pimpants, restaient sur le pont, observant, d'un air désœuvré, les hommes d'équipage accomplir leurs tâches énigmatiques. Sur le quai, les familles les suivaient des yeux et attendaient, dans un silence tendu.

Puis la cloche résonna à deux reprises et l'on entendit des cris :

— Au cabestan ! Infirmiers !

— Tous aux voiles !

Les matelots grimpèrent dans les gréements ; les gabiers, à des hauteurs vertigineuses, se penchèrent sur les voiles, qu'ils libérèrent : elles se déployèrent, comme de gros pétales de toile, pour accueillir le vent. Le vaisseau s'avança et se mit à glisser sur l'eau, à une vitesse qui paraissait invraisemblable, dépassa l'île de Saint-Nicolas et, sans bruit, emprunta le bras de mer qui menait au large. Le *Niger* était parti.

Sur le chemin du retour, Rachel se répéta que c'était un bon à rien sans aucune volonté, à la merci du premier venu, qui cédait à ses caprices sans se préoccuper des conséquences, toujours attiré par ce qui brillait. De Plymouth à Exeter, dans la chaise de poste, elle se rappela ses nombreuses fourberies. La nuit, à l'auberge du Lion noir, elle se souvint de certains épisodes pénibles de son enfance et de son adolescence, sans pouvoir dormir. Le lendemain, tout au long de sa chevauchée jusqu'à Yellaton, elle ne cessa de se dire qu'il aurait été impossible de faire autre chose sans sacrifier toute la famille.

Et pourtant, par-delà l'agitation de ses pensées, la douleur ne la quittait pas ; le souvenir de l'ultime adieu de son fils, de son sourire naïf, lui revenait à l'esprit sans arrêt. Elle le repoussait chaque fois, ne pouvant que souhaiter, accablée, qu'il leur revînt.

Au cours des semaines qui suivirent, Jane Clarke vint souvent à Yellaton : sa présence se révéla apaisante, comme seuls les vieux amis savent le faire. Le soir, elle s'installait près de la fenêtre, occupée à coudre, et Rachel pouvait lui parler à cœur ouvert. Jane l'écoutait lui raconter toute l'affaire en détail, une fois de plus, pour conclure qu'il lui aurait été impossible de vendre le domaine.

— Tu as bien fait, Rachel. Il n'y avait pas d'autre solution. Tu as bien fait.

— Mes enfants ne le croient pas, répondit-elle, larmes aux yeux.

Jane se pencha par-dessus la table et prit sa main :

— Ils sont jeunes, ils ont déjà oublié à quel point c'était dur. Mais pas nous, Rachel. Rien à manger, pas d'argent, pas d'avenir. Toi et moi avons connu tout cela. Nous savons à quel point c'est terrifiant. Cesse de te reprocher quoi que ce soit. Tu as bien fait.

Rachel jeta à son amie un regard plein de reconnaissance, et se souvint de ce qu'elles avaient partagé depuis leur première rencontre dans l'église de High Chillam : les secrets qu'elles avaient échangés au temps de leur jeunesse ; les graves confidences, plus tard ; le soutien que chacune avait apporté à l'autre, pendant les périodes difficiles. Jane s'était occupée de Rachel à chaque naissance, et Rachel, toutes les fois que c'était possible, avait aidé son amie dans le besoin. Elle ne lui avait jamais rien caché ; personne ne la connaissait mieux que Jane.

— Tu es ma meilleure amie, dit-elle, et, un jour, je trouverai bien le moyen de te rembourser de tout ce que tu as fait pour moi.

— Il te suffira de me donner un beau gentleman à perruque poudrée et aux chaussures à boucles d'argent! répondit Jane en souriant.

Rachel étreignit sa main et parvint, elle aussi, à sourire.

— Voilà qui est mieux! dit Jane en mettant ses travaux de couture de côté.

Sur la lande, la terre imposait toujours sa discipline. Rachel éveillait la maisonnée avant l'aube, et envoyait tout le monde au travail. Chaque jour, elle se joignait à eux pour labourer, herser, sarcler, aider vaches et brebis à mettre bas, faucher et empiler l'herbe, ou passer des après-midi entiers, qui lui brisaient le dos, à biner les plants de navets. Tous travaillaient à en tremper de sueur leurs vêtements; ils étaient trop épuisés pour parler, avaient à peine la force de manger et, le soir, parvenaient difficilement à ramper jusqu'à leurs lits pour s'endormir aussitôt d'un lourd sommeil sans rêves. Quand tombait la nuit, Rachel allait jusqu'à la fenêtre et contemplait son domaine en fronçant les sourcils, comme pour le menacer.

Ce fut la plus belle moisson qu'ils eussent jamais eue. Hommes, femmes et enfants en vinrent à bout sous un soleil brûlant; les chevaux trébuchaient sous le poids des charrettes. La grange était pleine et pourtant il y avait encore au foin dans la cour. Rachel contempla sans plaisir toute cette abondance : elle n'en connaissait que trop le prix. Elle se demanda si Joël vivait encore, et où il pouvait être à cette heure.

Jedder Wolcot fut arrêté de l'autre côté de South Molton, non loin de la maison de Margaret Cole, une femme qui vivait seule et qu'il allait voir souvent. Plus tard, elle vint au marché, vêtue d'une très belle robe, et l'argent ne semblait pas lui manquer.

Cette fois, Jelinger Were ne commit aucune erreur. L'affaire fut transmise à Exeter et Jedder, accusé de brigandage, envoyé là-bas pour attendre la prochaine session des assises. Le Squire connaissait plusieurs des membres du jury; le matin du procès, il leur fit parvenir un tonneau du meilleur cognac français.

Le Squire Whidbourne, l'un de ses fermiers, un policier de South Molton, Jelinger Were et deux de ses hommes vinrent témoigner. Agissant sur dénonciation anonyme, ils s'étaient embusqués de nuit dans un bosquet non loin de la route de Chulmleigh. Peu avant l'aube, au moment où devait passer la diligence en provenance d'Exeter, Jedder Wolcot était arrivé à cheval, et s'était mis à l'abri des arbres. Il en était sorti, masqué et armé de deux pistolets, au passage de la diligence, l'obligeant à s'arrêter et contraignant tous les passagers à se dépouiller de leurs objets de valeur. A ce moment, Jelinger Were et sa troupe s'étaient élancés et l'avaient capturé.

— Excellent! Excellent! déclara le juge. Il faut vous féliciter d'avoir livré un tel scélérat à la justice!

Le jury revint après dix minutes de délibérations, et les douze hommes se rassirent: cela parut durer des heures. La peur avait saisi Rachel à la gorge; une sueur glacée lui coulait du front. Elle regarda fixement chaque juré l'un après l'autre, comme pour les décider, de toutes ses forces, à acquitter son fils. Leur représentant s'avança. Sans s'en rendre compte, elle retint son souffle.

— Coupable, Votre Honneur.

Le juge, d'un air maussade, se tourna vers l'accusé:

— Jedder William Wolcot, la cour vous reconnaît coupable de brigandage et d'attaque à main armée. Vous serez ramené à la prison dont vous venez; puis vous serez conduit au lieu d'exécution, où vous serez pendu par le cou jusqu'à ce que mort s'ensuive. Que le Seigneur Tout-Puissant ait pitié de votre âme.

Jedder blêmit, mais demeura immobile. Rachel sentit son cœur cesser de battre; un voile noir tomba sur la salle d'audience, et elle s'effondra dans les bras de John. Quand elle reprit ses esprits, son fils avait été emmené, et le gros avocat de Barnstaple n'était plus là.

Rachel sortit en courant. Elle descendit l'escalier du bâtiment, cherchant des yeux maître Palfriman parmi ceux qui se trouvaient là. Jelinger Were, entouré de ses gens, l'aperçut et se fraya un chemin jusqu'à elle:

— Eh bien, maîtresse Blackaller, ne vous avais-je pas dit que vous regretteriez d'être devenue mon ennemie? Et je n'en ai pas fini, ajouta-t-il. Tous vos chers garçons vous seront enlevés, un par un, jusqu'à ce que vous abandonniez votre terre.

Mais Rachel ne l'entendit pas: elle avait enfin repéré l'avocat, et se précipitait vers lui.

— Maître Palfriman! Maître Palfriman! Que peut-on faire! Il faut que vous le sauviez! Vous ne pouvez pas le laisser mourir!

Elle le prit par le bras. L'homme baissa les yeux, plein de pitié pour elle, mais fort embarrassé; il agitait son mouchoir, et l'odeur de sa sueur était encore plus forte que d'habitude.

— Je ne peux rien faire de plus, maîtresse Blackaller. La cour a rendu son jugement.

Il tenta de se dégager, mais elle s'accrocha et hurla:

— Non! Non! Il faut que vous fassiez quelque chose! C'est mon fils! Mon fils!

Autour d'eux, les gens s'arrêtèrent pour écouter. Jelinger Were donna un cou de coude au Squire Whidbourne et éclata de rire. John survint, enveloppa sa mère dans les plis de son manteau et l'emmena en larmes.

Au cours de la semaine qui suivit, ils rendirent visite chaque jour à Jedder dans sa prison, lui apportant des repas chauds et s'asseyant près de la fenêtre grillagée pour échapper un peu à la puanteur de sa cellule surpeuplée. Ils s'efforçaient de le réconforter, de parler de petits riens, mais n'ignoraient pas que chaque minute était désormais comptée: aussi les mots leur venaient-ils lentement, avec de longues pauses entre chaque sujet de conversation.

— J'ai écrit au roi, avec l'aide de John, dit-elle. Je lui ai dit quel bon fils tu es, qu'on avait besoin de toi à la ferme et que tu n'avais jamais fait de mal à personne. J'ai supplié Sa Majesté d'avoir pitié de nous.

C'était le dernier jour. Le lendemain, en fin d'après-midi, on l'emmènerait, à travers toute la ville, jusqu'au gibet d'Heavitree.

— Je suis sûre que le roi t'accordera son pardon. Attends, et tu verras! Le gouverneur recevra l'ordre de tout arrêter! dit-elle en bredouillant.

Jedder mit sa main dans les siennes et demanda:

— Mère, as-tu les perles avec toi?

— Oui.

— Alors, porte-les pour moi demain, et sois courageuse.

Rachel s'effondra contre lui. Il lui caressa la tête en répétant désespérément: « Sois courageuse. Sois courageuse. » Se sentant honteuse, elle releva la tête, parvint à sourire, et vit qu'il paraissait soulagé. John serra la main de son frère avec une surprenante gravité, puis, brusquement, le serra dans ses bras. Rachel se contraignit à sourire jusqu'à ce que la porte de la prison se fût refermée à grand bruit derrière eux. Ce n'est qu'alors qu'elle permit à John de la soutenir tandis qu'ils rentraient à l'auberge. Arrivée là, elle gagna immédiatement sa chambre, s'y enferma et vint s'asseoir dans le fauteuil placé près de la fenêtre, d'où on apercevait toute la ville.

Elle y était encore, les yeux grands ouverts, quand l'aube se leva. Les coqs chantèrent dans les cours. Rachel se leva d'un seul mouvement, versa de l'eau glacée dans la cuvette et s'en aspergea les joues. Elle s'habilla avec beaucoup de soin, arrangea chaque dentelle, chaque ruban, de sa robe couleur prune, prit le collier dans son écrin et le mit autour de son cou. Dans le miroir, à travers le voile de son chapeau, les perles traçaient sur sa gorge comme une cicatrice.

La charrette sortit de la prison, précédée d'un fiacre aux rideaux tirés, dans lequel avaient pris place un prêtre, le chef de la police et deux de ses assistants. Jedder était flanqué de deux gardiens : il semblait ne pas voir sa mère et son frère, qui les suivaient à pied. Des gens ne tardèrent pas à les rejoindre: des hommes bras dessus, bras dessous avec leurs épouses, des femmes et leurs enfants. Tous aussi joyeux que pour une fête, se saluant, se poussant pour rejoindre le lieu de l'exécution.

L'échafaud avait été dressé la veille. Le bois en paraissait pâle, très doux; il en émanait une odeur de résine qui emplissait l'air, comme dans une forêt. La charrette s'arrêta juste à côté. Jedder, mains entravées, et portant toujours le bouquet donné à ceux qu'on allait « renvoyer », fut placé sous la corde. Le prêtre, en robe noire, descendit du fiacre avec réticence.

— Toi, condamné, qui, pour ta mauvaise conduite et tes péchés, en dépit de la longue indulgence qu'on t'a témoignée, est destiné à mourir...

Le fils de Rachel eut un mouvement de menton, comme pour chasser un mendiant, et, d'un air de défi, détourna la tête alors qu'on allait lui bander les yeux. Dans la foule, tout excitée, les plaisanteries fusèrent:

— La prochaine fois qu'il bouge, la tête va lui tomber!

— Il va s'endormir pour de bon!

— Voilà ce que c'est que de piquer du nez!

— Il y a de quoi ne plus dormir pour le restant de ses jours!

Le bourreau, comme le voulait la coutume, demanda le pardon

296

du condamné, ce qui lui fut accordé, et lui passa la corde autour du cou. Les grands yeux bruns de Jedder croisèrent ceux de sa mère : il lui sourit, du même sourire que Will.

Le cheval fut fouetté ; la carriole bondit en avant, la corde frémit ; le cou du jeune homme fut brisé net, et son corps fut agité de soubresauts, comme celui d'un poisson qu'on vient de prendre à l'hameçon. Les badauds poussèrent des grands cris de joie : les bouches s'ouvrirent toutes grandes sur leurs dents cariées. Rachel resta là sans ciller, jusqu'à ce que le corps cessât de tressaillir et que seul le vent vînt agiter faiblement la dépouille de son fils. Elle fit alors demi-tour et s'en alla. John essuya le sang qui coulait de sa main — les ongles de sa mère s'y étaient enfoncés —, jeta un dernier regard à son frère mort, puis lui dit adieu en silence avant de la suivre.

Le lendemain, il revint auprès de la potence dans une charrette qu'il avait louée. Deux ouvriers coupèrent la corde ; le corps raidi de son frère tomba sur le sol, avec un bruit d'os qui se brisent. Il le souleva avec tendresse et l'étendit dans la carriole. La tête était à angle droit du corps. Par pitié pour Rachel, John la contraignit à reprendre une position plus naturelle, puis ferma les paupières et s'efforça de repousser dans la bouche la langue gonflée, mais il lui était impossible de dissimuler la peau noircie. Pour finir, il recouvrit le cadavre d'un drap.

Il leur fallut une journée entière pour faire les trente-quatre miles qui les séparaient de Yellaton. Personne ne parla. A dire vrai, Rachel n'avait plus dit un mot depuis sa dernière visite en prison à Jedder. Elle n'avait même pas remarqué le cadavre étendu derrière elle et, perdue dans ses pensées, revivait sans fin les derniers moments de son fils adoré. Elle ne voyait rien d'autre.

Jack Clarke, le charpentier du village, avait livré le cercueil, ainsi qu'une croix de bois sculptée. La famille le suivit à pied jusqu'à High Chillam, puis dans le cimetière. Le pasteur prononça quelques mots et pria. Les pelletées de terre tombèrent à grand bruit sur les parois de bois.

« Ici repose Jedder William Wolcot, fils bien-aimé de Rachel, 1767-1796. »

Les feuilles tombaient du ciel par dizaines pour recouvrir la tombe fraîchement creusée. Rachel quitta le petit groupe et rentra seule à la maison.

Pendant les jours qui suivirent, Rachel resta étendue sur son lit, sans bouger ni prononcer la moindre parole, refusa toute nourriture et ignora tous ceux qui la conjuraient de reprendre ses activités. Elle avait l'impression que son âme était morte en même temps que son fils, qu'elle flottait quelque part, suspendue entre la vie et la mort. Parfois, des larmes lui montaient aux paupières et tombaient sur l'oreiller sans qu'elle y prît garde, sans jamais lui faire perdre son regard fixe.

Perdue dans sa douleur, elle se dit que ses combats étaient sans objet, que ses réussites ne menaient à rien, que sa vie n'avait aucun sens. Octobre couvrait la terre de couleurs vives, comme pour en fêter la richesse ; Rachel finit par s'en apercevoir, en jetant un coup d'œil par les fenêtres ouvertes, et se sentit trahie.

Pour la première fois de sa vie, elle se remit en question, sans trouver de réponses satisfaisantes. Elle-même pourrait survivre dans une hutte bâtie sur une seule acre de terrain, avec une chèvre, des poules, des légumes et un peu de blé pour donner de la farine. A quoi servait donc d'accumuler les terres, le bétail, l'argent ? Ils lui avaient coûté son amant et ses fils. Elle leur avait sacrifié toute son existence. Une telle adoration lui avait valu l'envie et la colère des autres, et même des siens. Quel intérêt, si elle ne pouvait pas en profiter avec quelqu'un d'autre ? Will, Robert et Jedder, les trois hommes qu'elle avait le plus aimés, avaient disparu. Dehors, la terre, éternelle gardienne de la vie et de la mort, si fière d'elle-même. Rachel se sentit remplie de haine et décida de vendre.

John fit part de la nouvelle à Jelinger Were, et s'entendit avec l'avocat, Jonathan Palfriman, pour que les contrats fussent rédigés en bonne et due forme, après entente sur le prix. Sa mère n'avait pas quitté sa chambre. De plus en plus seule, elle se perdait dans le passé, hantée par le souvenir de Will, de Robert, de Jedder, qui avaient si bien su la comprendre. Maintenant, elle ne pouvait plus se confier, ou demander conseil, à personne. Ses pensées se mêlaient, et des jours entiers passèrent sans qu'elle en prît conscience. Puis elle se sentit lasse, épuisée, et ne souhaita plus que mourir.

John était penché sur elle :

— Mère, es-tu réveillée ? Il est temps de te lever. C'est aujourd'hui que nous allons à Barnstaple signer les papiers. Veux-tu qu'Emma t'aide ? Ou la petite Jane ?

Rachel secoua la tête. Il quitta la pièce en silence, tandis qu'elle observait le levant inondé de soleil. Une demi-heure passa.

Elle se leva si brusquement qu'il lui fallut se cramponner à la tête du lit, étourdie ; puis elle revêtit de vieux habits de travail, descendit l'escalier, ouvrit la porte et partit à grand pas en direction des taillis.

— Mère ! Mère ! Où vas-tu ? s'écria John. C'est l'heure de partir pour la ville !

La voix de son fils lui fit précipiter l'allure ; Rachel emprunta le petit chemin détrempé, plein de feuilles mouillées. Il y régnait une vague odeur de champignons. Il faudra tailler les buissons, se dit-elle machinalement en les sentant se prendre dans sa jupe. Puis elle déboucha sur la lande, là où, si longtemps auparavant, le grand chien gris avait surgi du brouillard, terrorisant Walter Riddaway et Matthew Claggett.

Arrivée dans la grande forêt, elle longea les méandres du petit ruisseau, où elle aperçut, perdu dans les herbes, un banc de vairons immobiles, puis déboucha enfin aux abords du lac. Sans réfléchir, elle se dirigea vers la clairière pour retrouver l'endroit où elle avait trempé dans l'eau ses pieds douloureux, avant d'apercevoir le Squire Waddon, lancé au grand galop dans le parc.

Rachel contempla, dans l'eau paisible et noire, sa propre image rajeunie, ôta tous ses vêtements et plongea dans les flots glacés. Toute sa vie lui apparut, avec une clarté aveuglante : l'enfance misérable à l'asile de pauvres, puis chez les Wame. La faim, l'épuisement, la solitude. Le don de la terre des Jedder. Chaque détail de son long voyage à travers l'Angleterre lui revint en mémoire, comme le souvenir de cette poignée de terre qu'elle avait, en arrivant, écrasée entre ses doigts.

Emergeant du lac, elle alla s'étendre sur le sol couvert de lierre, pour se sécher, sans même prendre garde au froid. Elle réfléchit intensément, et, quand elle se rhabilla, son visage n'exprimait plus le désespoir de ces derniers jours : on y lisait désormais la farouche résolution d'autrefois.

Rachel repartit sur la lande, mais, cette fois, au lieu de rentrer à Yellaton, elle obliqua vers le sud, et marcha pendant plus d'un mile, jusqu'à un endroit où la forêt se réduisait à quelques jeunes arbres, avant d'être interrompue par un ruisseau semé de rochers, qu'elle suivit jusqu'à un bout de terre au milieu duquel se dressait une chaumière. C'était, en fait, un jardin, cultivé avec le plus grand soin ; une partie en était réservée aux légumes, mais le reste abritait des plantes assez rares. Beaucoup d'entre elles étaient inconnues de Rachel, qui identifia malgré tout de la bourrache, du gratteron, de l'hysope, du fenouil et de l'angélique. D'un air absent, elle cueillit une feuille de menthe et l'écrasa entre ses doigts pour en sentir l'odeur.

Hieritha Delve était la grand-tante de Jake Delve, qui, à onze ans, avait été pendu pour s'être enfui de chez le fermier où il était en apprentissage, et lui avoir dérobé cinq livres. Elle avait vu arriver Rachel, et vint à la porte pour la prier d'entrer. L'intérieur de la pièce, assez sombre, était encombré de plantes séchées accrochées aux murs, comme de graines et de feuilles déposées sur des plats d'argile.

Toutes deux s'assirent à côté du feu de bois. Rachel parla beaucoup ; la vieille femme se borna à quelques grognements, tout en buvant un peu de vin de sureau. Elle n'avait plus de dents et presque plus de cheveux. Les gens venaient la voir pour lui acheter des remèdes ; John, par exemple, se procurait auprès d'elle de nombreux traitements pour les bêtes. On ne comprenait à peu près rien de ce qu'elle disait ; mais elle savait rendre fertiles les femmes stériles, ou empêcher la venue d'enfants non désirés. Le jeune Roger Babb, dont la femme s'était moquée publiquement, à l'issue de leur nuit de noces, avait été vu chez elle ; il fallait bien reconnaître qu'Annie Babb ne se moquait plus et faisait preuve d'une exemplaire docilité. Le village tout entier se demandait si la potion avait renforcé la virilité défaillante du mari, ou obscurci l'esprit critique de l'épouse.

La vieille faisait parfois mine de se lever ; sans s'interrompre, Rachel, chaque fois, l'en dissuadait d'un geste. Elle lui tendit de l'argent que l'autre refusa de prendre. Finalement, elle vint lui chuchoter à l'oreille :

— Vous souvenez-vous de votre petit Jake, quand il se balançait au bout d'une corde ? Ce n'était qu'un enfant, mais il est mort, maintenant, comme mon Jedder. Ne voulez-vous donc pas punir le Squire de telles vilenies ? C'était un meurtre, Hieritha Delve.

Des yeux délavés croisèrent les siens ; les mains de la vieille tremblèrent. Elle se leva, et, toute courbée, s'en fut, à pas lents, vers le buffet, dont elle sortit une petite boîte d'argent qu'elle ouvrit avec précaution. Elle y puisa une cuillerée de la poudre qu'elle contenait, puis la déposa dans un morceau d'étoffe huilé, jeta le tout à Rachel, en marmonnant, la poussa dehors et claqua la porte derrière elle.

Rachel ne rentra pas directement, mais se rendit de nouveau dans la grande forêt, pour y ramasser des baies, des faux agarics tachetés de rouge et des feuilles d'if, qu'elle déposa dans sa jupe relevée.

Toute la famille, très inquiète, s'était rassemblée dans la cuisine.

— J'ai changé d'avis, dit-elle avant qu'ils posent la moindre question. Je ne vendrai pas.

Emma et Jane poussèrent des cris de joie et se congratulèrent mutuellement. Dick Blackaller, qui ne regardait plus sa mère qu'avec rancœur, depuis la condamnation de Joël, sortit sans rien dire. John lui passa un bras autour de la taille, lui confia à quel point il était heureux de la voir quitter son lit, et qu'elle avait raison de ne pas vouloir vendre le domaine. Les deux apprentis, soulagés, se mirent à rire ; puis Rachel les fit tous sortir, en leur enjoignant de ne pas revenir tant qu'elle ne le leur aurait pas demandé.

Son plus vieux récipient était un chaudron, rond et noir, si abîmé, si rouillé, qu'il ne servait plus qu'à préparer la pâtée pour les porcs et les poules. Elle le remplit d'eau à demi, puis y versa les plantes recueillies dans sa jupe et l'accrocha à la crémaillère. Le feu brûlait bien ; Rachel entreprit pourtant de l'aviver encore, à l'aide d'un soufflet. L'eau ne tarda pas à bouillir. Avec mille précautions, elle ajouta au mélange la poudre que la vieille lui avait donnée.

Il en monta bientôt une épaisse vapeur bleutée, qui lui piqua les yeux, lui dessécha les lèvres et la contraignit à reculer. Le chaudron frémit encore pendant une heure, à l'issue de laquelle baies, feuilles et champignons disparurent presque entièrement. L'eau s'évaporant, le liquide réduisit peu à peu ; Rachel en filtra ce qui restait, à travers un bout de mousseline, au-dessus d'un seau muni d'un couvercle.

Sortant de la maison, elle alla le dissimuler sous un fourré, pour pouvoir l'emporter plus tard. La mousseline et le chaudron furent enterrés dans un coin du potager, et elle prit soin de recouvrir de ronces la terre retournée.

301

La nuit était étrangement calme ; on n'entendait ni bruissement de vent ni cri de hibou. Un tel silence semblait faire résonner ses pas, et son propre souffle la suivait, comme un étranger. La pleine lune, énorme et rouge, ensanglantait le paysage. Elle fit trois miles à pied, sans discerner quoi que ce fût — même pas le bruissement des feuilles.

Puis les aboiements retentirent d'un seul coup : Rachel se fondit dans l'obscurité, derrière la grande demeure, et jeta des os de moutons aux chiens, dont le vacarme se réduisit vite à quelques grognements. Elle n'avait pas beaucoup de temps. Les maîtres se couchaient à minuit, les serviteurs se levaient à cinq heures du matin. Il lui fallait agir et rentrer sans être vue.

Les palefreniers accédaient à la cour par une porte dont le loquet cliqueta bruyamment ; on aurait dit une explosion. Un cheval, intrigué, jeta un regard depuis son box, eut un reniflement sonore. Rachel atteignit le puits et se pencha au-dessus de la margelle.

En bas, très loin, la lune rouge, maléfique, se reflétait dans l'eau. Elle y fit tomber l'épais liquide contenu dans le seau. Au bout de quelques instants, il y eut un grand bruit, et les reflets se brisèrent en milliers de fragments tachés de sang.

Le fils nouveau-né de Jelinger Were fut soudain pris de convulsions et mourut presque aussitôt. Personne ne comprit pourquoi : le bébé était encore en nourrice. La mère — seconde femme du Squire, deux fois plus âgé qu'elle — se plaignit du goût de la nourriture, puis mourut aussi. Ensuite, ce fut le tour d'une dizaine de porcs ; toute la maisonnée souffrit, au mieux, de crampes d'estomac et de violents maux de tête.

Comme le voulaient les convenances, tout le village assista aux funérailles, Rachel vit les deux cercueils descendre dans la terre, se souvint de celui de son fils, et ne ressentit ni pitié ni culpabilité. Les yeux du Squire, rougis par les larmes, croisèrent les siens, assez longtemps pour qu'il comprît que c'était elle la cause de tout cela. Le visage de l'homme se décomposa.

Jelinger Were était un homme inflexible, parti de rien, à qui son ambition et son sens de la bonne occasion avaient valu de devenir riche. Il avait su, dans le nord du pays, tirer le meilleur parti possible de la révolution industrielle naissante, et du travail à bon marché. Les faibles et les malades ne lui avaient jamais inspiré que du mépris; la vue des enfants affamés qui travaillaient dans ses usines faisait naître en lui un vif agacement, à les voir si lents, si maladroits. Son mariage avec une enfant gâtée de vingt-trois ans, issue de la petite noblesse campagnarde, avait été le plus grand moment de son existence.

Tout en elle l'enchantait: ses manières hautaines, sa voix haut perchée, toujours irritée, ses armoires pleines de robes de prix, de jupons de dentelle et de linon. Rien n'était trop beau pour elle: il avait satisfait tous ses caprices, allant même jusqu'à quitter le Nord pour le Sud, plus accueillant, dans une demeure élégante, sur les terres des Braddon, dont il avait repris le titre de Squire. Quand sa femme lui avait donné un fils, Jelinger Were s'était senti invincible. La richesse, la puissance et la gloire seraient le lot de cet enfant: il y veillerait.

Désormais, sa femme et son héritier, symboles de sa réussite, avaient disparu, et Were, qui n'était plus que l'ombre de lui-même, se retrouvait seul, entouré de rustres bornés, qui ne l'avaient jamais accepté. Aucune des familles aristocratiques du Devon n'assistait aux cérémonies funéraires; dès le début, ils l'avaient exclu de leur société. C'était un étranger, solitaire, détesté, et cette sorcière de Rachel Jedder avait tout manigancé. Il versa des larmes amères et lui tourna le dos.

Il était déjà reparti dans le Nord, le cœur brisé quand, quinze jours plus tard, on parvint enfin à comprendre que tout venait du puits. Il fut comblé, puis on en creusa un autre à côté, tandis que toute la propriété était mise en vente, en un seul bloc ou par lots séparés.

Rachel prit la diligence pour Bristol afin d'aller chez un homme dont Jedder lui avait autrefois mentionné le nom. Elle lui vendit tous les bijoux que son fils lui avait offerts, à l'exception du collier et du bracelet de perles. Avec l'argent et les économies contenues dans la boîte en fer-blanc, elle se rendit à la vente.

Seth Bartle et Amos Clarke parvinrent à racheter les terres qui leur avaient appartenu autrefois; Stephen Pincombe retrouva sa ferme de Kingford. Sir Thomas Carew acheta le reste, à l'exception de Dadland, une ferme de trois cent cinquante acres, avec un droit de vaine pâture sur la lande de Beara, du côté de High Chillam. Elle ferait désormais partie de la terre des Jedder.

John et Rachel partirent à cheval en prendre possession: ils en admirèrent les bâtiments, comme la qualité du sol. L'ensemble comportait une charmante petite maison, qui fut offerte à Emma, mariée depuis peu à Peter Spurway. L'eau ne manquait pas, la forêt toute proche fournirait du bois.

Tout était en ordre, et pourtant Rachel ne ressentait pas cette satisfaction qui avait accompagné l'achat de chacune de ses terres : les pentes couvertes de genêts à côté d'Arnwood, Arnwood elle-même et la vallée, le domaine dés Lutterell, et, par-dessus tout, Moses Bottom, son premier achat ; c'étaient les plus beaux moments de sa vie. Cette fois-ci, elle n'éprouvait rien, même pas la satisfaction de s'être vengée. C'était une victoire sans bonheur.

Rachel, qui avait été une jeune fille si gaie, était devenue avec l'âge une femme qui souriait rarement. La perte de Will Tresider, puis de Robert Wolcot, lui avait causé d'horribles souffrances, mais rien qui fût comparable à la douleur ressentie à la mort de Jedder. Elle paraissait courir dans ses veines, tout son corps en était meurtri, le moindre courant d'air la faisait frissonner, et son estomac acceptait juste de quoi ne pas la laisser mourir de faim. Elle ne cessait de perdre du poids ; chaque matin, ses cheveux tombaient par poignées. Ses yeux semblaient s'être dilatés ; ils étaient si pleins de tristesse que les autres n'osaient pas la regarder en face.

Elle reprit en main, systématiquement, la gestion quotidienne des trois fermes, suivant les comptes avec la petite Jane, qui avait appris à lire, à écrire et à compter. Elle rassura les ouvriers agricoles de Dadland : nul ne songeait à les renvoyer. En hiver, elle supervisa le battage et le stockage du blé. Pourtant, de telles tâches, si absorbantes d'habitude, lui parurent bien mornes, et rien ne pouvait retenir longtemps son attention. C'était comme s'il y avait eu une distance entre elle et ses actes, comme si elle avait cessé de s'intéresser à quoi que ce fût.

Elle s'efforça d'être toujours entourée, même si le bavardage des gens lui était pénible, et de se perdre volontairement dans les petits détails. C'était le seul moyen de passer le temps ; Rachel se sentait soulagée s'il s'écoulait une demi-heure sans qu'elle eût conscience de son chagrin, même si, intérieurement, sa peine ne la quittait jamais. Elle attendit avec impatience le retour du printemps et de l'été : les jours dureraient plus longtemps, on pourrait les remplir d'activités incessantes, et les nuits si tristes, où elle ne dormait pas, seraient réduites par la fatigue à de brefs moments d'oubli.

Rachel repoussait toujours sa tournée d'inspection au dernier moment. Possédant dorénavant trop de terres pour en faire le tour chaque matin, elle consacrait quatre jours successifs à chacune des quatre sections du lot ; le cinquième, elle partait sur la lande, là où broutaient ses bêtes. Mais ces heures solitaires, à cheval, la rendaient encore plus malheureuse. Elles lui offraient trop d'occasions de s'abandonner à la mélancolie. Plus la terre offrait de promesses, plus elle se sentait perdue.

Elle comprit peu à peu que, toute sa vie, dès son plus jeune âge, elle avait toujours pris l'initiative, décidé, guidé, bâti. Aux pires années de pauvreté, ses enfants avaient toujours su que jamais elle ne les laisserait mourir de faim, ni manquer d'un foyer. Elle avait inspiré Will Tresider et Robert Wolcot, et détruit Harry Blackaller.

Rachel n'éprouvait plus qu'un besoin : être accueillie, protégée, aimée par quelqu'un de solide, de fort, que ce fût un amant, un frère, un père. Et toute la famille menait sa propre vie. John était un bon fils, très prévenant, mais chaque fois qu'il avait un peu de temps de libre, il partait retrouver Urith, qu'il ne semblait pourtant pas pressé d'épouser. Emma ne pensait plus qu'à son mari, Peter, dont elle parlait sans cesse. Richard, amer et aigri, s'était replié sur lui-même, travaillait de mauvais gré sur le domaine, et s'échappait à la moindre occasion. A quinze ans, Jane n'était pas encore sortie de l'enfance. Jane Clarke était une amie et une confidente très chère, mais Rachel n'avait personne avec qui partager pleinement bonheur ou adversité.

Perdue dans ses pensées, et sans se rendre compte qu'elle pleurait, elle s'avançait, effondrée sur sa selle, le long de la vallée de l'Arn. Sous les branches dénudées apparaissaient déjà des perce-neige encore frêles ; un loir à demi endormi rendait visite à ses réserves de graines. Une grive chanta, mais elle n'y prit pas garde.

Elle ne vit pas non plus un paquet de chiffons dissimulé dans un creux de la haie, et serait passée à sa hauteur sans s'arrêter, si le cheval n'avait pas voulu l'éviter, manquant la faire tomber. Les haillons bougèrent pour révéler le visage d'un vagabond, qui se redressa et la contempla fixement. Ses vêtements étaient en loques ; l'une de ses bottes, privée de semelle, laissait apercevoir un pied blessé. Une épaisse barbe rousse lui mangeait la figure, et ses cheveux en broussaille lui tombaient jusqu'aux épaules. Il se leva: en dépit de sa maigreur, c'était un homme de grande taille, bien bâti.

Arrachée à sa rêverie, un peu agacée par sa tenue misérable, elle lui lança d'un ton sec:

— Que faites-vous ici? C'est une propriété privée. Allez-vous-en!

— Eh bien, Rachel Jedder, répondit-il, vous ne me reconnaissez donc pas?

Son accent n'était pas celui d'un paysan, bien qu'il fût celui d'un homme du pays, et la voix lui était familière. Comme il s'avançait, Rachel le regarda de plus près, puis couvrit sa bouche de ses mains, stupéfaite:

— Squire? Squire? Est-ce vous? Squire! Squire Waddon!

CHAPITRE QUINZE

Il paraissait inconcevable que le plus gros propriétaire de Beara eût pu être réduit à ce misérable vagabond en loques. Rachel le dévisagea sans même prendre la peine de dissimuler son désarroi, le comparant à l'homme vigoureux, vêtu de velours et de dentelles, dont elle gardait le souvenir, incapable d'en croire ses yeux.

Il lui rendit son regard, hésitant, prêt à battre en retraite dès qu'elle ferait mine de le repousser, un peu comme un chien qui n'est pas sûr qu'on lui fasse fête. Il y eut un silence avant que Rachel, oubliant les bonnes manières, ne s'écriât:

— Que Dieu ait pitié de nous! Squire, comment en êtes-vous arrivé là? Qu'est devenu l'argent des Braddon?

— Les jeux de hasard et les créanciers, répondit-il en haussant les épaules, avant de sourire et de faire un geste insouciant de la main.

Mais Rachel avait déjà remarqué les rides, les pommettes saillantes, les épaules voûtées. Il semblait se balancer un peu en parlant.

— Et la famille de votre femme n'a rien fait pour vous aider?

— Lady Ann est morte il y a un an.

— Quand avez-vous mangé pour la dernière fois?

De nouveau, il haussa les épaules. De la main, elle effleura l'espace libre derrière sa selle et ordonna:

— Montez! Nous allons retourner à Yellaton, et vous donner un peu de viande de bœuf.

Charles Braddon fronça les sourcils, puis, n'osant dire non, détourna la tête.

— Auriez-vous honte que les gens vous voient? Ou de manger dans ma maison? lança-t-elle avec une cruauté voulue.

— Ni l'un ni l'autre, Rachel Jedder, mais il semble que vous ayez déjà suffisamment de problèmes.

Il avait eu le temps de l'observer, et de voir qu'elle avait pleuré.

— Peut-être un bon morceau de viande rouge nous ferait-il du bien à tous les deux. Le monde paraît toujours plus agréable, ensuite.

Elle l'aida à monter. Tous deux eurent tôt fait de se retrouver devant des plats chargés de nourriture fumante, et des chopes pleines de cidre: la conversation cessa tout à fait. Il finit par se laisser retomber dans son fauteuil, et poussa un gros rot satisfait.

Rachel le contemplait avec un mélange d'orgueil et de sympathie. Il était agréable de le voir à sa table. Après tout, si bas tombé qu'il fût, c'était toujours le Squire Waddon.

— C'est bon de vous revoir, dit-elle en lui faisant signe de venir se réchauffer près de l'âtre.

Rachel lui confia à quel point elle avait été déçue de ne pas avoir pu lui dire au revoir à son départ de Braddon, puis lui fit le récit des trois sinistres années au cours desquelles Jelinger Were avait régné en maître sur le district. Sans le vouloir, elle en vint, pour la première fois, à parler de la condamnation de Joël et de la mort de son bien-aimé Jedder.

Charles Waddon l'écoutait en hochant la tête, un peu étourdi par le repas, l'alcool, la chaleur qui montait du feu de bois. Puis, brusquement, elle s'agenouilla devant lui et fondit en larmes, la tête sur ses genoux. Il passa une main indécise sur sa chevelure noire, où il remarqua avec surprise plusieurs mèches grises: le Squire était incapable d'imaginer qu'elle pût vieillir.

C'était comme si on avait répondu aux prières de Rachel, comme si elle avait enfin trouvé un refuge. Elle se blottit dans le creux de son bras, contre la veste trempée, et pleura, gémit, libérant tout son chagrin, toute sa souffrance. Il la réconforta de son mieux, posa la tête sur la sienne: engourdis par le feu, tous deux finirent par s'endormir.

Deux heures plus tard, quand Emma arriva pour le souper avec Peter Sturway, elle fut profondément humiliée de trouver sa mère dans les bras d'un vagabond pouilleux. Comme elle s'efforçait d'empêcher son mari d'entrer dans la cuisine, Rachel s'éveilla. Mais Charles Waddon, épuisé par des mois d'hiver passés en plein vent, retomba contre le mur sans reprendre conscience.

— Va chercher Dick et aide-le à l'emmener au lit, dit Rachel à son gendre, sans prendre garde aux protestations de sa fille.

Les deux hommes portèrent le grand corps maigre de Charles

Waddon sans qu'il remuât, et, montant l'escalier, le déposèrent sur le lit le plus proche.

— Enlevez-lui ces loques et mettez-le à l'aise, ajouta-t-elle. Elle resta là à les regarder, tandis que, de mauvais gré, ils s'exécutaient.

Quand ils furent partis, Rachel prit une paire de ciseaux et tailla sa barbe hirsute jusqu'à ce qu'elle fût bien coupée. Puis elle demeura immobile, le contemplant avec affection.

— Il y a bien longtemps, vous êtes venu à l'aide d'une pauvre fille affamée, et vous l'avez secourue plus d'une fois par la suite, murmura-t-elle. Il est temps que vous en soyez récompensé, Charles Waddon. Plus jamais vous n'aurez faim.

Le lendemain matin, elle l'emmena sur les terres des Lutterell, où se trouvait une chaumière inoccupée, comprenant une grande pièce, une minuscule cuisine, une resserre et, en haut, une chambre. Lui montrant les lieux, elle se souvint du grand salon lambrissé de Braddon, de son plafond décoré, et se sentit gênée :

— Bien sûr, ce n'est pas grand-chose, Squire, balbutia-t-elle en rougissant. Ce n'est pas digne d'un gentilhomme comme vous.

Il avait pris un bain ; Rachel lui avait coupé les cheveux, lui donnant la plus belle veste de Jedder, des culottes blanches, une chemise à manches de dentelle et des souliers à boucles d'argent. Ces dernières étaient trop petites, mais il s'était gardé de le faire remarquer. Ce fut à son tour d'être mal à l'aise :

— Je ne suis plus Squire, Rachel. Et comment pourrais-je accepter votre offre, alors que je n'ai plus d'argent pour payer mon entretien ?

— Pour moi, vous serez toujours Squire. Et je n'ai pas oublié que, sans vous, j'aurais été pendue il y a longtemps. J'ai beaucoup de terre, maintenant, et je vous dois bien cela. Vous me feriez un grand honneur en restant ici, pour être mon voisin et mon ami.

— Je ne peux pas vivre à vos crochets, Rachel Jedder !

— Ce ne sera pas le cas. J'y ai déjà pensé. John s'occupe de ses affaires et vit à sa façon. Jane est déjà grande, elle sera sans doute mariée bientôt. Avec les trois fermes, tout le bétail, il faudra quelqu'un pour tenir les comptes. Vous aurez à gagner votre pain, Charles Waddon.

Il éclata de rire, puis lui donna une tape sur les fesses, comme autrefois :

— Tope-là! Mais j'aurais dû me douter que cela cachait quelque chose.

— Je n'aime pas les fainéants, ajouta-t-elle en souriant. Vous pourrez commencer dès demain, Squire.

Cet arrangement se révéla extrêmement profitable. Charles Waddon n'était plus le libertin qui avait dissipé la fortune familiale, et prit très au sérieux ses nouvelles fonctions. Il dressa un inventaire complet, très détaillé, de tous les biens de Rachel. Des calculs très précis lui permirent de déterminer comment il convenait de gérer récoltes et bétail, ce qui accrut grandement le rendement des fermes. Il décida de créer des livres de comptes parfaitement tenus, où il suffisait de jeter un coup d'œil pour avoir une idée des dépenses et des revenus, et comparer les prix actuels aux anciens. Il payait aussi les salaires, et finit par engager lui-même les hommes et les femmes qui viendraient sur les terres de Rachel pour travailler au moment des récoltes et de la fenaison.

Chaque jour, à midi, il venait déjeuner à Yellaton avec toute la famille; quand John n'était pas là, on lui offrait la place d'honneur, face à la maîtresse des lieux. Souvent, il y retournait le soir, pour discuter des affaires en cours, et, peu à peu, de telles conversations ne roulèrent plus sur de simples questions d'agriculture: Rachel en vint à lui faire des confidences, à lui parler de ses projets et de ses espoirs pour tout ce qui concernait sa terre et ses enfants.

Quand le beau temps revint, après les semailles, tous deux prirent l'habitude de partir à cheval à travers la lande, n'hésitant pas à se montrer dans des auberges de la côte. Elle pleurait de rire à l'écouter plaisanter. Il se montrait, comme du temps de sa splendeur, sociable et plein d'enthousiasme, offrant à boire à tout le monde. Mais il ne fréquentait plus les salles de jeu, et ne pariait plus sur quoi que ce soit.

Les gens, en les voyant, échangeaient de longs regards. Chacun se souvenait qu'il l'avait protégée du temps ou il était encore le maître de Braddon. Sans doute y avait-il quelque chose entre eux deux depuis qu'elle avait arraché Yellaton à Matthew Claggett. Tous tenaient pour acquis qu'ils se marieraient bientôt.

L'été passa. Les jours étaient brûlants et bien remplis, les étoiles brillaient au firmament des nuits parfumées. Un soir, comme ils revenaient du marché, tous deux s'arrêtèrent pour s'asseoir dans l'obscurité au bord de la rivière Taw, afin de savourer le calme des environs et la pureté du ciel. Enlevant ses bottes, Rachel posa la tête sur l'épaule du Squire et plongea les pieds dans l'eau de la rivière.

— J'ai bien envie de vous pousser pour revoir la sirène que j'ai trouvée dans mon lac il y a si longtemps, dit-il d'un ton malicieux.

Elle rit et saisit fermement son bras:

— Attention, Charles Waddon! Sinon vous m'accompagnerez!

— Cela vaudrait la peine d'être mouillé, si cela se terminait de la même façon.

Il lui renversa la tête et l'embrassa, d'abord avec hésitation, puis avec une passion croissante: ses bras se refermèrent autour d'elle. Rachel sentit son corps se tendre, ses jambes s'agitèrent et une vive chaleur l'envahit. Il posa une main sur ses seins. Il y avait longtemps qu'elle n'avait pas fait l'amour, elle n'y pensait même plus; pourtant, la vieille envie lui revint aussitôt, avec une puissance qui la surprit.

Secouée, elle se dégagea, cœur battant, et sourit d'un air emprunté. A côté d'eux, dans les taillis, des craquements de branches se firent entendre, signalant le passage d'un animal.

— Les gens vont dire que nous sommes bien sots, murmura-t-elle, les yeux baissés.

— Aucune importance, répondit-il.

Il lui jeta un regard railleur et l'aida à se relever.

Sur le chemin du retour, elle dissimula son malaise sous un torrent de paroles, qu'il écouta avec bienveillance. Après les années terribles vécues avec Harry Blackaller, la simple idée d'un contact physique suffisait à lui répugner. Elle atteignait désormais l'âge mûr, et, bien qu'elle appréciât la compagnie des hommes, n'imaginait plus qu'un tel désir pût se réveiller. Il l'avait prise au dépourvu, aussi puissamment que du temps de Jack Greenslade, l'acrobate, quand elle était jeune.

Charles Waddon était de nouveau rasé de frais et bien vêtu. Il avait pris du poids, mais montait toujours à cheval avec cette élégance et cette allure qui sont la marque du gentilhomme. Il n'avait plus ni terre, ni argent: mais Rachel, bien qu'il fût son employé, voyait toujours en lui le Squire, et se sentait flattée d'être l'objet de ses attentions. Ce mélange d'adoration et de flatterie la laissait perplexe. Comme ils traversaient High Chillam, elle lui donna les nouvelles, pour dissimuler son indécision:

— Stephen Pincombe voulait savoir où nous en étions avec nos agneaux. Je crois qu'il songe à nous en acheter quelques-uns pour créer un nouveau troupeau à Kingford ; je lui ai dit d'en parler avec vous. Et Seth Bartle demande vingt-cinq livres pour son étalon gris. C'est une belle bête, mais le prix me paraît un peu exagéré, et nous avons toujours eu des juments — bien que nous puissions sans doute nous permettre d'avoir un étalon, maintenant.

— Sans aucun doute, ne put-il s'empêcher de dire ironiquement.

Il gloussa en la voyant rougir ; elle s'éloigna et garda ses distances jusqu'à leur arrivée à la chaumière du Squire.

— Eh bien, Rachel Jedder ? demanda-t-il en mettant pied à terre, et en s'apprêtant à l'aider à descendre.

Elle sourit d'un air pensif et, penchant la tête, le regarda. Il serait si facile d'être emmenée et portée jusqu'à la petite chambre aux murs blanchis à la chaux...

— Une femme comme vous ne devrait pas rester seule. Et puis, après toutes ces années, ne serait-il pas agréable de se fixer une bonne fois pour toutes ?

Elle ne répondit rien.

— Nous ne rajeunirons pas, poursuivit-il. Vous occuper des fermes deviendra un fardeau pour vous, et il vaudrait mieux qu'il soit partagé.

— C'est déjà fait, répondit-elle lentement. Je le partage avec vous.

Il prit sa main, la baisa, puis leva vers elle un visage rayonnant :

— Je vous épouserai sur-le-champ, la semaine prochaine, le mois prochain, demain, quand vous voulez ! Mais nous n'attendrons pas jusque-là ! ajouta-t-il en ouvrant les bras. Venez ! Il est grand temps qu'un homme de bien s'occupe de vous, maîtresse Jedder.

— Vous ne me comprenez pas !

— Jamais de la vie ! Vous n'avez pas changé, ma fille.

— M'aimez-vous, Charles Waddon ?

— Quelle question ! Comme si je n'avais pas toujours eu la plus vive affection pour vous !

— Ce n'est pas ce que je vous ai demandé, dit-elle en ignorant ses bras tendus, qui finirent par retomber.

— Nous serions très heureux si nous étions mari et femme.

312

Nous nous connaissons bien et nous avons de la tendresse l'un pour l'autre. Nous ne sommes pas trop vieux pour avoir un enfant, et vous n'auriez plus à songer à la terre. Que demander de plus, à notre âge?

— Bien plus. Oh! je sais que vous êtes sincère, mais je n'ai pas envie de prendre ma retraite, et je n'ai pas l'intention de jamais me remarier, bien que ce soit un grand honneur que vous me l'ayez demandé. Votre amitié m'est plus précieuse que tout, Squire, et j'espère la conserver jusqu'à ma mort: mais entrer dans votre lit lui porterait tort.

— Rachel! Vous avez besoin de quelqu'un qui prendra soin de vous. Ne vous souciez pas des commérages, c'est inutile. Les gens nous ont souvent vus ensemble et pensent que nous nous marierons.

— Ah bon? Eh bien, ils seront déçus. Je veille sur moi-même depuis quarante-sept ans, et j'ai bien l'intention de continuer.

— Je me suis mal exprimé. Ah! je n'ai jamais su dire ce qu'il fallait, dit-il, abattu.

Rachel lui caressa les cheveux avec affection:

— Non, Charles, non. Vous êtes un honnête homme et vous avez parlé comme il convenait.

On entendait des voix, venues de la cuisine, depuis l'écurie où elle venait d'abandonner son cheval: celle de Dick Blackaller, et celle de John.

— Ils s'embrassaient et se caressaient au bord de la rivière, près d'Umberleigh. Je l'ai vu de mes propres yeux!

— Ça suffit! s'exclama John. Je ne supporte pas de t'entendre parler ainsi de notre mère! Je ne veux plus entendre de telles calomnies!

— Et où crois-tu qu'elle soit, à l'heure qu'il est? Au lit avec lui, dans ce taudis qu'elle lui a donné! Il faut faire quelque chose, et vite, avant qu'ils soient mariés!

— Et alors? Et quand bien même elle épouserait le Squire! Bien des gens à High Chillam en seraient jaloux! intervint Emma.

— Pauvre sotte! Cette espèce de gueux va mettre la main sur nos terres, notre héritage, et vous n'aurez rien!

En silence, Rachel traversa la cour pour venir écouter près de la fenêtre. John s'efforçait de se dominer:

— Allons, Dick, ne t'énerve pas. Mère pensera à nous, et il n'y a pas de mal à ce qu'elle épouse le Squire Waddon. Il s'est amendé, il ne fait plus de folies, et je pense que ce serait un bon compagnon pour elle.

— Le Squire Waddon! Le Squire Waddon! lança Dick, goguenard. Il n'est plus Squire, et ce n'est qu'un vagabond. Pas question que mère l'épouse! Pensez ce que vous voulez, j'empêcherai ce mariage, croyez-moi!

— S'ils se sont déjà décidés, je ne vois pas ce que tu pourrais faire. Tu sais comment est notre mère, une fois qu'elle a décidé quelque chose.

— Je les en empêcherai, et je nous débarrasserai de ce filou de Waddon une fois pour toutes!

Il sortit en claquant la porte. Rachel se jeta dans l'ombre tandis qu'il passait à sa hauteur, attendit une dizaine de minutes, entra dans la cuisine et dit bonsoir à tout le monde, sans leur laisser deviner qu'elle avait tout entendu.

Deux semaines plus tard, elle constata que le tiroir du haut de sa commode était légèrement entrouvert. Elle y gardait quelques babioles, et se servait rarement de la clé, cachée dans une tabatière en forme de soulier posée sur la table. Rachel examina avec soin le contenu du tiroir.

Il y avait là l'éventail de bois, fabriqué en France, que Will lui avait donné autrefois — ses fleurs laquées s'étaient écaillées avec l'âge —, une boîte à pilules abritant une mèche de cheveux de Will, la cuillère en bois que Robert Wolcot avait taillée pour John, une des cravates de Joël, une petite perle et son pendentif d'émail, cadeau de John. Et aussi les boutons d'argent de Jedder, deux de ses boucles de soulier, un portrait de lui, peint sur ivoire par un artiste d'Exeter et placé dans un cadre d'argent. Tout était là. Puis elle prit l'écrin et devint très pâle. Le collier et le bracelet de perles avaient disparu.

Bizarrement, elle se sentit d'abord soulagée. Elles lui rappelaient trop la mort de son fils pour qu'elle eût songé à les porter depuis.

Rachel fit quelques pas jusqu'à la fenêtre et, contemplant le ciel chargé de nuages, se demanda qui avait bien pu les voler.

Jane Clarke venait presque tous les jours de chez Lutterell, où elle faisait désormais la cuisine pour les ouvriers agricoles, afin de voir sa fille, Meg, qui vivait et travaillait à Yellaton. Mais il était inconcevable que l'une ou l'autre ait pu faire une telle chose. Aucun de ses hommes de peine, ou leurs épouses, n'en aurait eu l'occasion. Le petit Robin, venu de l'asile des pauvres, et qui travaillait aux écuries, n'aurait jamais osé. Mais peut-être la jeune Lucy, la fille de la laiterie, les avait-elle trouvées jolies ; elle aurait pu les prendre sans penser à mal, en se disant qu'on ne remarquerait pas leur absence tout de suite.

Rachel se rendit dans sa chambre, au-dessus des étables, qu'elle fouilla rapidement, retourna le matelas de paille, sachant qu'elle perdait son temps. Toutefois, l'éventail des suspects se limitait désormais aux membres de sa propre famille.

John n'aurait pas été plus capable de voler sa mère que d'empocher l'argent de la quête du dimanche. Emma n'avait pas assez d'audace, ni de vivacité d'esprit, pour le faire, Jane n'aurait pu toucher à ce qui appartenait à quelqu'un d'autre. Richard Blackaller, en revanche, était assez vif, assez résolu pour cela, et il connaissait, dans le comté, assez de gens douteux pour pouvoir espérer revendre les bijoux.

Résolument, Rachel se rendit dans sa chambre, qui gardait encore une faible odeur de pommes et d'herbes séchées : c'est là qu'on les stockait autrefois. La commode abritait de bons habits, même si on remarquait des taches de bière ou de nourriture. Du linge sale était dissimulé au fond d'un tiroir, pour que les filles ne le trouvent pas. Il y avait aussi des jeux de cartes, une bouteille de brandy à demi vide ; dans le coffre de bois placé sous la fenêtre, elle découvrit une corde, bizarrement nouée à plusieurs endroits, un fouet, des chaînes assez semblables à celles qui entravaient les mains des condamnés, et plusieurs dessins, assez primitifs, de femmes nues. Rachel n'avait jamais rien vu de tel, et fut à la fois choquée et intriguée.

Comme elle les examinait, Richard entra sans prévenir, comme son père l'avait fait le matin où il l'avait surprise à compter le peu d'argent qui lui restait. Elle laissa aussitôt tomber les croquis, rougit, et son fils l'imita en les apercevant.

— Mes perles ont disparu, Richard Blackaller. Où sont-elles ?

Il referma le coffre d'un coup sec et la regarda bien en face :

— Chaque fois qu'il se passe quelque chose, c'est ma faute, n'est-ce pas, mère ? Mary Lutterell, Joël, et maintenant tu m'accuses d'avoir volé tes perles! Seulement voilà, ce n'est pas moi, je ne suis au courant de rien, et il y a dans la maison une dizaine de domestiques qui auraient très bien pu le faire!

— J'ai déjà fouillé la chambre de la seule autre personne qui aurait pu les prendre, répondit-elle d'un ton froid. En vain.

— Et le vagabond? Et Waddon? Je parie que quelques perles seraient les bienvenues chez lui, ou bien crois-tu qu'il est trop bien élevé pour s'abaisser à commettre ce dont tu accuses ton propre fils?

— En effet. Le Squire Waddon a peut-être été un libertin autrefois, mais c'est un gentilhomme, et il s'est toujours conduit avec honneur.

— Il a eu toutes les occasions possibles de venir fouiner ici, il y est comme chez lui. Et si tu a le droit de fouiller ici, tu peux aller fouiller sa chaumière: j'y tiens!

Le piège était grossier. Rachel le comprit en se souvenant de la conversation qu'elle avait surprise. Elle le regarda un moment sans rien dire.

— Très bien. Mais tu m'accompagneras.

Elle descendit la première, lui fit seller les chevaux, et tous deux partirent côte à côte, en silence. Dick Blackaller, d'un air suffisant, donnait des éperons, puis retenait son cheval, qui s'agita nerveusement, ne comprenant pas ce qu'on voulait de lui. Rachel sentit monter sa colère. Jamais son fils n'aurait porté de telles accusations sans être certain de leur véracité. Il avait dû trouver un moyen de compromettre son vieil ami. Le problème était de savoir comment disculper Charles Waddon une fois qu'on aurait découvert les perles en sa possession. Elle songea avec amertume à la scène qui les attendait, sans trouver de moyen d'y échapper.

Le sentier qui menait à la ferme des Lutterell, si envahi de végétation la première fois qu'elle l'avait suivi, était devenu un large chemin, fréquemment utilisé. Comme ils s'apprêtaient à le descendre, ils virent venir vers eux, de l'autre bout, un cavalier.

Le Squire Waddon leur fit signe, s'approcha et fouilla dans son pardessus, puis, arrivant à leur hauteur, leur montra les perles.

— Rachel, elles étaient dans ma poche, et, sur mon honneur, je suis incapable de vous expliquer comment elles sont arrivées là, dit-il, l'air perplexe. Je me souviens que vous les portiez quand vous êtes venue à Braddon, mais je ne les ai pas revues jusqu'à aujourd'hui. Je ne comprends pas. Sans doute quelqu'un a voulu faire une farce.

— Et voilà! hurla Dick Blackaller. Qu'est-ce que je t'avais dit? Je savais qu'il les avait, et j'avais raison!

Sans prendre garde à lui, Rachel saisit le collier:

— Ce n'est pas grave. Squire, dit-elle, très gênée. Je regrette de vous avoir dérangé.

— Dérangé! cria son fils. Ce chien est un voleur, un escroc! Et si tu ne le fais pas pendre, je m'en chargerai!

Le Squire Waddon poussa un juron, leva sa canne et s'avança.

— Assez! s'écria Rachel.

Elle fit volte-face pour pouvoir affronter son fils:

— Il y a un voleur et un escroc, ici, mais ce n'est pas le Squire. C'est toi, Richard Blackaller. Tu croyais que j'allais épouser Charles Waddon, et tu as cru t'y opposer en cherchant à le faire arrêter et condamner à mort pour vol.

— Mensonge!

— Inutile de nier. Je t'ai entendu jurer de te débarrasser du Squire, devant John et Emma, il y a près de quinze jours. Mais c'est nous qui allons être débarrassés, car tu vas quitter ma maison pour de bon. Tu es maudit depuis que tu es né, toujours à comploter, à tricher, à mentir, et cette fois ma patience est à bout. Ce soir, tu feras tes paquets pour t'en aller, et je ne veux plus jamais te voir. Tu ne feras plus de mal à personne ici.

Quand il se rendit à l'écurie, portant deux sacoches et une valise, il y trouva sa mère, qui attendait. Il la regarda comme pour s'excuser, mais Rachel garda le même air indifférent.

— Prends la jument brune, et, dans une semaine, passe à Cross Street, chez Jonathan Palfriman. Je lui aurai adressé de l'argent d'ici là. Ce sera ce que je pense que tu vaux. Comprends-le bien, à ma mort tu ne recevras pas un seul farthing. Tu voulais être ton propre maître: c'est fait.

Il lui jeta un regard plein de malveillance, qui aurait sans doute effrayé une femme moins solide, mais Rachel se contenta de lui tourner le dos, sans le regarder partir.

La famille fut interloquée de son départ; John, comme elle s'y attendait, tenta de parler en sa faveur, puis personne ne prononça plus son nom. Parfois, quand ils s'asseyaient pour manger ensemble, Rachel avait l'impression que la pièce était pleine des fantômes de ses fils disparus, dont la présence invisible semblait plus tangible que celle des gens qui se trouvaient là. Des mois durant, un pénible malaise régna de nouveau sur toute la maison. Peu à peu, cependant, les exigences du calendrier monopolisèrent toute leur énergie, et tous furent absorbés par les tâches incessantes qu'imposait la vie des champs.

Après avoir été fiancé à Urith Luckbreast pendant plus de trois ans, John se décida finalement à l'épouser. Rachel et les femmes de la maisonnée, heureuses d'une telle diversion, se plongèrent avec enthousiasme dans des préparatifs qui durèrent plusieurs semaines. La demeure fut récurée du sol au plafond, les apprentis déplacés, leurs chambres repeintes et meublées pour accueillir le jeune couple, qui comptait vivre à Yellaton. La grange fut vidée en prévision de la cérémonie, et ses murs passés à la chaux, comme ceux de la maison et de la cour.

Un tel remue-ménage choqua John, mais Rachel se borna à sourire avant de le congédier. Le dernier fils qui lui restait aurait droit au mariage le plus grandiose que le village eût connu depuis celui du Squire Waddon avec lady Ann.

La famille Luckbreast était la plus importante de tout High Chillam : dix-huit enfants en tout. Elle était apparentée à tous les autres clans du lieu ; il fallait donc inviter tout le monde. Jane et Meg Clarke, la jeune Jane Jedder, Emma, Lucy, la fille de la laiterie, Urith et Rachel passèrent deux semaines à cuisiner en vue de la fête. Il y aurait du saumon, du jambon, de la volaille, du gibier, des perdrix, de la langue froide, des plum-puddings et des tartes aux pommes, et l'on pourrait boire du punch, du vin, de la bière, du cidre et du madère.

Rachel et Jane Clarke préparèrent un gâteau en mélangeant un boisseau de farine, six livres de beurre, trois livres de raisins secs, cinq litres de crème fraîche, quatre livres de sucre, six pintes d'ale, huit onces de cannelle, deux de gingembre, quatre de noix de muscade, et de la levure. Huit livres de sucre, mélangées à de l'eau de rose, puis chauffées, furent versées sur le tout pour le glaçage.

On fit venir des musiciens, on acheta des fusées pour un feu d'artifice, on suspendit des lampions. Le jour venu, enfin, John et sa femme, qui paraissaient dépassés par les événements, ouvrirent

318

le bal, qui dura toute la nuit, au son de quatre violons, d'une basse de viole, d'un tambourin et d'une flûte.

Charles Waddon avait donné à Rachel un exemplaire de *The Lady's Magazine*, dont elle admira les gravures avec passion, et qui lui inspira sa propre robe de soirée : très décolletée, la taille relevée, coupée dans une mousseline à pois, elle fit sensation. Plus question de paniers ou de corsets, comme autrefois ; le tissu était assez léger pour faire scandale, Rachel, qui ne l'ignorait nullement, piqua deux plumes d'autruche dans ses cheveux, et résolut fermement de bien s'amuser.

Elle se contenta d'abord d'aller d'un groupe d'invités à l'autre pour bavarder avec eux, les encouragea à boire et à manger tout leur soûl, s'assura que chaque jeune fille avait un cavalier, discuta à tour de rôle avec les mères, prit soin que personne ne fît tapisserie. Sirotant un peu de madère, elle fendit la foule, disant un mot aimable aux femmes et aguichant leurs maris du regard, cherchant avant tout à créer une atmosphère joyeuse, qui balaierait tous les soucis, tous les chagrins, dont Yellaton était accablé depuis si longtemps.

Il était reposant d'être entourée d'amis et de braves gens, de les voir libérés, pour un instant, des travaux des champs, de les savoir heureux. Le vin l'avait rendue gaie. Tout ce qui était advenu était terminé. Ni les larmes ni les prières n'y pourraient rien. Le passé avait disparu. Il était temps qu'elle s'en libérât.

Seth Bartle vint s'incliner, avec une gaucherie étudiée. Rachel prit la main qu'il lui tendait ; les musiciens rejetèrent leurs cheveux en arrière, fermèrent les yeux et entamèrent un air familier, que tous les danseurs fredonnèrent en écho. Soulevée par le rythme, tout excitée, elle se sentit redevenir aussi vive que quand elle était jeune fille, et ne s'arrêta qu'après que sa chevelure, se dénouant, fut tombée sur ses épaules. Son visage était rouge, humide de sueur ; tout son corps lui faisait délicieusement mal. L'aube se levait, et le Squire Waddon et elle étaient les seuls à danser encore. C'était la première fois depuis des années que Rachel s'était autant amusée.

Le mariage de John, sans marquer la fin du chagrin de Rachel lui rendit plus facile d'accepter les déceptions et les pertes d'autrefois. Son cœur semblait toujours aussi vide, mais elle avait réappris à rire, et prenait part avec plaisir aux fêtes et aux activités familiales. John et Urith étaient un couple sérieux, et, avec l'aide du Squire, géraient sans problèmes les fermes et le domaine. L'angoisse n'accompagnait plus chaque jour; pour finir, Rachel cessa même de se préoccuper des caprices du temps et de leur influence sur les récoltes.

Ce fut d'abord comme un congé, le premier dont elle eût jamais bénéficié. Elle le savoura comme il convenait, se levant tard, faisant de grandes promenades à cheval sur la lande. Elle poussa même jusqu'à la côte, pour s'asseoir sur le rivage de sable blanc et regarder les vagues venues d'Amérique déferler sur la grève. Elle se rendit en ville, acheta des robes, et même quelques bijoux; une petite montre qui se portait autour de la taille, sur une chaîne en or, une bague incrustée d'émeraudes, des colliers. Elle offrit des broches aux femmes, des montres aux hommes, toute à son plaisir de dépenser.

Revint le temps des moissons. Comme tous les ans, Rachel contempla le spectacle, émerveillée, une main au-dessus des yeux pour se protéger du soleil. La terre des Jedder ressemblait à un arc doré, qui se serait déployé en demi-cercle, d'est en ouest, en passant derrière la maison. Elle se souvint de la nuit passée au milieu des monolithes, dans la plaine de Salisbury, il y avait si longtemps, et comprit brusquement le sens du rêve qu'elle y avait fait. L'homme et l'enfant, Will et Jedder Tresider, disparus derrière les blés. L'escalier de pierre qui menait à la porte de chêne...

Rachel se rua à l'intérieur pour y prendre papier, encre, et une des plumes d'oie de Charles Waddon, puis se rendit dans le bureau installé non loin de la cuisine, et, après bien des taches et des ratures, parvint à tracer un plan.

— Nous aurons assez d'argent? demanda-t-elle au Squire ce soir-là.

— C'est un projet qui va coûter très cher, répondit-il, peu convaincu.

— C'est comme ça que je veux Yellaton : plus grand, avec une entrée au centre, des piliers de pierre et un porche.

— Comme Braddon.

— Comme le rêve que j'ai fait avant de venir ici. Il y aura aussi une terrasse de pierre avec des petits piliers devant.

— Un balustrade.

— Comme vous voulez. Et un escalier très large menant au jardin.

— Quel jardin ?

— Celui que je vais faire.

— Rachel ! Vous n'êtes pas jardinière ! On ne pourra jamais mettre des fleurs et des pelouses devant la maison, à cause du vent. Nous sommes sur la lande !

— Je ne suis pas jardinière, mais j'apprendrai, Charles Waddon. Des fossés et une double haie de hêtres permettront d'abriter les fleurs. Il y aura un mur à l'ouest, et des portes.

— Des portes ! Et pour quoi faire ? Personne ne vient jamais de ce côté.

— Il en viendra. Pour franchir les portes, répondit-elle avec une inattaquable logique.

— Tout cela est absurde. Vous n'y avez songé que parce que vous n'avez rien à faire, Rachel.

— Grands dieux ! Comme vous avez changé, Squire ! Et votre folle jeunesse à Braddon ?

— Voyez où tout cela m'a mené !

— N'ayez crainte, je n'en arriverai jamais là. Mais il faut que je prépare la demeure en prévision de sa venue.

— De la venue de qui ?

— Cela ne vous regarde pas, répondit-elle mystérieusement, mettant un terme à leur entretien.

Un tel projet l'occupa tout l'hiver. Elle fit venir de Barnstaple un architecte chargé de tracer des plans à partir de ses croquis, et partit à cheval voir les grandes demeures de la région, pour leur emprunter des idées. A la maison, il y eut bien des discussions, mais il fut finalement décidé d'agrandir Yellaton des deux côtés, afin de créer deux chambres de plus, soit sept en tout. Par ailleurs, le bâtiment s'étendrait vers l'arrière afin d'englober la vieille étable, ce qui permettrait de construire une petite pièce au-dessus, et, en bas, une autre pour y prendre le petit déjeuner, une salle à manger, un petit salon et un bureau. Le couloir d'entrée donnerait sur un grand escalier de chêne ; le salon d'origine deviendrait, une fois agrandi, une salle de réception. Les fenêtres seraient plus grandes, pour laisser entrer plus de lumière, le toit de chaume céderait la place à une garniture d'ardoise, qui se patinerait avec le temps : elle luirait sous le soleil, on la verrait à des miles à la ronde. Le Squire Waddon, ulcéré qu'on ne tînt aucun compte de ses avis, et pensant qu'on foulait aux pieds sa scrupuleuse gestion du domaine, la mit en garde :

— Madame, un tel projet vous mettra en faillite !

— Absurde ! Ce sera au contraire un signe de notre prospérité, qui nous vaudra encore plus de richesse et de terre, Charles. D'ici cent ans, deux cents ans, il y aura encore des Jedder ici, à cause de la maison. Telle qu'elle est en ce moment, nous ne serons jamais plus que des petits propriétaires, mais une demeure de ce genre fera de nous des gens importants.

— Braddon ne m'a pas empêché de perdre de mon importance.

— Parce que vous étiez dépassé par les événements. Ce ne sera pas mon cas. Je sais ce que je fais. Pourquoi croyez-vous que Buller a fait bâtir à King's Nympton, et Peirce à Landcross ?

— Rachel, ce sont des gens riches.

— En effet. Mais c'est aussi un moyen de l'être davantage.

Il ne trouva rien à répondre.

On embaucha les ouvriers, on fit venir les matériaux, puis, dès la fonte des dernières neiges, et la disparition du froid, la famille partit s'installer chez Lutterell, et le travail commença. Chaque matin, Rachel se réveillait, tout excitée, et ne pouvait attendre de voir où on en était. Elle était pourtant la première arrivée sur le chantier, la dernière partie, et il était peu probable que tout fût terminé en une nuit. Mais elle inspectait les échafaudages, surveillait le moindre détail, gourmandait les ouvriers, tourmentait l'architecte, se rendait insupportable à tout le monde. Elle s'inquiéta d'abord de voir la maison réduite à une simple coquille, puis, quelques semaines plus tard, s'émerveilla de la voir prendre sa forme définitive.

John, Emma, Urith, sont beau-fils, le Squire furent réquisitionnés à tour de rôle : ils devaient l'accompagner et prononcer les mots enthousiastes qu'on attendait d'eux. En fait, s'ils étaient inquiets au départ, ils furent très impressionnés.

Un jour, comme elle admirait la maison depuis la colline surplombant la route de Bideford, en compagnie de Jane Jedder, un jeune homme vint vers elle à cheval et les salua. Rachel le regarda, surprise, mais les yeux du nouvel arrivant s'étaient déjà tournés vers Jane, qui rougit et baissa la tête. Fronçant les sourcils,

Rachel frappa le pommeau de sa selle du bout de sa cravache, agacée.

— On m'a dit à quel point Yellaton était magnifique, désormais, et je suis venu l'admirer, expliqua-t-il. Superbe! Mais peut-être ne me reconnaissez-vous pas, maîtresse Jedder?

— Je crains que non.

— Pardonnez-moi. J'ai pensé que vous vous souviendriez. Henry Wellington, de Wrey.

Il s'inclina poliment, et sourit en voyant que le visage de Rachel s'éclairait:

— Quand ma mère est morte, mon père m'a envoyé chez mon oncle et ma tante, à Londres, et sans doute ai-je un peu changé depuis ce temps.

— Oh que oui! Vous n'étiez encore qu'un enfant quand nous nous sommes vus pour la dernière fois.

Elle le contempla d'un air approbateur, mais Henry Wellington regardait de nouveau fixement sa fille adoptive. Au bout de quelques minutes, il accepta une invitation à venir leur rendre visite. Le soir, Rachel apprit la nouvelle au Squire:

— Que vous avais-je dit? Wrey est la plus belle propriété entre ici et la lande de Cranford, et Wellington est un jeune gentilhomme splendide, fils unique de surcroît, qui fera un époux parfait pour notre petite Jane. La fortune s'en va venir visiter Yellaton, comme je l'avais prédit!

— Cela ne vous va pas de jouer à l'entremetteuse, dit-il en souriant, sans se douter de la façon dont elle avait mené Emma et Peter Spurway à l'autel. N'êtes-vous pas un peu trop sûre de vous? Il a à peine regardé Jane.

— Un seul regard a suffi, je l'ai bien vu! J'ai vu aussi comment elle y répondait! Rien ne pourra retenir ces deux-là.

Le Squire secoua la tête. Rachel devenait complètement folle, et il souhaitait parfois qu'elle fût de retour dans les champs, sans plus perdre de temps à de telles fantaisies.

Une fois de plus, pourtant, elle avait raison. A dix-neuf ans, Jane était une jeune fille mince, assez grande, plutôt sérieuse, avec une dignité naturelle qui tenait à l'écart les plus insolents des jeunes gens du village. Elle avait un sourire très doux, des yeux vifs, qui trahissaient un grand sens de l'humour. Elle était intelligente, cultivée — au point parfois que Rachel ne pouvait la suivre. Charles Waddon croyait revoir sa sœur morte.

Henry Wellington était de quelques années son aîné. Il fut stupéfait de découvrir une telle perfection en plein cœur de la campagne anglaise, ou, loin de Londres et de ses femmes si belles, il ne s'attendait qu'à croiser de grosses sottes ou des coureuses de dot.

Tous deux tombèrent, sur-le-champ, amoureux l'un de l'autre. Le père d'Henry aurait sans doute, autrefois, condamné une telle alliance ; mais l'élégance raffinée de Yellaton, l'étendue de ses terres eurent tôt fait de le convaincre que son fils n'avait pas tort de courtiser la jeune fille. Rachel, qui songeait aux quatre cents acres des Wrey, donna son accord de bon cœur, et pria.

Les deux tourtereaux se promenaient ensemble chaque jour. Rachel les voyait, de sa fenêtre, s'avancer sur la lande, ou galopant de concert, ou se disant longuement au revoir, le soir. Chaque fois, son cœur frémissait tristement: des souvenirs lui revenaient en mémoire, et elle était contrainte de se détourner.

Un jour, en fin d'après-midi, alors que Rachel avait fait un détour pour examiner les fossés qui bordaient Moses Bottom, elle les surprit à faire l'amour. Ils n'avaient pas pris garde: elle se dissimula dans un bosquet, et vit Jane caresser la tête de son amant, l'embrasser sur la bouche. Ils étaient déjà à demi nus: il s'allongea près d'elle et la prit, d'une façon qui montrait que ce n'était pas la première fois. Rachel entendit la jeune fille gémir de plaisir, observa son visage éperdu, extatique. Ensuite, il se montra très doux, murmurant des paroles pleines de tendresse.

N'en pouvant plus, envahie par un mélange de désir et de chagrin, Rachel s'enfuit, revint à la maison, monta s'enfermer dans sa chambre et se dévêtit lentement. Elle avait pris du poids. Allaiter six enfants avait donné à ses seins une certaine plénitude, limitée, mais acceptable. Sa taille était encore nettement marquée. Son ventre, autrefois dur et plat, avait pris de l'importance ; on y remarquait les traces des vergetures provoquées par ses différentes maternités. Ses bras étaient plus lourds, bien que Rachel, se contemplant dans le grand miroir, pût voir qu'elle avait toujours des épaules étroites, un dos assez fin, une jolie peau. C'était un corps encore présentable, sans doute plus attirant que quand elle était jeune fille. Mais c'était celui d'une femme mûre. Son cou était ridé, ses coudes râpeux, ses mains rêches et gonflées. Elle était moins souple, plutôt âgée — certains diraient même vieille. Pourtant, elle avait l'impression de n'avoir pas changé. Si Will était entré, elle aurait été consumée par la même ferveur désespérée, et aurait réagi avec une sensualité encore plus vive qu'autrefois — Rachel, comme on le fait toujours en vieillissant, s'était accoutumée peu à peu à l'idée de sa propre mort. Elle s'étendit sur le lit, ferma les yeux, songea à Charles Waddon, mais en pure perte, et se releva.

Les jeunes ne pensaient qu'à se marier. Partout où elle allait, Rachel les voyait soupirer, se caresser les mains, chercher à s'isoler. Urith était déjà énorme ; elle accoucherait bientôt. Emma, au bout de deux ans, était enfin enceinte. Rachel savait que, si elle allait voir Charles Waddon, il serait heureux de l'accueillir dans son lit ; mais ce n'était pas ce qu'elle voulait. Cela ne suffirait pas. Combien de temps se passerait-il avant qu'elle cessât de penser complètement à l'amour ? Combien d'années lui restait-il à vivre ? De colère, elle se passa la brosse dans les cheveux, avec une telle violence que les larmes lui vinrent aux yeux.

Au cours des semaines qui suivirent, elle se montra irritable avec tout le monde. Rien ne la satisfaisait. Les ouvriers des fermes apprirent à l'éviter, ou, du moins, à ne pas se reposer sur leur bêche quand elle arrivait. La famille fit preuve d'une amabilité de convention, mais ne se privait pas pour se plaindre derrière son dos.

Urith mit au monde un bébé bien gras, à l'énorme tête, peu attirant. Rachel vint voir son premier petit-fils, mais perdit vite tout intérêt pour lui. Elle eut pourtant l'obligeance de complimenter les parents, avant de fuir en toute hâte sa bru, qui paraissait dévorée d'un amour maternel étouffant.

Il était dommage que l'enfant ne l'eût pas captivée. La maternité, les enfants, ne l'avaient jamais beaucoup attirée. Elle espérait pourtant, sans raison, que cet enfant enchanterait ses vieux jours, deviendrait le centre de son existence. Mais elle ne ressentait qu'un profond ennui, et sa mauvaise humeur crût encore.

Il y avait foire à Barnstaple cette semaine-là. Rachel n'y était pas retournée depuis vingt-six ans — depuis la mort de la petite Sarah et de Robert Wolcot, après qu'il eut acheté un pain d'épices à la petite vendeuse. Mais elle n'avait rien de précis à faire, et l'atmosphère familiale était exécrable — par sa faute, d'ailleurs. Elle partit donc à la ville, après avoir refusé qu'on l'accompagnât.

Tout d'abord, ballottée de-ci, de-là par une foule enthousiaste, Rachel ne put penser qu'à sa petite fille morte, et décida de rebrousser chemin vers les écuries pour s'en retourner. Puis elle se retrouva, par hasard, au premier rang des spectateurs d'un théâtre de marionnettes, rit de bon cœur, parla à ses voisins et se laissa entraîner. Elle monta sur une grande roue, admira un cracheur de feu, acheta des confiseries qu'elle mangea en pleine rue, tout en allant d'une baraque à l'autre, fascinée par les jongleurs, les chiens savants, les couleurs vives. On dansait au bord de la rivière ; elle se mêla à la foule, passa d'un cavalier à l'autre, saluée par des gentilshommes comme par des charretiers, et arriva près du marché aux chevaux, où s'étaient réunis presque tous les maquignons du pays.

On y trouvait des chevaux pie proposés par des Gitans, des poneys venus d'Exmoor et de Dartmoor, de vieilles rosses reconnaissables à leurs éparvins, leurs cous maigres, leurs bouches dures. Un bon picotin d'avoine avait redonné une certaine vigueur à de vieux hongres ; les juments paraissaient plus jeunes, une fois leurs dents trafiquées. Des oreilles basses, de grands mouvements de queue indiquaient des bêtes promptes à ruer ou à mordre. Quiconque avait un tant soit peu de bon sens n'aurait jamais voulu acheter ici ; et pourtant, des paysans obstinés, pleins de bière et de cidre, tendaient leur argent et partaient avec des chevaux qu'un apprenti palefrenier aurait regardés en riant.

Elle marcha sans but au milieu des gens, puis s'arrêta net. Un vieux fermier et un jeune homme aux cheveux bruns discutaient du prix d'un très bel alezan. Le client hochait la tête, désignait du doigt un défaut imaginaire, et le vendeur, qui tournait le dos à Rachel, tenait fermement les rênes. Le cheval agita la crinière, mordit son mors, frappant le sol du sabot.

Elle s'approcha d'eux jusqu'à ce qu'elle pût voir le visage de son maître. Il avait dans les vingt-cinq ans, et ce n'était ni un Gitan ni un commerçant des environs. Son accent lui était familier, sans être celui du cru.

— Combien en voulez-vous ? demanda-t-elle.

Les deux hommes s'interrompirent et la regardèrent, surpris.

— Combien ?

— Cinquante souverains.

La somme était bien trop forte ; il la contemplait d'un air amusé, comme quand on parle à un enfant.

— Tope-là!

— Une minute, maîtresse! protesta le vieil homme. Je m'apprêtais à accepter le marché!

— Mais vous n'en n'avez pas eu le temps!

Le jeune homme leva la main, souriant. Rachel la frappa de la paume, et conclut:

— Mais moi si!

— C'est bien vrai, madame, ajouta le marchand.

Rachel releva la tête, pour qu'il vît ses yeux, à la fois vert et brun, et constata qu'il la contemplait fixement. Il perdit beaucoup de temps à vérifier la bride, sans nécessité, et dit:

— Voulez-vous qu'on l'emmène à l'écurie, ou bien préférez-vous que je l'attache ici, pour que vous puissiez venir le prendre plus tard?

Non. La bête devrait être amenée le lendemain, entre deux heures et quatre heures, à la ferme des Lutterell, précisa-t-elle.

— Mais ce n'est pas sur mon chemin!

— Il le faudra bien, si vous voulez être payé.

Elle sourit et s'en fut, non sans remarquer qu'il la suivait des yeux. Rachel se rendit tout droit à la taverne des Trois Tonneaux, où elle but deux brandies coup sur coup, reprit sa jument et rentra à Yellaton. Une fois seule en pleine campagne, elle se mit à crier et à chanter, lançant sa monture au galop, jusqu'à ce que l'encolure de la bête fût trempée de sueur, elle-même trop essoufflée pour continuer.

Ce soir-là, elle raconta à table toutes sortes de plaisanteries très osées, qui firent mourir de rire toute la maisonnée. Walter Tucker, le bouvier, se vit offrir de la bière, pour qu'il leur jouât un peu de violon; Rachel dansa avec son fils, puis son gendre, et enfin avec le Squire Waddon, si envoûté qu'il se montra incapable de résister à la tentation et lui murmura à l'oreille toutes sortes de mots d'amour. Mais elle ne fit qu'en rire, se dégagea pour aller prendre son petit-fils dans le berceau, et tournoya avec lui dans la pièce, avant de le rendre à sa mère. Elle s'assit enfin, haletante, folle de joie. Jane Clarke vint s'asseoir à côté d'elle:

— Rachel, qu'est-ce que tu nous prépares?

— Que veux-tu dire?

— Nous nous connaissons depuis trop longtemps pour que je ne devine pas que tu vas encore faire une bêtise. Je ne t'ai pas vue comme ça depuis des années, mais je m'en souviens encore, et ça ne donne jamais rien de bon.

— Mais non, Jane! Je ne peux vraiment pas m'amuser en famille sans devoir entendre ce genre de sottises?

— Dis ce que tu veux, je sais ce qu'il faut en penser, répondit Jane en lui donnant un coup de coude. D'ailleurs, qui que ce soit, il fera l'affaire. On dirait que tu as de nouveau vingt ans.

— C'est vrai! intervint Charles Waddon. Vous n'avez pas changé depuis que nous nous sommes rencontrés pour la première fois.

Il s'assit dans un fauteuil, prit sa main, et Rachel, une fois de plus, s'adonna aux joies du flirt.

Bien qu'ayant dansé comme une folle, elle ne put dormir, et resta étendue dans le lit à baldaquin jusqu'à l'aube, perdue dans ses rêves. Le matin, elle prit un bain, se lava les cheveux, sans même prendre de petit déjeuner, ni manger à midi. Puis elle se changea, et revêtit une tenue de cheval en velours pourpre. La jupe, très volumineuse, était plus longue sur le devant, de façon à retomber en lui couvrant les chevilles et les pieds ; elle avait des bottes de cuir, une jolie casquette de jockey agrémentée de rubans. Après cela, n'ayant plus rien d'autre à faire, elle marcha de long en large dans sa chambre jusqu'à ce que John vînt frapper à sa porte.

— Mère, il y a quelqu'un avec un cheval. Nous lui avons dit qu'il se trompait, mais il prétend que tu lui as acheté la bête à la foire.

Elle prit ses gants, sa cravache, descendit en toute hâte et ne ralentit qu'au moment d'ouvrir la porte. Le jeune homme était monté sur un hongre noir, et guidait le bel alezan. Rachel, au lieu de se rendre jusqu'au montoir, demeura, à dessein, immobile, ce qui obligea l'autre à venir vers elle.

— Accompagnez-moi pendant je l'essaie.

Une selle d'amazone fut installée sur le dos de la bête, puis il descendit pour tendre une large main sur laquelle elle posa son pied afin de grimper sur l'alezan ; celui-ci plia les jarrets et se pencha sur le côté, sans l'inquiéter. Vendeur et cliente prirent le chemin qui longeait la ferme, puis s'enfoncèrent dans les bois.

Rachel donna un coup de talon dans les flancs de l'animal, dont elle sentit frémir les muscles comme il s'élançait en avant: sa crinière rousse vint balayer son visage. Derrière, il y eut un cri, mais elle n'en tint aucun compte, sinon pour accélérer l'allure, frôlant une haie qui paraissait s'enfuir en sens inverse. Un lièvre bondit, effrayé, comme s'il était poursuivi par les chiens ; elle perdit son chapeau. Son compagnon était bien loin derrière.

Les feuilles semblaient éclater comme des feux d'artifice sous les sabots de sa monture, qui traversa sans ralentir le ruisseau marquant les limites de son domaine, et se lança sur la lande. Elle le fit changer de direction, pour le mener près d'une corniche rocheuse, où le petit cours d'eau se transformait en cascade. Le jeune homme arriva enfin à sa hauteur :

— Vous filiez bien vite, maîtresse ! grommela-t-il. Il est encore jeune ; et j'ai bien cru un moment que vous vous étiez enfuie avec lui.

— Et vous en auriez été ennuyé ?

— C'est une belle bête, et je ne voudrais pas qu'il lui arrive du mal.

Une telle sincérité sans détours fit beaucoup rire Rachel, qui lui dit :

— Aidez-moi à descendre.

La course avait rosi ses joues, mis des étincelles dans ses yeux, et libéré ses cheveux, qui tombaient librement sur ses épaules. Il la souleva, la déposa sur le sol, tout près de lui. Aucun des deux ne bougea : ils se regardèrent longuement, en silence.

Il avait devant lui une petite femme surprenante, amusée, dont les yeux extraordinaires semblaient avoir tout vu, et dont la longue chevelure avait un parfum d'épices. Il se sentit ensorcelé.

Rachel vit des cheveux bruns ébouriffés, des yeux brillants, un sourire dont elle se souvenait si bien. Brusquement, elle s'avança, passa un doigt dans une de ses boucles, puis, d'un rapide coup de langue, lécha l'une de ses lèvres. Puis il n'y eut plus que des sensations confuses, celle de sa bouche, de ses mains, de sa peau, et elle connut de nouveau la vieille souffrance douce amère.

— Oui, chuchota-t-elle. Encore.

Le lit de mousse, au bord du ruisseau, était aussi doux qu'un lit de plume. Quand ce fut terminé, il s'allongea à côté d'elle ; elle lui mordilla le torse du bout des dents, puis vint, enfin, poser sa tête au creux de son épaule. Elle passa le bras autour de son corps, plaça son ventre contre sa hanche, là où elle avait toujours été. Comme autrefois. Puis elle posa la question :

— Comment t'appelles-tu?

— Tom, répondit-il d'une voix somnolente. Tom Tresider.

— Et tu connais un Will Tresider?

— C'est le nom de mon père, dit-il, surpris. Pourquoi? Tu le connais?

— Il y a très longtemps. Tu lui ressembles beaucoup, ajouta-t-elle en poussant un grand soupir heureux.

Ils demeurèrent allongés l'un contre l'autre, tandis qu'il caressait doucement son bras et son dos. Les doigts de Rachel couraient sur son corps.

— Où vis-tu, Tom Tresider?

— Dans le Kent. Mon père y possède un verger, et il élève des chevaux.

— Et tu as de la famille? Des frères et des sœurs?

— Nous sommes cinq. Trois sœurs, William et moi. Je suis l'aîné.

Elle fut tentée de lui dire: « Non, six. Il y avait un autre frère: Jedder. Will Tresider a eu six enfants. » Mais elle préféra l'embrasser dans le cou et ne dit rien. Elle tenta de les imaginer tous, là-bas dans le Kent, et retint des dizaines de questions: quelle allure avait Will, aujourd'hui? Ses cheveux étaient-ils toujours aussi noirs? Etait-il heureux? Pensait-il à elle? Le jeune homme la serra contre lui. Il y eut une pause, elle ferma les yeux, très fort, avant d'oser lui demander:

— Et ta mère? Parle-moi d'elle.

— Elle est petite, à peu près comme toi, répondit-il en souriant. Elle rit beaucoup, elle arrive à nous supporter tous, je ne sais pas comment, et elle fait le meilleur pâté du Kent.

Rachel n'osa pas en demander davantage. Elle ne pensa plus à rien, se laissa submerger par le désir, et, bien qu'elle n'eût pas bougé, il le sut aussitôt.

Rachel et Tom firent de nouveau l'amour. Puis le ciel s'assombrit, il se mit à pleuvoir; le jeune homme l'attira contre lui, l'aima encore, et ils ne virent plus rien, échangeant toujours des baisers humides et des caresses glacées.

— Je ne retournerai pas là-bas, dit-il. Je vais rester ici, je te verrai demain, tous les jours.

— Non, répondit-elle à regret. Il faut que tu repartes ce soir, sans jamais revenir.

— Mais j'ai envie de toi.

— Je ne suis pas celle qu'il te faut. Mais je me souviendrai de toi, Tom Tresider. Et tu te souviendras de moi.

Ils se séparèrent aux limites du domaine. La pluie tombait, comme quand Will était parti, libérant, une fois de plus, l'odeur de la terre, et lui rappelant qu'elle ne savait toujours pas pourquoi elle ne l'avait pas suivi.

— D'où vient ce cheval? demanda-t-elle avant qu'il s'en aille.

— Mon père l'a élevé. Il a eu un étalon alezan autrefois, c'est à lui que la lignée remonte.

Rachel revint à la ferme des Lutterell, éblouie. Les années qui l'avaient séparée de Will étaient enfin closes. De nouveau elle ne faisait plus qu'un avec lui. La souffrance provoquée par la mort de Jedder, les regrets, les déceptions, l'agitation des derniers mois, tout cela fut oublié, et elle se sentit en paix avec elle-même.

Les semaines qui suivirent furent euphoriques, ce dont la famille et les ouvriers se montrèrent ravis. Elle cessa de martyriser les architectes, se montra infiniment patiente avec les apprentis. Les plans du jardin de Yellaton se firent plus raffinés encore, et on lui livra des pierres pour le mur qui le protégerait des bourrasques venues de l'Atlantique.

Au début du printemps, Emma donna le jour à une petite fille. Rachel alla leur rendre visite à Dadland dès qu'on lui apprit la nouvelle. Sa fille pleurait encore d'épuisement, mais ne semblait pas avoir trop souffert. Dans le berceau de bois, à côté du lit, reposait un paquet de tissu si bien enveloppé qu'on ne voyait rien de ce qu'il contenait.

Rachel s'en empara et aperçut un petit visage furieux, tordu par la colère, hurlant; les petits poings étaient crispés, les pieds s'agitaient avec violence. Sa première petite-fille.

— Te voilà enfin! Tu en as mis du temps! s'exclama-t-elle, rayonnante. Je t'attendais!

CHAPITRE SEIZE

Dès sa naissance, Radigan Jedder Spurway ne cessa de hurler et de brailler — deux ans durant. Si elle ne semblait pas avoir besoin de sommeil, elle avait perpétuellement faim et mordait les seins de sa mère ; plus tard, elle prit pour habitude de se fourrer dans la bouche autant de morceaux de panade qu'elle pouvait, avant de projeter des débris dans toute la pièce. La petite fille, comme tous les bébés, avait d'abord eu des yeux bleus ; ils devinrent peu à peu comme ceux de sa grand-mère, d'un vert bordé de brun.

A peine née, elle s'efforça de s'asseoir bien droit, hurlant de rage devant l'inutilité de ses efforts : son visage virait au violet. Dès qu'elle y parvint, elle entreprit de ramper, puis de marcher, ce qu'elle sut faire dès avant son premier anniversaire. Elle acquit un vocabulaire très personnel, mais fortement imagé, qu'elle mettait en œuvre avec une féroce arrogance chaque fois qu'elle voulait quelque chose — mère, nourriture ou objet quelconque. Tout ce qui se trouvait à sa portée était réduit en miettes, ou transformé en arme qu'elle jetait aux chiens comme aux adultes. Des plats d'argile furent fracassés, ceux d'étain cabossés, les tricots défaits et les vêtements réduits à l'état de chiffons sur lesquels venaient s'asseoir les chats. Impossible de connaître le calme, ne serait-ce qu'une seule nuit. Son père, Peter Spurway, revenait de Torrington épuisé, à l'issue de douze heures de travail ; cette fatigue supplémentaire, dont il rendit responsable son épouse, le rendit brutal et maussade. Il en vint à passer ses soirées au Cheval noir pour éviter d'avoir à rentrer chez lui. La pauvre Emma, de nouveau enceinte, pleura, s'inquiéta de le savoir entouré de servantes, tout en suivant sa turbulente enfant d'un œil d'abord incrédule, puis effaré. Au village, ses amies parlaient de gobelins, d'elfes, de possession par les esprits : elles lui proposèrent des remèdes qui allaient des herbes et des crapauds morts au gin pur, qu'Emma engloutissait aussitôt, bien qu'il eût été plus avisé d'en donner un peu à l'enfant.

Rachel était la seule à chanter les louanges de sa petite-fille. Ses redoutables exploits la divertissaient, et elle allait même jusqu'à les encourager subrepticement, en soulevant la fillette pour qu'elle puisse atteindre ce qui la tentait si fort, ou en lui montrant à quel point c'était amusant de jeter un plein seau d'eau dans la cour : les poules s'enfuyaient en tout sens, caquetant, affolées ! Elle lui offrit aussi des jouets très bruyants : clochettes, tambours, sifflets taillés dans un rameau de frêne dont on avait ôté l'écorce et la moelle.

Quand elle ne lui rendait pas visite, ou n'inspectait pas Yellaton, Rachel consacrait beaucoup de temps au jeune alezan qu'elle avait acheté à Tom Tresider. L'animal était très nerveux. De toute évidence, il n'était pas accoutumé à la selle, et encore moins à ce qu'on le montât en amazone. John n'avait jamais compris pourquoi elle en avait fait l'acquisition. Il fit remarquer que, vu sa taille, la bête était bien trop grande pour sa mère, et qu'il faudrait l'envoyer chez Seth Bartle pour qu'il la dressât. Mais Rachel ne voulut rien entendre, et interdit que quelqu'un d'autre qu'elle s'en occupât.

Chaque matin, elle le conduisait donc, attaché à une longe, dans la Cuisse de Lièvre, où elle lui apprenait à marcher, à trotter et à galoper en cercle, selon les ordres qu'elle lui lançait, puis à changer de direction ou à s'arrêter net. A la fin de chaque leçon, elle lui donnait une carotte, le laissait aller, et le voyait avec plaisir partir à toute allure, soulagé d'être enfin libre.

Toute sa vie, Rachel avait jugé ses bêtes en fonction de leur capacité à produire de la laine, du lait, de la viande, des petits, ou selon leur valeur marchande. Elle n'admirait rien tant que des cuisses bien grasses, de belles mamelles, une croupe dodue ou une épaisse toison laineuse. Il fallait absolument que les pattes fussent solides, carrées, pour pouvoir supporter le plus de muscles possible, ou des petits à naître. Des yeux vifs, un pelage luisant, voilà ce qu'il lui fallait : c'étaient des signes de santé.

Les chevaux étaient destinés à des tâches de traction ou de transport, qui nécessitent un large poitrail, les muscles durs. Elle avait donc choisi, pour les travaux de la ferme, des bêtes de trait d'une taille impressionnante, et, pour l'emmener toute la journée sur ses terres, de paisibles rosses fiables et trapues.

Cette fois, pourtant, c'était un animal tout à fait différent, élégant, délicat, bien plus fin que toutes ses précédentes montures. Un fermier n'aurait sans doute pas songé à s'encombrer d'une bête aussi frivole, mais sa grâce émouvait profondément Rachel, sans qu'elle sût pourquoi.

La petite tête, les grands yeux, la queue indiquaient des ancêtres arabes. L'encolure était mince, incurvée, les longues épaules rendaient possibles ces mouvements déliés propres aux pur-sang. Le dos était solide, le torse puissant. Il était rapide, agile, intelligent; quand il se fut familiarisé avec sa maîtresse, il devint joueur, se précipitait vers elle au grand galop, filant droit devant jusqu'à la toucher presque, avant de tourner d'un seul coup. Il frottait son museau contre son dos, cherchait dans ses mains ou dans ses poches quelque friandise cachée, bronchait devant des obstacles imaginaires quand ils sortaient tous les deux.

Il ne saurait jamais traîner un chargement vers le village, ou tirer une charrue. Peu importait. Il n'aurait pas à faire la preuve de son utilité pour justifier son entretien; le chevaucher revenait à prendre part à une sorte de rituel magique. Il affrontait courageusement les haies, filait sur la lande comme un oiseau.

Voir le cheval d'un œil neuf conduisit Rachel à changer de point de vue. Jusqu'à présent, elle s'était volontairement soumise à la terre, aux saisons, au grand cycle de la naissance, de la reproduction et de la mort, mais une vie entière passée au service de la nature, à qui elle portait un amour plein de soumission, ne l'avait jamais amenée à examiner les relations entre les couleurs, les formes, les mouvements. Ceux-ci, finit-elle par comprendre en admirant le jeune cheval, pouvaient être goûtés pour eux-mêmes, et non comme de vagues conséquences du grand tout.

Les travaux de réaménagement entrepris à Yellaton prirent fin avant qu'elle se rendît compte qu'ils ne se réduisaient pas à ajouter de nouvelles pièces à la maison. Peut-être celle-ci se fondrait-elle moins bien avec la lande? Rachel alla s'en assurer, redoutant d'avoir commis une erreur. Mais l'élégance et la solidité du plan primitif en avaient préservé le caractère. Pour mieux les harmoniser avec le bâtiment d'origine, on avait eu recours au torchis pour édifier les extensions: le maçon préparait un mélange de boue et de paille, un autre le mettait en place, un troisième enlevait l'excédent, tandis que le charpentier installait les linteaux. Portes et fenêtres étaient découpées dans les murs, une fois qu'ils étaient secs, c'est-à-dire au bout de plusieurs mois; au même moment, ils étaient lissés et plâtrés. Il en résulta une grande maison blanche, qui donnait l'impression d'être là depuis un siècle.

L'observant d'un œil critique, Rachel décida de renoncer à la balustrade de pierre et à la terrasse pavée, et leur préféra une simple volée de marches et une pelouse menant dans le jardin. Puis elle se rendit à Barnstaple et à Exeter, en quête de meubles et de rideaux. Au début, peu sûre d'elle-même, elle consultait sans arrêt Charles Waddon ; mais, n'ayant jamais daigné s'abaisser à de telles futilités domestiques, il ne lui fut d'aucun secours. Contrainte de se fier à son propre jugement, elle repoussa toute idée de mobilier campagnard au profit des dernières nouveautés à la mode : fauteuils d'ébène aux dossiers ovales, aux pieds sinueux, sofa capitonné, chaise longue, table munie d'un pied central, commodes. Elle ne put résister à de superbes rideaux de velours qu'elle accrocha dans son salon.

Deux ans après le début des travaux, Yellaton fut enfin terminé, décoré et meublé. Rachel, John, Urith et leur fils, Robert, quittèrent la ferme des Lutterell pour venir s'y installer.

Le mariage de Jane et de Henry Wellington eut lieu dans le mois qui suivit. C'était un bon prétexte pour inviter tout le voisinage, et chacun accepta, dévoré de curiosité. Rachel accueillit amis, voisins et ennemis avec le même sourire béat : leurs exclamations, leurs chuchotements envieux lui faisaient l'effet d'un parfum. Henry Wellington, Esquire et sa femme, les parents du marié, se tenaient à ses côtés. La famille Spurway, venue de Torrington au grand complet, fit une entrée remarquée.

La présence des Wellington et de sir Thomas Carew, nouveau propriétaire de Braddon, garantissait celle de bien des grandes familles du comté : lord Fortescue vint de Filleigh, les Hamlyns de Clovelly Court, le révérend Turner de Garwood, sir Benjamin Wreys de Beer Charter, et ses deux redoutables tantes, de Prexford Barton. Leurs carrosses ne traversèrent pas la lande sans être maculés de boue ; tous sortirent de là en rajustant leurs perruques ou en défroissant leurs robes. Ils acceptèrent avec grâce les salutations de Rachel, avant de se hâter de voir le Squire Waddon, qui les passionnait au plus haut point. Chacun savait que, réduit à la mendicité, il avait été recueilli par l'étrange maîtresse Jedder, dont il gérait désormais le domaine. C'était assez pour les intriguer.

336

Très rapidement, sir Benjamin et Charles Waddon se retrouvèrent bras dessus, bras dessous, chantant des chansons paillardes ; maîtresse Hamlyn donnait à Rachel le nom de sa couturière, et, dans un coin, le révérend Turner serrait de près Meg Clarke, qui riait. Lord Fortescue fit entendre un gros rot avant de s'effondrer, inconscient, sur la chaise longue, laissant tomber sur le sol son verre de porto. Seules les deux demoiselles Wreys demeuraient bien droites sur un sofa, comme des poupées de cire. Ce fut, pour Rachel, un triomphe.

Elle prit Radigan, qui bâillait, à Emma, et fit appeler un joueur de flûte. Quand elle entendit la musique, la fillette cessa de ronchonner, et tendit les mains comme pour attraper les notes ; le musicien s'était arrêté, elle eut un geste impérieux pour l'obliger à recommencer.

— Elle est impossible, mère, dit Emma qui paraissait épuisée. Nous ne pouvons rien faire d'elle.

— Pas du tout ! Elle est simplement très vive. Ce sera quelqu'un qui sait ce qu'il veut, c'est une bonne chose.

— Je te le dirai franchement, je ne peux plus y tenir, poursuivit sa fille, au bord des larmes.

Rachel soupira et jeta un coup d'œil autour d'elle, espérant que ses invités n'avaient rien remarqué. Emma s'effondra dans un fauteuil et sortit de son sein un mouchoir de dentelle, ce qui n'annonçait rien de bon. Elle avait toujours été bien en chair, mais, cette fois, cela prenait d'inquiétantes proportions, même en tenant compte du fait qu'elle était enceinte.

Radigan tira vigoureusement les cheveux de sa grand-mère qui, en représailles, lui tordit le nez d'un coup sec. La fillette n'eut pas le temps de crier ; ses yeux se plongèrent dans ceux de Rachel et la petite bouche se referma.

— Elle est insupportable ! gémit Emma. Nous qui voulions une gentille petite fille !

Radigan fit savoir ce qu'elle en pensait en tirant la langue. Rachel se souvint de ses propres grossesses, si fastidieuses, et, pour une fois, regarda sa fille avec sympathie :

— Tout irait mieux si tu te reposais. Que dirais-tu de me laisser la petite peste jusqu'à ce que tu aies accouché ?

Radigan Jedder Spurway ne devait jamais retourner chez ses parents, à Dadland. Yellaton devint sa maison. Seule sa grand-mère pouvait venir à bout d'elle — ce que d'ailleurs elle ne faisait que rarement.

Bizarrement, elle donna à Rachel plus de bonheur qu'aucun de ses propres enfants. Jedder avait toujours été son préféré ; mais elle avait moins d'affinités avec lui qu'avec sa petite-fille, en qui elle voyait comme un reflet d'elle-même. Toutes deux avaient le même tempérament emporté, le même goût des affrontements, la même volonté. Rachel, considérant le luxe qui l'entourait, se demandait parfois jusqu'où elle serait montée, si sa propre vie avait commencé là.

Prenant la petite fille sur ses genoux, elle lui racontait son extraordinaire voyage à travers l'Angleterre pour atteindre la terre des Jedder, comment Will Tresider avait retrouvé ses moutons, la naissance du premier veau, l'achat de Moses Bottom ou des terres du Squire. Autant d'aventures passionnantes, qui se terminaient bien, même si l'enfant ne comprenait pas toujours.

Rachel, qui n'avait jamais été très sensible à la beauté des très jeunes enfants, fut émue par celle de Radigan, et finit par comprendre qu'une jeunesse très difficile et des tâches domestiques accablantes l'avaient empêchée d'apprécier bien des plaisirs de la maternité. Elle était trop occupée à assurer la survie de ses enfants pour avoir jamais pris le temps de s'asseoir pour s'amuser avec eux ou les regarder grandir.

Toutes deux jouaient aux mêmes jeux, riaient aux mêmes plaisanteries, échangeaient des secrets. Rachel tolérait, amusée, des farces qui l'auraient beaucoup irritée autrefois, et n'hésitait pas à encourager bien des écarts de conduite.

En même temps, le souvenir de ses enfants disparus ne la quittait pas. Il ne se passait pas de jour sans qu'ils revinssent, l'un après l'autre, la hanter : d'abord Jedder, chaque fois, puis Sarah, puis Joël, et, pour finir, même Richard Blackaller. Chaque image lui déchirait le cœur. Son fils préféré, à dix ans, lui tendant les pièces qu'il avait gagnées en attrapant les rats ; les boucles blondes du bébé ; Joël jouant avec ses sœurs ; Dick courant, des œufs cassés à la main. A de tels moments, il lui fallait serrer les lèvres, déglutir et se plonger délibérément dans une tâche quelconque.

Radigan lui permettait de compenser un peu leur perte, et les malheurs de sa propre enfance. Radigan ne manquerait de rien. Radigan aurait tout ce qu'elle voudrait, et plus encore. Elle l'accabla donc de cadeaux: robes de soie et de satin, parfaitement inutiles; arlequin de porcelaine (vite cassé); poupée de bois, aux bras articulés; poupée de chiffon; maison miniature, commandée à un charpentier du cru. C'était une parfaite réduction de Yellaton, dont la façade se soulevait pour révéler un intérieur parfaitement identique à celui où elles vivaient, meubles compris.

Le Squire lui-même lui fit des reproches pour avoir offert un présent aussi extravagant à une fillette de deux ans, mais, comme il faisait remarquer que Radigan était beaucoup trop gâtée, sa vieille amie quitta la pièce en refusant de l'écouter.

Quand elle n'était pas avec sa petite-fille, ou avec son cheval, Rachel supervisait les travaux du jardin. On avait érigé, à l'ouest, un mur de pierre de huit pieds de haut, qui ferait office de coupe-vent; un talus surmonté d'une haie d'épines s'étendait au sud et à l'est. Un sentier bordé de hêtres le longeait.

Comme chaque fois qu'elle abordait quelque chose de nouveau, Rachel prit très au sérieux sa récente marotte. Depuis le début des transformations entreprises à Yellaton, elle avait sollicité des conseils, étudié de près tous les parcs et les jardins qu'elle avait pu voir, et même les petits potagers que les vieux couples cultivaient devant leur chaumière. Elle consulta les jardiniers de sir Thomas Carew, Charles Waddon lui-même, et posa d'interminables questions à Hieritha Delve et au vieux Ben Beare, qui pouvait se targuer d'avoir travaillé à Hampton Court pour le roi George III.

Rachel passa beaucoup de temps à faire des croquis, qu'elle rejetait après y avoir réfléchi. Pour finir, elle fut contrainte de se limiter à quatre jardins, et, cela fait, il lui suffit de décider où allaient ses préférences, parmi un choix assez vaste — ce qui lui prit quand même quelques semaines de plus.

Pendant ce temps, pêchers et cognassiers furent plantés au pied du mur, tandis qu'on dégageait un large chemin d'accès, bordé de chênes, qui allait, en ligne droite, des portes du domaine à un cadran solaire de pierre, installé en bas des marches de la terrasse, au milieu d'une pelouse circulaire.

Le vieux Dave Bartle, trop âgé désormais pour travailler, fut, à sa grande satisfaction, chargé d'aider sa maîtresse, en compagnie de Robin, un garçonnet de dix ans venu de l'asile des pauvres.

Ils créèrent, à gauche du chemin, un jardin bordé de haies taillées, très basses, et semé de motifs colorés, entre lesquels couraient d'étroits chemins pavés, comme dans un labyrinthe. A droite, symétriquement, un autre, un peu moins élaboré, abriterait des herbes médicinales, ou destinées à la cuisine. Une haie de genévriers le séparait d'un bassin ovale, rempli de nénuphars ; au centre, une statue de pierre crachait de l'eau, tandis que, sur la rive, un treillis accueillait des plantes aimant l'humidité : iris, fougères, muguet.

Toutefois, ce qui deviendrait vite l'endroit favori de Rachel se trouvait un peu en dessous du jardin de gauche. On y parvenait par un chemin ombragé, sous une pergola couverte de roses rouges, de chèvrefeuille et de glycines. Elle avait toujours désiré avoir une roseraie, et s'imaginait déjà, assise là pendant les chaudes journées de juin, perdue dans les parfums de ses fleurs admirables. Elle décida, en la mettant en place, d'ignorer les règles très strictes qui avaient guidé le dessin des autres jardins, et chercha à y accumuler toutes les variétés qu'il lui fut possible d'obtenir.

Les chênes n'atteindraient l'âge adulte qu'après sa mort, et il se passerait plusieurs années avant que les motifs floraux prissent définitivement tournure. Mais les rosiers ne tardèrent pas à croître ; Rachel et Radigan prirent vite l'habitude de passer là des heures entières, faisant des bouquets et ramassant de pleins paniers de pétales, qu'elles mêlaient à de la lavande et à des clous de girofle. Le tout était ensuite séché, puis placé dans des bols, pour parfumer les chambres.

L'enfant s'y endormait souvent, la tête sur les genoux de sa grand-mère. Rachel admirait ses cils duveteux, sa peau de pêche, prenait la petite main potelée dans la sienne, si calleuse, et s'émerveillait de ce miracle : la jeunesse.

Elle avait eu deux autres petits-enfants. John ressemblait beaucoup à son oncle Jedder. Joseph était le frère de Radigan. Leur grand-mère savait qu'ils étaient l'avenir de Yellaton, et se montrait fort aimable avec eux, mais son amour n'allait vraiment qu'à la petite fille.

Pour le troisième anniversaire de celle-ci, elle lui offrit un petit poney brun venu d'Exmoor, acheté un an plus tôt à la foire de Bampton, et que Rachel et Seth Bartle avaient dressé avec le plus grand soin, pour qu'il ne pût provoquer le moindre accident. Radigan, mise en selle pour la première fois de sa vie, prit les rênes et donna de grands coups de talon dans les flancs de l'animal, pour

340

le faire avancer. Il obéit aussitôt, passa au petit trot, échappant à Emma. L'enfant eût tôt fait de tomber sur le sol. Mais, comme les deux femmes couraient dans sa direction, effondrées, elle se releva, rouge de colère, courut vers sa monture, qui s'était arrêtée, et s'efforça de remonter toute seule.

Folle de joie, Rachel la prit dans ses bras, la projeta en l'air et l'embrassa, avant de l'asseoir de nouveau sur le dos du poney.

— As-tu déjà vu une fille aussi courageuse? demanda-t-elle à Emma. N'aie pas peur! D'ici un an, elle sera plus grande que lui!

— Mère, répondit-elle, consternée, ce n'est pas bon pour une petite fille d'être aussi capricieuse. Comment fera-t-elle plus tard, si tu l'encourages?

— Allons, allons, ne t'inquiète pas. Elle se calmera quand elle en aura envie.

Dès que la fillette eut un peu grandi, toutes deux prirent l'habitude de partir ensemble, chaque matin, pour une tournée d'inspection du domaine. Chaque fois que Rachel s'arrêtait pour regarder quelque chose, ou discuter avec ses ouvriers, elle s'efforçait de tout expliquer à sa petite-fille, en des termes assez simples pour qu'elle pût comprendre.

— Il va falloir réparer cette gouttière, sinon l'eau va inonder le mur, et ça ne fera pas de bien au torchis.

Elle lui montrait telle ou telle chose qui avait besoin d'être réparée, puis l'emmenait voir le troupeau de vaches rousses qui paissait chez les Lutterell.

— Tu vois ce qui pend sous sa queue? demandait-elle en en désignant une qui meuglait. Tu l'entends crier? Ça veut dire qu'elle est prête pour le taureau. Il est temps que le jeune Ben le fasse venir.

Toutes deux prenaient part à l'agnelage. Elle montra à Radigan comment déceler une naissance par le siège, en glissant la main pour repérer la position des jarrets, de la croupe et de la queue.

— Les pieds ont parfois l'air d'être à l'envers, ça ne veut pas dire que la naissance va mal se passer. Ça peut aussi venir du fait que la mère s'est mal placée.

La fillette se mit bientôt à faire des remarques, à poser des questions; elle remarqua ainsi que certaines haies, trop touffues, gênaient les chevaux, et demanda pourquoi la prairie près de Moses Bottom était couverte d'eau, ce qui n'était pas le cas la semaine précédente.

— C'est parce que les fossés n'ont pas été curés et refaits, dit sa grand-mère, que ce spectacle agaçait. Et si on ne s'y prend pas maintenant, le pré sera abîmé pour de bon.

La température tomba très vite. A l'aube, Radigan venait se glisser dans le grand lit de plumes de Rachel, et s'amusait de voir leurs haleines former une brume légère dans l'air glacé. Plus tard, elles se battraient à coups de boules de neige avec Joseph et les cousins, avant d'aller voir si la glace du bassin était assez solide pour qu'elle pût patiner. Elle s'emparait aussi, à la cuisine, des grands plateaux de bois, et partait faire du traîneau sur les pentes de la lande. Elle venait juste d'avoir sept ans et, sans le savoir, vivait ses derniers mois de complète liberté.

Au printemps suivant, après bien des discussions au sein de la famille, elle fut envoyée à l'école de South Molton. Vu la distance, elle y serait en pension et ne reviendrait qu'en fin de semaine.

John et les autres firent remarquer qu'il y avait, à High Chillam, une femme qui aurait pu se charger de lui apprendre le caté-chisme, lui enseigner à chanter, à coudre — bref, ce dont les femmes ont besoin, et pas davantage. Mais Rachel ne voulut rien entendre. Radigan Jedder Spurway ne serait pas, comme elle, dépourvue d'instruction. Elle apprendrait à lire, à écrire, à comp-ter, elle aurait des livres.

— Des livres! Et pourquoi faire? s'écria John, exaspéré. Elle a de la famille, non? Moi, je montre aux garçons tout ce qu'ils doivent savoir, et ils y arrivent. Ce n'est pas bon de lui remplir la tête avec tout ça.

— Jane a reçu de l'éducation, objecta Rachel.

— Ce n'est pas pareil, dit Peter Spurway. Elle est plus calme, plus docile que notre Radigan.

— Ça ne fera que la rendre malheureuse, mère, intervint Emma.

— Oui, reprit son époux. Et si elle sait trop de choses, qui voudra l'épouser? Qui voudra d'elle?

Rachel, lassée, avait coupé court, refusant d'en entendre davan-tage. Plus tard, elle sentit ses yeux se remplir de larmes, en voyant sa petite-fille chérie déposée, avec la malle contenant ses vête-ments, devant la maison d'allure sévère où elle allait vivre désor-mais, en plein centre de la ville.

342

Le lendemain matin, le directeur lui-même vint à Yellaton à cheval, l'air angoissé. Rachel l'aperçut depuis sa fenêtre, et, gorge serrée, se sentit aussitôt envahie de terreur. Radigan avait disparu, balbutia-t-il. Elle se précipita sur lui, toutes griffes dehors, mais Charles Waddon la retint. La petite fille avait mangé, puis on l'avait couchée ; elle semblait bien se faire à sa nouvelle vie. A l'aube, pourtant, le directeur et sa femme avaient trouvé le lit vide.

— Non, non, pas elle... chuchota Rachel. Je ne veux pas perdre cette enfant.

Dans toutes les fermes, les hommes quittèrent leur travail pour battre la campagne : ceux qui étaient à pied ne dépassèrent pas le village, les autres, à cheval, couvrant les dix miles qui séparaient High Chillam de South Molton. Rachel s'assit, la tête dans les mains, geignant, imaginant le pire — on l'avait tuée, elle s'était perdue sur la lande et y mourrait de faim et de froid... Tous revinrent, un par un, las et abattus ; seuls John, Peter et le Squire poursuivirent les recherches. La nuit tomba. Rachel abandonna tout espoir. Une fois de plus, comme pendant toute sa vie, le bonheur lui échappait à peine conquis. Sa petite-fille adorée, son héritière, avait disparu.

Dehors, un bruit de roues se fit entendre, puis l'on frappa vigoureusement à la porte, et sir Thomas Carew entra, suivi d'Urith.

— Mon garde-chasse a capturé un de vos lapins dans le parc, et j'ai pensé qu'il convenait de vous le ramener, lança-t-il, l'air radieux.

Rachel le regarda sans comprendre.

Radigan entra dans la pièce en courant.

— Je n'aime pas l'école, alors je suis rentrée, déclara-t-elle avant de prendre un gâteau sur le plateau de bois de sa grand-mère, qui n'avait touché à rien.

Rachel la regarda, se dressa et lui donna sur la main une claque si violente que le gâteau tomba à terre. La fillette tressaillit et prit un air mécontent.

— Emmène-là au lit ! dit Rachel à Urith, avant de remercier poliment son voisin, et de lui souhaiter bonne nuit.

Le jour n'était pas encore levé quand, le lendemain matin, elle réveilla sa petite-fille. Celle-ci se plaignit d'avoir sommeil, et mal aux pieds, mais Rachel refusa de l'écouter et lui fit revêtir une blouse grossière et de lourdes bottes, qui étaient restées dans un tiroir depuis l'enfance d'Emma. Sans dire un mot, elle l'emmena à la cuisine, puis lui montra l'âtre plein de cendres et de bûches à demi consumées.

— Nettoie-moi tout ça, et rallume le feu!

— C'est le travail de Lucy, répondit la fillette.

— Oh que non! C'est le tien, aujourd'hui.

— Pourquoi?

— Parce qu'à partir d'aujourd'hui tu vas travailler, comme tous les enfants pauvres du pays.

— C'est trop tôt! Je suis fatiguée! Personne n'est levé, et je ne veux pas travailler!

— Les enfants qui ne vont pas à l'école doivent travailler dans la maison ou dans les champs.

— Non!

Radigan s'assit par terre et la regarda d'un air de défi.

Rachel la souleva, s'assit sur une chaise, la déposa sur ses genoux, souleva sa jupe et la fessa sans retenue, ignorant ses cris. La porte de la cuisine s'ouvrit brusquement: Urith, John et Meg Clarke entrèrent en courant. Mais elle les renvoya et reposa sur le sol sa petite-fille en larmes.

— Et maintenant, au travail! ordonna-t-elle d'un ton sans réplique.

Une fois que Radigan eut rallumé le feu, balayé le carrelage et aidé Lucy à porter les seaux de lait, elle reçut, en guise de déjeuner, un morceau de pain sec et une demi-tasse de lait.

— Radigan Spurway, tous ces hommes t'ont cherchée pendant des heures. Ils n'ont donc pas pu travailler sur nos terres. Nous avons perdu du temps et de l'argent. Quand on perd de l'argent, on ne peut plus payer les gens, qui n'ont plus de quoi s'acheter à manger, et leurs enfants ont faim. Pour te punir, tu iras leur demander pardon à tous.

La fillette, rouge de honte, dut, par conséquent, aller voir chaque ouvrier, et balbutier:

— Je demande pardon pour les torts que j'ai causés.

— Et maintenant, dit Rachel quand elle en eut terminé, tu vas aller chez Lutterell, ramasser les pierres dans les champs, pour compenser un peu le retard que nous avons pris à cause de tes sottises!

Cette semaine-là, il plut sans discontinuer. Rachel alla voir, à plusieurs reprises, Radigan travailler. La fillette n'était abritée des gouttes que par un sac ; sa grand-mère se souvint à quel point c'était une tâche épuisante, et fut tentée de la ramener en toute hâte à la maison, de la couvrir de châles bien chauds, et de la serrer dans ses bras, comme avant. Mais elle se domina, et repartit.

— Ne crois-tu pas qu'elle est assez punie comme ça ? lui demanda John, le cinquième jour.

— Mon fils, tu sais que nous vivons dans un monde sans pitié. Notre famille s'en est bien tirée, certes, au prix de gros efforts, et d'un peu de chance. Je me suis montrée faible trop longtemps. Il est si facile de retomber dans la pauvreté d'autrefois ! Radigan doit apprendre quels sont ses devoirs. Il faut qu'elle sache ce que c'est de ne rien avoir, et de travailler dur.

Le sixième jour, elle fit seller un cheval, et se rendit à High Chillam, tandis que Radigan trottinait péniblement derrière elle. Rachel se rendit sur la tombe de Jedder, passa chez le forgeron, puis attacha sa monture près de la pompe du village, et marcha vers un grand bâtiment d'aspect sinistre, de l'autre côté de la place. Une très grosse femme, dont le cou disparaissait sous un double menton, l'accueillit sans enthousiasme.

— Nous pouvons prendre une autre fille à Yellaton, dit Rachel. Tenant fermement sa petite-fille par la main, elle passa près d'un enfant de cinq ans, qui lavait les planchers, et de deux tout-petits, qui lavaient une montagne de plateaux dans un seau d'eau sale. La femme du bedeau ouvrit une porte : de l'autre côté, pleurs et gémissements s'interrompirent d'un seul coup, comme si les orphelins n'osaient plus respirer.

— Alice Pope !

Une fillette, dont le nez coulait, vint se placer devant elles, les yeux baissés.

— Ce n'est qu'un petit coup de froid, maîtresse, dit la grosse femme.

Alice Pope avait des bras et des jambes d'une maigreur effrayante, un petit corps chétif.

— Quel âge as-tu ? demanda Rachel.

— Sept ans, maîtresse.

— Tu travailleras dur, si tu viens chez moi ?

Les yeux de l'enfant parurent s'animer un peu :

— Oui, maîtresse.

— Tu trairas les vaches ? Tu laveras les planchers ? Tu rapporteras des bûches ? Tu ramasseras les pierres dans les champs ?

— Tout ce que vous voudrez, maîtresse, dit la petite Alice d'un ton enthousiaste : elle entrevoyait enfin la possibilité d'échapper à l'asile de pauvres.

— Si elle est fainéante, donnez-lui donc une bonne raclée, intervint la grosse femme. Ils apprennent vite, à coups de ceinturon.

Rachel regarda sa petite-fille, dont les yeux écarquillés étaient pleins d'épouvante, puis prit doucement la main d'Alice, fit sortir les deux fillettes, les installa sur son cheval et les ramena à la maison.

Ce soir-là, elle demanda à John et à Emma de venir la rejoindre dans le grand salon autour d'un verre de bière.

— Il est temps que vous sachiez ce que j'ai prévu, dans mon testament, pour vous et vos familles, dit-elle franchement, ignorant leurs protestations. En aucun cas il ne faudra morceler le domaine. Toi, John, tu auras droit à la maison des Lutterell, et à un sixième des revenus des trois fermes, jusqu'à ta mort. Ensuite, ta famille recevra en argent la valeur de l'exploitation des Lutterell.

« Emma, étant mariée, aura la jouissance de la ferme de Dadland, sa vie durant. Là encore, sa famille en touchera le montant ensuite. Comme vous le savez, Jane a reçu sa part, afin d'avoir une dot lors de son mariage avec Henry Wellington. Ma vieille amie, Jane Clarke, recevra mon collier d'or, ainsi que la somme de cinquante livres ; John, il est bien entendu que tu lui procureras le vivre et le couvert pour le reste de ses jours. Si jamais Joël revient, il aura droit à la même somme que Richard, chaque ferme en fournissant le tiers. Cela vous paraît-il juste ? Etes-vous satisfaits ?

Tous deux hochèrent la tête. A vrai dire, Emma n'avait pas tout saisi, John était heureux de savoir que la ferme des Lutterell assurerait l'avenir de ses enfants.

— La demeure de Yellaton, ses terres, celles de Lutterell, de Dadland, d'Arnwood et de la vallée de l'Arn iront à Radigan.

John acquiesça de nouveau : il s'y attendait. Emma en resta bouche bée :

346

— Mère, nous savons bien que tu ne veux pas que nos terres soient divisées, mais ce n'est encore qu'une enfant. Pourquoi un des garçons ne pourrait-il pas s'en occuper?

— Le commerce des Spurway rapportera beaucoup à tes deux fils. Ils n'auront jamais faim. Et j'ai fait en sorte que les enfants de John et d'Urith aient de quoi. Mais Radigan Spurway a une tâche toute particulière. Elle ne fera pas qu'exploiter le domaine, ma fille. Elle deviendra plus riche, plus puissante encore, et la terre des Jedder s'accroîtra d'autant. C'est sa destinée: je l'ai su bien avant sa naissance, et même avant la tienne.

Le septième jour, Rachel fit sortir des écuries le poney d'Exmoor et le grand alezan, puis partit de très bonne heure avec sa petite-fille. Radigan paraissait tout à fait soumise.

— Regarde bien quel chemin nous prenons, rappelle-toi tous les endroits où nous passons, parce que je veux que tu te souviennes de tout.

Elles descendirent à travers les taillis de Yellaton, contournèrent la Cuisse de Lièvre, Yonder Plat et Brindley, puis longèrent Moses Bottom, puis Arnwood, et se dirigèrent vers la vallée. C'était un jour gris, tranquille, sans un souffle de vent. Un épais manteau de nuages s'étendait jusqu'à l'horizon, faisant perdre toute couleur aux choses. Chaque fois qu'elles arrivaient devant une parcelle de la terre des Jedder, Rachel en racontait l'histoire, expliquant, une fois de plus, comment elle l'avait acquise. Puis elles grimpèrent sur la colline pour chevaucher un peu autour de Dadland.

— Au début, il n'y avait ici que la lande et les bois. Des hommes, des femmes, des petits enfants ont souffert et sont morts pour cultiver la terre, y faire pousser du blé, y élever des bêtes. Tu vois ce grand arbre? Ils en ont enlevé des centaines comme lui, plus gros, même: d'abord en les abattant à la hache, puis en coupant et sciant les branches, en enlevant les racines. Après cela, ils se débarrassaient des troncs en les faisant traîner par des bœufs.

Ils ont arraché les champs à la végétation, parcelle par parcelle, année après année, de leur enfance à leur vieillesse, et leurs fils après eux, et les fils de leurs fils, et ainsi de suite jusqu'à aujourd'hui. Mon grand-père, Penuel Jedder, en a fait sa part, et ma mère; j'ai labouré les champs de Yellaton, et ta mère a ramassé les pierres quand elle avait la moitié de ton âge, parce que la nature reprend vite ce qu'elle a donné, quand on la laisse à l'abandon.

A midi, elles mirent pied à terre, Rachel sortit de sa sacoche deux bouteilles de cidre, du pain de seigle, des oignons crus, du fromage, et toutes deux allèrent s'asseoir, pour manger, sur un talus semé de petites jonquilles sauvages. Tout était si paisible que parler eût détruit l'harmonie générale. Les bœufs et les moutons eux-mêmes ne bougeaient pas; le paysage tout entier paraissait presque irréel, on aurait cru une peinture.

Puis elles se rendirent sur la terre de Lutterell, contemplant chaque pré, chaque bosquet, avant de revenir par la colline menant à Yellaton. Comme elles arrivaient en haut, Rachel s'arrêta de nouveau. C'était le seul endroit d'où l'on pût voir presque toutes ses terres.

— Un jour, tout cela sera à toi, Radigan Spurway, dit-elle avec un grand geste de la main. Qu'en feras-tu?

La fillette la regarda, ne trouvant rien à répondre.

— Il nous a fallu près d'une journée pour traverser tout le domaine à cheval. Si tu vivais seule, et que tu doives labourer, semer, moissonner sans répit, tous les jours, pendant cinquante ans, est-ce qu'il resterait aussi beau qu'il l'est aujourd'hui?

De la tête, Radigan fit signe que non.

— Non, en effet. C'est bien trop grand pour une seule personne. Et celui à qui tout appartient doit loger, nourrir, payer tous ceux qui travaillent pour lui, et il ne lui suffit pas de savoir comment s'y prendre. Pour gérer un domaine aussi grand, il faut absolument savoir lire, écrire, compter, pour pouvoir connaître les prix, les dépenses, être sûr qu'on ne vous a pas volé, de façon à ce que les gens sachent qu'ils n'ont pas affaire à un pauvre d'esprit.

Puis Rachel regarda sa petite-fille dans les yeux:

— Le choix est simple, Radigan Spurway: ou tu retournes dans les champs travailler avec les autres, ou tu retournes à l'école, tu deviens une vraie dame, et tu apprends tout ce qui te sera nécessaire pour être digne de devenir une véritable propriétaire. Qu'en penses-tu?

Radigan repartit à South Molton le lendemain. Rachel reprit ses habitudes, passa beaucoup de temps dans le jardin, à creuser, planter, désherber, jusqu'à ce que chaque pouce de terrain fût couvert de fleurs et de végétation. Sur ses ordres, deux acres du bois de Yellaton furent plantées d'arbres.

Elle se mit à dessiner et se procura des couleurs. La dame qui enseignait à l'école de High Chillam lui donna quelques leçons ; peu à peu, sa peur de la feuille blanche, sa gêne devant les traits maladroits qu'elle y traçait disparurent, sa main se fit plus sûre, son œil vit au-delà des apparences des choses. Elle parvint même à des résultats très corrects.

Chaque année, en mai et en juin, elle surveillait les vergers pour assister à l'essaimage des abeilles. Le premier essaim, bien qu'important, était souvent commandé par une vieille reine, et avait donc moins d'intérêt que le second, plus agité, mais où la reine était plus jeune. Rachel poursuivait le nuage d'insectes en tapant bruyamment sur un morceau de fer-blanc avec un marteau, jusqu'à ce qu'il s'immobilisât en bourdonnant sur une branche de pommier.

Là, soigneusement emmitouflée de voiles, de lourds vêtements, de gants épais, elle plaçait sur le sol une ruche de paille, renversée, où le plus gros de l'essaim tombait, après un coup très sec sur la branche. Quelques abeilles esseulées bourdonnaient bien autour d'elle pendant quelques minutes, furieuses, mais finissaient toujours par trouver l'entrée de la ruche et rejoignaient les autres. Il suffirait ensuite d'attendre la nuit pour les transporter et les mettre à leur place dans le rucher.

A la fin de l'été, Rachel revenait, armée d'un couteau et d'un peu de soufre, pour enfumer les colonies les plus anciennes, ne laissant survivre, en vue de l'hiver, que les plus jeunes, jusqu'à l'année suivante.

Les rayons de miel étaient alors découpés, écrasés et pressés dans un tissu de mousseline. Le miel se collait à ses doigts, à ses lèvres, et même dans ses cheveux. Toute la famille l'étendait sur du pain, faisait des gâteaux, y mêlait de l'eau et de la levure pour fabriquer de l'hydromel. On lavait la cire pour obtenir des bougies parfumées qu'on allumerait à Noël ; l'odeur, lourde, dorée, corsée, remplissait toute la demeure.

Le temps passait très vite. Les matins, Rachel se voyait entourée de ses petits-fils ; des visages nouveaux apparaissaient tous les ans, remplaçant ceux des plus âgés, partis pour l'école. A chaque fin de semaine, Radigan, toujours plus grande et plus gracieuse, revenait à la maison pour lui réciter ce qu'elle avait appris.

L'été, toujours si chaud, Rachel passait les journées, somnolente, dans sa roseraie. Des bruits lui parvenaient de très loin :

ceux de la ferme, de la lande, les clochettes de ses moutons, le sifflet d'un berger, les aboiements de son chien, des cris poussés par des hommes, Meg Clarke qui chantait dans la cuisine, le grincement des charrettes à foin, par-delà la haie.

Bien des choses, qui l'auraient autrefois gravement inquiétée, lui paraissaient maintenant sans importance. Si la récolte de blé était médiocre, celle des fruits ou des pommes de terre serait sans doute bonne, et, de toute façon, il suffisait d'attendre l'année suivante. Les querelles familiales ne duraient jamais bien long-temps, les petits drames du village l'amusaient, au plus, un jour ou deux. Rachel avait enfin atteint la sérénité, et pouvait se dire, en réfléchissant sur sa vie, qu'elle avait été bien remplie. Elle n'avait jamais rien fait à moitié, qu'il s'agît d'amour, de haine, d'amitié, de chagrin. Ses péchés étaient à la hauteur de sa réussite et elle avait peu de regrets. Le domaine des Jedder était solide, son avenir assuré ; de plus, Rachel avait encore bien des années à vivre dans une paisible euphorie.

John lui offrit un jeune chien, le premier depuis Sam. C'était une créature chétive, disgracieuse, qui courait derrière l'alezan lors de ses promenades à cheval. Elles la menaient désormais de plus en plus loin, dans les coins les plus secrets de la lande de Beara. Ce devint pour elle une exploration quotidienne de ce lointain triangle de terre perdue entre les deux rivières du Devon. Détendue, en paix avec elle-même, Rachel se sentait toujours plus proche de ce qui l'avait inspirée depuis toujours: le spectacle incessant de la campagne, de ses changements de saison et de leur retour périodique.

Puis, brusquement, avant même qu'elle eût le temps de comprendre, Radigan eut quatorze ans et termina ses études. Elle était plus grande, et plus jolie, que sa grand-mère autrefois ; jamais la faim ne lui avait fait perdre ses couleurs, les privations n'avaient pas atténué l'expression de ses yeux étranges, qui paraissaient toujours pleins de verve. Elle avait aussi appris à se tenir, et Rachel, quand elle la vit descendre de voiture en robe bleue et chapeau assorti, se sentit heureuse.

— J'ai un cadeau pour toi, ma chérie, dit-elle après l'avoir serrée dans ses bras. Change de chaussures et viens avec moi.

Elles se rendirent dans la cour: Rachel frappa dans ses mains.

Le valet d'écurie survint, amenant une superbe petite jument de pure race arabe, grise avec une croupe pommelée. Charles Waddon avait consulté en détail tous les manuels d'hippologie pour faire le bon choix, que confirmait d'ailleurs, en haut de l'encolure, la « marque du pouce du Prophète », une mèche dans la crinière. Oubliant l'étiquette, Radigan serra sa grand-mère dans ses bras, et fit de même avec le cheval — après s'être présentée, il est vrai.

— Demain, les chasseurs se rassemblent à High Chillam, au Lion d'Or. Ce sera une bonne occasion de l'essayer. Nous pourrons partir ensemble.

Dans la nuit, le premier givre hivernal tomba sur la lande de Beara; quand leurs montures quittèrent Yellaton, les haies étaient encore couvertes de gelée blanche. Ailleurs, là où le soleil avait brillé, elle fondait, couvrant les feuilles d'un reflet humide: le sol fumait. Les plantes si chères à Rachel avaient gelé, leur feuillage s'était noirci, et les dernières roses étaient mortes en boutons.

Exmoor paraissait perdu dans la brume. Les forêts de la vallée de la Taw étaient noyées sous un épais nuage blanc, dont seuls émergeaient quelques arbres, au-dessus desquels erraient quelques oiseaux éperdus. Dans les forêts, le sol, déjà jonché de feuilles mortes, était aussi dur que du marbre.

Quand Rachel et Radigan arrivèrent au rendez-vous des chasseurs, une trentaine de cavaliers s'étaient déjà rassemblés là. Le patron de l'auberge leur servait des grogs qui incendiaient les estomacs. Les chiens étaient vifs, roulaient sur l'herbe maigre, se poursuivaient les uns les autres en faisant beaucoup de bruit. Dans le ciel, un soleil pâle réussit enfin à réchauffer un peu un petit matin glacé; l'humeur générale s'échauffa vite.

Il y eut quelques bousculades lorsque tous partirent se mettre à couvert à Glebeland, et des coups de coude quand chacun prit position, bien que, traditionnellement, tous les chasseurs se répartissent vite selon la vieille formule: « l'audacieux, l'habile et l'inutile ». Les gens assistaient à des parties de chasse pour bien des raisons: voir, être vu, se vanter de ses exploits le soir au dîner, ou simple amour du sport. Les hommes s'observaient nerveusement du coin de l'œil, déterminés à faire étalage de leur résistance et du courage de leurs montures. Les chevaux, excités par le froid, les appels du cor, la perspective d'une poursuite, agitaient la tête en reniflant.

Pendant quelques minutes, les chiens fouillèrent les bois en silence, tandis que la petite troupe attendait, pleine d'impatience. Rachel leva une main gantée pour saluer quelques voisins, avant d'être rejointe par le Squire Waddon et par Henry Wellington, désormais marié à Jane. Radigan se tenait un peu à l'écart, élégante et mince sur sa petite jument ; sa grand-mère sourit d'un air suffisant en constatant qu'elle attirait plus d'un regard. Comme ils allaient partir, la jeune fille s'approcha d'elle, montra un point du bout de sa cravache, et demanda :

— C'est bien là que nos terres rencontrent celles du Squire Carew, n'est-ce pas ?

— Evidemment.

Radigan eut un regard malicieux et, avant de s'éloigner, lança :

— C'est dommage de s'en tenir là, grand-mère, tu ne crois pas ?

Les chiens plongèrent dans la grande forêt et se mirent à aboyer presque aussitôt. A l'est, sur une côte, une silhouette leva son chapeau.

— Taïaut !

La meute jaillit de sous les arbres, forma une ligne et partit à vive allure. Le gel avait à nouveau durci le sol ; les cavaliers, survenant aussitôt, passèrent la première haie sans grandes difficultés. Mais bientôt des brèches s'ouvrirent dans le petit groupe : les plus doués partirent devant et sautèrent la barrière, tandis que les autres, plus prudents, préféraient ralentir et l'ouvrir avant de passer. Rachel aperçut sa petite-fille, très loin en avant, chevauchant côte à côte avec William, le fils aîné de Sir Thomas Carew.

— Petite diablesse ! se dit-elle avant de pousser un cri d'allégresse.

Le grand alezan se lança en avant. Les gelées blanches avaient enfin fondu, et la lande s'ouvrait devant Rachel, couverte de genêts qui ressemblaient à du cuivre battu. Jamais elle ne s'était sentie mieux ; son cœur se mit à battre quand elle dépassa Jack Hooper et Ben Morrish, puis elle descendit la colline au galop pour traverser Tiddy Water. Il était inutile de presser l'animal ; il franchit la combe d'une foulée souple, et la mena tout droit de l'autre côté, où elle vit, de loin, Radigan et William Carew sauter avec aisance le mur de pierre qui entourait Yellaton.

Elle éclata de rire et se lança à leur poursuite. Sa monture bondit par-dessus l'obstacle et, l'espace d'un instant, Rachel vit, d'un seul coup, toute la beauté de son domaine. La belle demeure toute blanche, les jardins qui s'étendaient devant elle, la fontaine, les deux puissantes rivières qui se jetaient, là-bas, dans l'Atlantique, les prairies verdoyantes, les champs labourés, perdus comme des îles dans la lande de Beara.

Sous le mur, le talus donnait presque aussitôt sur un fossé. Le grand cheval gardait les yeux fixés sur les chiens; il se reçut mal et tomba lourdement, projetant à terre sa cavalière si légère. Les autres cavaliers accoururent: le Squire Waddon se précipita, bousculant tout le monde, souleva le corps inerte, et, sans rien voir, fit tout le chemin jusqu'à Yellaton, où il la déposa sur un sofa. Les petits-enfants le regardaient faire, les yeux écarquillés: il posa la tête contre son cœur, plaça sa montre devant sa bouche. Mais il n'entendait plus battre le pouls, et l'argent du boîtier ne se couvrit pas de la moindre buée. Rachel Jedder était morte.

John Clarke fit le cercueil de Rachel dans du bois d'if, comme autrefois pour Robert Wolcot, la petite Sarah, et son fils chéri, Jedder. John et le Squire insistèrent pour qu'elle fût enterrée à Yellaton. Le village tout entier, amis et ennemis mêlés, vint assister aux obsèques: des fermiers et leurs épouses arrivèrent de South Molton et de Barnstaple, tandis que des inconnus descendaient de la côte et des tavernes de Bideford. A pied, à cheval, en carrosse, en carriole. Quelques-uns avaient pris la route à l'aube pour être là à temps.

Certains venaient par curiosité, pour savoir qui serait là, d'autres pour assister à un événement local d'importance, d'autres encore, plus nombreux qu'on ne l'aurait cru, sans savoir pourquoi. Ils furent surpris de l'affluence. Les Wellington, les Carew, les Barlington, les Rolle, n'étaient que quelques-unes des grandes familles présentes.

Les moutons n'étaient pas bien loin du cimetière, d'où on les entendait bêler; les bergers aussi voulaient rendre hommage à Rachel. Sa famille et ses amis étaient rassemblés à droite de la tombe, la gentry à gauche; derrière eux s'entassait le peuple des campagnes et de la côte. Le pasteur prononça les mots qui marquaient la fin de toute une partie de leur existence. Emma gémissait, des larmes coulaient sur le visage de John, et Jane Clarke, pâle et silencieuse, se raccrochait au bras de sa fille.

Le Squire Waddon évoqua le long voyage de Rachel à travers toute l'Angleterre, son arrivée à Yellaton sans un sou. Il rappela à tous les tragédies qui l'avaient frappée, les difficultés auxquelles elle avait dû faire face, son triomphe final. Puis il pleura sans honte, et tous sentirent l'étendue de leur perte.

Pour finir, John jeta une poignée de terre, venue de Yellaton, sur le cercueil, et entraîna sa femme en pleurs. Le reste de la famille lui succéda ; la foule se dispersa en chuchotant, très grave. Seul Radigan resta à côté de la tombe de sa grand-mère, sous le hêtre. William Carew vint vers elle et posa doucement la main sur son bras.

Radigan Spurway fit un serment qu'elle ne devait jamais rompre de toute sa vie, et le bruit des feuilles mortes qui tombaient lui fit tout comprendre: le cercueil finirait par disparaître, les pluies balaieraient le corps de Rachel, qui, enfin libre, pourrait se mêler à la terre, la terre des Jedder.

Dans la même collection

Noël Barber
Tanamera
La ballade des jours passés
La femme du Caire
Koraloona

Barbara Taylor Bradford
L'espace d'une vie
Accroche-toi à ton rêve
Les voix du cœur
Quand le destin bascule
L'héritage d'Emma Harte

Jacqueline Briskin
Poloverde
Les sentiers de l'aube
La croisée des destins
Les vies mêlées
Le cœur à nu

Marcia Davenport
Le fleuve qui tout emporta

Cynthia Freeman
Illusions d'amour

Arthur Hailey
Le destin d'une femme

Ruth Harris
Maris et amants

Sarah Harrison
Les dames de Chilverton

Brenda Jagger
Les chemins de Maison Haute
Le silex et la rose
Retour à Maison Haute
La chambre bleue

Yvonne Kalman
Te Pahi les jours heureux

Gloria Keverne
Demeure mon âme à Suseshi

Judith Krantz
A nous deux, Manhattan!
Rendez-vous

Rosalind Laker
Mademoiselle Louise
La femme de Brighton

Shulamith Lapid
Le village sur la colline

Michael Legat
Les vignes de San Cristobal

Colleen McCullough
Les oiseaux se cachent pour mourir
Tim
Un autre nom pour l'amour
La passion du Dr Christian
Les dames de Missalonghi

Graham Masterton
Le diamant de Kimberley

Dalene Matthee
Le fils de Tiela

Sandra Paretti
La dernière croisière du Cécilia
Maria Canossa
Les tambours de l'hiver
L'arbre du bonheur
L'oiseau de paradis

Michael Pearson
La fortune des Kingston

Brauna E. Pouns
Amerika

Alexandra Ripley
Charleston

Cathy Spellmann
Le manoir de Drumgillan

Danielle Steel
Palomino
Souvenirs d'amour
Maintenant et pour toujours

Fred Stewart
Ellis Island : les portes de l'espoir
Le titan

Jacqueline Susann
Love machine
La vallée des poupées

Reay Tannahill
Sur un lointain rivage

Barbara Wood
Et l'aube vient après la nuit
Les battements du cœur

Achevé d'imprimer en septembre 1989
sur presse CAMERON,
dans les ateliers de la S.E.P.C.
à Saint-Amand-Montrond (Cher)

N° d'Édition : 2389. N° d'Impression : 1576.
Dépôt légal : septembre 1989.

Imprimé en France